【臺灣現當代作家
研究資料彙編】07

龍瑛宗

國立台灣文學館
出版

主委序

　　臺灣文學發展至今，已蓄積可觀且沛然的能量，尤於現當代文學領域，作家們的精彩創作與文學表現，成績更是有目共睹。對應日益豐饒的文學樣貌，全面梳理研究資源、提昇資料查考與使用的便利性，也就格外重要。

　　本會所屬國立台灣文學館自成立以來，即著力於臺灣文學史料之研究、整理及數位化，迄今已積累相當成果，民眾幾乎可在彈指之間，獲取相關訊息及寶貴知識；為豐富臺灣文學研究基礎，繼 99 年出版收錄 310 位現當代作家評論資料的《臺灣現當代作家評論資料目錄》後，今（100）年進一步延伸建置「臺灣現當代作家研究資料庫」，將現當代文學作家及系列作品建構起多向查考、運用的整合機制，不僅得以逐步完善 310 位現當代作家評論資料的確切性及新穎度，研究者亦能更加便捷地掌握研究概況、動態，進而開關不同的研究路徑及視野。

　　為深化既有成果，也同步推動「臺灣現當代作家研究資料彙編計畫」，預計分年完成自臺灣新文學之父賴和以降，50 位現當代重要作家研究資料彙編，系統性纂輯、呈現作家手稿、影像、文學年表、研究綜述、評論文章及目錄、歷史定位與影響等。目前已完成第一階段賴和等 15 位重要作家研究資料彙編工作，此為國內現行唯一全方位的臺灣現當代文學工具書，也是研究臺灣作家、文學發展的重要讀本依據，乃極具代表性意義的起點，搭配前述資料庫，相信能為臺灣文學研究奠定益加厚實的根基；亦祈各方不吝指正，以匯聚更多參與及持續前行的能量。

行政院文化建設委員會主任委員

館長序

　　近幾年，臺灣現當代文學的研究，朝著跨領域整合的方向在發展，但不管趨勢如何，對於作家及其作品的理解與詮釋，恆是最基本且是最重要的工作。因此，作家到底是一個什麼樣的人？他的出身、學經歷究竟如何？他在哪些主客觀條件下從事寫作？又怎麼會寫出那樣的一些作品？這些都有助於增加理解；進一步說，前人究竟如何解讀作家的為人和他之所作？如何評述其文學風格及成就？這些相關文獻提供了我們重新展開深入探索的基礎，了解前修有所未密，後出才能轉精。

　　當臺灣文學在 1980 年代獲得正名，在 1990 年代正式進入學院體制，「學科化」就彷彿是一場學術運動，迄今所累積的研究成果已極可觀，如果把前此多年在文學相關傳媒所發表的評論資料納入，則可稱之為臺灣文學的「研究資料」，以作家之評論而言，根據國立台灣文學館委託台灣文學發展基金會所蒐羅的作家評論資料（310 位作家，收錄時間下限是 2009 年 8 月），總計近九萬筆。這龐大的資料，已於去年編印成八巨冊的《臺灣現當代作家評論目錄》；在這樣的基礎上，以個別作家為考量的「研究資料彙編」計畫，其第一階段的成果即將出版（15 冊），如果順利，二、三年內將會累積到 50 冊。

　　「臺灣」是我們生存的空間，「現當代」約指新文學發生以降迄今，「作家」特指執筆為文且成家者。臺灣現當代作家之所以值得研

究，乃是因為他們以其智慧和經驗創造了許多珍貴的文學作品，反
映並批判社會，饒富現當代意義，如果能夠把他們的研究資料集
中，對於正在學習或有文學興趣的讀者，應該會有莫大的助益。

　　賴和被尊稱為臺灣新文學之父，他出生於甲午戰爭那一年
（1894），爾後出生的作家，含在臺灣土生土長，以及從中國大陸來
臺者，人數非常多，如何挑選重要作家，且研究資料相對比較豐富
者，是一件不容易的事，這就需要專家的參與；基本上，選人要客
觀，選文要妥適，編選者要能宏觀，且能微視，才能提出有說服力
的見解。

　　毫無疑問，這是一個重大的人文基礎建設，由政府公部門（國
立台灣文學館）出資，委託深具執行力的社會非營利組織（台灣文
學發展基金會），動員諸多學術菁英（顧問群、編選者）來共同完
成，有效的運作模式開創一種完美的三合一典範，對於臺灣文學，
必能發揮其學科深化的作用，且將有助於臺灣文學的永續發展。

　　　　　　　　　　　　　　　　國立台灣文學館館長

編序

◎封德屏

緣起

　　1995 年 10 月 25 日，在臺灣師範大學教育大樓的 201 室，一場以「面對臺灣文學」爲題的座談會，在座諸位學者分別就臺灣文學的定義、發展、研究，以及文學史的寫法等，提出宏文高論，而時任國家圖書館編纂張錦郎的「臺灣文學需要什麼樣的工具書」，輕鬆幽默的言詞，鞭辟入裡的思維，更贏得在座者的共鳴。

　　張先生以一個圖書館工作人員自謙，認真專業地爲臺灣這幾十年來究竟出版了多少有關臺灣文學的工具書，做地毯式的調查和多方面的訪問。同時條理分明地針對研究者、學生，列出了十項工具書的類型，哪些是現在亟需的，哪些是現在就可以做的，哪些是未來一步一步累積可以達成的，分別做了專業的建議及討論。

　　當時的文建會二處科長游淑靜，參與了整個座談會，會後她劍及履及的開始了文學工具書的委託工作，從 1996 年的《臺灣文學年鑑》起始，一年一本的編下去，一直到現在，保存延續了臺灣文學發展的基本樣貌。接著是《中華民國作家作品目錄》的新編，《臺灣文壇大事紀要》的續編，補助國家圖書館「當代文學史料影像全文系統」的建置，這些工具書、資料庫的接續完成，至少在當時對臺灣文學的研究，做到一些輔助的功能。

　　2003 年 10 月，籌備多年的「台灣文學館」正式開幕運轉。同年五月《文訊》改隸「財團法人台灣文學發展基金會」，爲了發揮更大的動能，開始更積極、更有效率地將過去累積至今持續在做的文學史料整理出來，讓

豐厚的文藝資源與更多人共享。

於是再次的請教張錦郎先生，張先生認為文學書目、作家作品目錄、文學年鑑、文學辭典皆已完成或正在進行，現在重點應該放在有關「臺灣現當代作家評論資料目錄」的編輯工作上。

很幸運的，這個計畫的發想得到當時臺灣文學館林瑞明館長的支持，於是緊鑼密鼓的展開一切準備工作：籌組編輯團隊、召開顧問會議、擬定工作手冊、撰寫計畫書等等。

張錦郎老師花了許多時間編訂工作手冊，每一位作家的評論資料目錄分為：

（一）生平資料：可分作者自述，旁人論述及訪談，文學獎的紀錄。

（二）作品評論資料：可分作品綜論，單行本作品評論，其他作品（包括單篇作品）評論，與其他作家比較等。

此外，對重要評論加以摘要解說，譬如專書、專輯、學術會議論文集或學位論文等，凡臺灣以外地區之報刊及出版社，於書名或報刊後加註，如中國大陸、香港、新加坡等。此外，資料蒐集範圍除臺灣外，也兼及中國大陸、香港、新加坡、日本、韓國及歐美等地資料，除利用國內蒐集管道外，同時委託當地學者或研究者，擔任資料蒐集工作。

清楚記得，時任顧問的學者專家們，都十分高興這個專案的啟動，但確定收錄哪些作家名單時，也有不同的思考及看法。經過充分的討論後，終於取得基本的共識：除以一般的「文學成就」為觀察及考量作家的標準外，並以研究的迫切性與資料獲得之難易度為綜合考量。譬如說，在第一階段時，作家的選擇除文學成就外，先考量迫切性及研究性，迫切性是指已故又是日治時期臺籍作家為優先，研究性是指作品已出土或已譯成中文為優先。若是作品不少而評論少，或作品評論皆少，可暫時不考慮。此外，還要稍微顧及文類的均衡等等。基本的共識達成後，顧問群共同挑選出 310 位作家，從鄭坤五、賴和、陳虛谷以降，一直到吳錦發、陳黎、蘇偉貞，共分三個階段進行。

　　張錦郎教授修訂的編輯體例，從事學術研究的顧問們，一方面讚嘆
「此目錄必然能成爲類似文獻工作的範例」，但又深恐「費力耗時，恐拖延
了結案時間」，要如何克服「有限時間，高度理想」的編輯方式，對工作團
隊確實是一大挑戰。於是顧問們群策群力，除了每人依研究領域、研究專
長認領部分作家外（可交叉認領），每個顧問亦推薦或召集研究生襄助，以
期能在教學研究工作外，爲此目錄盡一份心力。

　　「臺灣現當代作家評論資料目錄」專案計畫，自 2004 年 4 月開始，至
2009 年 10 月結束，分三個階段歷時五年六個月，共發現、搜尋、記錄了
十餘萬筆作家評論資料。共經歷了三位專職研究助理，近三十位兼任研究
助理。這些研究助理從開始熟悉體例，到學習如何尋找資料，是一條漫長
卻實用的學習過程。

接續

　　本來以爲五年的專案工作可以暫時告一段落，但面對豐盛的研究成
果，無論是參與這個計畫的顧問或是擔任審查工作的專家學者，都希望臺
灣文學館能在這樣的基礎下挖深織廣，嘉惠更多的文學研究者。

　　「臺灣現當代作家評論資料目錄」的專案完成，當代重要作家的研
究，更可以在這個基礎上，開出亮麗的花朵。於是就有了「臺灣現當代作
家研究資料彙編暨資料庫建置計畫」的誕生。爲了便於查詢與應用，資料
庫的完成勢在必行，而除了資料庫的建置外，這個計畫再從 310 位作家中
精選 50 位，每人彙編一本研究資料，內容有作家圖片集，包括生平重要影
像、文學活動照片、手稿及文物，小傳、作品目錄及提要、文學年表。另
外每本書分別聘請一位最適當的學者或研究者負責編選，除了負責撰寫五
千至一萬字的作家研究綜述外，再從龐雜的評論資料中挑選具有代表性的
評論文章，全文刊載，平均 12～14 萬字，最後再附該作家的評論資料目
錄，以期完整呈現該作家的生平、創作、研究概況，其歷史地位與影響。

　　由於經費及時間因素，除了資料庫的建置，資料彙編方面，50 位作家

分三個階段完成。第一階段挑選了 15 位作家，體例訂出來，負責編選的學者專家名單也出爐了，於是展開繁瑣綿密的編輯過程。一旦工作流程上手，才知比原本預估的難度要高上許多。

　　首先，必須掌握 15 位編選者的進度這件事，就是極大的挑戰。於是編輯小組在等待編選者閱讀選文的同時，開始蒐集整理作家生平照片、手稿，重編作家年表，重寫作家小傳，尋找作家出版品的正確版本、版次，重新撰寫提要。這是一個極其複雜的工程。要將編輯準則及要素傳達給毫無編輯經驗的助理，對我來說，就是一個極大的考驗。於是，邊做邊教，還好有認真負責的專任助理宇需，以及編輯老手秀卿下海幫忙，將我的要求視為使命必達，讓整個專案在「高壓政策」下，維持了不錯的品質及進度。

　　當然，內部的「高壓政策」，可以用身教、言教的方法執行，但要八位初出茅廬的助理，分別盯牢 15 位編選的學者專家，無疑是一件「非常人」可以勝任的工作。學者專家個個都忙，如何在他們專職的教學及行政工作之外，把這件有意義的編選工作如期完工，另外還得加上一篇完整的評論綜述，這可是要大智慧、大勇氣的編輯經驗了。

　　有些編輯經驗可以意會，不可言傳，這是多年血淚交織的經驗與心得，短時間要他們全然領會實在有些困難。但迫在眉睫的工作總得完成，於是土法煉鋼也好，揠苗助長也罷，一股腦全使上了。在智慧權威、老練成熟的學者專家面前，這些初生之犢的年輕助理展現了大無畏的精神，施展了編輯教戰手冊中的第一招——緊迫盯人。看他們如此生吞活剝地貫徹我所傳授的編輯要法，心裡確實七上八下，但礙於工作繁雜，實在無法事必躬親，也只好讓他們各顯身手了。

　　縱使這些新手使出了全部力氣，無奈工作的難度指數偏高，進度遇到瓶頸，大夥有些喪氣，這時就得靠意志力及精神鼓舞了。我曉以大義的說，他們正在光榮地參與一個重要的文學工程，絕對不可輕言放棄。

成果

雖然過程是如此艱辛，可是終究看到豐美的成果。每位編選者雖然忙碌，但面對自己負責的作家資料彙編，卻是一貫地認真堅持。他們每人必須面對上千或數百筆作家評論資料，挑選重要或關鍵性的評論文章，全面閱讀，然後依照編選原則，挑選評論文章。助理們此時不僅提供老師們所需要的支援，統計字數，最重要的是得找到各篇選文作者，取得同意轉載的授權。在進度流程初估時，我們錯估了此項工作的難度，因為許多評論文章，發表至今已有數十年的光景，部分作者行蹤難查，還得輾轉透過出版社、學校、服務單位，尋得蛛絲馬跡，再鍥而不捨地追蹤。

除了挑選評論文章煞費苦心外，每個作家生平重要照片，我們也是採高標準的方式去蒐集，過世作家家屬、友人、研究者或是當初出版著作的出版社，都是我們徵詢的對象。認真誠懇而禮貌的態度，讓我們獲得許多從未出土的資料及照片，也贏得了許多珍貴的友誼。例如楊逵的兒子楊建、孫女楊翠，龍瑛宗的兒子劉知甫，張文環的女兒張玉園，楊熾昌的兒子楊皓文，鍾理和的兒子鍾鐵民、孫女鍾怡彥及鍾舜文，梁實秋的女兒梁文薔，呂赫若的兒子呂芳卿、呂芳雄等，我們和他們一起回憶他們的父祖輩可敬可愛的文學人生。

閱讀諸篇評論文章，對先民所處的時代有更多的同情與瞭解。從日本研究臺灣文學的學者尾崎秀樹〈臺灣文學備忘錄——臺灣作家的三部作品〉一文中，可以清楚瞭解臺灣人作家對日本殖民統治的意識，乃由抵抗而放棄以至屈服的傾斜過程。向陽認為，其中也能發現少數因主流思潮的覆蓋而晦暗不明的作家，例如不為時潮所動，堅持以超現實主義書寫的楊熾昌。然而經過時間的考驗，曾經孤獨的創作者，終究確立了他在臺灣文學史上的地位。

在閱讀中，許多熟悉的名字不斷出現。1962 年，張良澤以一個成大中文系學生的身分，拜訪了鍾理和遺孀，且立下了今後整理臺灣文學史料的

志業。1977 年 9 月，張良澤主編的《吳濁流作品集》，堂堂六冊由遠行出版。1979 年 7 月，鍾肇政、葉石濤、張恆豪、林梵、羊子喬等人編纂《光復前臺灣文學全集》，由遠景出版，這些作家、學者、出版家，都爲早期臺灣文學的研究貢獻了心力。

　　1987 年 7 月臺灣解嚴，臺灣文學研究的風潮日漸蓬勃。1990 年 4 月 23 日，《民眾日報》策劃「呂赫若專輯」，標題爲〈呂赫若復出〉；1991 年前衛出版社林文欽出版「臺灣作家全集‧短篇小說卷‧日據時代」；1997 年自真理大學開始，臺灣文學系所紛紛成立，臺灣文學體制化的脈動，鼓舞了學院師生積極從事日治時期臺灣文學史料的蒐集。這股風潮正如陳萬益所言，不只是文獻的出土，也是一種心態的解嚴，許多日治時期作家及其家屬，終於從長期禁錮的氛圍中解放。許俊雅認爲，再加上當初以日文創作的作家作品，也在 1990 年代後被逐漸翻譯出來，讀者、研究者在一個開放的空間，又免除語文的障礙，而使臺灣文學研究開始呈現多元的風貌。

　　1990 年開始，各地縣市文化中心（文化局），對在地作家作品集的整理出版，以及臺灣文學館成立後對日治時期作家以迄當代重要作家全集的編纂，對臺灣文學之作家研究，也有了很好的促進作用。《鍾理和全集》、《鍾肇政全集》、《楊逵全集》、《張文環全集》、《呂赫若日記》、《葉石濤全集》、《龍瑛宗全集》，如雨後春筍般持續展開。「臺灣意識」的興起，使本土文學傳統快速的納入出版與研究行列。

　　每位編選者除了概述作家的研究面向外，均有獨到的觀察與建議。陳建忠細論賴和及其文學接受史的演變歷程後，建議未來研究者回歸到賴和文學本體與專業研究方向；張恆豪除抽絲剝繭細述「吳濁流學」的接受及演變歷程外，並建議幾個有關吳濁流及《亞細亞的孤兒》尚待關注及努力的議題；須文蔚建議未來的研究者，可從紀弦 1950～1960 年跨區域文學傳播角度出發，彙整紀弦對上海、香港、臺灣及東南亞華文地區詩歌的影響；或從紀弦主編過的《火山》詩刊、《新詩》月刊等著手，從文學社會學

或文學傳播的角度出發。柳書琴、張文薰爲顧及張文環多元面向，除一般期刊論文外，亦選譯尙未譯介的論文，希望展示海內外不同世代之路徑與成果；應鳳凰以深入 50 年代文本的研究基礎，將鍾理和的研究收納得更爲寬廣。彭瑞金則分別對葉石濤及鍾肇政進行深入細膩的研究，以及熟稔精密的剖析，他認爲葉石濤文學是長期累積的成果，他所選錄的 20 篇葉石濤相關評論文章，代表各種背景的評論者、評介者閱讀葉石濤文學的方法；而鍾肇政上千筆的研究資料，呈現的多是鍾肇政文學的外圍研究，較少從文學的角度去探求解析。清理分析成果後，才可以作爲續航前進的動力。

　　然而在近二十年本土文學興盛的臺灣文學研究中，是不是也有遺漏與偏失？陳信元的〈兩岸梁實秋研究述評比較〉，也足以讓我們思考。陳義芝除肯定覃子豪詩藝的深度與厚度，以及對後繼青年的影響外，如果從文獻蒐集、詮釋的角度來看，他認爲覃子豪研究仍有尙未開發的議題。

　　學者兼作家的周芬伶，對琦君的剖析與論述細微而生動，她細膩的文字觀察，清楚道出琦君研究的未到之處；張瑞芬則以明快的文字，將林海音一生的創作、出版與編輯完整帶出，也比較了評論者對林海音小說、散文表現的不同看法，相同的則是林海音編輯生涯中對作家的提攜與貢獻。

期待

　　感謝臺灣文學館持續支持推動這兩個專案的進行。「臺灣現當代作家評論資料目錄」的完成，呈現的是臺灣文學研究的總體成果；「臺灣現當代作家研究資料彙編」套書的出版，則是呈現成果中最精華最優質的一面，同時對未來的研究面向與路徑，做最好的建議。我們可以很清楚的體會，這是一條綿長優美的臺灣文學接力賽，我們十分榮幸能參與其中，我們更珍惜在傳承接力的過程，與我們相遇的每一個人，每一件讓我們真心感動的事。我們更期待這個接力賽，能有更多人加入。誠如張恆豪所說「從高音獨唱到多元交響」，這是每一個人所期待的。

編輯體例

一、本書編選之目的，爲呈現龍瑛宗生平、著作及研究成果，以作爲臺灣文學相關研究、教學之參考資料。

二、全書共五輯，各輯內容及體例說明如下：

    輯一：圖片集。選刊作家各個時期的生活或參與文學活動的照片、著作書影、手稿（包括創作、日記、書信）、文物。

    輯二：生平及作品，包括三部分：

        1.小傳：主要內容包括作家本名、重要筆名，生卒年月日，籍貫，及創作風格、文學成就等。

        2.作品目錄及提要：依照作品文類（論述、詩、散文、小說、劇本、報導文學、傳記、日記、書信、兒童文學、合集）及出版順序，並撰寫提要。不收錄作家翻譯或編選之作品。

        3.文學年表：考訂作家生平所進行的文學創作、文學活動相關之記要，依年月順序繫之。

    輯三：研究綜述。綜論作家作品研究的概況，並展現研究成果與價值的論文。

    輯四：重要文章選刊。選收國內外具代表性的相關研究論文及報導。

    輯五：研究評論資料目錄。收錄至 2010 年 10 月底止，有關研究、論述臺灣現當代作家生平和作品評論文獻。語文以中文爲主，兼及日文和英文資料。所收文獻資料，以臺灣出版爲主，酌收中國大陸、香港、日本和歐美國家的出版品。內容包含三部分：

        1.「作家生平、作品評論專書與學位論文」下分爲專書與學位論文。

        2.「作家生平資料篇目」下分爲「自述」、「他述」、「訪談」、「年表」、「其他」。

        3.「作品評論篇目」下分爲「綜論」、「分論」、「作品評論目錄、索引」、「其他」。

目次

輯一◎圖片集

影像◎手稿◎文物

1925年，龍瑛宗（三排左一）於新竹北埔公學校畢業師生合影。（除特別註明外，以下照片均由南天書局提供）

1927年，龍瑛宗新竹北埔公學校高等科畢業。

1930年2月，臺灣商工學校畢業紀念留影。

1930年2月28日，龍瑛宗（後排右二）臺灣商工學校客籍畢業生惜別紀念。

1934年，家族合影於新竹北埔老家。母親彭足妹（中坐者），第三排左起大哥劉榮殿、二哥劉榮瑞、龍瑛宗，其餘為親族兄弟姐妹。

1935年3月20日，龍瑛宗與李耐結婚照。

1936年，時任職於臺灣銀行臺北總行的龍瑛宗。

1937年4月，龍瑛宗以處女作〈植有木瓜樹的小鎮〉入選東京《改造》雜誌第九回懸賞創作「佳作推薦」獎，成為日本文壇閃亮的新星。圖為獲獎後於臺北市建成町自宅書齋拍照留念。

1938年新春，龍瑛宗（三排左一）與臺銀總行同事至東部旅遊，攝於知本溫泉。

1940年1月，參加「臺灣文藝家協會」，《文藝臺灣》創刊時任編輯委員。

1941年，家族紀念寫真。

1942年1月，龍瑛宗攝於東部海岸山脈登山時。（新竹縣縣史館提供）

1942年，龍瑛宗（三排右一）任職於「臺灣日日新報」社時期。

1942年,「第一回大東亞文學者大會」臺灣地區代表合影。左起濱田隼雄、龍瑛宗、西川滿、張文環。

1945年11月,新竹《新新》雜誌創刊,龍瑛宗(右一)、黃金穗(主編、左二)與鄭世璠(左一)等合影。

1953年,龍瑛宗(後左)、吳瀛濤(前右)、賴傳燦(前左)等拜訪畫家賴傳鑑(後右,2003年第5屆「環球國際藝術貢獻獎」油畫類金獎得主),攝於桃園中壢國小。

1954年，臺灣省文獻委員會合照。前排右二吳新榮、右三王白淵、右五黃啟瑞，二排右三為吳濁流，三排右二龍瑛宗、右三王詩琅。

1960年，龍瑛宗全家福。後排左起長子劉文甫、次子劉知甫、長女劉淑惠，攝於臺北市。（翻攝於《夜流》，地球出版社）

1960年，吳濁流旅歐回國，與龍瑛宗等文友相聚。左起鄭世璠、王詩琅、賴傳鑑、龍瑛宗、吳濁流、吳瀛濤，攝於郭啟賢中壢自宅門前。

1963年，長子劉文甫服預官役，自臺中清泉崗空軍基地回臺北省親，與父親龍瑛宗合影於泰順街自宅日式房屋門前。

1964年3月1日，《臺灣文藝》青年作家座談會。前排左起郭啟賢、施翠峰、龍瑛宗、吳濁流、王詩琅、林衡道，第二排右起鍾鐵民、吳瀛濤、廖清秀，第三排左起陳映真、佚名、陳火泉；右起賴傳鑑、林鍾隆，第四排右起鍾肇政、文心。

1969年，前排左起吳濁流、戴國煇、龍瑛宗，後排
左起日人內田進、矢吹晉合影。

1981年3月，左起龍瑛宗、北原政吉、顏水龍、鄭
世璠，攝於顏水龍宅。

1981年3月，後排左起龍瑛宗與王昶雄夫妻，前排左起北
原政吉、鄭世璠，於王昶雄照安齒科正門前合影。

1981年4月，左起龍瑛宗、鄭世璠、王昶雄、鍾肇政、郭
啟賢，攝於黃靈芝宅。

1982年2月27日，國民黨文工會主任周應龍邀請先進作家於中國電視公司貴賓室留影。
前排右起鍾肇政、龍瑛宗、巫永福、黃得時、杜聰明、楊雲萍、吳坤煌、吳松谷、中
央文化工作會編審施煥沖；後排右起中央文化工作會副主任魏萼、郭啟賢、鄭世璠、
陳火泉、中央文化工作會主任周應龍、劉捷、王昶雄、林衡道、中央文化工作會總幹
事許鄧璞。

1982年新春，左起郭啟
賢、吳坤煌、鄭世璠、龍
瑛宗、王昶雄、沈萌華、
趙天儀，同遊明德水庫留
影。

1982年，與文友們聚餐。前排左起楊逵、吳坤煌、塚本照和教授、黃得時、陳火泉，後排左起王昶雄、楊國喜、佚名、李君晰、郭啟賢、龍瑛宗、鍾肇政。

1984年2月，《文訊月刊》茶會。前排左起龍瑛宗、周應龍、楊雲萍、郭水潭，後排左起王昶雄、李宗慈、楊熾昌、林芳年、劉捷。

1984年2月，在臺北長風萬里樓聚餐。前排左起龍瑛宗、楊雲萍、蘇雪林、楊熾昌。
後排左起王昶雄、劉捷、郭啟賢、林海音、林佩芬、張法鶴、佚名、瘂弦。

1989年，於日本函館天主教修道院
與夫人李耐合影。

1989年秋，龍瑛宗（前排右）偕長子劉文甫（後排右）訪問
西川滿夫妻。

1990年，龍瑛宗抱病展開「絲綢之旅」，攝於高昌故國。

1992年7月，龍瑛宗（左）與妻子李耐（中）、二媳婦攝於成都杜甫草堂。

1994年3月文友造訪，龍瑛宗（中坐者）於臺北市復興南路自宅。前排左起林至潔、龍瑛宗、李耐，後排左起林瑞明、鍾鐵民、陳萬益、劉知甫。

1994年，龍瑛宗（右）參加文資中心（現為國立臺灣文學館，以下同）主辦之春節文藝作家聯誼會與文友王昶雄合影。

1994年，左起陳萬益、藤井省三、龍瑛宗、黃英哲參加文資中心主辦之春節文藝作家聯誼會合影。

1997年，龍瑛宗（中坐者）將文物贈與文資中心留影，由文建會主委林澄枝代表（左一）接受。

1998年8月，日本天理大學教授下村作次郎（右）訪問龍瑛宗（左）於臺北市復興南路自宅。

2006年，國家臺灣文學館出版「龍瑛宗全集（中文卷）」新書發表會。

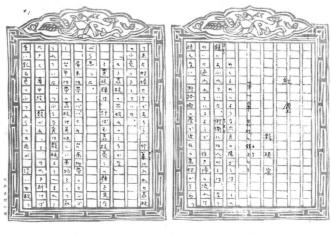

龍瑛宗〈瞭望海峽的祖墳〉
手稿。

龍瑛宗《紅塵》手稿。

龍瑛宗〈文藝評論家的任務
——讀夏先生的作品選評有
感〉手稿。

輯二◎生平及作品

小傳◎作品◎年表

小傳

龍瑛宗（1911～1999）

　　龍瑛宗，男，本名劉榮宗，籍貫臺灣新竹，1911 年（明治 44 年）8 月
25 日生，1999 年 9 月 26 日辭世，享年 89 歲。

　　日據時期臺灣商工學校商科畢業。曾任職臺灣銀行臺北總行、南投分
行、花蓮分行，1942 年去職臺銀後，歷任《臺灣日日新報》「國語新聞」
編輯、「兒童新聞」編輯，《臺灣新報社》出版部《旬刊台新》雜誌編輯，
《中華日報》日文版文藝欄主編、日文組主任，臺灣省行政長官公署民政
處科員，代民政廳山地行政指導室課員，並獨立編輯《山光旬刊》。1949
年因經濟因素轉任合作金庫辦事員，期間與合庫同事張我軍合作編輯機關
誌《合作界》，並兼辦《棒球界》雜誌編排。1976 年以合作金庫專門委員
退休。

　　龍瑛宗創作文類以小說為主，另有評論、新詩、劇本、隨筆等。1937
年以小說〈植有木瓜樹的小鎮〉一作獲得東京《改造》雜誌第九屆懸賞小
說佳作獎，躍登日本中央文壇，結識著名作家菊池寬、久米正雄、阿部知
二等人，並陸續加入「文藝首都」、「臺灣詩人協會」（臺灣文藝家協會）、
《文藝臺灣》、《臺灣藝術》等文藝組織，1942 年他與張文環、西川滿、濱
田隼雄四人同時獲選為「第一回大東亞文學者大會」臺灣地區代表，可見
當時其在文壇的代表性及地位。龍瑛宗創作力豐沛，是日據時期最重要且

多產的作家之一。

　　〈植有木瓜樹的小鎮〉描寫殖民地努力向上的小知識分子,因為現實的醜惡和殘酷,不得不藉酒精逃避理想的幻滅與生活的挫敗,走向消極且頹廢的終極道路;另外,〈夕影〉則表現了他對臺灣女性命運的悲憫與同情;〈青天白日旗〉以光復前後為對比,真實描繪出臺灣人面對光復時的複雜心情;《紅塵》為龍瑛宗唯一長篇小說,內容以商場的利害糾葛為主軸,揭露他對戰後臺灣社會價值觀與道德淪喪的觀察與批判。葉石濤曾評論:「到了龍瑛宗以後,臺灣的小說裏才出現了心理的挫折、哲學的冥想以及濃厚的人道主義。」

　　「孤獨的蠹魚」正是龍瑛宗投身文學一生的寫照,龍瑛宗選擇「幻想」與「讀書」作為面對命運和時代悲劇的方式,他的文字不能呈現積極分子向外抵抗的形式,備受「屈從與傾斜」的質疑,然而身為前半生在殖民地臺灣成長與生活的知識青年,日語成為他閱讀、書寫甚至思考不可或缺的工具,原生的臺灣文化是他難以尋根的歸屬,傾慕的日本文化又存在著矛盾的國族認同,跨越語言和時代,他的「孤獨」是一種歷史的必然。文學或許無法積極抵抗殖民統治者的無情壓迫,藝術的形式和美的價值卻不會消逝,龍瑛宗「纖美和哀愁」的文字超越了那個烽火與苦難交織的年代,留給後人永恆的紀念。

作品目錄及提要

【論述】

孤獨な蠹魚
臺北：盛興出版部
1943 年 12 月，32 開，191 頁
臺灣文庫 4

本書為龍瑛宗最早出版的文學評論集，內容收錄龍氏的評論及雜文〈二つの「狂人日記」〉、〈ゴオゴリとその作品〉、〈バルザックといふ男〉等 15 篇。

【散文】

女性を描く
臺北：大同書局
1947 年 2 月，32 開，95 頁

本書收錄龍瑛宗以女性為主題的隨筆或評論文章，共有〈新しき女性〉、〈婦人と天才〉、〈婦人と讀書〉等 29 篇。正文前有龍瑛宗〈自序〉。

【小說】

午前的懸崖／鍾肇政等譯
臺北：蘭亭書店
1985 年 4 月，32 開，246 頁
臺灣文學全集 1

短篇小說集。本書收錄〈午前的懸崖〉、〈蓮霧的庭院〉、〈歌〉、〈村姑娘逝矣〉、〈龍舌蘭與月亮〉、〈崖上的男人〉、〈邂逅〉、

〈黑妞〉、〈黃昏月〉、〈白鬼〉、〈濤聲〉、〈植有木瓜樹的小鎮〉共 12 篇。正文前有鍾肇政〈蘭亭版「臺灣文學全集」出版的話〉、龍瑛宗〈自序〉，正文後附錄〈龍瑛宗自訂年譜〉、鍾肇政〈戰鼓聲中的歌者——簡介龍瑛宗其人其作品〉。

杜甫在長安

臺北：聯經出版公司
1987 年 3 月，新 25 開，191 頁
聯經文學 1

短篇小說集。本書收錄作者自光復以後以中文撰寫並發表的作品〈杜甫在長安〉、〈夜流〉、〈斷雲〉、〈勁風與野草〉、〈燃燒的女人〉、〈從汕頭來的男子〉、〈青天白日旗〉、〈夕照〉、〈農婦與日兵〉、〈理髮師〉、〈月黑風高〉、〈雪丸姐姐〉、〈第一次世界大戰〉、〈長舌婦〉、〈潑婦〉、〈七封信〉、〈詩人的華爾滋〉、〈郫城故事〉、〈美人魚〉、〈埃及的野狗〉、〈月下瘋女〉、〈強盜〉、〈狗用食品〉、〈曼谷街頭〉共 24 篇，其中多篇作品以作者的化身「杜南遠」為主角，有濃厚的自傳性意味。正文前有葉石濤〈論龍瑛宗的客家情結〉、龍瑛宗〈自序〉。1994 年二刷改為25 開本印行。

龍瑛宗集／張恆豪編，張良澤等譯

臺北：前衛出版社
1991 年 2 月，25 開，337 頁
臺灣作家全集・短篇小說卷／日據時代 9

短篇小說集。本書收錄〈植有木瓜樹的小鎮〉、〈黑妞〉、〈午前的懸崖〉、〈不知道的幸福〉、〈龍舌蘭與月〉、〈蓮霧的庭院〉、〈歌〉、〈青天白日旗〉、〈從汕頭來的男子〉、〈燃燒的女人〉、〈杜甫在長安〉、〈勁風與野草〉、〈美人魚〉、〈狗用食品〉共 14篇。正文前有作家照片、〈出版說明〉、鍾肇政〈緒言〉、張恆豪序〈纖美與哀愁〉，正文後有羅成純〈龍瑛宗研究〉、張恆豪編〈龍瑛宗小說評論引得〉、龍瑛宗編〈龍瑛宗生平寫作年表〉。

夜流

臺北：地球出版社
1993 年 5 月，25 開，297 頁

短篇小說集。本書收錄龍瑛宗〈夜流〉、〈黃家〉、〈村姑娘逝矣〉、〈白鬼〉、〈夕陽〉、〈崖上的男人〉、〈植有木瓜樹的小鎮〉共七篇中日文對照小說。正文前有龍瑛宗照片及〈自序〉，葉石濤〈龍瑛宗の客家コンプレックス〉（論龍瑛宗的客家情結）、龍瑛宗〈自序〉，正文後有〈龍瑛宗自訂年譜〉。

紅塵／鍾肇政譯

臺北：遠景出版公司
1997 年 6 月，32 開，311 頁
臺灣文學叢書 28

長篇小說。本書描述光復前後不同的社會現象，表現出作者觀察臺灣社會發展中價值體系的轉變，唯利是圖的風氣及貪污的批判內涵。全書共 10 章：1.有荔枝的鎮市；2.牧野與島津；3.拍馬屁的人；4.墳場遺跡；5.老嫗之歌；6.城內的變貌；7.碧波上的旅程；8.宛如仙人跳；9.曇天裏的陰謀；10.蒙塵。正文後附錄〈龍瑛宗自訂年譜〉、鍾肇政〈戰後臺灣的一種見證〉。

日本統治期台湾文学台湾人作家作品集第三卷──龍瑛宗／下村作次郎編

東京：綠蔭書房
1999 年 7 月，25 開，442 頁

短篇小說集。全書共收〈パパイヤのある街〉、〈夕影〉、〈黑い少女〉、〈白い鬼（上、下）〉、〈趙夫人の戯画（1〜22）〉、〈村娘みかかりぬ〉、〈宵月〉、〈黃家〉、〈邂逅〉、〈午前の崖〉、〈貘〉、〈南に死す〉、〈知られざる幸福〉、〈ある女の記録〉、〈青雲（1〜5）〉、〈龍舌蘭と月他一篇：崖の男〉、〈蓮霧の庭〉、〈街にて〉、〈海の宿〉、〈若い海〉、〈呂君の結婚〉、〈青き風〉、〈笑ふ清風荘〉、〈結婚綺談〉、〈青天白日旗〉、〈汕頭から來た男〉、〈楊貴妃の恋（1〜2）〉、〈燃える女〉共 28 篇小說。正文前有〈まえがき〉，正文後附錄下村作次郎編〈作品初出一覽〉、〈龍瑛宗作品解說〉、〈龍瑛宗略歷〉，陳萬益、下村作次郎編〈龍瑛宗著作年譜〉、〈龍瑛宗研究文獻目錄〉。

濤聲
臺北：桂冠圖書公司
2001 年 2 月，48 開，173 頁

短篇小說集。全書收錄〈植有木瓜樹的小鎮〉、〈夕陽〉、〈黃昏月〉、〈村姑娘逝矣〉、〈蓮霧的庭院〉、〈龍舌蘭與月亮〉、〈濤聲〉、〈燃燒的女人〉共八篇。正文前有莫渝代序〈薄暮與螢光〉，正文後附錄莫渝〈龍瑛宗與法國文學〉、〈龍瑛宗年表〉。

【合集】

龍瑛宗全集（中文卷）／陳萬益主編；陳千武、林至潔、葉笛譯
臺南：國家臺灣文學館籌備處
2006 年 11 月，25 開

本套書分為小說集四冊，評論集一冊，詩‧劇本‧隨筆集二冊，文獻集一冊，共八冊，完整收錄龍瑛宗生前作品及未刊稿，正文前有〈編輯凡例〉、龍瑛宗照片、著作書影及手稿照片。

龍瑛宗全集（中文卷）第一冊‧小說集(1)
臺南：國家臺灣文學館籌備處
2006 年 11 月，25 開，251 頁

短篇小說集。本書收錄〈植有木瓜樹的小鎮〉、〈夕影〉、〈黑妞〉、〈白鬼〉、〈趙夫人的戲畫〉、〈村姑娘逝矣〉、〈早霞〉、〈霄月〉、〈黃家〉、〈邂逅〉、〈午前的懸崖〉、〈貘〉共 12 篇小說。正文前有吳麗珠〈跨越語言的文學大師〉、陳萬益〈蠹魚與玩具——《龍瑛宗全集》代序〉。

龍瑛宗全集（中文卷）第二冊‧小說集(2)
臺南：國家臺灣文學館籌備處
2006 年 11 月，25 開，248 頁

短篇小說集。本書收錄〈白色山脈〉、〈死於南方〉、〈不為人知的幸福〉、〈某個女人的紀錄〉、〈青雲〉、〈龍舌蘭與月亮〉、〈崖上的男人〉、〈蓮霧的庭院〉、〈在街上〉、〈海邊的旅館〉、〈年輕的海〉、〈呂君的結婚〉、〈青風〉、〈歡笑的清風莊〉、〈歌〉、〈結

婚綺談〉、〈青天白日旗〉、〈從汕頭來的男子〉、〈楊貴妃之戀〉、〈燃燒的女人〉、〈可悲的鬼〉、〈故園秋色〉共 22 篇小說。

龍瑛宗全集（中文卷）第三冊・小說集(3)

臺南：國家臺灣文學館籌備處
2006 年 11 月，25 開，289 頁

短篇小說集。本書收錄〈媽祖宮的姑娘們〉、〈月黑風高〉、〈夜流〉、〈斷雲〉、〈杜甫在長安〉、〈勁風與野草〉、〈神兵隊〉、〈理髮師〉、〈催繳單〉、〈詩人的華爾滋〉、〈月下瘋女〉、〈強盜〉、〈送鞋子〉、〈黃包車〉、〈新春隨筆〉、〈狗用食品〉、〈曼谷街頭〉、〈農婦與日兵〉、〈鄲城故事〉、〈美人魚〉、〈埃及的野狗〉、〈雪丸姐姐〉、〈第一次世界大戰〉、〈長舌婦〉、〈潑婦〉、〈獨白〉、〈下酒的月光〉、〈杜拜空港〉、〈渡邊綾子〉、〈有難〉、〈中國話〉、〈瞭望海峽的祖墳〉、〈小小的支那人〉、〈夕陽與牧童〉共 34 篇小說。

龍瑛宗全集（中文卷）第四冊・小說集(4)

臺南：國家臺灣文學館籌備處
2006 年 11 月，25 開，264 頁

長篇小說。本書收錄〈紅塵〉，爲戰後龍瑛宗重新執筆以日文寫成的長篇小說，描述光復前後不同的社會現象，表現出作者觀察臺灣社會發展中價值體系的轉變，唯利是圖的風氣及貪污的批判內涵。全書共 11 章：1.荔枝鎮上；2.牧野和島津；3.馬屁精；4.墳場的遺跡；5.老嫗之歌；6.城內的變遷；7.波枕的旅途；8.僞造仙人跳；9.陰霾下的企圖；10.沾滿灰塵；11.媽祖也去日本。

龍瑛宗全集（中文卷）第五冊・評論集

臺南：國家臺灣文學館籌備處
2006 年 11 月，25 開，371 頁

本書收錄龍瑛宗自日治時期、戰後初期至 1990 年代的相關文學評論及短文，共收〈週期性景氣變化的崩壞以及展望〉、〈爲了年輕的臺灣文學〉、〈芥川獎之〈雞騷動〉──《文藝首都》與保高先生〉、〈〈對臺灣文化界的期望〉龍瑛宗意見〉、〈關於作家〉等 111 篇。

龍瑛宗全集（中文卷）第六冊・詩・劇本・隨筆集(1)

臺南：國家臺灣文學館籌備處
2006 年 11 月，25 開，367 頁

本書收錄龍瑛宗創作〈美麗的威嚇——給某些本島詩人〉、〈跟銀行有關的詩人大木和逗子〉、〈歡鬧河邊的女子們〉等新詩 29 首及一篇劇本〈美麗的田園〉，隨筆〈東京鄉下佬〉、〈東京的烏鴉〉、〈臺灣與南支那〉、〈南方通信〉、〈我的秋風帖〉等 78 篇。

龍瑛宗全集（中文卷）第七冊・隨筆集(2)

臺南：國家臺灣文學館籌備處
2006 年 11 月，25 開，239 頁

本書收錄〈讀書遍歷記〉、〈《文藝臺灣》與《臺灣文藝》〉、〈新文學的先聲〉、〈荒城之月——聽江文也獨唱會〉、〈章太炎與芥川龍之介〉等 72 篇。

龍瑛宗全集（中文卷）第八冊・文獻集

臺南：國家臺灣文學館籌備處
2006 年 11 月，25 開，316 頁

本書收錄龍瑛宗 1939 年 1 月 1—25 日的日記，龍瑛宗致鍾肇政、杜潘芳格、林瑞明、李喬等 75 封書信，編輯《中華》雜誌、《中華日報》及《今日之中國》等 17 篇編輯後記，〈文藝龍門陣座談會〉、〈三人座談〉、〈臺灣代表作家——文藝座談會〉等 11 篇座談會紀錄，〈中央文壇之彗星——訪問〈植有木瓜樹的小鎮〉之作者龍瑛宗君〉、〈看來像謊言的真實〉、〈新銳臺灣作家介紹〉等 14 篇相關報導及評論。正文後附錄〈龍瑛宗生平年表〉、〈龍瑛宗寫作年表〉，以及後記：劉文甫〈我回憶中的父親〉、劉知甫〈幻想與讀書：悼念父親龍瑛宗——生命中的兩大支柱〉。

龍瑛宗全集（日本語版）／陳萬益編集代表

臺南：國立臺灣文學館
2008 年 4 月，25 開

本套書分為小說集三冊，評論集一冊，詩・劇本・隨筆集一冊、文獻集一冊，共六

冊，完整收錄龍瑛宗生前作品及未刊稿，正文前均有龍瑛宗照片及著作書影、手稿
等。

龍瑛宗全集（日本語版）第一冊・小說集（1）
臺南：國立臺灣文學館
2008 年 4 月，25 開，278 頁

短篇小說集。本書收錄龍瑛宗〈パパイヤのある街〉、〈夕影〉、
〈黑い少女〉、〈白い鬼（上、下）〉、〈趙夫人の戲畫（1～22）〉、
〈村娘みまかりぬ〉、〈朝やけ〉、〈霄月〉、〈黃家〉、〈邂逅〉、
〈午前の崖〉、〈貘〉、〈白い山脈〉、〈南に死す〉共 14 篇小說。
正文前有鄭邦鎮〈時代を越えた文壇の大家〉、陳萬益〈蠹魚
と玩具──《龍瑛宗全集》の序に代えて〉。

龍瑛宗全集（日本語版）第二冊・小說集（2）
臺南：國立臺灣文學館
2008 年 4 月，25 開，278 頁

短篇小說集。本書收錄龍瑛宗〈知られざる幸福〉、〈ある女の
記錄〉、〈青雲（1～5）〉、〈龍舌蘭と月〉、〈崖の男〉、〈蓮霧の
庭〉、〈辻小說「街にて」〉、〈海の宿〉、〈若い海〉、〈呂君の結
婚〉、〈青き風〉、〈笑ふ清風莊〉、〈歌〉、〈結婚綺談〉、〈青天白
日旗〉、〈汕頭から來た男〉、〈楊貴妃の戀（1～2）〉、〈燃える
女〉、〈哀しき鬼〉、〈故園秋色〉、〈媽祖宮の姑娘たち〉、〈夜の
流れ〉共 22 篇小說。

龍瑛宗全集（日本語版）第三冊・小說集（3）
臺南：國立臺灣文學館
2008 年 4 月，25 開，274 頁

長篇小說。本書收錄〈紅塵〉，爲戰後龍瑛宗重新執筆以日文
寫成的長篇小說，描述光復前後不同的社會現象，表現出作者
觀察臺灣社會發展中價值體系的轉變，唯利是圖的風氣及貪污
的批判內涵。全書共 11 章：1.荔枝の鎮上にて；2.牧野と島
津；3.拍馬屁の男；4.奧津城の跡；5.老女の唄える；6.城內の
變貌；7.波枕の旅路；8.仙人跳まがい；9.曇りの企み；10.塵
埃に塗れて；11.媽祖も日本へ。

龍瑛宗全集（日本語版）第四冊・評論集

臺南：國立臺灣文學館

2008 年 4 月，25 開，259 頁

本書收錄龍瑛宗自日治時期、戰後初期至 1990 年代的相關文
學評論及短文，共收〈週期の景氣波動の崩壞及び展望〉、〈若
き臺灣文學のために〉、〈芥川獎の「雞騷動」——「文藝首
都」と保高さ〉、〈臺灣詩人協會——二三の思ひついた希望〉、
〈ひとつの回憶——文運ふたゝび動く〉等 97 篇。

龍瑛宗全集（日本語版）第五冊・詩・劇本・隨筆集

臺南：國立臺灣文學館

2008 年 4 月，25 開，206 頁

本書收錄龍瑛宗創作〈美しへ恫愒——一部の本島人詩人へ〉、
〈銀行緣故者としての詩人——大木と逗子〉、〈戰爭〉等新詩
28 首及一篇劇本〈美しき田園〉，隨筆〈TOKYO あかげつと〉、
〈東京の鴉〉、〈臺灣と南支那〉、〈わが秋風帖〉、〈建設性の要
請〉等 57 篇。

龍瑛宗全集（日本語版）第六冊・文獻集

臺南：國立臺灣文學館

2008 年 4 月，25 開，206 頁

本書收錄龍瑛宗 1939 年 1 月 1—27 日的日記、龍瑛宗致鍾肇
政、林瑞明等 41 封書信，編輯《中華》雜誌、《中華日報》及
《今日之中國》等 17 篇編輯後記，〈台湾文學を語る「パパイ
ヤのある街」その他〉、〈文藝よもやま座談會〉、〈鼎談〉等 11
篇座談會紀錄，〈中央文壇の彗星「パパイヤのある街」の作
者龍瑛宗君を訪ふ〉、〈「パパイヤのある街」〉、〈努力家龍瑛宗
氏〉等 14 篇相關報導及評論。正文後附錄陳萬益、許維育編
〈龍瑛宗略歷年表〉、〈龍瑛宗著作年表〉，以及後記：劉文甫
〈寡默な父の思い出〉、劉知甫〈父の生涯を支えた幻想と読
書〉。

文學年表

1911 年 （明治 44 年）	8 月	25 日，生於新竹州竹東郡北埔庄（今新竹縣北埔鄉），父劉源興，母劉彭足妹，生十子女，排行第八，本名劉榮宗。
1918 年 （大正 7 年）	本年	到彭家祠堂私塾讀「三字經」，師事彭秀才（同學彭瑞鷺之父），不久即因日警干涉而中斷，喪失自小學習漢文的機會。
1919 年 （大正 8 年）	4 月	入學北埔公學校，校長安部守作先生。
1923 年 （大正 12 年）	本年	就讀北埔公學校五年級，成松先生為其文學啓蒙老師，講授《萬葉集》，此時開始接觸日本和歌的創作與閱讀。日文習作〈暴風雨〉被收入《全島學童作文集》，並向《東京少年》雜誌投稿。
1924 年 （大正 13 年）	本年	公學校六年級，日籍教師須藤先生見到他寫給朋友的信件，誇讚其日語程度，並在全班面前朗讀。
1925 年 （大正 14 年）	3 月	北埔公學校畢業，即入學北埔公學校高等科（二年制）。經報考臺北師範學校筆試及格，因體檢和面試落榜。
	本年	曾向考上臺北師範的同學彭瑞鷺借閱吉田絃二郎的散文集，相當喜愛。首次閱讀的世界名著為片山伸識的《唐吉訶德》，購買的第一本兒童文藝雜誌為《赤鳥》。

1927 年 （昭和 2 年）	3 月	北埔公學校高等科（二年制）畢業。
	4 月	報考臺灣商工學校商科，以最高分錄取。
1928 年 （昭和 3 年）	本年	商工學校二年級，國文教師加藤先生熱心指導其文學寫作，日後的創作風格也受其影響。另外，他在讀日本古典文學《源氏物語》及教授和歌時，均正面肯定了龍瑛宗的文學閱讀能力。
1929 年 （昭和 4 年）	本年	商工學校三年級，作文教師木村先生欣賞其作文，時常在同學前朗讀其作品。
1930 年 （昭和 5 年）	3 月	15 日，臺灣商工學校畢業。 17 日，獲師長佐藤龜文次推薦，進入臺灣銀行臺北總行服務。
	4 月	調派臺灣銀行南投支店，負責存、匯款及信用調查業務。因為客家人，不諳閩南語，遭日人主管以「臺灣人不懂臺灣話」無理斥責。
1931 年 （昭和 6 年）	12 月	發表〈動靜二つ三つ〉於臺灣商工學校校刊《開南》。
1932 年 （昭和 7 年）	9 月	20 日，發表〈周期性景氣變化的崩壞以及展望〉於臺灣商工學校創立十五週年《開南紀念號》。
1933 年 （昭和 8 年）	本年	與南投當地日籍女牙醫師兵藤晴子相識，來往日漸密切，並因此事遭到臺銀支店副理干涉警告。
1934 年 （昭和 9 年）	1 月	28 日，父親劉源興病故。
	本年	因公撰寫〈臺灣農村農業倉庫實地調查報告〉，受到臺銀總行調查兼稽核課長井原純策賞識。不久，轉調臺灣銀行臺北總行營業部任職。因認識任職於臺灣總督府圖書館的友人劉金狗，得以借閱大量的世界文學名著，並常去臺北的舊書攤。

1935 年 （昭和 10 年）	3 月	20 日，娶穹林庄李耐爲妻。
1936 年 （昭和 11 年）	5 月	21 日，發表新詩〈美麗的威嚇——給某些本島詩人〉於《臺灣日日新報》。
1937 年 （昭和 12 年）	4 月	1 日，發表短篇小說〈植有木瓜樹的小鎮〉於《改造》第 19 卷第 4 號，獲得日本《改造》雜誌第九屆日本懸賞小說佳作獎，獎金 500 元。 發表新詩〈與銀行有關的詩人大木和逗子〉於《臺銀クラブ》。
	6 月	15 日，發表〈爲了年輕的臺灣文學〉於《臺灣新文學》第 2 卷第 5 號。 休假一個月赴日旅行，與文藝界人士會晤，包括有作家阿部知二、評論家青野季吉等人，應《改造》第一屆懸賞小說得獎人保高德藏之邀，成爲《文藝首都》會員。 與楊逵在東京會面談臺灣文學。
	7 月	10 日，座談會紀錄〈談臺灣文學——〈植有木瓜樹的小鎮〉及其他〉發表於《日本學藝新聞》第 35 號。
	8 月	1 日，發表〈東京鄉卜佬〉於《文藝》第 5 卷第 8 號；發表〈東京的烏鴉〉於《文藝首都》第 5 卷第 8 號。 15 日，發表短篇小說〈夕影〉於《大阪朝日新聞》（臺灣版）。
	11 月	12 日，長子劉文甫出生。
	12 月	16 日，發表〈臺灣與南支那〉於《改造》南方支那號。
1938 年 （昭和 13 年）	1 月	1 日，發表〈「年頭寸感——新人出でよ」隨筆〉於

《臺灣新民報》。

6月　23 日，發表〈蕃人〉於《東洋大學新聞》。

9月　4～11 日，發表〈詩的鑑賞〉（1—8）於《臺灣新民報》。

10月　1 日，發表〈明信片隨筆〉於《文藝》第 6 卷第 10 號。發表〈南方通信〉於《改造》第 20 卷第 10 號。

1939年
（昭和 14 年）
1月　1 日，發表〈文學之夜〉於《臺灣新民報》；發表〈我的秋風帖〉於《文藝首都》第 7 卷第 1 號。

6 日，與《臺灣新民報》文藝部的黃得時遊臺灣一周。

21 日，發表〈棺に哭く日──感動させられる詩〉於《臺灣新民報》。

2月　1 日，發表短篇小說〈黑妞〉於《海を越えて》第 2 卷第 2 號。

3月　11 日，發表〈はがき隨筆──〈風俗〉〉於《臺灣日日新報》。

4月　8 日，發表〈熟人的死〉於《臺灣新民報》。受黃得時邀請，開始爲《臺灣新民報》撰寫隨筆、中篇小說。

5月　1 日，發表〈臺灣一周旅行〉於《大陸》第 2 卷第 5 號。發表〈地方文化通信──臺北市〉於《文藝》第 7 卷第 5 號。

7月　13 日、22 日發表短篇小說〈白鬼（上、下）〉於《臺灣日日新報》。

8月　3 日，發表新詩〈歡鬧河邊的女子們〉、〈在南方的夜晚〉於《臺灣日日新報》。

發表評論〈芥川獎之〈雞騷動〉──《文藝首都》與保高先生〉（上、下）於《臺灣新民報》。

　　　　　應西川滿之邀成爲「臺灣詩人協會」的準備委員。

9 月　　9 日，臺灣詩人協會成立，成爲文化部委員。

　　　　13 日，發表〈臺灣詩人協會——兩三個希望〉於《臺灣新民報》。

　　　　23 日，發表中篇小說〈趙夫人的戲畫〉連載於《臺灣新民報》（9 月 23 日～10 月 15 日）。

　　　　24 日，發表新詩〈戰爭〉於《臺灣日日新報》；發表新詩〈年輕士兵之歌——歡送出征軍人〉於《臺灣日日新報》。

10 月　17 日，發表〈作家言〈趙夫人の戲畫〉〉於《臺灣新民報》。

11 月　23 日，發表〈在火車裡〉於《臺灣鐵道》第 329 號。

12 月　1 日，發表新詩〈花與痰盂〉於《華麗島》創刊號。

　　　　4 日，「臺灣詩人協會」改組爲「臺灣文藝家協會」，仍爲會員。

1940 年　　1 月　1 日，發表短篇小說〈村姑娘逝矣〉於《文藝臺灣》創刊號。
（昭和 15 年）

　　　　7 日，發表〈一段回憶——文運再起〉於《臺灣新民報》。「臺灣文藝家協會」正式成立，機關誌《臺灣文藝》創刊，成爲編輯委員之一。

2 月　　3 日，發表〈山上下雪日〉於《臺灣日日新報》。

　　　　4 日，次子劉知甫出生。

　　　　16～17 日，發表評論〈有城堡的小鎮——憶作家梶井基次郎〉（上、下）於《臺灣新民報》。

3 月　　1 日，發表新詩〈杜甫之夜〉於《文藝臺灣》第 1 卷第 2 號。

4 日，發表短篇小說〈早霞〉於《臺灣藝術》創刊號；發表〈寫真——龍瑛宗〉於《臺灣藝術》創刊號。

4 月　1 日，發表〈作家之眼〉於《臺灣藝術》第 1 卷第 2 號。

5 月　1 日，發表〈給想創作的朋友〉於《臺灣藝術》第 1 卷第 3 號。

31 日，發表〈果戈里及其作品〉（1～14）連載於《臺灣新民報》。（5 月 31 日～6 月 14 日）

7 月　發表短篇小說〈宵月〉於《文藝首都》第 8 卷第 7 號。

9 月　7 日，發表〈追悼錄——陳奇雲先生〉於〈あらたま〉第 19 卷第 9 號。

10 月　1 日，發表〈《文藝臺灣》作家論〉於《文藝臺灣》第 1 卷第 5 號。

發表〈二種《狂人日記》〉於《文藝首都》第 8 卷第 10 號。

11 月　1 日，發表短篇小說〈黃家〉於《文藝》第 8 卷第 11 號。

26 日，發表〈南方之血的溫雅——中村地平的《小小說》〉於《臺灣新民報》。

28 日，發表〈《沒有意義的振翅飛翔》——真杉靜枝的隨筆集〉於《臺灣新民報》。

12 月　10 日，發表〈歸鄉記〉、〈文藝評論〉於《文藝臺灣》第 1 卷第 6 號。

15 日，發表〈驛馬車〉於《臺灣日日新報》。發表〈關於女性的讀書〉於《臺銀クラブ》。

発表新詩〈南方初秋〉、〈深夜的插話〉於《臺銀クラブ》。

本年　発表〈私信〉於《臺銀クラブ》。

1941 年　　1 月　1 日，發表隨筆〈南方的誘惑〉於《臺灣新民報》；發
（昭和 16 年）　　　　表〈同人日記〉於《文藝首都》第 9 卷第 1 號；發表
　　　　　　　　　　評論〈關於作家〉於《臺灣藝術》第 2 卷第 1 號。

　　　　　2 月　2 日，發表〈臺灣文學的展望〉於《大阪朝日新聞》
　　　　　　　　（臺灣版）。

　　　　　　　　11 日，「臺灣文藝家協會」改組，任臺北準備委員會委
　　　　　　　　員。

　　　　　　　　13 日，發表新詩〈圖南的翅膀〉於《興南新聞》。

　　　　　3 月　1 日，發表短篇小說〈邂逅〉、〈新體制與文化〉於《文
　　　　　　　　藝臺灣》第 2 卷第 1 號。

　　　　　　　　5 日，發表新詩〈午前之詩〉、座談會紀錄〈文藝龍門
　　　　　　　　陣座談會〉於《臺灣藝術》第 2 卷第 3 號。

　　　　　　　　與北原政吉、立石鐵臣、西川滿、濱田隼雄於電臺召
　　　　　　　　開「漫談文藝」座談會。

　　　　　4 月　1 日，發表〈名叫巴爾札克的男人〉於《臺灣藝術》第
　　　　　　　　2 卷第 4 期。

　　　　　　　　8 日，調任臺灣銀行花蓮支店。13 日，發表劇本〈美
　　　　　　　　麗的田園〉腳本於《手腳に出來る青年劇腳本》。

　　　　　5 月　20 日，發表〈停車場〉、〈雜記〉於《文藝臺灣》第 2
　　　　　　　　卷第 2 號。

　　　　　6 月　15 日，發表〈對陽光的隱忍〉於《週刊朝日》於第 39
　　　　　　　　卷第 27 期。

　　　　　　　　29 日，發表〈花蓮港風景〉（上、下）於《臺灣日日新

報》（6月29日、7月1日）。

7月　1日，發表短篇小說〈午前的懸崖〉於《臺灣時報》第
23卷第7號。

9～10日，發表〈何謂文學？〉（上、下）於《臺灣日
日新報》。

20日，發表〈在沙灘上——從波濤洶湧的小鎮〉於
《文藝臺灣》第2卷第4號。

8月　10日，發表〈文學的本事〉於《臺灣日日新報》。

20日，發表〈文藝時評〉於《文藝臺灣》第2卷第5
號。

9月　20日，發表〈努力的繼續〉於《大阪朝日新聞》（臺灣
版）。

30日，發表〈文學襍記帖〉（上、下）於《臺灣日日新
報》（9月30日～10月1日）。

10月　20日，發表〈白色山脈〉於《文藝臺灣》第3卷第1
號。與濱田隼雄同任「臺灣文藝家協會」小說理事。

11月　23日，長女劉淑惠出生。

發表〈團體行動和個人生活的交流〉（ハガキ回答）於
《臺灣時報》第263號。

12月　2～4日，發表〈新天長斷崖〉（上、中、下）連載於
《臺灣日日新報》。

17日，發表〈菊池寬、中野實兩氏を圍み〉（一）於
《臺灣新民報》。

本年　新春，遊覽臺中東勢明治溫泉，撰寫小說，並執筆臺
灣總督府情報部囑託之青年演劇劇本。

結識臺北帝國大學教授工藤好美。

創作新詩〈詩人的午睡〉，直到戰後才自譯發表。

1942 年 （昭和 17 年）	1 月	1 日，發表〈對於臺灣藝術界的期望〉於《臺灣藝術》第 3 卷第 1 號。

1 月　1 日，發表〈對於臺灣藝術界的期望〉於《臺灣藝術》第 3 卷第 1 號。

14 日，辭去臺灣銀行職務，退職金 2000 圓。舉家搬回臺北。

2 月　1 日，日本評論家中村哲將龍瑛宗列為臺灣四人作家之一（西川滿、濱田隼雄、張文環、龍瑛宗）。澀谷精一評〈白色山脈〉為「可笑的小說」。

6 日，由皇民奉公會幹部松井氏推薦進入《臺灣日日新報》社，月俸金 95 元，任「兒童新聞」編輯。

20 日，發表新詩〈東洋之門〉於《文藝臺灣》第 3 卷第 5 號。

30 日，澀谷精一再批評龍瑛宗〈南方的作家們〉是本島文藝批評的壞典型。

3 月　1 日，發表〈大東亞戰爭與文藝家的使命——建設性的要求〉於《臺灣藝術》第 3 卷第 3 號。

5 日，發表〈薄薄社的饗宴〉於《民俗臺灣》第 2 卷第 3 號。

20 日，發表〈南方的作家們〉於《文藝臺灣》第 3 卷第 6 號。

4 月　20 日，發表〈時間的嬉戲〉於《文藝臺灣》第 4 卷第 1 號。

5 月　1 日，發表評論〈審查評〉於《臺灣藝術》第 3 卷第 5 號。

20 日，與楊熾昌訪佳里吳新榮。

6 月　與濱田隼雄、西川滿擔任「文藝臺灣賞」預選委員，

並舉行座談會，座談會紀錄〈鼎談〉發表於《文藝臺灣》第 4 卷第 3 號。

7 月　中村哲、竹村猛、松居桃樓舉行「文學鼎談」座談會，座談會紀錄發表於《臺灣文學》第 2 卷第 3 期，其中批評龍瑛宗文學缺乏勇氣，多愁善感。

8 月　15 日，短篇小說〈白色山脈〉被收入大阪屋號書店《臺灣文學集》。

20 日，發表新詩〈夜晚與早晨之歌〉於《文藝臺灣》第 4 卷第 5 號。

9 月　5 日，發表短篇小說〈死於南方〉於《臺灣時報》第 24 卷第 9 號。

20 日，發表短篇小說〈不知道的幸福〉於《文藝臺灣》第 4 卷第 6 號。

10 月　17 日，林英二〈《文藝臺灣》短評〉，發表於《興南新聞》，其中論及龍瑛宗〈不知道的幸福〉一文。

22 日，與西川滿、張文環、濱田隼雄同赴東京出席第一屆大東亞文學者大會。

30 日，發表短篇小說〈某個女人的記錄〉於《臺灣鐵道》第 364 號。

11 月　1 日，發表評論〈雞肋抄——屠格涅夫的〈初戀〉〉於《臺灣公論》第 7 卷第 11 號；座談會紀錄〈臺灣代表作家——文藝座談會〉發表於《臺灣藝術》第 3 卷第 11 號；發表短篇小說〈青雲〉（1～5）連載於《青年之友》第 125—129 號（1942 年 11 月 1 日～1943 年 3 月 5 日）。

2 日，參拜靖國神社。

3 日，大東亞文學者大會開幕。

4 日，在大會中發言「感謝皇軍」。

5 日，出席大東亞省召開之宴會。

8 日，在日比古法曹會館與張文環共同主持「大東亞戰爭與在京臺灣學生的動向」座談會，會議紀錄發表於 12 月《臺灣時報》第 25 卷第 12 期。座談會期間與張文環同住，交談後盡釋前嫌。

10 日，大東亞文學者大會閉幕式於大阪舉行。

13 日，返臺。

20 日，發表新詩〈可烈菲特魯陷落〉於《文藝臺灣》第 5 卷第 2 號。

12 月　　2 日，「臺灣文藝家協會」主辦，「皇民奉公會」協辦的「大東亞文藝演講會」召開，有「感激大會」之語。龍瑛宗於全島巡迴演講時至臺中談其文學論。

5 日，座談會紀錄〈大東亞戰爭與在京臺灣學生的動向〉發表於《臺灣時報》第 25 卷第 12 號。

25 日，發表〈新文化的建設〉、〈大東亞文學者大會速記抄錄——感謝皇軍〉於《文藝臺灣》第 5 卷第 3 號。

本年　　與吳濁流、張文環、呂赫若等人每月於臺大聚會，聆聽工藤好美教授講解臺灣近代文學。

1943 年　　1 月　　1 日，中村哲、龍瑛宗對談會紀錄〈中村哲氏龍瑛宗氏對談會〉、〈獲得可喜的成就〉發表於《臺灣藝術》第 4 卷第 1 號。
（昭和 18 年）

15 日，報導龍瑛宗發言的短文〈大東亞精神的樹立〉發表於《日本學藝新聞》第 143 號。

28 日，發表新詩〈夏天的庭院〉、〈南方女人〉、〈東部斷章〉於《臺灣繪本》。

31 日，《臺灣文學》第 3 卷第 1 號，首次刊載龍瑛宗的文章〈道義文化的優越地位〉。

2 月　1 日，座談會紀錄〈甄選小說〉發表於《文藝臺灣》第 5 卷第 4 號。

3 月　1 日，發表〈雞肋抄——《憶亡夫杜思妥也夫斯基》〉於《臺灣公論》第 8 卷第 3 號。

4 月　1 日，發表短篇小說〈崖上的男人〉於《文藝臺灣》第 5 卷第 6 號；發表〈雞肋抄——拉羅斯福哥〉於《臺灣公論》第 8 卷第 4 號。

社團法人「日本文學報國會臺灣支部」成立，擔任幹事。

6 月　1 日，發表〈製煙草〉於《文藝臺灣》第 6 卷第 2 號。

7 月　1 日，發表新詩〈山本元帥悼歌〉於《臺灣公論》第 8 卷第 7 號。

3 日，發表新詩〈蟬〉、短篇小說〈蓮霧的庭院〉於《臺灣文學》第 3 卷第 3 號。

8 月　19 日，發表〈拾錢的問題〉於《臺灣鐵道》第 373 號。

辭去《文藝臺灣》同人。

10 月　1 日，發表〈作家與讀者〉於《臺灣藝術》第 4 卷第 10 號；發表〈文學應有的狀態〉於《臺灣婦人界》第 10 卷第 10 號；發表新詩〈印度之歌〉於《臺灣公論》。

4 日，發表短篇小說〈在街上〉於《臺灣鐵道》10 月

號。

11 日，發表〈孤獨的蠹魚〉於《興南新聞》。

11 月	11 日，發表〈寫於選後〉於《臺灣藝術》第 4 卷第 11 號。	

12 日，參加「臺灣文學決戰會議」，有「八紘一宇精神」之發言。

12 月　1 日，發表〈回顧與內省〉於《臺灣藝術》第 4 卷第 12 號。

11 日，文學評論集《孤獨な蠹魚》出版，盛興出版部。

本年　欲出版短篇小說集《蓮霧の庭》未遂，因其中〈夕影〉一文不合戰時體制，受總督府禁止。

1944 年
（昭和 19 年）

1 月　1 日，發表新詩〈寄給南方〉、短篇小說〈海邊的旅館〉於《臺灣藝術》第 5 卷第 1 號。

2 月　1 日，發表〈學生之戰——北部學生聯合演習記〉於《臺灣藝術》第 5 卷第 2 號。

3 月　全島報紙合併為《臺灣新報》，與吳濁流、黃得時等同任職於《臺灣新報》，暢談文學。

4 月　1 日，發表〈時間〉於《新建設》第 3 卷第 4 號。

5 月　1 日，發表〈萬葉集的回憶〉於《臺灣文藝》創刊號；座談會紀錄〈南方文化人也需再磨練〉發表於《臺灣藝術》第 5 卷第 5 號；發表兒童文學〈無敵猿飛〉（1～32）連載於《臺灣新報》（青年版）（5 月 1 日～6 月 6 日）。

6 月　1 日，座談會紀錄〈跟伊藤金次郎氏論要塞臺灣的文化座談會〉發表於《臺灣藝術》第 5 卷第 6 號。

27 日，發表〈別具一格的故事〉於《臺灣新報》（北部版）。

受「臺灣文學奉公會」派遣至高雄海兵團，以少尉軍階見習一週，曾遇時任海軍軍官，後擔任日本內閣首相的中曾根康弘，歸來後參加從軍作家座談會，並以此經驗寫出決戰小說〈年輕的海〉。

7 月　26 日，座談會紀錄〈臺灣如此戰鬥：從軍作家座談會——鍛鍊靈魂的道場瀰漫在工作職場的日本精神〉發表於《臺灣日日新報》。

8 月　1 日，發表〈戰時下之文學〉於《臺灣文藝》第 1 卷第 4 號。

10 日，發表短篇小說〈年輕的海〉於《旬刊臺新》第 1 卷第 3 號。

20 日，發表〈告別脂粉的健康勞動女性〉於《旬刊臺新》第 1 卷第 4 號。

23 日，發表短篇小說〈呂君的結婚〉於《臺灣新報》（青年版）。

擔任臺灣新報社《旬刊臺新》的編輯長，此外，臺灣人編輯委員尚包括王白淵、呂赫若。

11 月　10 日，發表〈名詩を味ふ——釦鈕（森鷗外）〉於《臺灣新報》（青年版）。

12 月　1 日，發表短篇小說〈青風〉於《臺灣文藝》第 1 卷第 6 號。

30 日，決戰短篇小說〈年輕的海〉收錄於臺灣總督府情報課出版之《決戰臺灣小說集——乾之卷》。

1945 年
（昭和 20 年）　1 月　1 日，發表短篇小說〈歡笑的清風莊〉於《いしずゑ》第 2 卷第 1 號。

5 日，發表短篇小說〈歌〉於《臺灣文藝》第 2 卷第 1號。

31 日，發表〈山居故鄉之記〉於《臺灣時報》第 28 卷第 1 號。

2 月　1 日，發表短篇小說〈結婚綺談〉於《新大眾》第 6 卷第 2 號。

6 日，發表〈第一回入營を祝ふ——妹から兄へ〉於《臺灣新報》（青年版）。

11 月　10 日，發表〈民族主義的烽火〉於《新青年》第 1 卷第 3 號。

15 日，《新風》創刊，擔任贊助員；發表短篇小說〈青天白日旗〉於《新風》創刊號。

20 日，發表〈文學〉於《新新》創刊號；發表短篇小說〈汕頭來的男子〉於《新新》創刊號。

26 日，發表〈現在及將來之國民黨與中共問題〉於《東寧新報》第 2 號。

本年　發表〈《可愛的仇人》〉於《臺灣新民報》。

1946 年　1 月　20 日，發表〈中美關係和其展望〉、〈日本再建の道〉、〈太平天國〉（一）、短篇小說〈楊貴妃之戀〉（一）於《中華》創刊號。

21 日，發表〈最近文學界一瞥〉於《東寧新報》（旬刊）。

《中華》創刊，陳國柱發行，龍瑛宗主編，共發行二號。

2 月　1 日，發表〈二人共乘的腳踏車〉於《新新》第 2 號。

3 月　15 日，發表〈個人主義的結束——老舍的《駱駝祥

子〉〉於《中華日報》。

21 日，發表新詩〈在臺南歌唱〉、〈與生活搏鬥的小孩〉於《中華日報》。

赴臺南任職《中華日報》編輯部日文編輯員，其間因刊登鐵路工人對薪資及待遇不滿之投書，遭到當局調查。

4 月　4 日，發表〈臺北時代的章炳麟——亡命家的一個插話〉於《中華日報》。

11 日，發表〈卡門〉於《中華日報》。

20 日，發表〈太平天國〉（二）、短篇小說〈楊貴妃之戀〉（二）於《中華》第 2 號。

23 日，發表短篇小說〈燃燒的女人〉於《中華日報》。

26 日，發表〈菊子夫人〉於《中華日報》。

28 日，發表〈女性與讀書〉於《中華日報》。

5 月　2 日，發表〈復活〉於《中華日報》。

9 日，發表〈藍德之死〉於《中華日報》。

10 日，發表〈藍鬍子與七位妻子〉於《中華日報》。

13 日，發表〈唐吉軻德〉於《中華日報》。

14 日，發表〈波斯人的信〉、〈文學有沒有必要？——時代與文化的問題〉於《中華日報》。

20 日，發表〈阿 Q 正傳〉於《中華日報》；翻譯章陸小說〈錦繡河山〉（1～78）連載於《中華日報》（5 月 20 日～9 月 13 日）。

23 日，發表〈阿道爾夫〉於《中華日報》。

30 日，發表〈「飯桶」論〉、〈少年維特的煩惱〉於《中華日報》。

6月　1 日，發表〈老殘遊記〉、〈ハイネよ〉於《中華日報》。

5 日，發表〈格列佛遊記〉於《中華日報》。

7 日，發表〈亞爾妮〉於《中華日報》。

9 日，發表〈女性為什麼要化粧〉於《中華日報》。

13 日，發表〈我的大學〉於《中華日報》。

22 日，發表〈女人的一生〉、〈擁護文化——祝賀臺灣文化協進會的成立〉於《中華日報》。

25 日，發表〈入海濁江、比高〉於《中華日報》。

7月　25 日，發表〈飢饉和商人——悲慘的插話〉於《中華日報》。

8月　1 日，發表〈娜娜〉、〈來歷〉於《中華日報》。

4 日，發表〈婦女與天才〉於《中華日報》。

8 日，發表〈認識中國的方法〉、〈扼殺人才——關於人事問題〉於《中華日報》。

11 日，發表〈女性與學問——現代的文化已失調〉於《中華日報》。

16 日，發表〈中國文學的動向〉、〈罪與罰〉於《中華日報》。

18 日，發表〈女性美的變遷——現代強調健康美〉於《中華日報》。

22 日，發表〈理論和現實——要好好觀察現實〉於《中華日報》。

25 日，發表〈婦女的能力〉於《中華日報》。

26 日，升任《中華日報》日文組主任。

29 日，發表〈血和淚的歷史——楊逵的〈送報伕〉〉、

〈初戀〉於《中華日報》。

9月　5 日，發表〈羅斯查伊德家——變成大富翁的秘訣〉於《中華日報》。

12 日，發表〈浮生六記〉、〈中國古代的科學書——宋應星的《天工開物》〉於《中華日報》。

15 日，發表〈女人啊！爲何哭泣〉於《中華日報》。

19 日，發表〈薔薇戰爭——臺胞被奴化了嗎〉、〈臺南から臺北へ〉於《中華日報》。

21 日，發表〈男女間的愛情〉於《中華日報》。

28 日，發表〈外套〉、〈傳統的潛在力——吳濁流的《胡志明》〉於《中華日報》。

10月　3 日，發表〈戰爭，還是和平？〉於《中華日報》。

6 日，發表〈婦女與政治〉於《中華日報》。

13 日，發表短篇小說〈可悲的鬼〉、評論〈貝特表妹〉於《中華日報》。

15 日，發表〈新劇運動的前途——觀看熊佛西作〈屠戶〉〉於《中華日報》。

17 日，發表新詩〈心情告白〉、〈爲了知性——離別之言〉於《中華日報》。

19 日，發表〈中國近代文學的始祖——於魯迅逝世十週年紀念日〉於《中華日報》。

20 日，發表〈貞操問答〉、〈婦女與經濟〉於《中華日報》。

23 日，發表新詩〈停止內戰吧〉、〈海燕〉、〈關於日本文化——今後的心理準備〉於《中華日報》。

24 日，發表〈臺灣將何去何從〉於《中華日報》。

		25 日，因政府政策廢除報章雜誌之日文版，失業。
1947 年	1 月	任職於民政廳，編輯以原住民爲對象的《山光旬刊》，因薪資微薄，生活困難。
		發表〈臺北的表情〉於《新新》第 2 卷第 1 號。
	2 月	17 日，出版隨筆集《女性を描く》，大同書局，其中書簡〈給一位女人的書信〉首次發表。
		二二八事變之前，舉家遷回臺北，暫居萬華龍瑛宗大姊處，後遷至泰順街。
1949 年	1 月	18 日，參加《新生報》主辦「『天未亮』演出座談會」，座談會紀錄載於《新生報》「橋」副刊。
	5 月	20 日，發表〈左拉的實驗小說論〉於《龍安文藝》創刊號；發表〈登山跋嶺〉於《臺旅日刊》第 1 卷第 4 期。
	6 月	任職合作金庫事務員。
1950 年	5 月	發表〈最初的農倉調查——我的臺銀時代序章〉於《合作界》（張我軍協助中譯）。
	6 月	21 日，改派合作金庫研究室，職別爲辦事員。與張我軍爲同事，共同負責機關誌《合作界》編務。
1952 年	12 月	創作短篇小說〈故園秋色〉，未刊稿。
	11 月	5 日，發表〈東部農會的苦惱〉於《合作界》第 14 期。
	12 月	10 日，發表〈日人文學在臺灣〉於《臺北文物》第 3 卷第 3 期。
1963 年	6 月	1 日，《今日の中國》創刊，參與編務，翻譯文心〈海の祭り〉於《今日の中國》創刊號。
	7 月	1 日，翻譯鍾理和〈同姓結婚〉於《今日の中國》。

1964年	10月	1 日，發表〈美麗島・臺灣——其豐富的觀光資源〉於《今日の中國》。
	本年	《臺灣文藝》創刊，獲吳濁流邀請擔任編輯委員。
1965年	5月	受聘爲「今日之中國」社編輯委員會主筆。
1966年	4月	發表〈文學魂〉於《臺灣文藝》第2期。
	本年	擔任《臺灣文藝》第一屆臺灣文學獎評審。
1967年	10月	發表〈澎湖紀行——蔓蔓夏草呦・身經百戰的戰士們無常的夢痕〉於《今日の中國》。
1968年	1月	發表〈臺北的今昔〉於《今日の中國》。
1969年	11月	1 日，發表〈在潮州鎮〉於《今日の中國》。
1974年	1月	25 日，發表〈新春閒談復興國劇〉於合作金庫「作業動態簡訊」稽核室第8期。
1975年	8月	20 日，發表〈從加利福尼亞談臺灣〉於《今日合庫》第1卷第7期。
1976年	8月	31 日，自合作金庫退休。
	10月	發表〈瞑想〉於《臺灣文藝》第53期。
		龍瑛宗著，〔編輯部譯〕〈血與淚的歷史〉，收入楊素絹主編《壓不扁的玫瑰花》，臺北：輝煌出版社。
1977年	3月	20 日，發表新詩〈龍瑛宗詩選：午前之詩、夜晚與早晨之歌、花蓮港回想、詩人的午睡、杜甫之夜、圖南的翅膀、車站〉於《自立晚報》，其中〈詩人的午睡〉爲 1941 年作品，首次發表。發表〈無常〉於《臺灣文藝》第54期。
	12月	26 日，發表〈半世紀前的往事〉於《北埔國小八十週年紀念特刊》。
1978年	10月	龍瑛宗著，張良澤譯〈植有木瓜樹的小鎮〉發表於

《前衛叢刊》第 2 期。

	11 月	20 日，創作〈文藝評論家的任務——讀夏先生的作品選評有感〉，未發表。

龍瑛宗訪談紀錄〈日據時代的臺灣文壇〉發表於《大學雜誌》第 119 期。

1979 年	3 月	16 日，發表〈半世紀前的往事〉於《北埔國小八十週年紀念特刊》。
		23 日，發表〈身邊襍記片片〉於《民眾日報》。
		27 日，發表新詩〈蟬〉於《民眾日報》。
	4 月	8 日，發表短篇小說〈黃家〉於《聯合報》。
		20 日，發表短篇小說〈夜流〉於《だあひん》。
	6 月	5 日，自譯短篇小說〈黑少女〉於《民眾日報》。
		15 日，自譯短篇小說〈白鬼〉於《民眾日報》。
		21 日，發表長篇小說〈紅塵〉連載於《民眾日報》（鍾肇政譯，6 月 21 日～10 月 23 日）
	7 月	出版短篇小說集《植有木瓜樹的小鎮》，臺北：遠景出版社。
		發表短篇小說〈貘〉於《臺灣文藝》第 63 期。
	8 月	3～5 日，自譯短篇小說〈夜流〉連載於《自立晚報》。
	9 月	16 日，發表評論〈多些文藝批評〉於《民眾日報》。
	10 月	25 日，發表〈黑與白〉於《民眾日報》。
	本年	《光復前臺灣文學全集龍瑛宗集》，臺北：遠景出版社，收錄有鍾肇政、張良澤譯〈植有木瓜樹的小鎮〉等小說作品七篇。
1980 年	1 月	26 日，發表短篇小說〈斷雲〉（1～16）連載於《民眾日報》（1 月 26 日～2 月 10 日）。

發表〈失落的往事〉於《路工》。

春節　遊東南亞：菲律賓、泰國、馬來西亞、新加坡、印尼。

2 月　22 日，發表〈新春懷古〉於《民眾日報》。

27 日，發表〈張我軍之死——高舉五四火把回臺的先覺者〉於《民眾日報》。

4 月　發表〈走馬看東南亞〉於《路工》。

10 月　10 日，發表〈兩個臉龐——走訪鹽分地帶〉於《自立晚報》。

25 日，發表〈與舊友話當年〉於《民眾日報》；發表短篇小說〈杜甫在長安〉於《聯合報》。

11 月　20 日，發表短篇小說〈杜甫在長安〉於《世界日報》。

12 月　13 日，出席「臺灣光復前詩人作家座談會」。

1981 年　春節　與王昶雄、鄭世璠、郭啓賢等人訪新莊杜文靖，欣賞古賀大獎錄影帶。

1 月　28 日，發表〈讀書遍歷記〉於《民眾日報》。

30 日，發表評論〈「文藝臺灣」與「臺灣文藝」〉於《臺灣現代史研究》第 3 期。

5 月　19 日，發表〈荒城之月——聽江文也獨唱會〉於《自立晚報》。

23 日，發表〈名作的誕生——評王詩琅「沙基路上的永別」〉於《聯合報》。發表評論〈新文學的先聲〉於《臺灣文藝》第 72 期。

1982 年　2 月　15 日，發表〈勁風與野草〉於《聯合報》。

27 日，國民黨文工會主任周應龍在中視貴賓廳宴請作家龍瑛宗、鍾肇政、巫永福、黃得時、楊雲萍、劉

捷、王昶雄等人，另輯成作家專訪集《文運與文心——
——訪文藝先進作家》，中央月刊社編印。

5 月　發表〈張文環與王白淵〉於《臺灣文藝》第 76 期。

新詩〈花與痰盂〉、〈圖南的翅膀〉、〈歡鬧河邊的女子
們〉、〈在南方的夜晚〉、〈印度之歌〉，收入羊子喬，陳
千武主編《望鄉》，臺北：遠景出版社。

10 月　3 日，〈我的寫作生活〉送《聯合報》。

22 日，〈殖民地的讀書人〉送《臺灣文藝》。

24 日，發表〈索氏演講所惑〉於《聯合報》。

短篇小說〈勁風與野草〉獲《聯合報》特別獎。

12 月　16 日，發表〈一個望鄉族的告白——我的寫作生涯〉
於《聯合報》。

1983 年　1 月　30 日，〈新春賦〉送《臺灣時報》。

3 月　1 日，〈聚寶盆〉送《聯合報》。

14 日，〈談前輩〉送《開南校友通訊》。

23 日，〈回顧日本文壇〉送《臺灣文藝》。

4 月　1 日，發表〈憶諸前輩〉（上、下）於《開南校友通
訊》第 408、409 期。（4 月 1 日、5 月 1 日）

5 月　22 日，發表〈北埔金廣福〉於《臺灣新生報》。發表自
譯短篇小說〈青天白日旗〉於《路工》。

6 月　發表自譯短篇小說〈從汕頭來的男子〉於《路工》。

7 月　4 日，發表〈送鞋子〉、〈黃包車〉於《聯合報》。

9 月　15 日，發表〈回顧日本文壇〉於《臺灣文藝》第 84
期。

10 月　24 日，發表〈新聞老兵話當年——光復前的臺灣新聞
界〉於《臺灣新生報》。

	11 月	龍瑛宗著，葉石濤譯〈個人主義的結束〉，發表於《文學界》第 8 期。
	12 月	1 日，發表〈歐非之旅〉於《開南校友通訊》。
1984 年	2 月	7 日，〈股東的獨白〉送《臺灣文藝》。
		10 日，發表〈崎嶇的文學路──抗戰文壇的回顧〉於《文訊》第 7 卷第 8 期。
		29 日，發表〈新春隨筆〉於《自立晚報》。
		龍瑛宗著，葉石濤譯〈論吳濁流的「亞洲孤兒」〉、〈擁護文化〉，發表於《文學界》第 9 期。
	3 月	4 日，發表〈短章一束：月下瘋女、狗用食品、強盜、曼谷街頭〉於《聯合報》。
		15 日，發表〈給文友的七封信〉於《臺灣文藝》。
		20 日，〈瞭望海峽的祖墳〉遭《聯合報》退稿。
	4 月	12 日，〈小小的支那人〉遭《聯合報》退稿。
		21 日，〈夕陽與牧童〉遭《聯合報》退稿。
	5 月	1 日，發表〈農婦與日兵〉於《聯合報》。
		15 日，發表〈偶想〉於《自立晚報》。
		18 日，發表〈理髮師〉於《中國時報》。
		19 日，發表〈詩人的華爾滋〉於《中國時報》。
		24 日，發表〈章太炎與芥川龍之介〉於《自立晚報》。
		31 日，發表〈郫城故事〉於《聯合報》。
	6 月	5 日，發表〈電視劇的再肯定〉於《商工日報》。
	7 月	1 日，發表〈我的足跡〉於《開南校友通訊》。
		16 日，發表〈電視劇本的商榷〉於《商工日報》。
	9 月	2 日，發表〈遲來的皇帝〉於《商工日報》。
	10 月	11 日，發表〈殘生無幾了──文藝營的葉石濤〉於

《春秋》副刊。

12 月　16 日，發表〈我讀陳秀喜的詩集「灶」〉於《春秋》副
刊。

1985 年　4 月　10 日，發表短篇小說〈夕照〉於《自立晚報》。

發表〈懷念楊逵兄〉於《文訊》第 17 期。

5 月　1 日，龍瑛宗著，葉石濤譯〈濤聲〉發表於《文學界》
第 14 期。

〈時間與空間〉收入《少男心事》，臺北：敦理出版
社。

出版短篇小說集《午前的懸崖》，收錄 14 篇日據時期
舊作，由鍾肇政、張良澤等翻譯，臺北：蘭亭出版
社。

6 月　7 日，發表短篇小說〈邂逅〉於《聯合報》。

20 日，發表〈淵源緣份──新生報與我〉於《臺灣新
生報》。

發表〈小老師〉於《大同》。

7 月　6 日，發表〈白鬼的讀者〉於《大華晚報》。

11 日，發表〈美人魚外一章：美人魚、埃及的野狗〉
於《臺灣新生報》。

發表〈回憶七七抗戰〉於《幼獅》。

8 月　10 日，發表〈日本文學的成果〉於《大華晚報》。

10 月　25 日，發表〈聲音〉於《聯合報》。

11 月　29 日，發表〈今年的芥川賞「青桐」〉於《自立晚
報》。

1986 年　1 月　5 日，發表〈黑部峽谷秋色〉於《大華晚報》。

22 日，發表〈陳千武的「獵女犯」〉於《自立晚報》。

3 月　31 日，發表〈我為什麼要寫作〉於《聯合報》。

5 月　13 日，發表〈雪丸姊姊及其他：雪丸姊姊、第一次世界大戰、長舌婦、潑婦〉於《自立晚報》。

發表〈緬懷前輩作家〉於《臺灣文藝》第 84 期。

7 月　2 日，發表〈文學隨筆〉於《自立晚報》。

8 日，發表短篇小說〈燃燒的女人〉於《臺灣文藝》第 101 期。

15 日，發表〈怎麼樣看也不懂〉於《開南校友通訊》。

9 月　20 日，發表〈日本芥川賞〉於《大華晚報》。

10 月　25 日，發表〈佐藤恩師與古前輩〉於《開南校友通訊》。

11 月　25 日，發表〈臺商十一期的校友會〉於《開南校友通訊》。

1987 年　1 月　發表〈旁觀看選舉〉於《臺灣文藝》第 104 期。

3 月　19 日，發表〈悼文心〉於《臺灣時報》。

25 日，發表〈還鄉記──素描新竹北埔鄉〉於《臺灣新生報》。

4 月　20 日，發表〈臺灣棒球的功勞者〉於《開南商工七十週年校慶》。

6 月　10 日，發表〈憶起蒼茫往事──「午前的懸崖」二三事〉於《文訊》第 30 期。

29 日，發表〈由「死靈」想起〉於《自立晚報》。

7 月　1 日，隨筆〈抗戰時期臺灣文壇的回顧〉收入《抗戰時期文學回憶錄》，臺北：文訊雜誌社。

8 日，發表〈日本芥川賞後補作品──「傑西的背梁骨」〉於《大華晚報》。

出版小說集《杜甫在長安》，臺北：聯經出版公司。

9月　9 日，身體不適，先至和平東路蘇診所看診，經建議轉
　　至國泰綜合醫院。

16 日，攝護腺開刀，住院半個月。出院後一週，十二
指腸潰瘍，輸血 1000c.c.急救。

11月　6 日，發表〈回憶──小時候〉於《聯合報》。

本年　獲得鹽分地帶文藝營「臺灣新文學特別推薦獎」。

1988 年　1月　1 日，發表〈我的第一篇小說〉於《書香廣場》第 14
　　期。

19 日，發表〈點亮文化的聖火──張我軍和他的「亂
都之戀」〉於《臺灣新生報》。

24 日，發表〈紙尿褲──住院雜記〉於《自立早報》。

25 日，發表〈孤獨的文學路〉於《臺灣時報》。

2月　1 日，發表〈最初的經濟調查〉於《大華晚報》（此篇
即〈最初的農倉調查──我的臺銀時代序章〉，1950 年
5 月發表於《合作界》）。

5 日，發表〈難忘的甘露水〉於《聯合報》。

16 日，發表〈許信良有罪嗎〉於《自立早報》。

3月　5 日，發表〈歌坊及其他〉於《聯合報》。

5月　17 日，發表短篇小說〈神兵隊〉於《自立晚報》。

7月　4 日，發表〈作家返鄉〉於《中國時報》。

15 日，發表〈第十一期聯誼會於貴賓樓舉行〉於《開
南校友通訊》。

8月　31 日，發表短篇小說〈下酒的月光〉於《聯合報》。

〈歲月的遙遠腳步聲〉收入《結婚照》，臺北：文訊雜
誌社。

| 12 月 | 2 日，發表〈我的大陸行〉於《自立晚報》。 |
| 本年 | 首次赴中國大陸，遊北京、桂林、南京、上海等地。 |

1989 年
1 月	發表〈我的大陸行〉於《臺灣文藝》第 115 期。
2 月	1 日，發表〈文學夥伴王昶雄〉於《文訊》革新號第 1 期。
3 月	發表〈臺灣商工十一期聯誼會〉（上、下）於《開南校友通訊》。
4 月	12 日，發表〈扶桑姑娘的故事〉於《臺灣時報》。
	13 日，發表〈秀姑巒溪在呼喚〉於《自立早報》。
5 月	24 日，發表〈讀「玉蘭花」〉於《自立早報》。
7 月	1 日，發表〈幾山河を越えて〉於《咿啞》第 24、25 合併號。
9 月	4 日，發表〈《臺灣現代詩集》隨想〉於《自立早報》。
	發表〈張文環和我的作品〉於《臺灣春秋》。
10 月	22 日，發表〈從一本舊雜誌談起〉於《首都早報》。
秋	擬赴中國絲綢之旅，探訪長安城，因適逢六四天安門事件，轉赴日本北海道函館、札幌、網走等地，並訪西川滿。
12 月	11 日，發表〈紅葉之旅〉於《自立早報》。
	發表短篇小說〈杜拜空港〉於《臺灣春秋》第 2 卷第 2 期。

1990 年
2 月	6 日，發表〈臺灣人與馬年〉於《首都早報》。
初夏	再次赴中國大陸新疆、西安，進行絲綢之旅。
6 月	2 日，發表〈對「雙語教育」的看法〉於《臺灣時報》。
7 月	30 日，發表短篇小說〈渡邊綾子〉於《臺灣時報》。

	8 月	15 日，發表〈郭敏行校友捐款壹億元籌設「臺灣觀光基金會」〉於《開南校友通訊》。
	12 月	16 日，發表〈我讀《憤怒的詩集》〉於《自立晚報》。
1991 年	2 月	1 日，出版《龍瑛宗集》，臺北：前衛出版社。
	3 月	10 日，發表〈張文環與臺灣文學〉於《自立晚報》。
	9 月	3 日，發表〈清代的祖先們〉於《聯合報》。
	12 月	25 日，發表〈楊逵與《臺灣新文學》——一個老作家的回憶〉於《文學臺灣》創刊號。
1992 年	4 月	6 日，發表〈一個老頭兒的獨言細語〉於《自立晚報》。
	7 月	8 日，拜訪位於成都的杜甫草堂，並遊歷長江三峽、黃山。
	8 月	9 日，發表〈於嘉裕關〉於《聯合報》。
1993 年	5 月	出版中日對照小說集《夜流》，臺北：地球出版社。
	7 月	發表〈兩種狂人日記〉於《文學臺灣》第 11 期。
	秋	為《文學臺灣》封面題字，後刊於《文學臺灣》第 9 期。
	12 月	發表〈時間的嬉戲〉於《臺灣文藝》新生版第六期。
1994 年	本年	健康情形不佳，由信義路搬至復興南路與次子劉知甫同住。
1996 年	10 月	發表〈兩種狂人日記〉、〈薄薄社的饗宴〉、〈孤獨的蠹魚〉、〈臺灣文學的展望〉於《聯合文學》第 12 卷第 12 期。
1997 年	6 月	出版鍾肇政譯長篇小說《紅塵》，臺北：遠景出版社。
	8 月	行政院文化資產保存研究中心籌備處通過「《龍瑛宗全集》蒐集、整理、翻譯、出版計劃」，計畫主持人陳萬

益。

1998 年	1 月	10 日，發表新詩〈山本元帥悼歌〉於《聯合報》。
1999 年	9 月	26 日，肺炎併發急性呼吸衰竭，敗血性休克，下午 6 時 35 分病逝於臺北市立仁愛醫院。
	11 月	13～14 日，短篇小說〈瞭望海峽的祖墳〉、〈小小的支那人〉、〈夕陽與牧童〉刊載於《聯合報》。
	12 月	出版《日本人統治期臺灣人作家集第三卷（龍瑛宗）》，東京：綠蔭書房。
2002 年	8 月	出版《紅塵》（臺灣長編小說集一），東京：綠蔭書房。
	11 月	短篇小說〈白色山脈〉、〈歌〉收入《臺灣純文學集》，東京：綠蔭書房。
2003 年	4 月	出版評論集《孤獨的蠹魚》，東京：綠蔭書房。
2006 年	11 月	出版合集《龍瑛宗全集（中文卷）》（1～8），臺南：國立臺灣文學館。
2008 年	4 月	出版合集《龍瑛宗全集（日本語版）》（1～6），臺南：國立臺灣文學館。
	8 月	24 日，國立臺灣文學館，新竹縣文化局主辦；明新科技大學承辦「龍瑛宗先生九十八歲誕辰學術研討會」，於新竹縣文化局演講廳舉行，計有林柏燕、楊國鑫、李淑媛、范明煥、劉知甫、楊鏡汀、胡紅波、溫若含、曾馨霈、藍士博、王俐茹等 11 人發表論文。
2010 年	9 月	24～25 日，新竹縣政府、清華大學臺灣文學研究所主辦「戰鼓聲中的歌者——龍瑛宗及同時代東亞作家百年冥誕紀念國際學術研討會」，於清華大學人文社會學院 A202 會議室舉行，計有蔣淑貞、林巾力、陳萬益、

　　　　　王慧珍、工藤貴正、莫素微、陳淑容、朱惠足、張文
　　　　　薰、大久保明男、陳玲玲、中島利郎、車承棋、金尙
　　　　　浩等 15 人發表論文。

參考資料：

・陳萬益、許維育編〈龍瑛宗生平年表〉、〈龍瑛宗寫作年表〉、劉知甫〈幻想與讀書：
　悼念父親龍瑛宗——生命中的兩大支柱〉，收於陳萬益主編《龍瑛宗全集》，臺南：國
　立臺灣文學館，2006年12月。

・莫渝〈代序：薄暮與螢光——記龍瑛宗〉、〈龍瑛宗年表〉，收於龍瑛宗《濤聲》，臺
　北：桂冠圖書出版公司，2001年2月。

・張恆豪〈龍瑛宗生平寫作年表〉，收於張恆豪主編《龍瑛宗集》，臺北：前衛出版社，
　1991年2月。

輯三◎
研究綜述

龍瑛宗研究的回顧

◎陳萬益

　　龍瑛宗，本名劉榮宗，1911 年出生於新竹北埔，祖籍潮州饒平。北埔公學校畢業後，就讀臺北的臺灣商工學校，以優異的成績畢業而進入臺灣銀行服務。1937 年以〈植有木瓜樹的小鎮〉獲得東京《改造》雜誌小說徵文佳作獎，登上文壇，成爲戰爭時期臺灣重要作家。

　　龍瑛宗在戰前服務於臺灣銀行，先後在南投、臺北及花蓮工作，1942 年轉入《臺灣日日新報》從事編輯；戰後初期短暫於臺南《中華日報》任職，編輯日文欄；1949 年進入合作金庫工作，一直到 1976 年退休。1999 年，因病逝世。

　　作爲日治時期臺灣文學的代表作家，龍瑛宗一生的創作大概可以劃分爲以下幾個階段：

　　1.1937 至 1945 年，此一時期是龍瑛宗創作最活躍時期，其小說及詩文評論在臺日報刊和雜誌發表，並與西川滿、張文環、濱田隼雄代表臺灣參加首屆大東亞文學者大會。1943 年出版了文學論集《孤獨的蠹魚》，小說集《蓮霧的庭院》則受總督府禁止，未許出版。

　　2.1945 至 1949 年，戰後初期龍瑛宗除了小說創作之外，並在其編輯的《中華日報》日文欄開闢「名作巡禮」專欄，介紹中外文學名著與思潮，1947 年出版了《女性素描》。

　　3.1949 至 1979 年，將近三十年的停滯時期，除了在 1963 年創刊的《今日之中國》及 1964 年創刊的《臺灣文藝》有零星的翻譯和編輯活動之外，沒有創作發表。

　　4.1977 至 1999 年，退休之後重返臺灣文壇時期，此一時期龍瑛宗除了
將蘊育多年的題材，以日文創作了多篇小說之外，並且完成生平唯一的長
篇《紅塵》；1980 年以後，嘗試用中文寫作，自譯部份作品外，寫下可觀
的隨筆。而臺灣文壇對日治時期文學的關注，也使得龍氏的重要作品陸續
被譯介與出版，包括《植有木瓜樹的小鎮》(《光復前臺灣文學全集》第七
冊)、《午前的懸崖》、《杜甫在長安》、《龍瑛宗集》(「臺灣作家全集」版)、
《夜流》、《紅塵》等。

　　以上是極其簡單的龍瑛宗生平及創作的描述，和許多日治時期的作家
一樣，龍瑛宗在戰後長期被迫疏離和沈潛；而戰後的臺灣讀者是在 1970 年
代後期才開始慢慢透過翻譯去閱讀和認識龍瑛宗，而等到讀者感動之後，
嘗試去向龍氏請益討教的時候，他則已經從「一個老頭兒的獨言細語」退
化到失語的狀態了。所以，今日回顧龍瑛宗文學研究的過程，還必須省視
龍瑛宗晚年重返臺灣文壇的現實；而整個研究的主題及相關思辨的發展也
都奠基在此一時期先行研究者的基礎之上。

　　有關龍瑛宗小說創作的評論，在戰前的臺灣和日本發表的相關文獻，
一直要到 2004 年，王惠珍的博士論文才有比較全面的考察和認識；戰後臺
灣讀者則遲至 1978 年，張良澤翻譯並經龍氏校訂的代表作〈植有木瓜樹的
小鎮〉發表之後，而更多數作品的翻譯與出版，則要歸功於鍾肇政。鍾、
張等人翻譯龍瑛宗當然是在 1970 年代臺灣社會「回歸現實」的鄉土思潮底
下，知識分子對被禁斷的日本殖民時代臺灣文學歷史的渴求；鍾肇政還將
龍氏的日文長篇《紅塵》譯為中文，在其主編的《民眾日報》副刊連載，
主編「光復前臺灣文學全集」其中一冊即冠以代表作的書名，廣為讀者閱
讀與討論，之後在其另外一套「臺灣文學全集」的編纂計劃中將龍氏的
《午前的懸崖》列為領頭羊的第一冊，並以「戰鼓聲中的歌者」為題介紹
其人及其作品，此一時期的努力譯介，間續到 1990 年代初，張恆豪在鍾老
「臺灣作家全集」計劃中，編選了包括主要小說和相關研究資料的《龍瑛
宗集》，成為其後龍瑛宗研究的最主要基礎文本。

　　不過，1990 年代以前的龍瑛宗研究主要是尾崎秀樹、葉石濤和羅成純。早在 1961 年，尾崎秀樹發表了〈臺灣文學備忘錄——臺灣作家的三部作品〉，他將楊逵的〈送報伕〉、呂赫若〈牛車〉和龍瑛宗〈植有木瓜樹的小鎮〉，依寫作時間先後序解讀出：臺灣人作家對日本殖民統治的意識乃由抵抗而放棄以至屈服的傾斜過程；葉石濤則在其多篇評論和文學史中，直指龍瑛宗是「苦悶的靈魂」，具有複雜的「客家情結」，其雙重的被壓迫意識變成被異化疏離的主題，〈植有木瓜樹的小鎮〉有「世紀末蒼白知識份子濃烈的哀傷和絕望」。但是，他又肯定龍氏是日據時代「最有世界性規模的作家」，他爲臺灣新文學開闢了「更前衛而深刻的境界」。尾崎秀樹和葉石濤的主要觀點，幾乎就是後來研究者論述的起點和無可迴避的對話對象。

　　羅成純的〈龍瑛宗研究〉是作爲碩士論文提交的，其主要成就在於全面爬梳戰爭時期龍瑛宗的文學與文學活動，並以其個人的戰爭協力過程及其真相作爲問題核心，最終認爲作家自身與戰爭協力之間的通道「充滿葛藤與不透明之狀態」；龍瑛宗的小說反映了「當時臺灣人內心苦惱與葛藤的掙扎」；而其評論則具有提高臺灣文學資質之使命感，承繼了楊逵文學運動之啓蒙精神。

　　1990 年代以後的龍瑛宗研究奠基在上述的基礎上，又得利於兩個因素：先是臺灣文學體制化的脈動，鼓舞了學院的師生積極從事日治時期臺灣文學史料的蒐集、整理、翻譯、出版與研究；其次是龍瑛宗細心保存的手稿、文物及藏書，由其兒子劉知甫整理之後，捐獻給臺灣文學館，並委由清華大學的陳萬益從事全集的編纂和出版，最終於 2006 年出版了《龍瑛宗全集（中文卷）》八冊，2008 年又出版了《龍瑛宗全集（日文卷）》六冊。在此背景下，1997 年許維育的碩士論文〈戰後龍瑛宗及其文學研究〉，首度比較全面的呈現了龍氏從戰後初期的活躍，歷經 30 年沈潛，到 1970 年代復出文壇的心境轉變和創作歷程。2004 年，王惠珍的博士學位論文〈龍瑛宗研究：台湾人日本語作家の軌跡〉，則更加細緻地查考龍瑛宗的讀書經歷，創作、參賽、得獎評價、受賞之旅的活動交遊，以及之後的文

學活動，包括參加第一回東亞文學者大會以至於戰後初期的經歷。除了整理出不用的相關時代文獻之外，其嚴謹的實證的考察，允為龍瑛宗研究新階段的扛鼎之作，其以〈地誌書寫港市想像──龍瑛宗的花蓮文學〉集中討論龍氏花蓮時期的創作，與阿美族邂逅和民族融合願景的書寫，完全是新展開的視野，發前人所未發。

此外，陳萬益在編纂全集的過程中，發現龍瑛宗 1960 年代的一段軼事，也就是 1963 年參與對日宣傳刊物《今日之中國》編譯工作，在其沉潛30 年的期間中的短暫文學活動，並有得而復失的日本行規劃，因國民黨的作梗，至終不能成行而充滿抑鬱與自卑。此一史實，雖然在其生平大要中，只是一筆小小的補充，應該算是彌足珍貴吧！

延續上一階段的研究，〈植有木瓜樹的小鎮〉還是討論和解讀最多的文本。對日本殖民壓迫的反抗或屈服；對臺灣人身份的認同與貶抑；臺灣人知識階段對黑暗現實的掙扎，向上提昇或向下沈淪；對社會主義未來的烏托邦嚮往或絕望等等主題，固然仍舊是反覆細讀和比較的課題，賀淑瑋由空間觀點進入，仔細檢視殖民帝國政治力籠罩下，臺灣人房舍與日本建築的高矮、顏色、明暗的對比，以呈現陳有三從追求到失落身份的悲哀。

呂正惠〈龍瑛宗小說中的小知識分子形象〉認為：〈植有木瓜樹的小鎮〉標識了臺灣新文學主題的重大改變。龍瑛宗沒有繼承之前對封建社會陋習的批判。對日本殖民統治壓迫的抗議以及農民對日本統治者與地主階級剝削的鬥爭；而是轉向日據末期臺灣小知識分子的典型處境與人格。他具體呈現了臺灣小知識分子在殖民統治下社會上升管道的困難；因此產生性格上的自我扭曲，藐視自己的民族與文化，仰慕統治者的「文明」與「進步」；而找不到精神出路的結果是墮落與頹廢。

林瑞明的〈不為人知的龍瑛宗──以女性角色的堅持和反抗〉則相對於多數人之聚焦於小知識分子的屈從議題，而專論女性題材的文本如〈一個女人的記錄〉和〈不知道的幸福〉，認定龍瑛宗在戰爭時期的作品有「陰柔抵抗」的面向；而後來學者如周芬伶、王惠珍對龍氏戰後初期出版的

《女性素描》的重視與解讀，既有對臺灣女性的啓蒙與解放的意識，又有對女性不幸的生命關懷；尤其是〈燃燒的女人〉和〈可悲的鬼〉都寫戰爭悲劇下臺灣女性的不幸命運，連結戰前的小說〈夕影〉和〈村姑娘逝矣〉，似乎龍瑛宗小說的女性多籠罩在死神的陰影之下，也正是在極端嚴酷的壓迫下的堅毅與求取生命的短暫幸福的感覺，龍瑛宗將其與陳有三等小知識分子的命運掙扎疊合了。

至於葉石濤〈論龍瑛宗的客家情結〉從客籍身份與北埔偏村對龍瑛宗作品的複雜的心理陰影的討論，雖然只是應邀作為《杜甫在長安》序文的小小論評，顯然深獲龍瑛宗的首肯，因此又將其挪作較後出版的《夜流》的序文。客籍學者包括彭瑞金、張堂錡、楊國鑫、張典婉等人都從族群與地域觀點來解讀，但是，總的來說，葉石濤以其親近龍瑛宗的觀察與閱讀，鞭辟入裡地比較其與吳濁流、戴國煇之差異的「客家情結」觀點，雖有延續性的討論與補充，似乎還可以期待更多的論述。譬如客家族群在北埔的墾拓史與原住民族的出草，這些深深影響了龍瑛宗，對龍瑛宗的文學靈魂的深刻意義，都有待進一步探索。

除了延續 1990 年代以前的主要關注議題和圍繞在〈植有木瓜樹的小鎮〉代表作之外，近二十年的研究，在史料的基礎上，對小說文本的更多詮解，以及龍瑛宗文學思想與時俱進的討論是兩個重要面向。

陳建忠〈尋找熱帶的椅子──論龍瑛宗一九四○年的小說〉，主要討論〈朝霞〉、〈黃昏月〉和〈黃家〉三篇同年發表的小說，雖然其中的小知識分子都仍然一如之前的頹廢型與妥協型的角色，龍瑛宗除了描繪在嚴峻的時局下的殖民地知識份子縱使憂鬱難遣，也是不斷在尋求生存之道，也就是他自稱「悲哀的浪漫主義者」，或者是〈熱帶的椅子〉文中的自我文學定位：他顯然不認同殖民者的「外地文學」論，而要在提高臺灣文化的前景下，凝視臺灣的「泥地」現實，在鄉土中尋求救贖。

許維育〈融冰的瞬間──試論龍瑛宗 1977 年的中篇小說創作〉，討論〈媽祖宮的姑娘們〉、〈夜流〉和〈月黑風高〉三篇同年脫稿的小說，勾勒

了沉潛三十年之後，小說家復出文壇的雄心與努力。作者認爲因自身經驗
與時代因素，三篇作品均以日治時期社會爲題材，龍瑛宗對殖民體制的壓
迫與不平發出控制，要輓歌不復還的青春，但是，在戰火下的臺灣人和日
本人，以及他們之間的交往，固然多有可批判之處，在這些憶往性的篇章
中，或許如媽祖宮的神明俯視浮生，悲憫與溫情，顯然較諸民族主義的對
立，更令人懷想。在小說的表現方面，細緻的描繪是其特色，線索不免紛
雜。

　　陳翠英〈失落與重建——試論龍瑛宗《紅塵》的歷史記憶〉，討論龍瑛
宗構思長久的長篇小說，此一作品是他復出的最重要的以戰後臺灣社會爲
題材的作品。小說中的主要人物擺脫了戰前被殖民被壓迫的抑鬱，戰後在
不同的政經文化和整體社會的氣質變化下，道德感的淪喪，隱然作爲長期
在金融界服務而冷眼旁觀臺灣知識分子的墮落的龍瑛宗的一曲「鎭魂歌」。
原作以日文書寫，鍾肇政中譯後在《民眾日報》副刊連載，因爲讀者不賞
光，結尾削去部份，匆匆收場。1997 年結集出版時，也並未恢復原貌。陳
翠英根據手稿，對照論述，爲全面把握龍瑛宗小說創作的成就，補上重要
的一筆。

　　從戰前到戰後，龍瑛宗及其同世代的作家都經歷了人生最重大的「光
復」，多數人難逃時代轉換的浩劫，一蹶不起。龍瑛宗以其保守審慎的性格
處世，苟全了性命，至終可以再執筆寫作。柳書琴〈跨時代跨語作家的戰
後初體驗——龍瑛宗的現代性焦慮（1945—1947）〉，在既有的對此世代的
研究共識，也就是從 1945 到 1947 年，臺灣人在解殖復歸時期，祖國熱退
燒，對國府的認同下降，臺灣文學家則由原罪意識（或殖民地文學的自我
反省）轉爲對新政權的批判性寫實主義的寫作。柳書琴比較細緻的釐析此
一時期龍瑛宗不同文類的篇章，依短暫的時間序發展，可以看出龍氏由樂
觀的民族主義者，之後作爲憂心忡忡的社會觀察者，而以文藝運動和社會
改造呼求現代社會的重建。龍瑛宗基本上是從清理殖民性到清理封建性而
崇尚現代性的民主主義作家。至於「跨語」的問題，一方面龍氏此時寫作

較無暇顧及語言的轉換；二來已知的文獻尚不足以完整把握具體細節，而與其晚年隨筆自述中文寫作的經歷，仍有未能吻合之處，還可以日後再論。

　　以上所述，僅就個別的論述回顧戰後龍瑛宗研究的主題和範疇；1990年代臺灣文學的體制化和學科化的脈動下，以學術會議形式促進臺灣文學研究的進展，龍瑛宗為主題的會議也先後召開三次。最早是 2000 年，由臺灣客家公共事務協會和北埔鄉農會主辦，在北埔舉行，共發表七篇論文，雖然參與者不少，鍾肇政先生則對在地鄉親參與太少，表示不滿，不管如何，作家回歸鄉土，學院與地方連結，總是起了一個頭。其次是 2008 年，在新竹縣文化局舉行的「龍瑛宗先生九十八歲誕辰學術研討會」，共發表11 篇論文，相對於上一次會議，顯然公部門已經認識到龍瑛宗的成就，而積極從事地方文化的重建與再生；之後，新竹縣政府與客委會也促成了2010 年在清華大學舉辦的「戰鼓聲中的歌者——龍瑛宗及同時代東亞作家」，作為百年冥誕紀念的國際學術研討會。此一研討會共有 15 篇論文，包括：「戰爭與南方」、「戰爭與文學」、「戰時臺灣作家（一）、（二）」、「戰時滿洲國作家」、「戰時日韓作家」共六個場次。會議的主持人王惠珍首度把龍瑛宗擺在同時代的東亞與戰爭背景下去觀照和比較，龍瑛宗研究的深化與廣化，為新階段的起步，打開了一個可觀的視野。不僅龍瑛宗較少為人討論的詩作與評論均有專文、龍瑛宗在戰爭時期的「南方」觀、同時期的作家呂赫若、周金波、西川滿、濱田隼雄等，與戰時的滿洲國、華北淪陷區與朝鮮、日本等國的作家與作品，都在戰爭的籠罩下，而在區域的特殊性之外，有其言說的共通性和可比性，更在比較研究中，增進龍瑛宗生平與創作個案研究的進程。

　　總結以上所述，龍瑛宗作為臺灣在日本殖民時代有重要成就的小說家、戰後仍然以其跨時代跨語的艱辛歷程，奉獻臺灣社會可觀的作品，卻長期受到忽視，1990 年代之後才有比較快的重新受到審視與閱讀的機會，而他本人則已經老病，無法與研究者對話。相對幸運的是，因為其文學職

志與用心，除少部份作品遺佚之外，大部份已刊、未刊稿，均由兒子劉知甫費心整理，包括藏書與文物，一起捐獻給臺灣文學館，從而能夠展開全集的編輯、翻譯與出版的計劃，學院的研究生因此有多篇札實的碩博士學位論文，與個別的篇章論述，累積可觀的研究成果，在龍瑛宗百年冥誕之後，我們顯然看到日本語世代作家的作品已經成為臺灣文學的可貴資產，並且是地方文化重建與再生的不可或缺的部份，近聞劉知甫多年努力爭取的北埔龍瑛宗文化墓園，已獲公部門的肯定，則出諸客家墾拓經驗的文學靈魂，得以回歸土地，文學生生不息的力量將滋潤和鼓舞其後代子民，也為研究者開展龍瑛宗的在地性面向更好的契機吧！

輯四◎
重要評論文章選刊

論龍瑛宗的客家情結

◎葉石濤[*]

　　龍瑛宗是民前一年生於新竹縣北埔鄉的，是祖籍潮州饒平縣的客家系作家。我之所以特別提到他是客家系作家是有其原因的；因為這種族的烙印，使得他一輩子吃了不少苦頭的關係。光復後，客家系作家比比皆是；如鍾肇政，如李喬，可是從來沒有聽說他們為此而受到迫害和歧視，所以我這樣一說，也許有些人會覺得不可思議，但是這是千真萬確，的確發生在龍瑛宗身上的事，這種「客家」情結，不但存在於龍瑛宗身上的事，甚至在那「戰鬥性」很強的作家吳濁流或者著名的臺灣史家戴國煇教授的身上也可以看得出來。這是臺灣歷史的特殊遭遇所造成的；如眾所知，臺灣社會本是「漢蕃雜居」的移民社會，先到的福佬系移民占盡了土地和水利之便，後到的客家系移民也就在爭取土地和水利之便上，受盡剝削，起而抗之，自然福佬與客家之間也就械鬥不輟了。當然受盡委屈的是客家這一方，因此客家人心裡對福佬有某種「屈從和傾斜」的陰影是不能否認的。然而此種「情結」在龍瑛宗的心靈上特別顯著，在他的眾多作品上留下了痕跡，幾乎構成了他底作品的某種特色。這是在別的客家系作家作品中看不到的。在日據時代的臺灣新文學裡留下巨大足跡的另一個客家作家吳濁流：我們在他的作品裡可以看到客家村落的時代，社會的遷移，也可以看到客家人特有的風俗習慣和生活模式，可是看不到構成龍瑛宗作品裡那種複雜的心理陰影；屈辱、傷感和落寞。大致而言，吳濁流是理直氣壯的，他因出身客家而覺自豪，視福佬為功利意識較重的族群。同樣戴國煇也覺

[*]葉石濤（1925～2008）散文家、小說家、翻譯家、文學評論家。臺南人。發表文章時為高雄縣甲圍國小教師。

得福佬欠缺邏輯頭腦,在追求理想的過程中常有偏差的表現。他們的共同感覺也有一部分是真實,臺灣歷史所造成的福佬的經濟優勢,使得福佬掌握臺灣經濟的主要動脈,這事實映在務農爲主的客家人意識裡,福佬人難免有此種「看錢目光光」的現象,不過這種看法是以偏概全的,客家人中「唯利是圖」的人何嘗少於福佬人;這毋寧是人性的共相罷了。龍瑛宗、吳濁流、戴國煇都是日文作家,這也表示客家系作家由於地緣關係,受到「皇民化」的影響較慢,可是適得其反地因爲保守性太強,受到「皇民化」的後遺症也較深,不容易接受千變萬化的新潮流的衝擊。

以吳濁流和戴國煇以至於鍾肇政而言,他們都以生爲客家人爲榮,從這觀點上難免對福佬有批判和反駁。以戴國煇爲例,他的諸多評論都微微透露出這種訊息。當然,吳濁流的作品裡並沒有特別提出此種尖銳的抨擊,但他的作品本身就是證據。你不能否認《亞細亞的孤兒》和〈狡猿〉等,他底作品背景,牢固的紮根於客家人的生活環境、歷史和風土。他是站在客家人的立場上來思想及透視所有問題的。但這種族的烙印在吳濁流絕不可能構成某種「原罪」意識。

但是我們卻看到「客家人」意識給龍瑛宗帶來的卻是巨大的損傷。他的作品裡表現的知識分子極深的沮喪、悲觀和虛無,一部分來自他的客家情結;這情結之深,幾乎類似「原罪」意識了。做爲日據時代的知識分子而言,他感到有雙重的壓迫和摧殘加在他的心靈上;其一來自臺灣各種族的共同敵人——日本殖民者,其二來自福佬系作家有形無形的歧視。這兩種壓力的巨大陰影造成了龍瑛宗文學的「被壓迫」意識;同時這雙重的被壓迫意識也變成被異化、被疏離的龍瑛宗文學的主題。這也就是爲什麼龍瑛宗文學主帶著濃厚近代蒼白知識分子的懷疑和徬徨陰影的緣故。龍瑛宗的著名作品〈植有木瓜樹的小鎮〉之所以有世紀末蒼白知識分子濃烈的哀傷和絕望來自此種被壓迫意識;對日本殖民者的反抗、迎合以至於恐懼,是正面的主題,而現代知識分子思考的曲折所造成的落寞卻來自他的靈魂結構中被歧視的感覺;這恐怕也包含了他在現實生活中的日本經驗和福佬

經驗。附帶要說明的是〈植有木瓜樹的小鎮〉深刻地受到舊俄文學——例如契訶夫等作家的影響，跟舊俄文學中「無用的人」的概念有些掛鉤。

　　當然這被壓迫意識並不是沒有理論基礎的；正如其餘的同時代臺灣新文學作家，例如楊逵一樣，他也曾經接受過馬克思主義思想方式，在這理論體系上展開了他的小說世界：從處女作〈植有木瓜樹的小鎮〉（1937）、〈黃昏月〉（1940）、〈午前的懸崖〉（1941）、〈白色的山脈〉（1941）等。他在這些小說裡主要描寫的對象是日本殖民統治下的臺灣知識分子的困境以及封建習俗對人性底無情摧殘。當然助長封建摧殘的是日本殖民者，許多窮苦的臺灣民眾在這雙重的桎梏下痛苦呻吟。不過，龍瑛宗的小說很少直接描寫農民生活，這和日據時代的眾多作家不同，他最感興趣的是知識分子，他的小說世界的主要人物也是知識分子，而在小說中出現的臺灣知識分子大多是龍瑛宗自己的化身，在這一點而言，他和小說中人物有割裂不開的同樣靈魂，他的哀傷、挫折和退縮都濃縮呈現在小說中人物上。這無異是「包法利夫人就是我」的福樓拜式的述懷。特別在〈白色的山脈〉這一系列的小說中，龍瑛宗幾乎現身說法，頗有日本私小說（IchRoman）的味道。

　　那麼形成龍瑛宗的這客家情結的包袱，其來源在哪兒呢？為什麼他跟吳濁流的表現方式不同？這可能來自於這兩位作家所屬階級和身分、地位不同。眾所皆知，吳濁流出身於新埔的地主世家，後來受了良好的師範教育當上小學教師，而在日據時代層次分明的階級社會裡，他的地位崇高，屬於富裕的士紳階級，在社會上也保持一定的優勢地位，不容易因為是客家人的緣故而受到任何傷害。他的個性又是剛烈而嫉惡如仇，堅定不移的。懦弱和畏縮根本和他無關。他一輩子固執地堅持己見，很少動搖。可是龍瑛宗就不同，他出身於「行商之子」。雖躋身於小資產階級，靠他的聰明和謹慎，僥倖念完了中學。但，他天生身體瘦弱多病，個子矮，思考性強於行動性。他一輩子是白領階級，少了一份固定的薪水，他就無法謀生。因此，他的一輩子，充滿了內心裡的挫折、困境、畏縮和妥協。他的

根本思想，本來是反抗、叛逆和前進的，可是在現實生活中，他被迫而不得不妥協、退卻和逃避。他的小說中人物的絕望和傷悲就是他苦悶靈魂的寫照。這種「動搖」的小資產階級本質的悲劇性加上他性格上的某些缺陷，常使得他在現實人生舞臺上畏縮和逃避；他害怕坐牢，害怕累及妻小。龍瑛宗是極端內向的人，他並沒有為真理或為自己立場而慷慨陳詞的那種氣魄。他的內省和複雜思考，生活的壓力和莫明恐懼常使他表面上不得不屈服於殖民者的恫嚇。這就是為什麼他參加第一屆「大東亞文學者大會」被迫依照統治者指定的稿本，發言「感謝皇軍」的緣故。同樣他某些詩篇裡謳歌日本侵略戰爭，不得不忍痛「美言」幾句，這也出自於他的軟弱個性和生活壓力。

他自幼生長在客家莊不懂福佬話，同時生來口吃，無法暢所欲言，這也造成他跟別人的溝通不良。他參加外地文學集團日人作家西川滿主宰的《文藝臺灣》，而到了張文環的《臺灣文學》快要關門的時刻，才投入《臺灣文學》的懷抱，這也是起因於他的語言障礙及跟福佬作家的溝通不良。同樣，在戰後三十多年來，他跟文學斷絕在 1977 年以後才又重新執筆恢復寫作，那原因的一大半固然是未能克服語文障礙，但最重要的原因卻來自於他的恐懼；歷經二二八的大屠殺和 1950 年代白色恐怖，寫作無疑是奢侈的欲望，只能保持一條老命苟存下去就三生有幸了。

如果他不是客家人，不是出身於小資產階級，沒有那極端內向的個性，以他的文學才資而言，他很可能成為日據時代最有世界性規模的作家；因為他底現代人知識分子的氣質和敏銳的思考，在那時代是獨樹一幟的罕有資質，臺灣新文學可能因他的出現而開闢了更前衛而深刻的境界。

龍瑛宗的作品付印出版的不多，1943 年他上梓了一本日本散文及評論集《孤獨的蠹魚》。同年，他有一本短篇小說集已完成三校即將發行，但因裡面一篇小說〈夕影〉違反戰時體制，慘遭臺灣總督府封殺，胎死腹中。從 1977 年開始恢復寫作後，他有長篇小說〈紅塵〉（未出版）和眾多小說和評論。其中小說〈勁風野草〉曾獲聯合報小說獎。1985 年他從蘭亭書店

刊行短篇小說集《午前的懸崖》，收錄有他入選日本《改造》雜誌的著名小說〈植有木瓜樹的小鎮〉以及〈村姑娘逝矣〉等 12 篇小說，可惜還有許多小說和評論未及收錄。

　　龍瑛宗現年已 81 歲，垂垂老矣！回顧他的一生，哀傷多於歡樂，他是揹負著生為臺灣人的十字架，為臺灣文學的建構付出熱血和生命的人，我們應該為他的貢獻脫帽致敬！

──選自葉石濤《臺灣文學的困境》
高雄：派色文化出版社，1992 年 7 月

空間與身分
論〈植有木瓜樹的小鎮〉的身分危機[*]

◎賀淑瑋[**]

　　本文處理的「空間」（space）泛指政治與文化上的地理／社會區隔，可能是實際的構成，也可以訴諸想像；文中討論的建築（房屋）空間，亦兼領寫實與象徵意涵，兩者交織的網絡，正是龍瑛宗小說〈植有木瓜樹的小鎮〉重要的美感來源與文化指標。身分（identity）則特指中介「認同」與「屬性」的社會標籤。它沒有「認同」包含的強烈（如統獨等）意識形態，也沒有「屬性」中的生物性意涵（如男／女，老／少等）。而是一種社會分際，代表個人的社會定位。有時則是個人的，心理的；有時也由社會劃分。

　　馬溪（Doreen Massey）以為，一個約定俗成的特定空間[1]，其空間特質可能經過長時間的歷史累積，不但流動性較小，不同的空間屬性根本很難交融。（Massey，頁 122）因此，雅痞和嬉痞族群會有大相逕庭的空間選擇。然而，馬溪同時懷疑空間的「穩定感」（stability），認為這不過是表象；不同的空間不但會交流，空間本身也無法沉滯如死水。那麼，由空間焙烤出來的身分（identity）當然不會永久定型；這可能時時變異，囚循現實的節拍而做不同的律動。本文同意馬溪觀點，認為空間以及空間身分（屬性）具有強大流動力。透過空間與空間之間的互動／擠壓，盤結其中的身分（屬性）極易鬆動。因此，展現在詩人、小說家內心的空間屬性

[*]本文原發表於臺灣研究會主辦之第 7 屆臺灣新生代論文研討會（「臺灣學時代」1995 年 7 月 16 日）。臺研會石計生先生於論文寫作期間多方協助，在此一併致謝。
[**]清華大學臺灣文學研究所助理教授。
[1]如「雅痞區」、「貧民區」等。

（如「故國懷鄉」情結），也將隨著政治／經濟局勢的變遷而轉換風情[2]；由此情結所發展出來的文學作品，受到現實環境的立即挾持（immediate threats）中，也將呈現更曲折／複雜的文本。[3]

1937 年，龍瑛宗以〈植有木瓜樹的小鎮〉登上日本文壇，頗獲好評。同時間的臺灣卻淡漠視之，大異於日本反應。[4]雙方的褒貶其實都陷泥於意識形態。時至今日，這篇小說雖然仍是臺灣文學經典，卻鮮少有評論家願意超越意識形態，從美學角度衡量。這毋寧是好小說的最大遺憾。

本文試圖彌補不足——由空間觀點進入，仔細檢視〈植有木瓜樹的小鎮〉的空間與身分認同的關係。殖民帝國的政治力透過小鎮的空間，無遠弗屆地包圍小鎮人民，使地處邊陲的小鎮，人卑勢孤的小鎮人民籠罩一片暗靄。巨大的日本房舍，詭譎的空氣（氣候）無所不在。人像裹著屍衣行走，橫豎都是死的響動。主角陳有三擺盪在——失去身分／追求身分／終究確定沒有身分之間，一片悽惶。而這「身分被架空」、「追求新身分」到「雙重失落」的過程，正是被殖民人類的悲哀，「有三」正是無三的反諷。如此悲情一直延續到李昂的《迷園》猶不能休止。

傅柯（M. Foucault）認為，進入空間場域觀看歷史，正可凸顯權力的

---

[2]陳義芝論述瘂弦詩中「故園」主題時，忽略詩人的「故園」情結其實並非一成不變；亦即，母題的重複出現只代表詩人「早期經驗」的各種映照，其「產物」仍然會出現詩人寫作時的時空影響。因此，即使重複相同素材，寫作風格，立論方法，甚至音樂性或文字的揀選都會另有社會規範（social code）上的考量。有些出於自然，有些緣於刻意，卻絕非單純地只是因為懷念故土和琢磨寫作風格，就變化出詩的千種樣貌。請參考陳義芝〈現代詩中的「故園」母題——以瘂弦作品為例〉，文收《第二屆現代詩學會議論文集》，1995 年，頁 201～223。

[3]此地我特別指涉日據時代或民國 1950、1960 年代的政治脅迫。作家當然無法在作品中將內在思考完全「據實以告」。真實聲音與政治性發聲之間的安協／衝突恐怕是當時作家經常面臨的掙扎吧。

[4]當時東京的文壇如葉山嘉樹曾有如此評語：「此作能得以當選，我認為極有意義……這不僅是臺灣人的悲吟，而是地球上所有受虐待階級的悲吟。其精神與普希金、柯立奇、魯迅相通；也與日本的普羅作家相通，十分具備了至高的文學精深內涵。」葉山嘉樹以一個普羅作家的立場深深傾倒。然而，《臺灣新文學》第 2 卷第 4 號中，有署名「土曜人」的短評如此批判：「〈植有木瓜樹的小鎮〉是現實性的，也算質樸，令人頗有好感。但是這篇描述被扭曲了的臺灣知識分子的生活之力作，暗淡雖暗淡，但作者對之做某種程度肯定的態度，以及素樸之中卻極端意識到小說的構成這一點，有令人難以贊同之處。而最要緊的莫過於題材背後，作者的眼呈不十分澄清之狀態。對於這位新進作家的以寫實為今後之成長儀式，我抱以危懼之感。」兩種角度都是因循成見的結果。請參見羅成純〈龍瑛宗研究〉，文收《龍瑛宗集》。

運作過程。（Power／Knowledge，頁 149）空間想像因緣於經濟、政治因素，也相關人的文化習慣，其結果更影響人對空間的認同程度。而這種認同，我以為，正是建立身分認同的基本。本文由此出發，首先討論〈植有木瓜樹的小鎮〉中的空間意象與身分關聯。其次，我要擴大霍爾（Stuart Hall）關於離散文化（diasporal culture）的討論，分析小鎮的文化模式和日據時代知識分子的焦慮。[5]離散文化原來是指涉「流離失所」的知識分子，由於帝國等政治／經濟外力，被迫遷徙他鄉，而產生的懷鄉情結與「自我邊緣化」的思考方式。身在異地，他們的空間認同趨向雙重或多元。原來的屬性構成對舊時地的認同，新環境造成第二重認同。而兩者之間的矛盾／衝突（ambivalence）則形成第三重（甚或多重）認同。因此，外在遷移造成內在意識的移位／改變。空間的包圍穿透內心。人也因此在既有身分／被建構身分（being／being constructed）之間擺盪。霍爾以離散文化指涉被殖民後知識分子面臨的身分危機。然而，與〈植有木瓜樹的小鎮〉知識分子不同的是，他們多半在政治上已經脫離被殖民狀態，取得殖民國家的「身分」；他們的身分危機正是因為現有身分和母國身分的扦格而起。

　　〈植有木瓜樹的小鎮〉並無所謂知識分子地理上「流離失所」或「被迫離鄉」的情節。他們的「所在」正是生養他們的故國土地。然而，他們的確在寄存身體的空間中進退失據，在心靈深處流離失所。霍爾界定的離散分子（非裔英人）固然有真實空間的離散經驗，但對母國／血統擁有強烈而立場鮮明的發言權。他們不僅可以「夢回祖國」，更可以親身遊歷故園；他們的殖民烙印雖然清楚，但已經部分（甚至全部）結疤。而在〈植有木瓜樹的小鎮〉中飄泊的畸零人仍在傷口淌血。後殖民時代的知識分子在建構身分的過程中，可以含納政治協商手段（negotiation），使其自我的身分問題擴大到國族，放在國際社會的天平上斟酌。[6]但是處在被殖民狀態

---

[5]霍爾在討論後殖民時代知識分子的身分時，以文化身分（cultural identity）和身分（identity）交替，來指涉知識分子關於身分的思考。霍爾指稱的「文化」十分廣義，可以泛指歷史，（頁 223）也可以壓縮到個人經驗。（頁 225）因此，本文不另對文化身分或身分做界分，將之合一使用。
[6]關於進入國際社會「協商」身分的論述，可參考《中外文學》1995 年 4 月、5 月、6 月三期的相

的知識分子根本無所謂協商機會。他們僅有的，是片段生活的機緣。沒有歷史，不問未來。片段之間的銜接端賴本能——可能是卑陋的手段，也可能是猥瑣的殘喘；他們和土地的離散雖是精神的，卻更威脅他們和母國的臍帶關係。

　　本文嘗試標誌出〈植有木瓜樹的小鎮〉的空間圖，並思考空間與身分的互動關係。其次，透過霍爾「離散文化」的鏡子，返視臺灣知識分子的身分危機。「離散文化」雖屬「後」殖民論述，與本文出現時空上的錯差，但這種錯差適足以清楚映照仍在殖民中的知識分子的時空座標，並在比較過程中，離析出〈植有木瓜樹的小鎮〉身分困境的同異。

〈植有木瓜樹的小鎮〉的空間建構

　　〈植有木瓜樹的小鎮〉排比無數真實與象徵空間。

　　小鎮本身是其一，是以「蹲踞」之勢，卑微地匍匐在丘陵「的盡頭」。（頁 36）昔年生養眾多的稟賦已經不再帶來尊榮。即使生產力仍然暢旺，日本當局的政治中心已然他遷，所以「必然走向凋落之途」，（龍瑛宗，頁 37）而「燃燒的太陽〔更〕曝曬……小鎮。……小鎮似乎懾服於猛烈的大自然，畏縮地蹲著」。（龍瑛宗，頁 70～71）如果此地太陽象徵日本，那麼小鎮的衰微其實已在眼前。[7]所以蝸居其中「的人們是保守退伍的，幾個錢老爺，也不想做事，終日沉浸於鴉片煙中」。（龍瑛宗，頁 37）這是一個機能萎縮的子宮，蜷縮在裡面的人正是「酒精缸裡的童屍」[8]，注定未老先亡。

　　其次是臺灣人與日本人的房舍。

　　臺式房屋大分三種。第一，是層級最低的鐵皮屋，大多靠近工廠，聊作員工宿舍；既熱又悶，不能擋風遮雨，也無法倖免工廠黑煙的污染。房

關文章。其中邱貴芬是贊成協商方式的學者之一。她在同年輔仁大學比較文學研究所主辦的「後殖民論述」的系列講座中，也提出相同看法。
[7]關於太陽意象和日本之間的關聯，我將在下文討論。
[8]語出張愛玲。

內可能只有一扇小窗，僅容管窺天地。這類房屋多半是屋主便宜行事的臨時住所，充滿了不穩定性。每一個房客都只願當過客。第二種是典型的臺式土角厝。「凹型構造」，穀殼與泥土的混種。溼氣重，但有較大的窗戶（龍瑛宗，頁 25）享受較大的天空。第三種，我們只能進到大廳。戴秋湖家和洪天送的妻家都屬這類。正廳一定掛（擺設）有觀音畫（佛）像；規模大的如後者，甚至有神桌和祖先牌位。可以想見的其他廂房必然較土角厝的寬大許多。這是土財主或經濟狀況優良的家庭住屋。三種房子顏色都偏暗灰或深茶色，是一種看似穩重但妨礙亮度的色彩選擇。

　　日式房子龍瑛宗著墨不深，對日本人住的日本房子尤其。小說中的臺灣人也可以住日本房子。必備的條件有：一，達到某種社會地位；二，賺到足夠租住日本房子的錢；三，從事特種行業。三者任取其一即可。然而，住日本房子的臺灣人似乎都不快樂；而日本的榻榻米和紙門也關不住臺灣人的各種生活習慣。髒亂吵雜依然一應俱全。

　　除了實際的空間，小鎮也充斥象徵意義豐富的空間。

　　女體，為各種末代騷人墨客的不可或缺──專門「包容」／含納各種陽性的情緒／身體廢物。它們刺激欲望，也承接欲望。男性進入女體代表生產另一個空間（人）的希望。其中更有占領空間的快感。任何一個在現實時空挫敗的陽性，如果能在女體中「彌補」了匱乏感，充塞空間的完滿媲美開疆拓土。特別是，如果女體附加了金錢或日本國籍（身分）的社會價值，其「想像空間」便立刻加大，足堪告慰知識分子經常無以自處的「偉大男性」。在〈植有木瓜樹的小鎮〉裡，不同的臺灣男性幾乎都有空間錯置的迷惘和困頓，但他們都能（除了陳有三）在女體中找到「安身」「立命」的棲所。

　　木瓜，南國熱帶的產物；日本本土缺乏、〔在小說中〕卻不受青睞。它具有容易敗壞的體質。我們雖然無法證實林杏南長子提到的「腐爛的水果〔空氣〕」（龍瑛宗，頁 65）就是木瓜的傑作，但可以肯定木瓜的經濟價值

有其「空間」的限制。搬運或異地培育〔轉換空間〕[9]絕對有害木瓜的生命本質。由於木瓜小鎮目前以甘蔗知名，因此，由甘蔗衍生的相關行業才是日本人的最愛。所以，木瓜的身體又象徵著已經沒落的空間。[10]木瓜是小鎮地理景觀的指標之一，和其他作物／建築共同擁有小鎮空間。但是，相對於甘蔗的優遇，木瓜所得的是一種界線分明的歧視。它和甘蔗之間的高下之勢，正如土角厝與日式房舍的對峙，完全是政治效應。

　　日式宿舍占據實質空間，卻因為龍瑛宗的描寫手法而增加想像空間。圍牆、風、談笑的女人、閒適納涼的半裸男人，整齊妥貼的綠意……淡淡幾筆就是整張風景。日本房子是小鎮人人嚮往的精神堡壘。包括陳有三在內的小鎮臺灣人，無人得窺堂奧。因此，其有無垠的領空提供馳騁。通過此，臺灣人才能夠立足臺灣土地。那是臺灣人「身分證」的核發單位。陳有三和他的臺灣同儕為了這張空間身分證夙夜匪懈。

　　不論真實或象徵，〈植有木瓜樹的小鎮〉空間都有清楚的「國界」（臺／日）。臺灣人在不同的「國度」穿梭，經驗不同品牌不同程度的歸屬感，無論聚、散都懷抱希望或絕望。正如陳有三初到小鎮便是兜頭一陣烈日，白花花地眩人耳目，陳有三最後也神志不清地「醉眼〔於〕白色的幻象中」（龍瑛宗，頁 72），全然不能面對真相。空間深度感從眼睛消失，空間的意義歸零。[11]一場追逐，原來子虛。

---

[9] 如由臺灣移植／搬運到日本。木瓜的脾性與香蕉不同；好吃的木瓜必須「在叢紅」，即在樹上成熟。但「在叢紅」的木瓜經不起搬運。近年外銷木瓜多半仍舊以採摘青（澀）的木瓜的方式進行；途中再予以「蒸熟」，其風味當然大損。香蕉則可以在青澀期就離開樹上，一路「硬直」地運到目的地。我以為，龍瑛宗的小說充分運用了這個木瓜特質，是一個結合空間／空間身分的最佳範例。

[10] 值得一提的是，木瓜的繁殖屬於有性生殖，由曬乾的木瓜籽栽植。甘蔗雖也開花，有其「性徵」，但基於經濟時效的考慮，多半用插枝式的無性生殖法。如果，我們要強作解說，「有性」「無性」之對比也十分有趣。至少，將木瓜比喻成「身體」甚至是類同小鎮的身體都有其特定意義。

[11] 刺眼強光當然會使眼前景物化攤成一片光的影子。這也呼應前面所提的「片段生活」的狀態。此地龍瑛宗的空間處理的確神妙。

空間與身分

傳統空間與臺灣身分

　　陳有三的空間之旅由製糖會社的「五分仔車」[12]發動，幾乎是一種命運的輸送，其中暗藏經濟的掌控。[13]小火車把陳有三載入木瓜小鎮，使他置身糖廠（日本經濟）的勢力範圍之內，這中間經過離開（故鄉）／（在小火車上）移動／進入（小鎮）的過程，每一個動作都代表一種身分的置換。陳有三在連串動作中，先是釋出故鄉身分的召喚（call of old identity），形成「身分未定但即將轉變」的移動狀態，最後進入另一個由多重空間組合的場域——「一個種木瓜樹的小鎮」。在這裡，陳有三從「滿懷美夢」（龍瑛宗，頁 27）掉入「白色幻象中……有如黑暗洞窟的心中，吹來一陣寒風，突然渾身顫慄起來」，（龍瑛宗，頁 72）始終雍塞鬱悶的心靈終於起風了。颳來的卻是令人僵直的「寒風」。而他被迫停歇的最後空間，竟是儼如死亡的「黑暗洞窟」？

　　陳有三首先受困於傳統的空間。

　　他在某個九月底的午後來到小鎮。很熱的天氣，所以「赫赫的陽光刺得眼睛都要發痛似地暈眩」。小鎮的臺灣建築充滿髒亂和陰暗：「亭仔腳的柱子薰得黑黑。」而使用建築空間的臺灣人除了罹患落後建築／文化的後遺症，更有房舍崩塌的威脅——「被白蟻蛀得即將傾倒」。與人切身的建築外殼搖搖欲墜；起居其間的臺灣人當然生命堪憂；而房危屋傾竟然是由於「白蟻蛀蝕」——一種從內部腐壞的毀滅方式——似乎空間的存在已有隱憂。甚至屋外的天空也要炙人生息，「赫赫陽光」刺痛眼睛，曬裂馬路，連房子也必須張著布篷，只「為了遮蔽強烈的日曬」。如果太陽是日本的化身

---

[12] 運糖小火車。「五分仔車」的稱謂一直沿用到戰後——臺糖小火車也如此稱呼。

[13] 這種輸送類同「運煤車」，工人由老闆運送到工作場所。運送過程，工人不但「身不由己」，毫無抗拒地在不同空間中穿梭（譬如由地面到地下），他們甚至對運送的目的地也無從決定。通常這樣的輸送是一種悲劇的開始。請參見拙文〈重讀焦桐〈懷孕的阿順仔嫂〉〉，焦桐的〈懷孕的阿順仔嫂〉處理礦工所在空間與命運的弔詭關係，我在文章中有詳細探討。又運兵船——特別是日據時代的運兵船——也是一種強迫空間。

[14]，陽光的無遠弗屆便象徵著日本帝國統治的「鞭辟入裡」。曝曬下的臺灣店鋪氣息奄奄，「兩側燒焦似的黑柱子、腐朽的廂房」，一貫的髒亂品味；屋子的老邁由「處處長著雜草」的屋頂可見一斑。雜貨的供／需流通緩慢，所以「封滿塵埃」；而商人像「長了青苔的無表情的臉」[15]，則告示商業停滯的訊息。（龍瑛宗，頁38）臺灣式的經濟已近末路黃昏。

穿過這些街路，有更「臺灣」的屋舍：

> 走進巷裡，並排的房子更髒兮兮地，因風雨而剝落的土角牆壁，狹窄地壓迫胸口；小路似乎因為曬不到太陽，濕濕地，孩子們隨處大小便的臭氣，與蒸發的熱氣，混合昇起。（頁13）

陽光造成灼熱，卻也是生機所在。此地的巷弄雖然不會被太陽荼毒，卻是另一種垂死的姿態。髒之外，竟有「濕」和濕之後的臭與悶了。這是壞環境的極致：濕、臭、悶，都是閉鎖空間的產物，空間必然凝滯不動，內／外氣流不相往來，其中還摻雜骯髒和足夠造成「蒸發」的熱。

這樣的空間令人胸口鬱悶。閉鎖的空氣醃漬生命。陳有三離鄉背井，懷抱大志奔赴的地方，就是這座已然被白蟻掏空，陽光灼傷，甚至悶熱得不能自己的小鎮。（龍瑛宗，頁13）他離棄家鄉的空間拘索，卻一步步陷入另一個空間囹圄。

陳有三先在洪天送家落腳。那是一間夾在一堆「馬口鐵皮葺的矮長屋」中的泥土厝，「屋頂被煤煙燻得黑漆漆，蜘蛛絲像樹鬚一般垂下來」。（龍瑛宗，頁14）糖廠的煙塗染屋頂，也塗炭屋裡人的健康。諷刺的是，洪天送的大門貼著紅紙，「上面寫著『福壽』二字」。（龍瑛宗，頁14）這個被預期有福有壽的房子只有「一個極小的格子窗，從窗口可望見綠油油的蔗園那邊工廠像白色的城堡」。（龍瑛宗，頁15）白（工廠）／黑（煤煙

---

[14] 特別是正午的太陽——形象與顏色都和日本國旗深切配合。
[15] 或可解釋成「陰影的延長」，還是末路黃昏的告白。

燻的土角屋），高煙囪／矮房屋，窗外綠油油的蔗園／小格子窗，都形成殖民與被殖民的意象。前者的生產端賴後者，卻又是扼殺後者生機的劊子手。而空間的對立更是明顯。大與小、白與黑、開放與封閉。因此造成空間內部熱空氣的排放或擁擠，因此陳有三不斷感到「壓縮全身似〔的〕暑熱」。（龍瑛宗，頁 15）這極具象徵性的啓蒙經驗「總論」了陳有三的空間命運：未來的他將不斷地重複此刻此身，永遠無法脫離「壓縮全身似暑熱」的包裹。

　　至此，陳有三經歷了一段雖無「水深」卻極「火熱」的空間旅程。由閉塞空間與熱氣流合成的環境，煮沸了陳有三逃逸的決心。所以他說日本話，穿和服，立志住日本房子；甚至，他也想過入日本籍。那當然必須進入日本家庭，被收爲養子或納爲丈夫。兩者都要介入日本空間。[16]他同時進行空間轉換。從洪天送家中搬出，在街的東郊租賃一間房，附帶較大的窗子和濕氣。

　　陳有三的空間經驗折損他的天真和浪漫。這兩種生命質素促使陳有三離開家鄉（龍瑛宗，頁 27），到小鎮尋找新的天地和身分契機。臺灣身分與生俱來，牽制了他在日本空間中的自由。但給他身分的父親無意中爲他開了第一道閘門：「讓兒子也跟人家去考〔中學〕」（龍瑛宗，頁 26），拿到了日人核發的文憑，陳有三因此得以中學資歷通過街役場的任用考試。中等學校的畢業證書「證明」陳有三「新知識階級」的身分，爲他的優越感背書（龍瑛宗，頁 39），並立刻將他調升爲高等臺灣人。任職日本機構則使他更上層樓，「俯瞰群聚於他周圍的同族們」，（龍瑛宗，頁 50～51）視臺灣人「像不知長進而蔓延於陰暗生活面的卑屈的醜草」。（龍瑛宗，頁 27）這時他在心態上顯然已經脫離臺灣空間。

　　不夠資格住日本房子，他還是常常穿起日本浴衣，遊走街頭，睥睨來

---

[16]「結婚」更代表介入「女性的身體空間」。被納爲日人養子或丈夫和「皇民化運動」的改姓名的精神並不一致。後者的臺灣標誌仍很清楚；原因在於，改姓名是攸關整個家族的事件。一大家臺灣人洗淨臺灣痕跡當然比一個人單槍匹馬地進入日本家庭費事。更何況，改姓名因爲牽動家族，成功機率較小。

往人群。他昂藏如巨人，輕易便「蹙起輕蔑的眉頭」。（龍瑛宗，頁 39）然而，陳有三也開始成為臺／日同事眼中的異類。原有的空間排斥他的超越企圖。日本人視他為點鈔機；機器當然沒有身分，更遑論抽象的身分認同。正如黃助役所言，「在公所服務的人，與其要找有知識的人，還不如找個全神貫注於職務、工作正確而字體漂亮的實用性人物」。（龍瑛宗，頁 52）臺灣同事也氣質互異，志道不合。（龍瑛宗，頁 50）大家努力地消磨陳有三的向上意志。龍瑛宗在此並沒有明確地交代陳有三嘎然而止的原因。彷彿同事的三言兩語泰山壓頂，陳有三就突然失去前行動力，耽留原地。[17] 之後他決定住到林杏南家裡。林杏南在街役場工作 20 年，志氣消磨淨盡；是一袋被同事拋到邊緣的垃圾，甚至受到臺灣同儕的排擠。這樣的邊緣人讓出一個空間給陳有三——那毋寧是邊緣的極致。陳有三一方面貪圖林的便宜租約，一方面鄙薄林賺房租的居心：

> 對於同事們批評林杏南的為了賺幾個錢的心情，陳有三感到莫可名狀的憐憫與侮辱……陳有三對自炊工作已感到厭倦，而林杏南說房租、餐費、洗衣費合計每月 12 圓。那跟現在的費用相差無幾，且對他的好意無法拒絕，終於答應了。（頁 53～54）

　　陳有三的人性在此急轉直下。他的墮落表現在兩個層面。第一，他對朋友／環境的選擇出現妥協。第二，世故替代了天真。他甚至是個尖刻的犬儒。陳有三丟失了理想主義的外衣———一個人類最珍貴、可以居處任何空間的唐吉軻德性格。[18] 唐吉軻德代表一個永不困頓、永不妥協的意志，一股薛西弗斯式（Sisphus）的推進力量。陳有三蔑視林杏南的狹小氣度，孜孜營營於小利，卻又搬去同住。他「反對」同事損友（龍瑛宗，頁 50），

---

[17] 人物的內心活動交代不清是龍瑛宗寫作本篇小說的最大缺憾。

[18] 陳有三的同學廖清炎嘲弄他：「你真是個可憐的光頭唐吉軻德。難怪看著這些參考書、偉人傳、出身成功談等書籍……」。（47）

卻發現「與他們接觸多了，那種反彈的力量愈來愈遲鈍」（龍瑛宗，頁50），而他終究也和他們出入他認爲敗德的風月場所，雖然他的內心仍然高高在上，不忘批判：

> 這些敗類女人把吱吱的嬌聲充滿房間。有人光把臉伸進房間，掃一下貪欲的視線，而後走開……只有陳有三閒得無聊，身心拘謹得一刻也想早點從這不適且厭惡的空氣中逃遁。（頁 59）

儼如困獸，陳有三在這個女人的房間中手足無措。他既無能面對性欲，也無法迎接情感。事業與學業空間無法交通，身體和心靈空間也咫尺天涯。

賣身女和林杏南的女兒翠娥推拉陳有三變換身分的決心。他在妓女戶見證髒臭、黑暗以及橫流的肉欲[19]；翠娥卻讓陳有三「感到無限的純淨」。（龍瑛宗，頁 64）但陳有三並沒有因此得到獨立行動的能力。空間仍握有絕對的宰制力。當他在妓女戶發覺自己處於情欲迸發邊緣、即將一觸即發時，趕忙要求同去的雷德帶他逃出。兩人慌慌張張地衝出門，雷德立刻在牆邊拉了泡尿，一下瀉去突張的欲念；陳有三卻連明目張膽的排泄動作也沒有，只是「不意仰望夜空」發現「兩三顆星星濕濕地閃爍著」（龍瑛宗，頁 64）——他的色欲最後只敢向星星發射了。

> 向林杏南提親失敗之後，他覺得一刻也無法待在〔林杏南〕家裡，希望早點搬到別處去。他為了逃遁窒息的空氣，常常跑去找戴秋湖與雷德聊天。絕望、空虛與黑暗層層包圍得轉不過身來的樣子，咬緊牙關想要排除也除不掉。酒——為了喝酒，他主動去邀朋友。戴秋湖與雷德都為了

---

[19]那是個晚上做生意，男人排泄精液的地方。龍瑛宗在此有極好的處理。他讓陳有三的嫖妓經驗啓蒙於一個最可能髒亂的空間——廁所。是個下雨的晚上，所以濕淋淋，臭氣特強。陳有三一進門，便有「一個穿著深藍長衫的女人」，急急忙忙〔從廁所〕飛奔出來」——廁所是排泄的地方，也是沖洗的地方。剛做完生意的妓女總是需要沖洗。

陳有三的變貌而嚇得目瞪口呆。（頁 64）

雖然翠娥事件重擊已經失志的陳有三，但他仍有轉圜空間：翠娥主動前來，帶著沉舟破釜的決定。而陳有三卻「不知道怎麼辦才好」。（龍瑛宗，頁 68）他猶豫不決，「連搭手在她肩上的勇氣都沒有」。最後，他「終於果斷地」走開（龍瑛宗，頁 69），隨即又萬分後悔。陳有三唯一的行動力就是猶豫，導致每一種身分毫無生機。心靈真空的陳有三終於遺失了所有的身分——曾經有的臺灣／男人身分；求而不可得的日本／婚姻身分；試圖效顰的唐吉軻德／拿破崙身分……——出師未捷。而他也在空氣中流離，從家鄉到小鎮，從鐵皮屋到林家，從男伴到女人，陳有三無法落腳。空間與身分，始終是變數。

日本空間與×身分

龍瑛宗擅長用色，通篇小說以白色、黑色作底，陽光、月色打光。相對於「罩翳著……時代的陰影」的臺灣房舍，日本建築總是以高大、乾淨的姿態出現。M 製糖會社佇立在「一片青青而高高的甘蔗園中」，不動如山，「高聳著煙囪的工廠……巨體，閃閃映著白色」。（龍瑛宗，頁 13～14）殖民主的「身體」藉由建築物／槍桿／陽具的形式，可以隨時隨地隨意地插入被殖民者的土地或身體空間。龍瑛宗在營造製糖會社「煙囪」意象的同時，並列了一根根「甘蔗」。代表著科技及壓榨（甘蔗）機器的日本煙囪，不但在體積／空間占領上壓倒臺灣甘蔗，更直接主導甘蔗的命運——榨出汁液，留下殘渣。[20]因此，龍瑛宗處處以日本建築的清爽麻利對應臺灣房舍的垃圾和排泄物：

> 走到街的入口處，右邊連翹的圍牆內，日人住宅舒暢地並排著，周圍長著很多木瓜樹，穩重的綠色大葉下，結著纍纍橢圓形的果實，被夕陽的

---

[20]甘蔗的「剝皮」和「榨汁」意象連貫。剝皮尤其是臺灣俚語中「剝削」的意思。

微弱茜草色塗上異彩。（頁 19）

不同於臺灣建築的推擠壅塞，凌亂不堪，日本人的房子表現了計畫建築優雅整齊的樣貌。木瓜纍纍，充滿「收成」的預期和喜悅。幾步之遙，卻有截然不同的光景，連天空都有色差：

從馬口鐵皮屋頂昇起的薄煙，裊裊地溶進暗濁的天空；蚊蟲成群，慌亂地交飛著。陳有三與洪天送沿著泥溝，走過滿是灰土的凸凹路，回到了住處。（頁 19）

除了整齊，日本宅第通風良好；北來的異鄉人都能悠閒地生活其中，沒有南國天氣的煩擾：

圍牆邊兩個穿著衣連群的日本女人，無顧忌地聳肩而笑談著。被風吹動窗簾的側廊，一個胖敦敦的中年男子穿著內褲，兩手插腰，凝視著遠方。（頁 20）

繼續前行，又是另一個完全不同的景觀：

街道愈來愈窄，小房子雜亂並處。打赤膊的男人們好像都吃過晚飲，聚集圍坐在一起。露著栗色肋骨的年輕男子，以靈巧的手法拉著胡琴。尖銳的旋律，像錐子似地鑽進黃昏。（頁 20）

一群中國工人，似乎全數裸裎上身；陽光絞出黑色素的皮膚透露著因為糧食不足或過度工作而外突的肋骨。他們的房子小而雜亂，所在的街道狹窄。不像那位「胖敦敦」的，有閒情憧憬遠方的日本男人，他們面對面，擠在密合的空間中，相噓。他們和天空的關係是不和諧、互相衝突

的，所以胡琴要以「尖銳的旋律，像錐子似地鑽進黃昏」。

類似的臺／日空間對比幾乎形成小說的基調。[21]值得注意的是「圍牆」的存在。圍牆除了負載「宣示地盤」的意義之外，更有防禦／隔離（有害事物），以及劃分階級的意涵。單純就空間的認知而言，即使圍牆所分隔的世界差異不大，「圍牆本身」就建構了牆內人的安全感和優越感。牆外人也會因為想像裡面的「宮牆之美」，而自覺卑瑣。內／外空間的社會價值，因為「圍牆」而產生優／劣，高／下的錯覺：

> 這裡是社員的住宅，我〔洪天送〕要是再忍耐五年，便可從那豚欄小屋搬到這兒來住。但是其他的人就可憐了，對他們而言，這裡不過是『望樓興嘆』而已，因為他們沒讀過中等學校。（頁 19）

圍牆劃分內外等級，也是臺灣人自我劃分（分化）的最好憑恃。即使壯志仍未酬，洪天送已然「人以房貴」地將自己升等，「他化」（othering）臺灣人。陳有三和洪天送有志一同，第一志願都是一個像樣的日本空間。這個空間不須傳統的廳堂，不要髒亂，不要有鄰居沒有教養……查某們整天大聲喧譁，餓鬼們髒得比泥鼠還髒，男人們喝了白酒就高談猥褻……深夜裡鄰居睡覺翻身的聲音，也無遺漏地聽到。（龍瑛宗，頁 25）

臺灣建築的特徵就是雞犬相聞，「老死必相往來」。要撇除鄰居干擾，就必須跳脫臺灣人的居住空間。日本住宅獨門獨院，擁有獨立的空間和隱私。因為獨立門戶，所以占地必須寬廣。因為要求庭院，所以四面築有圍牆，而「枯山水」是日本人住宅的特色之一。住宅主人關起門來欣賞自己的假山假水，不容外人偷窺，很自然就構成自然與文化上的隔閡。由於小說中的日本宅第完全止於外觀描寫[22]，自始至終，我們和小說人物一樣，無

---

[21]另外，龍瑛宗也對傳統臺灣建築中的「神桌」、「大廳」有細部描繪。戴秋湖家，以及洪天送相親的女子家中都可見到「觀音佛像」等典型家庭擺設，龍瑛宗由空間入手，的確具現諸多臺灣風貌，十分值得進一步探討。

[22]這樣的處理當然正確而寫實。既然故事中人都沒有機會深入日本家庭一探究竟，所得的印象本來

緣識荊。因此，洪天送和陳有三對日本居住空間的嚮往，很可能是一種一廂情願；站在圍牆外的牆內想像，出自於主觀的映照。果真如此，他們覬覦日本空間的企圖心絕非只是單純的空間需求，其中應該包含權力／身分的期待以及現狀的不滿。

　　首先，他們不滿臺灣人文化（居住）品質。龍瑛宗總是在日本房舍之後，排比臺灣房屋。臺灣房舍的「附加環境」，諸如髒／亂／吵／雜／缺乏隱私／迷信——那些沒有出現在日人房舍中的臺灣特質——強烈地對照日本人扶疏的花木，井然的生活和高尚的格調。對陳有三或其他自詡高人一等的臺灣知識分子而言，臺灣厝幾乎是落後的象徵。因此日本人的住家，甚至是糖廠建築，代表一個身分，一種理念，以及高級文化的實踐，其中包含了經濟的／社會的／內在的提升。然而，從臺灣土角厝跨越日本門檻難如登天。兩種空間間隔著政治／文化的深淵。

　　陳有三根本與日本的身分和空間絕緣。

空間屬性與文化屬性

　　空間區隔是殖民帝國的一種種族隔離手段。這種區隔強調彼此的差異，藉著空間上的他／我距離，清楚劃分膚色、階級、性別、文化／政治／經濟族群，於是圍牆高築，將他者徹底排除於視界之外。於是，一幢幢高大、現代化的建築入侵原有的房舍景觀，真正「矮化」在地人的空間位置。這種矮化立刻能形成「自然」，象徵殖民者的文化／政治／經濟欺占。而這種「自然」也會逐漸轉化被殖民者的主觀心態，從實際的空間發展成心理空間，形成政治／經濟／文化壓迫後的心理壓迫。殖民者的囚籠因此更加堅實，由空間跨越到時間，從空間／空間之間的橫向控制伸展到單一時間縱軸的彙聚。當被殖民者進入殖民者的時間[23]，而其空間也含納入殖民者的勢力範圍時，文化便面臨重大危機。一旦空間和時間的殖民狀態內化

就該只限於外觀。
[23] 例如，由清光緒變成日本明治；或者，把臺灣的陰曆年改成在陽曆過年。這種時間的轉換是被殖民者的重大考驗，通常也包含了空間轉換的必然性。

到心靈層次，殖民帝國的內外版圖才真正確立。

　　幾乎生存在〈植有木瓜樹的小鎮〉中的人物都有一張內化的殖民版圖。1937 年的 4 月，〈植有木瓜樹的小鎮〉正式出現在《改造》雜誌第 19 卷第 4 號，其時攸關臺灣文化風俗的人事物還殘存一線縫隙苟延。未幾，漢文書房便強制禁止；稍後，一連串的「皇民化運動」更適時蜂起，完全封死臺灣文化生機。日人的舉措逐漸收攏臺灣人心，使一切浮動意志塵埃落定。政治上的雷厲風行固然奏功；臺人的自動繳械亦是主因。[24]臺灣知識分子在文化協會時代所展現的抗爭精神已然過氣。即使民族與異族的意識仍交互激盪，外在的矛盾和內心的掙扎並行不悖，大空間（環境）的驟然壓縮，卻使得生理的／心理的生機驟減。文化生態與屬性的改變，勢所必然。[25]

　　變調的文化節奏造成知識分子內外生活／生存的張力。〈植有木瓜樹的小鎮〉的藝術美感即生發於陳有三的「內在抗爭過程」。小說中不斷釋出的內／外、主／客觀環境的衝突與扞格具現了分明的空間感──一種內與外的調和或奪權的過程。霍爾在論述知識分子的文化身分時，曾經如此說道：身分是「一種永遠無法完成的生產，一種永續的過程，永遠生發於內在，非外在的再現」（"a production which is never complete, always in process, and always constituted, within, not outside, representation"，頁 222）。身分並不是一個固定的屬性，會隨著時空轉換。特別是，當殖民地人民經過長時間的「他化」（othering）手術之後，人民的歷史感便逐漸消失（Hall，頁

---

[24]以「說國語運動」為例。許多臺人皆以能說「國語」為榮。除去「識時務」的考量，內心的依歸也是主因。請參考 Wan-yao Chou, "Remaining Oneself a True Japanese: One Aspect of the Kominka Movement, 1940～1945", 文收《日據時代臺灣史國際學術研討會論文集》頁 155～212，1992 年。周文檢討 1936 年開始實施的「皇民化運動」的成敗：在「說國語」、「徵名軍侠」以及「改姓名」三種運動中，只有改姓名成效較差。其原因並不是臺人堅持「行不更名，坐不改姓」的中國道統，相反地，是日人所設門檻太高。（頁 161）

[25]諸多文章歌頌賴和、楊逵的高凜氣節，並因此將其文章等量（質？）齊觀，認為是臺灣文學最重要的遺產。本文將試圖在下文中證明，作家在時代的夾縫中自有其不忍人之志，但後人似乎不宜以「氣節論文章」地把風骨視為文學判準。因此，我們在審視龍瑛宗的文學作品時，應該有足夠「雅量」忽略他的意識形態──或者，根本就該給他的「意識形態」一個適當、公平的位置。

224、225）進入一個「自我他化」的過程（ "see and experience [themselves] as others" ，頁 225）。龍瑛宗的知識分子便周而復始地進行這種空間與文化的「自我他化」工程。

他們經常遊動在城市與小鎮之間，徘徊在嚮往高樓與鄙棄矮房的掙扎之中，時時刻刻在愛與不愛間猶豫，常常思考，但沒有行動[26]；內心卻也永遠不得安寧。[27]他們的無法安定便是自我他化的結果。他們無法在任何空間找到定位和身分，總是把自我游離／異化出來。所以，他們的物質／精神始終處於變動狀態，完全受到環境牽制。生活中，他們煢子無依。這種彷徨迴異於後殖民時代的知識分子。那些不斷受到霍爾等後殖民論者聲援的，黑色的、加勒比（Caribbean）知識分子──無論他們如何不堪，在現實中都至少保有一個支點──他們是有身分的法國人；他們享受任何法國人應有的權利。在世界的某一個時空中，他們至少有一個固定的「位置」（position），一個不必經常變動的空間身分。當然，霍爾憂心這種定位反而讓知識分子無以溯源，回歸本來的文化屬性。（Hall，頁 227）的確，大部分法農（Frantz Fanon）以降的後殖民時代知識分子，長久以來在「經濟穩定」中所發展出的文化屬性，早已脫離殖民時代的時空氛圍。空間的變革，時間的輾轉，都造成知識分子身分／屬性的變質。[28]不同的是，後殖民人類多了身分主張和權利。於是，他們要「重建」知識分子的文化身分──在一個與祖國離散的空間之中。（Hall，頁 226）在這樣的時空中，往昔的文化屬性不再固定，血緣也不再是身分的判準（ "has no absolute guarantee in an unproblematic, transcendental 'law of origin' " ，頁 226）。身分

---

[26]去掉殖民帝國政治壓迫的理由，龍瑛宗的知識分子的確十分「後現代」，連空間感都有些「志同道合」。

[27]例如，1941 年發表於《臺灣時報》的〈午前的懸崖〉，便再度處理知識分子不能自處於殖民環境／傳統束縛中，卻又仗勢「知識」隨意貶抑現實及周遭非知識分子的生活方式，因而永遠陷入「無所適從」，沒有定位的變異狀態。

[28]即連對身分／屬性極端敏感的後殖民論者如 Edward Said、Gayatri Spivak、Homi Bahbah 等都屬於社會菁英分子，享有優渥的經濟與崇高的社會地位。他們做為後殖民世界的代言人難免有「何不食肉糜」式的發言。

已然是一種「尋找定位」（positioning）的工程。這工程，我以爲，仍然受制於當下時空。[29]

　　陳有三更無轉圜。

　　對他而言，臺灣人身分是成爲一個人的最大掣肘；所以換身分＝換空間＝成爲一個人。因此他急於脫離原有「非人」的身分，積極尋找一個穩固的日本位置。於是他在空間中流竄，不斷以丟失舊空間，進入新空間來確認身分。然而，他忘記自己的「身體空間」原來處處烙有臺灣印記，「思想空間」原來滿布臺灣痕跡。不管他願不願意看到烙印、觸碰痕跡，它們都在那兒，無法被放棄。而這無法放棄的身體／思想空間，即使陳有三不願簽字認可，都在在阻礙他的空間追求──因爲，所有的空間概由他人決定和命名。他的父親決定他的臺灣身分。學校給他知識分子的身分。街役場讓他進階爲高等臺灣人。企望中的律師考試將提拔他爲日本人。陳有三的仗恃全部來自外在，內心卻毫無支撐。他設計了宏偉的空間藍圖，但忘了鋼樑鐵架。不懂建築的陳有三蓋了日本風味的海市蜃樓。

　　陳有三的空中樓閣也開具想像身分。但在真實的空間中陳有三卻仍然難以自處。他不斷游移在臺灣日本的認同／身分／屬性之間。任何一種立場宣示都牽連不同的危機，所以他的空間旅行停泊在精神層次。永續的問題與思索，永續的心頭文章，既不能發表，更無從實踐。唯一暫時離棄問題的方式就是餵飽肉體。而那便是精神痲痺的開始。

　　事實上，〈植有木瓜樹的小鎮〉的外在空間就是內在空間的具象。小鎮中臺灣／日本空間的涇渭分明，早已昭告陳有三冀圖變換空間的下場。諷刺的是，陳有三還在牆上掛了拿破崙畫像，要師法拿破崙「開疆闢土」[30]的雄才大略。但是夙昔典型是已逝時空遺留的「標本」，只是後人用想像／文字／鉛印複製的虛有形體。而這種書本空間迥異真實空間；只有在那單純

---

[29]西方思想早已深入黑色知識分子的離散文化特質中。請參見 *Place and the Politics of Identity*, ed. Michael keith and Steve Pile, p.17。

[30]這又是龍瑛宗的神來之筆。拿破崙正是開拓空間的著名英雄。他的五短身量完全不妨礙他的大志；而他也是「愛拚才會贏」的典型範例。龍瑛宗的人物揀選切中題旨。

化了的文字世界中,「努力」才可能是轉換空間的鑰匙。文字簡化人世的各種可能性,把成功的意義物質化(materialize)成某種身分的取得,譬如成為將軍、國王或聖人。但是紙上英雄不過是一種「概念」,他的血肉只能存活在自己的時空,他的身分只在歷史的某一點發生意義。在陳有三的時空中,拿破崙一樣束手。更何況,深入異國空間(俄國土地)的拿破崙照吃敗仗,更何況,敗在滑鐵盧的拿破崙困死孤島——空間仍然主宰蓋世英雄的命運。一個曾經統領無垠疆土的將軍,終究只配備一張紙的空間。

日本人的「白色城堡」(龍瑛宗,頁 15)代表統治者的身分與空間,是一個「排他」的場域。空間的排他性展現在圍牆、工廠,展現在和風煦煦的日式宿舍中。一木一石都是身分的布達。另一邊的鐵皮、泥土和神桌則散發著臺灣氣味,混凝在小鎮空氣中到處流竄。一塊土一片瓦都印有臺灣二字。陳有三的身分概念來自空間,自然也受制於空間。不同的空間發展不同的陳有三。這個重疊無數空間的〈植有木瓜樹的小鎮〉因此集結了無數陳有三。每個陳有三都在追逐一個身分——每個人都堅持一分夸父的執拗。[31]

結論

霍爾以為,知識分子的(文化)身分發自兩端:既可以由一種集體記憶——由共同的「我」所創造出來的歷史——開發(a sort of collective 'one true self' which people with a shared history and ancestory hold in common,頁 223);也可以是一種經過斷裂/離散之後仍保有的共同屬性。它是一種既有(being),也是一種正在成形的(becoming)身分。(Hall,頁 225)這兩種身分最後將聚合在一個共通的,仍然存在的母國(homeland)上。因此,一個現籍法國,祖先曾被殖民的加勒比裔黑人,基於原來的歷史屬性(黑色皮膚,加勒比生活習慣等)以及尋根的努力,可以將自身的兩種屬

---

[31]正是夸父「追日」!

性調和，獲得一種新的，（霍爾以為）有建設性的身分。離異的空間與身分在此重新結合。

活動在〈植有木瓜樹的小鎮〉中的知識分子並無此機緣。1930 年代的臺灣人陳有三是一個被日人統治的亡國奴。他的祖國已不復存在。[32]母體的淪喪打亂空間想像。陳有三最終的神智迷亂早可預期；所有的身分建構工程也因而停擺。他的徒勞往返固然可悲，然而，他在空間中的穿梭至少「彰顯」了空間的「界線」；空間與空間的關係在陳有三的胡亂闖關中脈絡分明。陳有三的身分的危機也因此曲線畢露。

〈植有木瓜樹的小鎮〉是一篇好小說[33]，條理清楚地勾勒了臺灣人的殖民處境，既不刻意騷動情緒，也不受制於當時政治空間的局限。其所呈現的箱箱籠籠，無論有形無形，寫實了日治時期之臺灣知識分子的身心枷鎖。這也是一篇十分現代主義的小說，深入人類的心靈甬道，具現知識分子的身分困境。如果說文學是作家的論述場域；那麼，透過文字的表演，龍瑛宗已經為自己創造了一個說話空間。在這個空間中，殖民者／被殖民者都各有上演戲劇的時空，擁有變換身分的機會或權利。在這個空間中，人物可以自成處事邏輯，不必依循任何「正確的」意識形態過日子。當然，他們有時也必須為「現實服務」，被拿來當教材地教忠教孝，但那絕非唯一解讀，文評家更無權以之論斷的作家藝術性。

換個角度來看，雖然「末代」知識分子的「文天祥之志」可佩，賴和、楊逵的節操可喜，一個被環境左右，空間壓縮，從而徘徊掙扎矛盾的人卻不必然一無是處。[34]準此，道德節操也不必然是文學準繩。一旦非關文

---

[32]此點結論乃根據小說人物的反應而來。我不擬在此引發統獨之爭。

[33]但是仍有明顯的缺點。例如，冗長的對話（頁 34；頁 45～49 等）；生澀的動作，景物描寫，特別是一大段關於小鎮文化背景的介紹文字，令人感到突兀；情節的推動也稍顯急躁，往往一跳就是陳有三一個心情大轉折；衛星人物──如洪天送──的發揮似嫌不足，使得陳有三的造型變得十分刻意，彷彿所有人都為了他才出現。相對於人物的扁平，龍瑛宗的意象經營就很成功：小說的空間轉換相當「蒙太奇」，在人物描摹上顯得突兀的技法，在此反而表現了俐落和明確的優點。這也是我寫作本文的動機之一。

[34]可鄙的是那種永遠的牆頭草，完全不必經過掙扎就見風轉舵。

學藝術的社會力開始「道德裁判」，文學的「獨立人格」便會受到戕傷。以龍瑛宗為例，無論是他刻意裝扮，投合日本政府脾胃的〈午前的懸崖〉中的部分片段（龍瑛宗，頁 108）；或是他為取悅國民政府而作的〈青天白日旗〉等小說，都令人不忍卒睹。一個作家為求安身立命而言不由衷，不能誠實面對自己的光明／黑暗面──人生悲哀莫此為甚。然而，這種心理爭戰卻是最好的小說題材；作家捨棄奉承當局的故事情節，改以心理的顛倒反覆為文章骨幹，則成就佳文的機率大增。〈植有木瓜樹的小鎮〉便是一例。

　　然而，龍瑛宗的〈植有木瓜樹的小鎮〉始終不能倖免評家意識形態的論述暴力。因為陳有三「沒有民族靈魂」，因為他只能「做為近乎反面角色留入小說史冊」，（古繼堂，頁 113），所以，由他所發展出來的「人性」特質或被刻意忽略，或被棄如敝屣。而龍瑛宗也被大膽設定為陷入「由〔於〕同化心態所帶來的批判能力的喪失」狀態。（羅成純，頁 252）如此一來，評家的道德情操便侵犯了文學人物的生活空間，戕害了作家的寫作自由。整個日據時代，似乎只有〈送報伕〉、秦得參[35]才值得存活。〈植有木瓜樹的小鎮〉當然不是日據時代最好的小說；但是，它的出現令人欣喜──除了大聲疾呼，用力抗爭的英雄之外，一個更平凡、沒有能力淑世，甚至無法獨善其身的卑瑣人物，也被容許擁有一個角落，苟且偷生──如同你我。

參考書目

· Foucault, M. Power / Knowledge: Selected Interviews and Other Writings 1972～1977. ed. C. Gordon. NY: Pantheon, 1980.

· Hall, Stuart. "Cultural Identity and Diaspora." In Identity: Community, Culture, Difference. ed. Jonathan Rutherford. London: Lawrence & Wishart, 1990.

---

[35] 〈送報伕〉乃楊逵作品。秦得參是賴和〈一桿稱子〉的主角人物。兩者都具備抗爭精神。

‧Keith, Michael and Steve Pile. Place and the Politics of Identity. NY: Routledge, 1993.

‧Chou, Wan-yao. "Renaming Oneself a True Japanese: One Aspect of the Kominka Movement, 1940～1945." In《日據時期臺灣史國際學術研討會論文集》，臺北：臺灣大學，1993年。

‧Massey, Doreen. Space, Place, and Gender. Oxford: Polity, 1994.

‧羅成純，〈龍瑛宗研究〉，文收《龍瑛宗集》，臺北：前衛出版社，1990年，頁233～326。

‧龍瑛宗，《龍瑛宗集》，臺北：前衛出版社，1990年。

‧古繼堂，《臺灣小說發展史》，臺北：文史哲出版社，1992年。

‧陳義芝，〈現代詩中的故園母題——以瘂弦作品為例〉，文收《第二屆現代詩學會議論文集》，彰化：彰化師範大學，1995年。

——選自《當代》雜誌，第 113 期，1995 年 9 月。

不為人知的龍瑛宗
以女性角色的堅持和反抗

◎林瑞明[*]

一、前言

　　解嚴之前，文學家葉石濤在一篇悼念楊逵的短文，提及與他交情較深的三位前輩作家是龍瑛宗、吳濁流和楊逵。吳、楊兩人在臺灣文學史上是抗議型的代表性作家，殆無疑義，他們生前血淚交迸的作品也獲得應有的評價，而且影響日益深遠。龍瑛宗則是較難於歸類，在葉石濤的筆下，如是登場：

> 龍瑛宗是《文藝臺灣》同仁中為數不多的臺灣人作家之一，年齡也較小，常喜歡跟我聊天，甚至於抬槓。龍瑛宗也是心懷民族解救美夢的臺灣人作家之一，不過他跟我的喜好相同，對西方文學較有濃厚的興趣。光復以後，他有一段時期，曾擔任過《中華日報》日文版的主編，所以見面的機會很多。不過他常喜歡嘲弄我的浪漫主義很不以為然，倒是不可諱言的事實。[1]

　　眾所周知，西川滿主導下的《文藝臺灣》是日本統治時代「外地文學」（Colonial Literature）的大本營，強調異國情趣、藝術至上；決戰時期則站在日本人的立場，強化了國策性色彩，1943 年 11 月中旬「臺灣決戰文學

---

[*]發表父章時爲成功大學歷史學系副教授，現爲成功大學歷史學系、臺灣文學系教授。
[1]葉石濤〈我與楊逵〉，收錄於《女朋友》，臺中：晨星出版社，1986 年 9 月，頁 161～162。

會議」召開之際，代表《文藝臺灣》的西川滿建議「獻上文藝雜誌」以協力戰爭。龍瑛宗在這次會議之前，已被代表臺灣人陣營的《臺灣文學》主編張文環，爭取到《臺灣文學》第 3 卷第 3 號（1943 年 7 月）發表了〈蓮霧的庭院〉（原題〈蓮霧の庭〉）；1980 年代龍瑛宗回憶他首次於《臺灣文學》發表作品，「意味著《臺灣文學》的陣營裡臺灣人全部到齊了」[2]。這樣的說明有其文學的自負在，但也顯示出龍瑛宗本人並非不知自己的臺灣人屬性以及所應歸屬的位置。

龍瑛宗，本名劉榮宗，新竹北埔人，祖籍廣東饒平，1911 年生，是臺灣重要的客家系作家。1937 年 4 月以處女作〈植有木瓜樹的小鎮〉（原題〈パパイヤのある街〉），入選日本著名雜誌《改造》（第 19 卷第 4 號）「第九回懸賞創作」，一躍成為知名作家[3]，是日本統治時代臺灣作家緊接著楊逵以〈送報伕〉（原題〈新聞配達夫〉，1934 年 10 月《文學評論》第 1 卷第 8 號）及呂赫若之〈牛車〉（1935 年元月《文學評論》第 2 卷第 1 號）之後躍上日本中央文壇的第三人。龍瑛宗與楊逵兩人內在個性差異甚大，文學取向亦有明顯的不同，基本上代表著臺灣文學發展上兩條不同的路線。楊逵、呂赫若是左翼文學的代表性作家；龍瑛宗深受西洋文學的洗禮，作品富有現實感並著重文學的美感經驗，但主要表現出知識分子的徬徨、恍惚，不若左翼作家有清楚、明白的方向，唯其朦朦朧朧，恰足於作品中反映殖民地芸芸眾生相。換言之，左翼作家透過作品表現出抗議性理想的一面，龍瑛宗的作品裡的主要角色，則一如其本人承受了現實的重壓而顯得茫然無所適從，在殖民體制下的臺灣，這是絕大多數人共同揹負的宿命。

以龍瑛宗的作家生涯而言，由於他傑出的文學成就，曾於 1942 年 10 月應邀前往東京，參加第一屆「大東亞文學者大會」，會中曾唸講稿而有

---

[2] 詳細內容請參閱拙稿〈騷動的靈魂——決戰時期的臺灣作家與皇民文學〉，《日據時期臺灣史國際學術研討會論文集》，臺大歷史學系，1993 年 6 月，第一小節：「時代與文學」，頁 443～445
[3] 從〈編輯だより〉中，說明這是從日本全國八百多篇應徵作品中選出來的兩篇「佳作推薦」，另一篇是渡邊涉的〈霧朝〉。《改造》第 19 卷第 4 號，頁 608。

「感謝皇軍」這類的言論存在；在臺灣決戰文學會議，亦曾發言：「『八紘一宇』精神的顯現，乃提攜大東亞十億同胞之文學，融和的文學」[4]，在時局的巨大漩渦之中，龍瑛宗無力自拔，只有隨波逐流，甚至險遭滅頂。這是日本籍臺灣作家的無奈，但亦緣於龍瑛宗個性之不善於應對（如果是別人，可能有辦法閃避）。作家須爲自己的言行負責，本文無意爲其會議中的發言辯護。況且自從日本研究者尾崎秀樹 1961 年在〈臺灣文學備忘錄——臺灣人作家之三作品〉一文中，將龍瑛宗〈植有木瓜樹的小鎭〉，與楊逵之〈送報伕〉及呂赫若之〈牛車〉加以比較，得出結論云：

> 把這三篇作品按年代順序通讀下來，可以看到臺灣人作家的意識是由抵抗而走向認命，再由屈從而傾斜下去的歷程。[5]

對於此一說法，本文以爲有其道理存在（但亦相對的反映出臺灣在日本殖民體制下，隨著時間的越往後，承受的皇民化壓力更大），亦無意在根本處加以否定。本文的著眼點，擬從龍瑛宗的部分作品之內涵，加以解讀，來看爲什麼與龍瑛宗有所交情的葉石濤會說：「龍瑛宗也是心懷民族解救美夢的臺灣人作家之一」（「民族解救」當是「民族解放」的含蓄字眼）。是葉氏寬待前輩作家？還是果真龍瑛宗有不爲人所知的一面？雖然龍瑛宗以 82 歲的高齡，依然健在，但本文不做口述採訪，經過時代轉折，有些日本統治下的臺灣作家，或多或少都會有一些合理化的說詞，以解脫當年配合皇民化政策，而今處身不同政權之下的困局。[6]本文僅從當年作品及言論，試圖提出解答。

---

[4] 《臺灣日日新報》，1943 年 11 月 13 日。
[5] 〈臺灣文學についての覺え書——臺灣人作家の三つ作品〉，原發表於 1961 年《日本文學》第 10 號，收錄於《旧殖民地文學の研究》，東京：勁草書房，1971 年 6 月，頁 242。
[6] 以〈道〉崛起臺灣文壇的陳火泉即是一例。參閱拙稿〈騷動的靈魂——決戰時期的臺灣作家與皇民文學〉，第三小節：「關於皇民文學的檢討」，收於前揭書，頁 454～461。

二、黑暗，實在黑暗──〈植有木瓜樹的小鎮〉

　　龍瑛宗〈植有木瓜樹的小鎮〉，日文原作發表於 1937 年 4 月《改造》雜誌上，從此崛起於文壇，展開了他的文學生涯。1978 年 10 月始有張良澤的中文譯文，經龍瑛宗親自校訂，發表於前衛叢刊第二輯《福爾摩沙的明天》[7]，期間相隔 41 年，才重新復活。如從 1945 年日本敗戰算起，也已經是 33 年之後，才有中文版的發表。這麼長的時間，身爲日本統治時期的臺灣重要作家，除了戰後初期有一小段的文學活動之外，龍瑛宗長期沉默不語，被文壇所遺忘，仍然當銀行的職員，一如 1937 年以〈植有木瓜樹的小鎮〉登上日本中央文壇時，亦是籍籍無名的小銀行員。他的一生服務社會的日子，幾乎都在數鈔票中度過。如果沒有強烈的內在動力，是不可能成爲一位重要的作家。

　　龍瑛宗自幼身體虛弱，講話略帶口吃，又是屬於臺灣社會中占少數的客家族群中之一員，與福佬系作家不大有往來；以 1980 年代復出文壇的自傳性作品，〈夜流〉、〈斷雲〉、〈勁風與野草〉……等等作品，又可以看出他是客家族群中弱勢者的後代，在這些小說中的主角「屢次在作品裡登場，名字叫作杜南遠，而他就是我」[8]，龍瑛宗如此明白宣示著。文學是個性極爲內向的龍瑛宗和外界溝通的重要媒介。了解這些背景，有助於解讀〈植有木瓜樹的小鎮〉及其他作品。

　　〈植有木瓜樹的小鎮〉是篇三萬多字的傑出小說。龍瑛宗以冷靜而詩意的筆調，描繪了 1930 年代臺灣小知識分子處身黑暗殖民地社會之現實裡的哀傷、沒有出路以及絕望。主角陳有三與次要角色林杏南長子，無疑皆

---

[7]以後〈植有木瓜樹的小鎮〉中譯文，收錄於鍾肇政、葉石濤主編《光復前臺灣文學全集》第 7 卷，《植有木瓜樹的小鎮》（臺北：遠景出版社，1979 年 7 月）一書中，又收入龍瑛宗《午前的懸崖》，臺北：蘭亭書店，1985 年 5 月；張恆豪主編《龍瑛宗集》，臺北：前衛出版社，1991 年 2 月；施淑編《日據時代臺灣小說選》，臺北：前衛出版社，1992 年 12 月；龍瑛宗日漢對照本《夜の流れ‧夜流》，臺北：地球出版社，1993 年 5 月。……等等，皆採用同一譯文。本文有關龍瑛宗的小說作品之引文，除有必要，不另加註。
[8]龍瑛宗《杜甫在長安》，臺北：聯經出版公司，1987 年 7 月之〈自序〉，頁 8。

是龍瑛宗的變身。透過陳有三的立志向上，經過激烈的競爭，考上了街役場（即今之鎮公所）的會計助理，前往中部的一個小鎮赴任。日本職員的強勢與弱勢的本島職員成為對比。在場景的描寫中，第一次做為題旨的木瓜樹是如此出現：

> 走到街的入口處，右邊連翹的圍牆內，日人住宅舒暢地並排著，周圍長著很多木瓜樹，穩重的綠色大葉下，結著纍纍橢圓形的果實，被夕陽的微弱茜草色塗上異彩。

另有一景提及木瓜樹，也是洋溢著明朗的色彩：

> 走到路邊植有相思樹的路上，看到散落於田野間的富裕的白壁農家或低矮傾斜的貧農的土角厝，只有木瓜樹是一樣的，直立高聳，張著大八手狀的葉子，淡黃而滋潤的果實，纍纍地聚掛於幹上。這美麗色彩而豐盛的南國風景，溫暖了他的心；在空洞的生活裡，微弱的陽光透射進來。

然而在同樣的植有木瓜樹的風景之下，日本人社區和臺灣人社區有著不同的生活內涵，前者經濟寬裕，生活顯得有所自信。作者僅以寥寥數筆，即勾勒出來：

> 圍牆邊兩個穿著衣連裙的日本人，無顧忌地聳肩而笑談著。被風吹動窗簾的側廊，一個胖敦敦的中年男子穿著內褲（原文「褌」，譯為兜襠布較為傳神），兩手叉腰凝視著遠方。

在龍瑛宗筆下的臺灣人部分，我們看到買賣婚姻下的戴秋湖、洪天送，早婚的蘇德芳才熬到 30 歲就有五個「餓鬼」，陳有三傾心同事林杏南的女兒翠娥，也被重視金錢的林杏南以買賣婚姻嫁給了鄰村富家。龍瑛宗

一幕幕寫下了被貧窮、被現實生活打垮的精神荒廢的人，苟延殘喘於生病的小鎮裡。而立志以十年時間考取律師的陳有三，從「經常穿著和服、使用日語、胸中燃燒著理想、向上之念，從中感覺自己有別於同族的存在」，到體認不可能實現目標，也漸漸融入周遭衰頹、挫敗的氣氛中。

　　龍瑛宗如是描寫失志的陳有三可見的未來：

　　經濟上可算得出來的生活，二十四圓的薪水，除非有奇蹟出現，否則幾年後便由雙親的意志，跟不認識的鄉村姑娘結婚吧。而後繼續生出相應於熱帶地方的餓鬼們。如牛馬般勞動，被家庭拖垮，變成卑屈的俗物。餓鬼們因為營養不良而枯萎，變成青色的小猴子似地。

　　一再出現的「餓鬼」，相應於結實纍纍的木瓜，美麗色彩而豐盛的風景，在殖民地一群沒有出路的人，一群「餓鬼」成為絕大的負擔，一如木瓜結實纍纍，但無非是矮小的種類。題目〈植有木瓜樹的小鎮〉，技巧性地成為隱喻，外在的美麗風景和內面的現實生活是不相襯的，甚至相互背離。在小鎮臺灣人生活圈中，看不到希望，一個個被現實生活打敗了，成為一個個「被生活追趕的殘骸」。僅有的一些錢，反而拿來上酒家飲酒作樂，幻想著買小妾（如戴秋湖），或者沒有女人陪酒的話，便失去生活在這世上的一切希望（如雷德）。上酒家的一幕幕把臺灣人的醜陋面給表現出來了。偶然來訪的中學時代的同學廖清炎，在都市裡見過世面，得知陳有三準備參加普通文官考試和律師考試而用功看書，取笑他「把那知識丟給狗吃吧！知識把你的生活搞得不幸。（略）知識要抱著華麗的幻影時，也許可以緩和生活的痛苦。但幻影終究會破滅。當喪失了幻影的知識一旦與生活結合的時候，則只有更加深痛苦而已」，以他的生活經驗，斷定即使考上律師考試，也是沒用的。而如果懷有理想，一如林杏南長子，折服地讀恩格

斯的〈家族、私有財產、國家的起源〉[9]，也只能在困境中獨自咀嚼，在小說中他甚至連名字也沒有。林杏南長子是不失理想的敏感青年，他嗅出了「這小鎮的空氣很可怕，好像腐爛的水果。青年們徬徨於絕望的泥沼中」，然而畢竟是蒼白的小知識分子，體弱多病，只能自艾自憐，缺乏行動力，最後終因肺病死了。臨死前交給陳有三的文稿，充分展現了作者的文學美感、文字的魅力，非常典型的龍瑛宗風格，茲引其中片段：

> 死已經在那裡了。
>
> 青春是什麼，戀愛是什麼，那種奇怪的感覺到底何價？
>
> 而我非靜靜地橫臥在冰冷、黝黑的土地下不可。蛆蟲等著在我的橫腹、胸膛穿洞。不久，墓邊雜草叢生，群樹執拗地紮根，緊緊絡住我的臉、胸、手腳，一邊吸著養分，一邊開花。在明朗的春之天空下，可愛的花朵顫顫搖動，歡怡著行人的眼目。
>
> （略）
>
> 現在雖是無限黑暗與悲哀，但不久美麗的社會將會來臨。
>
> 我願一邊描畫著人間充滿幸福的美姿，一邊走向冰冷的地下而長眠。

優美的文體，訴說著絕望，而又將之昇華。沒有出路的小知識分子只有如此憧憬著未來美麗的世界，而這一切，也無非是美麗的夢想而已。在〈植有木瓜樹的小鎮〉結尾處，喪失理想，墮落得只認得金錢全然不顧兒女幸福的林杏南，終於因長子的死而發瘋了。

「黑暗，實在黑暗」是主角陳有三的詠歎，何嘗不是龍瑛宗對 1930 年代殖民地臺灣的悲歎呢？

龍瑛宗操作日文的水平，在日本統治時代的臺灣作家中數一數二，其作品即使翻譯成中文，多少減損了一些委婉的表現，但仍是冷靜而帶詩

---

[9] 在這裡張良澤故意將エンゲルス，不譯成恩格斯而譯成莫名其妙的「思伽斯」（「思」當是「恩」之誤植），另外，魯迅譯其名而為魯君，以後的選本一路沿襲下來，當復其原貌。

意。以小鎮爲象徵，捕捉、描繪臺灣社會的整體象，具有寫實的風格；透過一群小知識分子的挫敗心靈，剖析了在殖民統治下的沒有出路，這種殖民地社會的精神荒廢，令人觸目驚心！在他的筆下，我們已看不見任何抵抗了，我們看見了光天化日之下，風景美麗的小鎮，殖民地的小知識分子挫敗、黑暗的心靈世界。悖論而言，寫出殖民地小知識分子的絕望，不正是另一面訴說著在日本統治下的 1930 年代，只有苟延殘喘的生活下去而已，要不然非死即瘋。

〈植有木瓜樹的小鎮〉在《改造》發表之初，日本的普羅作家葉山嘉樹的評論，即以同情的論調云：

> 這不只是臺灣人的悲吟，而是地球上所有受虐待階級的悲吟。其精神與普希金、柯立奇、魯迅相通；也與日本的普羅作家相通，十分具備了至高的文學精神內涵。[10]

這是識者之言。中國最重要的新文學家魯迅，不也是寫了一連串黑暗的作品，具體反映了時代的黑暗而贏得稱頌。龍瑛宗缺乏的是生活的戰鬥性，然而他的作品不失爲是時代的輓歌。

在 1943 年戰爭聲中龍瑛宗即有一段自剖：

> 我一直到現在仍然像少年一樣流著眼淚思考著人生，眺望著清冷閃爍在夜空的星影，對於無涯的宇宙，馳騁著遙遠的思索。這麼一想，卻又被捲入現實裡。現實的車輪轟轟然嘩響著在我的心臟上馳旋而去。我感受了現實的重量。（略）
>
> 在我的處女作〈植有木瓜樹的小鎮〉，我想也是具備了這兩個要素，饒是

---

[10]葉山嘉樹〈顯かな精神《パパイヤのある街》〉，《帝國大學新聞》，1937 年 3 月。轉引自羅成純《龍瑛宗研究》，原刊《文學界》第 12 期，收於張恆豪主編《龍瑛宗集》，臺北：前衛出版社，1991 年 2 月，頁 239。

如此，在這裡，現實一方的要素仍然較為強烈。[11]

「詩與現實」，這是龍瑛宗的作家心靈。現實的要素較為強烈，說明了他活在大地之上，冷靜地觀察眾生相；然而「詩」的一方，使他在文學創作上，過於重視文學的美感經驗，難免使得作品的風格傾向於華麗、憂傷，而缺乏寫實主義的重量感，連帶地也使作品的調子，只有一味地下沉，那麼沒有比死或發瘋，更適合做為〈植有木瓜樹的小鎮〉之結局。這樣的明暗光影，希望與絕望之對比，也形成了日後典型的龍瑛宗寫實風格。

評論家葉石濤，對於龍瑛宗的小說，有一總結的看法，精確地掌握住其作品的特色：

> 龍瑛宗的小說較富於抒情性質，有一股知識分子的自憐、頹喪和哀傷。當他底對社會主義政治體制的憧憬，碰到殖民地社會苛酷的現實生活層面時，往往化為無可奈何的詠歎。然而，在龍瑛宗的小說裡，我們可以很明顯地看出歐美現代小說手法的廣泛應用。世紀末底頹廢思想介入，使得他的作品中人物，特別是知識分子，揹負著苦難的十字架，兀自哀傷自己身為被壓迫民族一分子的命運。[12]

26 歲的年輕作家龍瑛宗以〈植有木瓜樹的小鎮〉出場，即展現了做為弱小民族的「臺灣人的悲吟」，這是龍瑛宗終生的苦惱。當〈植有木瓜樹的小鎮〉翻譯為中文時，譯者張良澤在〈譯後記〉中如是說道：

> 光復後，龍瑛宗不再是個作家了。他深怕有人記得他曾經是個作家，儘

---

[11]龍瑛宗《孤獨な蠹魚》（臺北：盛興出版部，1943 年 12 月）之同題跋文，頁 188。
[12]葉石濤於〈論張文環的《在地上爬的人》〉，比較各類型的臺灣作家時，所提出龍瑛宗小說的特色，收錄於《臺灣鄉土作家論集》，臺北：遠景出版社，1979 年 3 月，頁 111。

管很多晚輩想要向他獻花，但他唯恐避之不及。他不講話，可是代表一
個作家生命之取向的處女作，足以詮釋一切。

整整相隔 40 年，歷經兩個截然不同的時代，他的處女作不必更改任何字
眼，只需忠實的翻譯成中文，同樣可以發表出來。光這一點，就可證實
這篇作品的永恆價值。何況在我翻譯當中，並不覺得那是 40 年前的舊
事，而好像是寫我的故事。相信稍具良知的讀者，無不會有同感。足見
龍瑛宗抓住了恆久而普遍的人性。他的得獎，評選委員確有眼光。[13]

　　1978 年的張良澤，尚是執教成大中文系安分守己的「良民」，臺灣之
為臺灣，和日本統治時代沒有多少改變吧。曾經出席「大東亞文學者會
議」的龍瑛宗，歷經 1947 年二二八事件的衝擊，只有沉默。他在〈植有木
瓜樹的小鎮〉所表現的「臺灣人的悲吟」，一度隨風而去。

　　從 1970 年代末期，龍瑛宗彷彿隔世復出臺灣文壇以來，其戰前作品迭
有人評論、研究，最有業績的論文，首推 1980 年代中期羅成純的《龍瑛宗
研究》。[14]作品的解讀以及相關資料的掌握，皆足以做為臺灣文學研究的典
範。關於〈植有木瓜樹的小鎮〉一文，羅成純總結而論：

這篇作品毫無疑問的帶有現實批判的精神，而其批判精神就隱藏在這樣
一幅沉痛的世紀末畫面裡。但是它也告訴我們時代已有別於賴和、楊逵
的高唱民族意識，抵抗精神的時代了。龍瑛宗筆下的知識分子對現實社
會失望，對明日絕望，更失去了民族意識，這種扭曲的心態以及脆弱得
不堪一擊的空虛心靈，正構成了戰爭期間黑暗的法西斯世界來臨的前夕
之縮圖。[15]

---

[13]《福爾摩沙的明天》（前衛叢刊第 2 輯），頁 199。
[14]這是羅成純日本筑波大學的碩士論文，以後自譯為中文發表於《文學界》第 12、13 期，現收於
　張恆豪主編《龍瑛宗集》，臺北：前衛出版社，1991 年 2 月。研究龍瑛宗作品，無法省略這篇論
　文。
[15]同上註，頁 254。

　　值得注意的是，龍瑛宗的時代已不是強調抵抗精神的時代，他的個性（個性即風格）以及時代的背景，使他的作品具有隱藏性的批判精神，倒也不是一味的「屈從與傾斜」而已，時代致使有這樣的傾向，這是莫可奈何的宿命。往後龍瑛宗亦難免有應景之作、應時之言，但即使在戰爭聲中，他也清楚知道自己的苦惱，龍瑛宗在〈孤獨的蠹魚〉（原題《孤獨な蠹魚》）中，如是說：

　　　　我生平所寫的第一篇小說，即是〈植有木瓜樹的小鎮〉。那是我在 26 歲
　　　　時的秋天所寫，以後為《改造》所拾，到現在我仍覺得太過年輕，也太
　　　　過幸運了，而也是使我陷於不幸的原因，現在的我就是在飲其不幸的苦
　　　　杯，極為辛辣的。雖是如此，不久這些將會變成我的文學的肥料吧。[16]

　　說這些話時是 1943 年 10 月，龍瑛宗 32 歲，已經幾乎完成他戰前主要的文學作品，他仍然自覺在飲其不幸的、辛辣的苦杯，並沒有因出名而沖昏了頭。曾經出席「大東亞文學者大會」的龍瑛宗內心深處其實仍藏著難言之隱。

三、永恆的女性：苦悶臺灣的象徵

　　在羅成純全面性研究龍瑛宗戰前的作品之後，提出了許多非常有見解的看法，龍瑛宗在臺灣文學史上的重要地位已然確定。羅成純在其論文第二章〈逃避與敗北〉，提及龍瑛宗在文學活動中，緣由出身客家，不擅福佬話，再加上「極為內向與口吃」，未加入臺灣人的文學結社《臺灣文學》，而加入日本人主導的《文藝臺灣》，一直為人所不諒解。[17]擴而言之，龍瑛宗處身以日本人為中心的臺灣文藝家協會中，容易被誤解為「御用作家」。然而果真如此嗎？尾崎秀樹所言的「屈從與傾斜」也有部分道理存在，然

---

[16]同註 11，頁 189。
[17]張恆豪主編《龍瑛宗集》，臺北：前衛出版社，1991 年 2 月，頁 264。

而身為作家的龍瑛宗即使處女作〈植有木瓜樹的小鎮〉，表現了小知識分子的心靈挫敗，缺乏行動力，作品以非死即瘋結束。放在 1937 年的時代背景中（七七事變來臨之前），日本左翼文學家葉山嘉樹看出該作表現出「臺灣人的悲吟」，毋寧是更為深刻的看法。

　　作家的心靈視野具有一定程度的透視力，作家也可以在其作品中變身，忽男忽女，解讀龍瑛宗，還需從他創造的女性角色著眼。

　　在〈植有木瓜樹的小鎮〉中，分析已如前節所述，其中當然也有女性角色的存在，但基本上都是陪襯性質。日本社區的女人、「餓鬼」的媽媽、酒女，甚至主角陳有三心儀的對象翠娥，都彷如木偶人一般，只是龍瑛宗在型塑挫敗的小知識分子崩解過程中的陪襯，換言之，這是一篇「男性小說」，而龍瑛宗多數作品中的男性，都被現實壓得喘不過氣來，如〈黃昏月〉（原題〈宵月〉，1940 年 5 月，東京《文藝首都》），自殺的彭英坤，被現實打擊到撕掉年輕時代的英文書，給小孩擦屁股；〈貘〉（1941 年 10月，東京《日本風俗》）描寫富有人家子弟抗拒不了鴉片或情欲的誘惑，因之崩潰的過程……；如若不然，就是如〈午前的懸崖〉（原題〈午前の崖〉，1941 年，《臺灣時報》），挫敗的男性，因愛情之絕望，逃到日本準備自殺，但因在上諏訪的寂寞山村，看到歡送出征的兵士，「兵士是為了崇尚的使命而赴死，而我卻是準備為一個女人而死。多麼愚蠢」，因而打消死意的「應時之作」；〈死於南方〉（原題〈南に死す〉，1942 年 9 月，《臺灣時報》），深感幻滅的青年，亦是受到「巨大的歷史變動之賜」，而有了生活的目標，亦是「應時之作」；在戰爭聲中這類的「應時之作」，亦有洋溢著「愛」的作品，最顯著的就是 1943 年 7 月發表於《臺灣文學》的〈蓮霧的庭院〉，描寫了日本庶民階層與臺灣人之間平等的愛，在此篇中「我」與藤崎少年均是龍瑛宗作品中少見的開朗的男性。小說中結尾處云：

　　　有的人喜歡說民族啦，怎樣啦，我以為問題在乎愛情。不管是什麼事，讓我們結合在一起的，我以為就是愛情。理論是無聊的。祇有愛情。我

們到大橋去走走吧。吹著涼爽的河風，讓我們談談未來吧。

〈蓮霧的庭院〉，亦是呼應「日臺融合」之「應時之作」，但立基於平
等之愛。處身決戰時期，發表於張文環主導的《臺灣文學》，殖民地作家龍
瑛宗公開發表的作品，只能有這樣的出路。1980 年代龍瑛宗回憶〈蓮霧的
庭院〉發表於《臺灣文學》，「意味著《臺灣文學》的陣營裡臺灣人全部到
齊了」，即是在表白，身為殖民地作家，他並未失格。

解讀龍瑛宗，還需由另一方面來思索。前述龍瑛宗作品中的男性幾乎
都是挫敗型的小知識分子，但亦應注意他系列以「杜南遠」命名的私小
說。當逐漸深入庶民世界，而不是以小知識分子為處理的對象時，則浮現
了希望。羅成純在〈懷疑與活下去的力量〉一節中，已有了結論：

> 一九四三年四月所發表〈崖上的男人〉，以及一九四四年一月的〈海之旅
> 宿〉，可以說是與〈白色的山脈〉屬同一系列之作品，二者均與〈白色的
> 山脈〉同樣，以感傷的私小說方式描寫，主人公的名字甚至是相同的，
> 作品中庶民的樸直、溫暖的心靈以及豐沛的生活力，均成為在懷疑與感
> 傷之境中近於絕望的主人公生存下去的慰藉，甚至是啟發。[18]

1980 年代龍瑛宗明白的宣示「杜南遠就是我」，亦即這才是「真實的
龍瑛宗」。他從〈植有木瓜樹的小鎮〉以來的小知識分子角色，當然亦是作
者變身的存在，但真實的龍瑛宗，處在劇烈變化的時代，皇民化愈來愈強
烈的年代，身為知名的臺灣人作家，難免有應時之作、應時之言，但他仍
然深植在大地之上，庶民世界才是真實的臺灣。小知識分子的徬徨、苦惱，
還需回到臺灣大地，才能從龐大的壓力之下掙脫而出！一如〈濤聲〉中：

---

[18]張恆豪主編《龍瑛宗集》，臺北：前衛出版社，1991 年 2 月，頁 295。這裡〈海之旅宿〉，原題
〈海の宿〉，中文譯文改題〈濤聲〉，收錄於龍瑛宗《午前的懸崖》一書。羅成純誤為〈龍舌蘭と
月〉改題，見頁 265。

這年輕漢子，好像除了幹活之外，什麼也不想。他祇相信幹活，而幹活正是他的人生。那裡，既無懷疑，也沒有不安；有的是一股勁地活下去的，充滿力氣的生活之美。

如此這般「除了幹活之外，什麼也不想」的生活力道，尤其表現在幾篇以女性為主角的小說。從最早的〈黑妞〉（原題〈黑い少女〉，1939 年，東京《越洋》），到決戰時期的〈不知道的幸福〉（原題〈知られざる幸福〉，1942 年 9 月《文藝臺灣》）、〈一個女人的記錄〉（原題〈ある女の記錄〉，1942 年 10 月，《臺灣鐵道》），隱藏著龍瑛宗創作上的祕密。在這些女性小說，透過了女性角色的特性，展現出了不同於男性小知識分子的徬徨、恍惚，而是開朗、健康如〈黑妞〉中的少女，做為養女而整天不停勞動，皮膚曬得黝黑，只憧憬著有一天能到臺北當個穿著漂亮衣服的女招待，也能有勁地活下去。在黑妞的身上，表現了女性生命的元氣。

〈村姑娘逝矣〉（原題〈村娘みまかりぬ〉，1940 年元月，《文藝臺灣》創刊號），則是一闋被毒蛇咬死的少女之輓歌，服膺了西川滿主導下《文藝臺灣》浪漫的、唯美的傾向。美學上的效果，使得〈村姑娘逝矣〉成為《文藝臺灣》的開卷之作。龍瑛宗在這篇小說中，敘述者從行過亂草叢生的公共墓地，看到一簡陋的土墳，只有一塊紅磚權充墓碑，旁有一根木棒，以拙笨的字體書寫「陳氏善妹之墓□享年十九歲」，探聽出是被毒蛇咬死的少女，而引發出絕美的聯想，為這名不見經傳的少女，獻上法國之保祿・福爾的詩。整篇小說洋溢著淒美的色調：

不懂愛的欣悅與悲淒，祇那麼年輕，所以祇知抱著未知的憧憬，一如清教徒那樣地，無緣觸及男人強壯的愛戀、肌肉、香味，寂寂然玉殞於野地，又寂寂然被葬於此，這是何其哀悽的故事啊！

窮鄉僻壤的村姑娘遭毒蛇咬死的悲劇，在龍瑛宗唯美的想像中昇華

了。從這篇小說透露出作家龍瑛宗是個女性主義者（feminist）。

　　前面曾提及龍瑛宗筆下的男性知識分子率多挫敗、崩潰，象徵著臺灣人在日本殖民統治下的沒有出路。其實皇民化運動愈來愈厲害，除了認同日本的國策之外，似乎也沒有別的出路。現實生活的龍瑛宗，緣由個性的內向與不擅應對外界，他的「應時之言」、「應時之作」在所難免，似乎成了他的宿命。然而在文學創作中，他以女性角色，傳達了仍然有所堅持與反抗。

　　在羅成純的《龍瑛宗研究》，有一節處理了兩篇以女性為主角的小說，羅成純云：

> 一九四二年中龍瑛宗還發表了二篇完全以庶民階層為描述對象之作品：〈不知道的幸福〉與〈一個女人的記錄〉。這二篇作品均以舊臺灣社會中常見的「媳婦仔」多苦多難的生涯為題材，其中完全不見龍瑛宗所喜於描述的知識分子之蹤影；故在他所有的小說中堪稱特異的存在。[19]

　　另一處則提及〈白色的山脈〉以及〈不知道的幸福〉兩篇作品，是「屬於歷史不在的小說」[20]。為什麼在戰火瀰漫的時刻，龍瑛宗寫了這些「歷史不在的小說」？這很容易理解，因為如果歷史在的話，必然多少需要反應時局，那麼發表的話，除了像 1942 年的〈死於南方〉的作品外，那能有自由揮灑的空間呢？在戰爭的時代，無視於戰爭的存在，即是對戰爭的一種輕蔑。龍瑛宗突然在 1942 年連續發表兩篇以女性為主角的小說，呈現了「屈從與傾斜」相對的另一面相：「堅持與反抗」。

　　〈一個女人的記錄〉，以編年體建構了一個女人 1 歲到 54 歲的生命史。龍瑛宗文學的「詩與現實」在這篇小說，達到了完美的結合，即有風格之美，又以簡潔的筆觸，深掘了社會現實。做為主角的女人，出生即揹

---

[19] 張恆豪主編《龍瑛宗集》，臺北：前衛出版社，1991 年 2 月，頁 296～297。
[20] 同上註，頁 266。

負著傳統父權宰制下的「原罪」。伊是第六個女孩，注定了養女的命運，被
養父侵犯而有了身孕，稍後被賣給赤貧的佃農爲婦，其年 19 歲。雖然一貧
如洗，但丈夫是個認真的男人，自有其幸福。兒子是成績優良的好學生，
無錢讀中學，工作之餘仍讀夜校，拚命努力。丈夫因轉業到工廠上班，不
幸兩臂被機器切斷了，家計陷於苦境，女兒重蹈自己的命運，賣給人家當
養女；丈夫爲了不致成爲家人更大的負擔，自殺身亡；稍後兒子也因爲照
顧伊的病，傳染了傷寒而死，40 歲成爲孤苦伶仃的人；所幸 46 歲時，當
了地方巡迴劇團演員的女兒，終於回來接伊到劇團打雜並照顧外孫女；49
歲徵得女兒丈夫的同意，將丈夫與兒子合葬，了卻了一樁心事；53 歲病
倒；隔年初春去世了。行年 54 歲。全篇結尾，淡淡的寫著：

> 墳墓在近海岸的村落裡，地勢低濕，雜草叢生。其後人跡罕至，只有冬
> 天的太陽與季節風降臨。

　　彷彿是一幅繪卷，刻畫了一個女人一生的苦痛與哀樂。龍瑛宗以一萬
字不到的篇幅，描寫了女性強韌的生命力，絕非僅是謳歌女性的「忍從精
神」而已，而是著眼於女性一生看不見硝煙的戰鬥。從神話、民俗學的觀
點，女性是「大地之母」，龍瑛宗簡筆寫出了臺灣的大地之母，承受了一切
的苦難。

　　〈不知道的幸福〉，則直接以女性爲敘述者，在丈夫 53 歲去世時，回
憶往昔的生活。也是個養女，「一般女人都比男人勞苦，尤其是生在臺灣的
女人，更加悲慘。女人是註定要吃大苦頭的。」小說的前半段，伊承受了
養女種種的苦難，16 歲與養兄結婚，17 歲生了女兒，但爲了沒有愛情的婚
姻以及婆婆的虐待，不惜以離開所愛的女兒爲代價，掙脫了婚姻的枷鎖，
獨自到都市謀生；後半段，則與一病弱的男人（四十歲乍看之下已五十多
歲了）租住於隔鄰，感於男人的孝順、善良而終於結婚了。「他不僅那麼窮
而且年齡又差得和父女一樣，故以一般人的眼光看起來，這不是幸福的生

活。可是我不顧一切的反對，和他結婚。我們認真工作，生活也好了一些，而且他——啊，他的健康也好多了。第三年生下明章，他和我非常高興。我們過著雖然窮苦，但是很快樂的生活。」整篇小說以女性的口吻娓娓道來，洋溢著明朗的色調，充分表達了一個女性勇於追求幸福的一生。掙脫與養兄沒有愛情的婚姻，有過這樣堅決的反抗，始有後來「我是人生的勝利者」的歡呼！

〈不知道的幸福〉充分表現了與宿命相抗的精神，如此硬朗、健康的女性角色，在龍瑛宗以男性為主角的小說中，是從來未曾見到的。在男性世界的構圖中，因時局的關係，不容他有所發揮；女性世界構圖中，可以隱藏於美感經驗，而傳達出「堅持與反抗」的潛在意圖。〈不知道的幸福〉原題〈知られざる幸福〉，更精確的翻譯，應是〈不為人知的幸福〉，在龍瑛宗女性角色的型構中，也有了不為人知的龍瑛宗。如果再將養女（媳婦仔）的角色，擴大為象徵臺灣的宿命，那麼這些女性角色，某一意義而言，不也正好印證了前言中葉石濤的說法：「龍瑛宗也是心懷民族解救美夢的臺灣人作家之一」。他在女性角色裡傳達出勇於追求臺灣人幸福的理想，從而也說明了周旋於日本人作家之間的龍瑛宗，內心深處有不為人所知的另一面。

四、結論

文學的創作，有其玄妙之處，有時作家本人也未必了解。這是藝術的奧妙。現代畫家康丁斯基（Wassily Kandinsky, 1866～1944）在《藝術的精神性》一書，開卷即言：

> 每件藝術作品都是它那時代的孩子，也是我們感覺的母親。每個文化時期，都有自己的藝術，它無法被重複。即使企圖使過去的藝術原則復

甦，最多只能產生死胎作品。[21]

文學創作亦然。龍瑛宗「歷史不在」的作品，亦是時代的孩子，烙印著時代的痕跡。龍瑛宗的作品，有屈從與傾斜的一面，不必去否定，這與作家的個性、信念皆有所關聯。葉石濤曾如此生動地描寫了龍瑛宗及其創作：

> 龍瑛宗的眼睛是一雙悲苦的眼睛；那眼睛閃露著被壓迫、被損害的臺灣知識分子受傷的獸類般憂傷的光采。……他的小說正如他的為人，纖細、敏感，善於描寫風景和心理陰翳，懷疑多於確信。所以整篇小說透露出來的訊息略帶有頹廢、傷感、徬徨的氣息。其實他並不缺乏堅強的思想信念，也懷有對完整社會的溫熱夢想。不過他不太確定他心目中的完整社會形象是屬於純粹的幻想，或者可能實現的正確構想罷了。[22]

正因為如此，龍瑛宗創作的基調不屬於陽剛、健鬥的楊逵、呂赫若之類型。在文學生涯中也難免有應時之言、應時之作，而凸顯出屈從與傾斜的面相，然而他的女性小說不也表現出堅持與反抗，潛藏著他的另一面。

緣由龍瑛宗曾參加第一回大東亞文學者大會，戰爭結束，時代轉變了。龍瑛宗心中難免害怕，在 1945 年 11 月 15 日創刊的《新新》迫不急待地以日文寫了幾則文學剳記，其中云：

> 回顧臺灣，臺灣無疑是殖民地。在世界史上殖民地，文學能夠繁榮的一次也沒有。殖民地是與文學無緣的。（略）
> 儘管如此，臺灣不是有文學嗎？是的，有過像文學的文學，然而這不是文學，應該知道的。

---

[21]吳瑪悧譯《藝術的精神性》，藝術家出版社，1985 年 9 月，頁 17。
[22]《文學回憶錄》，臺北：遠景出版社，1983 年 4 月，頁 29～30。

有謊言的地方就沒有文學。有披著是假面的文學是偽文學。我們非首先自己否定不可。我們非再出發不可。非走正道不可。[23]

這是內含複雜心情的驚弓之鳥的哀鳴，也隨即在《新新》創刊號上發表了〈從汕頭來的男子〉（原題〈汕頭から來た男〉），其中有言：

我們生於不幸星辰之下，而且揹著幫凶的任務而已。可是，我們冀望祖國勝利，所以僅為消極抵抗以外，別無他途。

這是勝利狂喜氣氛渲染之下的作品，另有一篇〈青天白日旗〉的小說，則難免有交心表態之嫌[24]，與戰爭時代作品的品質差得太多了。

其實，龍瑛宗大可坦然。他戰爭時代的作品，並非全然沒有堅持與反抗。即使在戰爭聲中，他亦有言：

內地人（日本人）也好，臺灣人也好，希望緊早能尋到適恰的安樂椅子，然後深深就坐，作百年之眠。[25]

殖民地作家，弱小民族的一分子，在前途未見分曉的時刻，龍瑛宗仍然守住了臺灣人的位置，這才是真實的龍瑛宗。日本殖民統治下，龍瑛宗的文學作品，是臺灣文學的寶貴遺產，龍瑛宗在時代轉變之際，不必否定掉自己！他戰前的作品仍將永遠閃著光輝，我們也可透過閱讀，回顧日本殖民時代，從而反省臺灣人的精神歷程。

---

[23] 《新新》創刊號，頁 11。

[24] 〈從汕頭來的男子〉、〈青天白日旗〉中譯文，皆收錄於龍瑛宗《杜甫在長安》（聯經，1987 年 7 月）。兩篇皆附作者按語：「本篇原以日文寫成，刊於民國 34 年 11 月《新風》創刊號。」〈青天白日旗〉刊於《新風》創刊號，但〈汕頭から來た男〉則刊於《新新》創刊號，作者誤記。

[25] 〈熱帶的椅子〉原刊《文藝首都》第 9 卷第 3 號，1941 年 4 月。原刊文未見，轉引自羅成純〈龍瑛宗研究〉，《龍瑛宗集》，頁 263。

　　——原載中國現代文學國際研討會論文集《民族國家論述》，中研院文哲所，1995 年 6 月。

——選自林瑞明《臺灣文學的歷史考察》

臺北：允晨出版社，1996 年 7 月

龍瑛宗小說中的小知識分子形象

◎呂正惠[*]

一、

　　1937 年 4 月龍瑛宗的處女作〈植有木瓜樹的小鎮〉得到日本《改造》雜誌懸賞小說的佳作獎。這是繼 1934 年楊逵的〈送報伕〉、1935 年呂赫若的〈牛車〉之後，臺灣人的新文藝創作第三度獲得日本文藝雜誌的賞識與刊登。當時 27 歲龍瑛宗，也因此而從默默無名的銀行小職員一躍而成爲臺灣文壇的重要人物。

　　從臺灣新文學發展史的角度來看，〈植有木瓜樹的小鎮〉不但是龍瑛宗躍登文壇的成名作，而且還標幟著臺灣新文學在主題表現上的重大改變。在這篇小說之前，臺灣新文學的重要主題是：批判封建社會的制度與陋習、抗議日本殖民統治的壓迫與不公，以及揭露日本統治者和臺灣地主階級對農民的剝削。〈植有木瓜樹的小鎮〉並沒有繼承這樣的傳統，而是另外提出了三個問題：一、臺灣小知識分子在殖民統治下社會上升管道的困難；二、他因此產生一種性格上的自我扭曲，藐視自己的民族與文化，仰慕統治者的「文明」「進步」，三、因找不到精神上的出路，最後走上墮落、頹廢之道。〈植有木瓜樹的小鎮〉成功之處在於：它把這三個問題有機地結合在一個小知識分子身上，從而呈現了日據末期臺灣小知識分子的典型處境與典型性格。後來的同類型小說（包括龍瑛宗自己的作品），大多只發展這一典型的某一方面（即上面所提三個問題的其中之一），因而在社會

[*]發表文章時爲清華大學中國文學系教授，現爲淡江大學中國文學系教授。

廣度與深度上不及這篇小說。

　　小說的主角陳有三出身於並不富裕的家庭，他的父親為了讓他完成中學的教育，付出了「三十年來可謂縮緊脖子而儲蓄下來的血汗一千五百圓」（《龍瑛宗集》，臺北：前衛出版社，頁 30，以下同）在這樣的家庭子弟中，陳有三算「長進的」。雖然無法再升學，他卻能擊敗二十多名競爭者，考上街役場（即鎮公所）的職員，成為大家歡羨的對象。

　　街役場職員的薪水每月只有 24 圓，陳有三省吃儉用，每月只能寄給父親五圓。以這麼微薄的方式來回報父親的栽培，陳有三自覺非常慚愧。但陳有三並不氣餒，憑著他以往在學業上和考試上的信心，他認為自己有朝一日一定可以出人頭地。他以各種偉人自我勉勵，定下嚴密的功課表，拚命用功，希望「明年之內有考上普通文官考試，十年之內考上律師考試」。（頁 26）

　　在 1930 年代社會主義思潮盛行的年代中，陳有三的「性格取向」是非常獨特的。他沒有從階級角度和殖民角度來認識他所受到的待遇的不公平，也沒有從這種立場來看待他的父母（以及比他父母更低下的人）所受到的剝削。他完全認同現存的社會體制，並想循著它的規範與軌道來奮鬥，充分相信自己的能力，相信自己會有成功的一天。從這個意義上來說，他是老舍在《駱駝祥子》結尾處所強烈批判的「體面的，要強的，好夢想的，利己的，個人的，健壯的，偉大的」個人主義者。

　　由於這樣的性格取向，陳有三對於比他低下的「貧弱者」不但不予同情，反而加以蔑視。他自認為是中等學校畢業的新知識階級，而「本島人」──他的同胞──則是吝嗇、無教養、低俗而骯髒的集團」，「僅為一分錢而破口大罵」，「婚喪喜慶時借錢來大吃大喝、多詐欺、好訴訟」，「像不知長進而蔓延於陰暗生活面的卑屈的醜草」。反過來，對於日本人對他自己的蔑視，把他和一般「本島人一視同仁」（頁 27），他只「蹙緊眉頭，現出不愉快的臉色」，而並沒有對他們的「歧視」表示憤怒。甚至還仰慕他們，「因此他也常穿和服，使用日語，力爭上游，認定自己是不同於同族的

存在，感到一種自慰」。（頁 28）

　　陳有三對日本統治者的這種態度也可以表示出，他對同族人的蔑視並不純是「階級偏見」，而是更複雜一些。因爲如果他是日本人，他的處境馬上會獲得極大的改善。由於「內（日）臺共婚法」的頒布，他有時甚至幻想著跟日本姑娘戀愛、結婚。並且想到可以透過這種方式而成爲日本人的養子，把戶籍改爲「內地人」（日本人），這樣，他的薪水馬上可以加六成。這種態度和他的同事洪天送極爲相似。洪天送跟他一樣，租住在極狹小的房子中。他最大的期望是：再過五年，他也許可以搬進街役所最好的宿舍中。在這個「高級宿舍區」裡，目前只住了兩家臺灣人，其餘都是日本人。洪天送在這裡也只表現出「期盼」，從來沒有對殖民統治者表示「憤怒」之意。

　　從這裡可以看出，陳有三（以及洪天送）的族群認同危機，多少來自於「經濟因素」——盼望藉此逃出困境。他們是完全缺乏「殖民——被殖民」對抗意識的悲哀的小知識分子，其面目迥異於賴和、楊逵筆下的批判者與反叛者。

　　陳有三這種種的複雜心境最根本的動機當然是利己的個人主義——只關心自己社會地位的升遷和生活、經濟條件的改善。在近代世界史上，許多社會從傳統到現代化的過程中，像陳有三這種社會困境的小知識分子可謂比比皆是。但是，在這些社會大變革裡，這種小知識分子往往可以從自己的處境「跳脫」出來，擁抱各種「主義」和「理想」（特別是社會主義和無政府主義），而成爲形形色色的反叛者（最沒有理想的拉斯柯尼可夫——《罪與罰》的主角——至少也是極強烈的反叛者）。而陳有三則不是。他的性格軟弱，他只能靠著忍耐與長期的努力來出人頭地。當一切都落空後，他既不能成爲擁抱某種理想的革命家，又不能成爲憤怒的破壞者與反叛者，最終只能走上頹廢之途。

　　事實上頹廢正是他的「本島」同事的生活主調。每個人都前途茫茫，毫無改善的機會，只好縱酒，只好出入下等的娼館，而這些正是「鬥志最

「高昂」時期的陳有三所藐視的。陳有三甚至連盼望著五年後住進「高級宿舍」的洪天送都有點瞧不起，認爲他「其志太小」。

剛到街役場上任的陳有三，每天懷著「偉人傳」的勵志想法，孜孜矻矻的循著他自訂的功課表努力，當然也每天受到同事墮落生活的衝擊與侵蝕。長期下來以後，終於在和中學同學廖清炎的一次會面和談話中，動搖了堅定的信念。因爲廖清炎告訴他社會上的「真實」（即使通過律師考試，生活也未必好轉），而這實際上這也和陳有三內心累積下來的感覺若合符節。

這一段談話是促使陳有三「覺醒」的關鍵。但是，這並不是讓陳有三走向某種革命或反叛之途的「覺醒」，而是屈服於現實，喪失了鬥志的「覺醒」。（可以比較楊逵〈送報伕〉裡的男主角，如何在日本無產者的開導之下，終於走上革命之路。）

已經無法再堅持上進「理想」的陳有三，退一步所想選擇的道路也是很有「社會」意義的：想娶一個年輕貌美而有靈氣的女子，在愛情中尋找安慰。

事實上原先滿懷「壯志」的陳有三，也並沒有喪失他年輕人的本性——對異性的興趣。只是在友人的逼迫下偶然涉足的色情場所，並不能激起他的欲望——他還不是一個純粹的想要滿足性欲的現實的人。有一次，望到人家屋裡一個清純少女的形象，心中激起了另一種「漣漪」。他不能接受廖清炎的墮落哲學：在薪水的許可範圍內，和女人調調情，看看電影，喝廉價的酒，多少便可醞釀醉生夢死的氣氛。

他終於找到一個具體的對象：同事林杏南的女兒。這個穿著「薄水色上衣、黑褲子的少女」（頁 56），激起他的愛情幻想。他請人向林杏南提親，卻碰到一個更殘酷的現實：林杏南想從這個漂亮的女兒那裡賺到一筆豐厚的聘金，以改善家境，所以無法接受境況窘困的陳有三，雖然他是個上進的青年。陳有三的第二個「理想」，終於又被現實的「經濟基礎」擊敗了；而支撐著的一切也隨之傾覆，他的整個生命崩潰了。

　　陳有三是一個始終以自己為中心的、懦弱的小知識分子，從倫理價值
來講，他的形象絕對無法跟 1930 年代眾多反叛的、革命的小知識分子相
比。不過，我們不能不說，這也是另一種「社會真實」。龍瑛宗一直以清醒
的筆調來描述這個小人物的種種卑微而複雜的面相，並以輕微的嘲諷語調
來保持和這個人物的距離。這雖然不是具有強烈批判色彩的社會小說，但
仍帶有清晰的現實主義傾向。可惜的是，後來龍瑛宗只能寫純粹頹廢的那
一面，而遺棄了廣闊的社會背景，而他的一些後繼者，則又過度認同於陳
有三類型的人物，而成為「皇民文學」的附和者。比較而言，〈植有木瓜樹
的小鎮〉屹立於眾作之中，為日據末期臺灣小說中的傑出之作，則是明顯
可見的。

二、

　　相對於臺灣早期的新文學，龍瑛宗〈植有木瓜樹的小鎮〉確如尾崎秀
樹所言，對於日本殖民統治的抵抗意識已呈現出「屈從及傾斜」的現象[1]。
但是，也正如本文前一節所分析的，〈植有木瓜樹的小鎮〉對主角陳有三的
描述，仍然是從廣闊的社會視野出發的。龍瑛宗雖然在小說中並沒有表現
出賴和、楊逵等人的抗議精神，但值得注意的是，促使陳有三的個人奮鬥
精神最後趨於「崩潰」的最終打擊的，卻是林杏南長子的英年死於肺病；
而這個病弱的青年生前耽讀魯迅、高爾基的作品，以及恩格斯的《家族、
私有財產、國家的起源》和莫爾根的《古代社會之研究》。很明顯地，龍瑛
宗知道 1930 年代的社會主義思潮，在小說中他把這一思潮的代表者描寫成
肺病、耽於幻想的、早夭的青年。對這一青年的著墨雖然不多，但做為陳
有三最後精神崩潰的促成因素，他卻和陳有三成為互補角色，讓我們看到
陳有三這一類型人物的出現，和社會主義反抗傳統趨於貧弱之間的無形聯
繫。因此，這更加讓我們看出，龍瑛宗在寫處女作〈植有木瓜樹的小鎮〉

---

[1] 尾崎秀樹《舊殖民地文學之研究》，轉引有羅成純《龍瑛宗研究》，《龍瑛宗》，前衛，頁 233。

時，是具有相當充分的社會意識的。

　　如果我們縱觀龍瑛宗此後的小說創作，我們可以說，龍瑛宗仍然一貫的保持他對陳有三型的小知識分子的關切，只是描寫角度上非常明顯的減弱了他的社會視野。在緊接著〈植有木瓜樹的小鎮〉之後，他發表了兩篇具有法國世紀末頹廢傾向的相當短的作品：〈夕照〉（1937 年 8 月）和〈村姑娘逝矣〉（1940 年 1 月），和〈植有木瓜樹的小鎮〉形成寫作形式上的鮮明對照。

　　在〈村姑娘逝矣〉一篇裡，「我」偶然在鄉村的公共墓地裡發現了一個土堆，一塊紅磚權充墓碑，旁有木棒，上寫著：「陳氏善妹之墓　享年十九歲」。這種寒微的景象，引發「我」對這位「清純的處女」的哀憐，同情她在闃寂的墓地裡已被世人所遺忘（蘭亭書店，頁 80）。但是，緊接著開頭這種「幻想」式的寫法，龍瑛宗卻立刻讓我們回到現實：原來陳善妹是村裡一對貧困夫婦的獨生女，雖然長得乖巧、漂亮，卻因家境不良而沒有找到適當婚配。一天晚上在小草寮中幫父母看守穀子，不幸被毒蛇咬死了。在小說結尾處，「我」又回到「幻想」中，想像著「在熟睡中的美若一朵牡丹的村姑娘雪肌」旁，依偎著毒蛇「粗糙冰冷」的蜷曲的身子。少女翻身壓到毒蛇，於是「那冰冷而無情的妖獸」，遂把她的劇毒「移到她那新鮮的果實般的肌膚上」。（頁 86）「我」引用了法國詩人保祿・福爾的一首極端哀婉的詩來追悼這位少女，並在她的墳頭上放了一把不知名的花。

　　這是一篇結合幻想與現實的、讓人印象深刻的作品。這當然不是社會小說，而像一篇抒情小品。在「我」對少女的哀憐與同情中，我們看到「我」的「自我投射」。對照〈植有木瓜樹的小鎮〉來看，這是「我」這一作者未明白點出的「小知識分子」的「顧影自憐」。它的表現形式和〈植有木瓜樹的小鎮〉的社會視角形成鮮明的對照。在風格類似的〈夕照〉（見《杜甫在長安》，聯經出版公司，1987 年），和表面上較像客觀人物素描的〈黑妞〉（1939 年 3 月，見前衛版）裡，我們或多或少都看到小知識分子的這種移情作用。

　　發表〈夕照〉、〈黑妞〉、〈村姑娘逝矣〉這三篇「小品」之後，龍瑛宗又回到類似〈植有木瓜樹的小鎮〉那種社會小說，連續寫了〈黃昏月〉和〈黃家〉（1940 年 7 月及 11 月）兩篇。不過，在視野上則要比〈植有木瓜樹的小鎮〉狹窄得多。

　　〈黃家〉的兩兄弟若麗和若彰生長在小地主家庭，都接受了現代教育，一個喜愛音樂，一個喜愛繪畫，兩人都自認有藝術才華。他們都無法忍受村子（枇杷莊）那種閉塞、粗野的生活；尤其是哥哥若麗，整天夢想著到東京學音樂。但是，這是他的家境所不許可的。他要求母親（父親已去世）把家裡的土地賣掉，讓他到東京讀書，這當然是不具現代知識、腦筋現實的母親所不能理解、也無法同意的，於是若麗墮落了，整天整夜地留連於酒家。弟弟若彰雖然也有幻想，到底比較務實，又看到若麗的墮落成為家庭負擔，終於決定到市上去學肖像畫。這又對若麗造成刺激，讓他更形頹廢。

　　在這篇小說中，龍瑛宗的社會敏感仍然值得注意。首先，他對枇杷莊的景象描寫，特別是對酒家的環境的描寫，讓我們充分看到鄉村封閉、落後的氣息，這是若麗、若彰想要逃避、卻又無法逃避的。其次，對於若麗、若彰兩兄弟稍微涉及現代知識的皮毛、自以為具有極大的才華，這種過度好高騖遠的幻想性格，龍瑛宗也有相當程度的呈現。最後，在若彰對於沒有知識的妻子的不能忍受上，在若彰無法全力反對母親的迷信，以致讓自己的兒子病情延誤因而致死上，以及在母親買縫紉機受騙，若彰一時極端氣憤想要告到警察局，最後畏縮而止上，我們都看到若彰這種小知識分子極端不適應現實而又怯懦的性格。

　　這篇小說在社會幅度上當然比不上〈植有木瓜樹的小鎮〉，但就描寫偏僻村莊的小知識分子而言，其社會格局仍然可以說是自成一體的。之所以不能像〈植有木瓜樹的小鎮〉那麼感人，恐怕在於：若麗的形象太過於卑瑣，完全沒有一點奮鬥意志（陳有三至少努力過），而作者又似乎太過於同情他。總之，龍瑛宗過度「憐惜」若麗的態度，使得這篇小說顯得有點濫

情，因而欠缺足夠的悲劇力量——這種力量正是〈植有木瓜樹的小鎮〉所
獨有的。

　　相比而言，〈黃昏月〉[2]也許較為客觀、較不濫情。作者設計了敘述者
「我」，讓他來敘述小知識分子彭英坤的墮落和死亡。由於「我」的自嘲傾
向、以及他對彭英坤兼具同情與批判的態度，使得這篇小說較為開朗。但
是，〈黃昏月〉也有另外的缺點：首先，它只寫彭英坤的墮落，而沒有交代
其墮落的背景及成因，社會性格顯得更為薄弱；其次，作者為了諷刺朱天
成這個詐欺、勢力眼的小人，在結尾處歧出了一長段，破壞了小說的結
構。

　　〈黃家〉和〈黃昏月〉是龍瑛宗繼續〈植有木瓜樹的小鎮〉的精神，
想要在社會格局上描寫小知識分子的唯一作品，此後他的風格改變了。因
此，這兩篇小說未能達到〈植有木瓜樹的小鎮〉的水準，就更加令人感到
惋惜了。

三、

　　綜合前面兩節所說，龍瑛宗 1937 至 1940 年間有關小知識分子形象的
作品，主要有兩種表現類：一種是寫實的，把主角置放在一個具體的社會
環境，如〈植有木瓜樹的小鎮〉、〈黃家〉、〈黃昏月〉；一種是或多或少具有
幻想性格的、把自己的處境投射到某一女性身上的作品，如〈村姑娘逝
矣〉、〈夕照〉，甚至可能還可以包括〈黑妞〉。

　　從 1941 年開始，龍瑛宗小說的題材和風格都有所改變。[3]這一年第一
次出現了配合日本戰爭時期文藝政策而寫的作品〈午前的懸崖〉（後來又陸
續發表〈蓮霧的庭院〉和〈歌〉）。但更重要的改變是，龍瑛宗對小知識分

---

[2]遠景版《光復前臺灣文學全集》所收〈黃昏月〉譯文漏掉第一頁，蘭亭版《午前的懸崖》已補
　全。
[3]日本學者山田敬三以 1941 年為界，將龍瑛宗作品分成前、後期，這種說法應可成立。見山田敬三
　〈悲哀的浪漫主義者〉，「賴和及其同時代作家國際學術會議」論文，清華大學中文系主辦，1994
　年 11 月。

子的描寫出現了第三種模式。

　　簡單而言，龍瑛宗後期的小知識分子小說常以同一個人物杜南遠做為主角，無形中形成一個系列小說的傾向，這包括〈白色的山脈〉（1941年）、〈龍舌蘭與月〉、〈崖上的男人〉（以上 1943 年）及〈濤聲〉（1944年，此篇按日文原題應譯為〈海之宿〉）。其中〈白色的山脈〉實際上包含各自獨立的三小段，所以總共有六篇。〈崖上的男人〉初發表時，還特別標明〈龍舌蘭與月〉外一篇（蘭亭書店，頁 100），可以看出彼此之間的聯繫性。

　　龍瑛宗在小說集《杜甫在長安》（除〈夕照〉外，都是 1970 年代以後寫的）的自序裡提到，書中的〈夜流〉、〈斷雲〉、〈勁風與疾草〉等作品，屬於自傳性作品。[4]而這些小說的主角也都是杜南遠。這等於間接說明，〈白色的山脈〉系列作品，也應含有自傳性質。

　　如果對照小說中杜南遠的行蹤和龍瑛宗戰前的經歷來看，這些作品應該是以龍瑛宗 1941 年 5 月被調到花蓮臺銀分行工作這一經驗為基礎而寫成的。以事件實際發生的先後來講，其次序是：〈濤聲〉（初到臺東）、〈白色的山脈〉和〈龍舌蘭與月〉、及〈崖上的男人〉（離開臺東）。

　　雖然具有自傳色彩，但〈白色的山脈〉系列卻絕對不是寫實性的社會小說。這裡並沒有以杜南遠的一連串經歷來構成一個統一的情節，在相互獨立的每一篇、每一段中都只突出了杜南遠的某一經歷，組成這一經歷的因素是：杜南遠的觀察沉思性格、他對他所碰到的外在人、事的印象，以及藉此呈現出來的杜南遠的心境。

---

[4]龍瑛宗另一長篇自傳小說《紅塵》，1978 年連載於《自立晚報》副刊。又，龍瑛宗小說中譯主要見於下列三書：
《光復前臺灣文學全集》（七），臺北：遠景出版社，1979 年。
《午前的懸崖》，臺北：蘭亭書店，1985 年。
《龍瑛宗集》，臺北：前衛出版社，1991 年。
「第二屆臺灣本土文化國際學術研討會」論文，臺灣師範大學國文系及人文教育中心主辦，1996年 4 月 20、21 日。

　　最直接描寫杜南遠心境的是，〈白色的山脈〉的第三個片段。杜南遠到了某一港口，碰到一個朋友，雙方談了一小段話，我們感覺到杜南遠似乎有點失意。接著，作者敘述說，杜南遠必須照顧死去的哥哥留下的三個小孩及許多債務而被困住了，不能開拓自己的命運。在現實的重壓下他變成了浪漫主義者，變成軟弱、卑怯的男子。然後，杜南遠去看海，小說是這樣結束的：

> 而在海涯的那邊，總是堆積著白色的雲朵。
>
> 原野展開著，山脈接連地可以看到，也是白色的山脈呀！
>
> 可怕的憔瘦的影子蹣跚著，一面帶著惱恨，一面提著沉重的腳步在山上。
>
> 攀尋。不久，這影子突然倒下去，倒在地上，一動也不動。
>
> 這是美麗的，淒絕的，雪白的世界。
>
> 暮色變得更濃。依舊有海潮的聲音。
>
> 杜南遠倚靠著相思樹，像小孩子一般地掉下眼淚來了！（遠景，頁 142）

　　這是整個系列最為感傷的片段。其他的故事在失意情調的表現上也許較有節制，但作者一貫的以哀傷的筆調來塗抹東部的山色，來烘托杜南遠的心境。杜南遠成為一個遠離家鄉的、挫敗、失意的飄泊者。

　　這樣的杜南遠在其故事中所遇見的人大都是一些勞動者。這些勞動者的生活條件比杜南遠還要差很多，然而，他們卻不思不想地賣力幹活。其中一些怪異現象也許會引發杜南遠關於生命的難以言傳的感受，但杜南遠常有的想法則是：也許像勞動者那樣勤勞的活著，就是生命該走的路。不過，我們仍然始終感覺到，即使在這樣想時，杜南遠一直沒有擺脫他的失意、哀傷的心情。

　　杜南遠系列明顯是兼具抒情與內省性格的現代風格作品，完全不同於〈植有木瓜樹的小鎮〉的具體社會畫面。如果拿戰後臺灣小說家來做類

比，倒跟七等生挫敗的小知識分子的幻想、夢魘小說有相似之處。當然，七等生由於受到卡夫卡影響，怪誕的色彩較強，而龍瑛宗則導源法國頹廢派，較具哀婉、憂傷的調子。可以說，龍瑛宗以失意的小知識分子做基礎，爲戰爭時期的臺灣文學創造了一種獨特的頹廢色彩。不論每個人對這種作品的評價如何，我們不能不說，這是後期龍瑛宗獨具一格的藝術特質。

四、

如果拿龍瑛宗來跟日據時期的臺灣重要小說家，如賴和、楊逵、呂赫若、張文環做比較，龍瑛宗最突出的成就明顯在於：爲日據時代出身寒微的小知識分子留下了一系列的圖象，而且還表現了比較多樣的藝術形式。不過，在做了這樣的肯定之後，我還想在本文末節提出一點個人主觀性的批評。

首先我想略談一下龍瑛宗後期一篇配合日本政策而寫的〈歌〉。〈歌〉和〈蓮霧的庭院〉都是描寫「日、臺親善」的作品，這樣的作品呂赫若也寫過，是政治壓力下不得不然的動作，沒有什麼好批評的。但是，〈歌〉無意中表露的心態，卻可以看出龍瑛宗做爲小知識分子作家的弱點。

在這篇小說中，臺灣作家李東明無意中和好幾個日本文壇朋友見面，非常熱絡的談起來。李東明是一個「苛酷地用功學習國語」（按：指日語），因而掙得到某些地位苦學成功的人。在竟然有機會和一些日本名作家、名評論家平等交談的場合裡，我們感到李東明無意中流露出一些驚喜和滿足。李東明和〈植有木瓜樹的小鎮〉裡的陳有三一樣，無疑地相當在乎自己的「小小的成就」，顯得「器宇」不夠「恢宏」。

但是，在後期的龍瑛宗小說中，我們又讀到截然不同的〈不知道的幸福〉。小說的女主角從小就做爲童養媳在王家長大，婚前做盡苦工，婚後備受虐待，最後毅然離婚出走。在自力謀生中，她認識了一個家境貧困的中年男子。她知道這是一個善良的人，雖然年齡相差很多。她主動要求跟他

結婚。他們過了十年艱苦卻彼此相扶持的日子，生了一個小孩，最後丈夫因體弱多病而死。女主角在丈夫死後回顧他們的婚姻生活，自覺無比幸福，並且準備好好撫養他們的小孩長大成人。

在這位女主角身上，正如在〈村姑娘逝矣〉的少女身上一樣，我們都可以看到小知識分子的心理投射。但在這篇小說中，女主角卻是個「認分」的人，她並不往高處看，而是選擇跟她身分相同的男人，相濡以沫，實實在在地活下去。這裡面雖然沒有階級反抗，但卻消極的表現出一種階級尊嚴，比〈歌〉中的李東明要高貴得多。這篇小說讓我不由得聯想到陳映真的〈將軍族〉。

我們不一定要苛求龍瑛宗成為一個鮮明的反抗型作家。龍瑛宗的「認識」無疑比我們所能想像的還要複雜一些，但可惜的是，他偏向陳有三、李東明的機會看起來比偏向〈不知道的幸福〉的女主角的機會多得多。這是他的限制，也是他的小說顯得格局較小、深度不足的主要原因。做為一個小知識分子作家，龍瑛宗恐怕過於被局限在小知識分子信心不足的視野裡。

──原發表於「第二屆臺灣本土文化」國際學術研討會
臺灣師範大學國文系主辦，1996 年 4 月

──選自呂正惠《殖民地的傷痕：臺灣文學問題》
臺北：人間出版社，2002 年 6 月

尋找熱帶的椅子
論龍瑛宗 1940 年的小說

◎陳建忠*

在我極端黑暗的生涯裡／曾閃耀過一個清姿／如今這清姿已消失／我周
圍盡是茫茫的黑夜／孩子們處於黑暗之中／常會感到惴惴不安／他們總
是高聲唱歌／以便把那恐懼驅散／我這一個發癡的孩子／如今在黑暗之
中唱歌／歌聲雖不很悅耳／卻驅散了我的憂愁。

德・海涅（Heine）〈在我極端黑暗的生涯裡〉[1]

一、龍瑛宗與 1940 年的臺灣文壇

隨著中日兩國在 1937 年戰事的擴大，臺灣人由於身分敏感之故，不僅
在公共空間被迫放棄漢文書寫，在一般生活及思想層面上的嚴密監控也是
不難想像的事。因之，臺灣文壇驟然之間少了大半的漢文作家及本土文藝
刊物不說，「如何寫」及「寫什麼」似乎也都成為日文作家下筆前需斟酌再
三的事情，在此情況下，戰爭期的臺灣文壇如同被戰爭的烏雲所遮蔽，暫
時性地陷入黑暗之中。

這種文學活動受到戰時體制所壓抑的現象，隨著日本對華戰事初期的
節節勝利，以及日本國內「大政翼贊運動」的建立「高度國防國家」政策
的影響，文藝活動也被賦予某種任務，臺灣文壇因而得到復甦的契機。[2]然

---

*發表文章時為靜宜大學臺灣文學系助理教授，現為清華大學臺灣文學研究所副教授。
[1]引詩見錢春潮編《海涅詩歌精選》，山西：北岳文藝出版社，1994 年 3 月，頁 51。這首詩所提到
的歌聲與黑暗的意象，正可以「象徵」喜愛海涅的龍瑛宗其一生創作的歷程。
[2]關於臺灣文壇由蟄伏期到復甦的轉變，可參看柳書琴《戰爭與文壇——日據末期臺灣的文學活

而只要由整個殖民地下文學機制與統治機制的共謀關係來加以觀察，臺灣
文壇重新復甦原是由占多數的在臺日人作家西川滿等人爲主導開始的。
1939 年底「臺灣文藝協會」的成立與 1940 年 1 月的機關誌《文藝臺灣》
創刊，都可視爲戰爭期臺灣文壇復甦的指標。不過，在這些文學活動當中
我們看不到活躍於 1920、1930 年代的第一代臺灣漢文作家，這些空缺已由
新一代的臺灣年輕日文作家所填補，而龍瑛宗（1911～1999）正好是其中
較早成名的一位。

　　龍瑛宗由於在戰爭期文壇泰半時間皆處於日人爲主的陣營之中，因而
他無論在當時或今日總是會受到諸如民族立場如何之類的懷疑。從當時情
形來看，龍瑛宗在《文藝臺灣》創刊時就被邀成爲編輯委員，然而因爲當
時尙有呂赫若、楊逵等人未加入此陣營，是故龍瑛宗之加入及其身爲編輯
員的地位原因也有不同說法。據池田敏雄之說，是因爲龍曾是日本《改
造》雜誌之入選作家相當有名所致[3]；而葉石濤則企圖由「客家情結」來說
明龍瑛宗與主流福佬人作家的疏遠關係[4]。至於龍瑛宗的回答則是非常「龍
瑛宗式」地，呈現了他「逆來順受」的個性特質，他只說：「我並不記得被
邀請商量過有關《文藝臺灣》的創刊，當初大約只是提到要不要參加，而
我只答應了參加而已」[5]。這樣簡單的答案當然無法饜足於許多試圖爲龍氏
辯誣或批判他的人。然而無論如何，面對一位殖民地作家的龍瑛宗他所留
下的許多不同文類的作品，去仔細地閱讀文本，恐怕仍是我們可以據以了
解他的思想與情感的最重要途徑。

　　從創作的歷程上看，在經歷與戰爭初期臺灣文壇一樣黯淡的歲月後，
龍瑛宗開始大量創作小說及隨筆顯然與文壇 1940 年的逐漸復甦有關，就像

動》，臺灣大學歷史學研究所碩士論文，1994 年 6 月，頁 54～66。
[3]池田敏雄〈《文藝臺灣》中的臺灣作家〉，引自葉石濤《臺灣文學的悲情》，高雄：派色文化出版
　社，1990 年 1 月，頁 218。
[4]葉石濤〈論龍瑛宗的客家情結〉（龍瑛宗小說集序），《杜甫在長安》，臺北：聯經出版公司，1987
　年 7 月。
[5]龍瑛宗〈《文藝臺灣》與《臺灣文學》〉，《臺灣近現代史研究》第 3 號，1981 年，頁 86。

他在該年第一天所說的：事變後的「文學之夜」就要過去，「文學之曙光」已提前來臨[6]，局勢的演變使作家較有機會發表作品。不過，我們注意到，1940 年龍瑛宗雖然已是《文藝臺灣》的同仁，但除了〈村姑娘逝矣〉發表於《文藝臺灣》上之外，其餘在 1940 年創作的三篇小說卻都發表於其他的文學雜誌上；更明確地來說，龍瑛宗並沒有將文壇復甦後重要的小說發表於《文藝臺灣》，反倒是另尋管道發表，這究竟透露著怎樣的訊息與意義呢？更進一步說，在潛隱多時後，龍瑛宗在此一年中創作出多篇具有類近主題而與前此作品差異頗大的小說，似乎意謂著事變後某種思想的轉變，而這種轉變其具體的過程與內容究竟又是如何？關於上述問題，就是本文想進一步探討的課題。

　　在分析龍瑛宗小說創作史上重要的 1940 年小說之前，我想先就龍瑛宗當時針對「外地文學論」的反應來究明其在文學論述上的立場，這關乎龍瑛宗對臺灣文學的自我定位問題。我試著就龍瑛宗與《文藝臺灣》上的言說來進一步了解其當時的思想狀態及文壇狀況，相信有助於我們深入探討龍瑛宗創作的意圖與思想傾向。

　　由當時臺北帝大文學教師島田謹二（1901～1993）提出的「外地文學」（相對於日本內地而言），其實就是一種「殖民文學」（colonial literature）。而早在 1937 年以來，島田就已在《臺灣時報》上針對日人在臺灣的文學活動加以研究，如同在建立由日本延長而來的殖民地文學史。至於「外地文學」一詞的提出，具有更積極的提倡的意味，1940 年的《文藝臺灣》創刊號上島田就以〈外地文學研究的現況〉一文加以說明，之後又陸續有所補充。這種「殖民文學」的提出在世界殖民史上是絕不新奇的，如果按照老牌帝國主義者英國的情形來看，作家的創作在助長帝國統治之正當性的效果上，不一定就遜於那些告示與律令，如同研究者指出的那樣：

---

[6] 〈ひとつの回憶——父運ふたたび動く〉，《臺灣新民報》，1940 年 1 月 1 日，13 版。

> 殖民文學……，指那些有關殖民的想法、看法和經驗的文
> 字，……。……這種宗主國的文字如狄更斯的小說，或特羅洛普的遊記
> 等，即便它們沒有直接涉及殖民問題，但在形成並強化不列顛是主宰世
> 界的強國這一觀念方面，它們是參與其中的，在讓帝國主義變成一種看
> 似合乎事理的認識方面，這些作家是起了這樣那樣的作用的。[7]

　　循著這種合法化帝國統治的視角來看，島田謹二〈外地文學研究的現況〉（1940 年 1 月）一文也是很好的例證。他以當時研究殖民地文學最進步的法國為例，認為外地文學的形成可分為三個階段：「軍事征服時期」、「探究調查組織化時期」、「社會平穩、移民從事精神與物質開發的時期」，日本早期由軍事、政治、調查、探險人員所從事的文學，只能以紀行型態或故事型態描寫外地皮相，這不能算是真的外地文學，必須：

> 捕捉外地的特異風物、描詠外地生活者的特有心理，而有卓越藝術價值
> 者，才是真正的「外地文學」。[8]

　　無論如何，島田完全以日本人為中心所展現的以臺灣為「他者」的「殖民凝視」（colonial gaze）或日本外地文學史，他生產的正是一種將被殖民者「他者化」後的「他性」（otherness），也即是以啓蒙進步的邏輯將我族對象化為有待改造的他者的低劣特性，因此他對臺灣作家不是視而不見就是報之以輕蔑，流露的無非是殖民者的優越意識，文學的殖民主義。[9]

---

[7] 艾勒克・博挨默（Elleke Boehmer）《殖民與後殖民文學》，盛寧、韓敏中譯，遼寧：遼寧教育出版社，1998 年 1 月，頁 2～3。
[8] 此處所論見島田謹二〈外地文學研究の現況〉，《文藝臺灣》創刊號，1940 年 1 月 1 日，頁 40～42。
[9] 針對島田的殖民主義文學史觀與論述，近來有日本研究者提出反證，認為其只研究日本人在臺灣的外地文學，而無涉臺灣作家部分，故不能稱為文學的殖民主義者。筆者認為此說未曾站在被殖民者立場思考，對殖民主義的施行方式的詮釋存在盲點，故亦就此提出進一步的說明與批評，請參見〈華麗背後的腐壞：回應橋本恭子《島田謹二《華麗島文學志》研究——以外地文學論為中心——》中的翻案觀點〉，《水筆仔：臺灣文學研究通訊》第 15 期，2003 年 5 月。

　　當然，他最爲著名的論著應當是〈臺灣文學的過去、現在和未來〉（1941 年 5 月）[10]，文中對日本「領臺」後到 1941 年間的臺灣文學活動做了一番考察。他認爲四十餘年間臺灣的文學活動水準不高。不過，他的論述對象主要以在臺日人的文學活動爲主，至於臺灣人的部分則簡單帶過或低度評價。所以當他談到滿洲事變（1931）前的臺灣新文學運動時，將之分爲「白話文派」與「臺灣語派」，並認爲多爲出於模仿少有傑作。[11]無疑地，島田是有意或無意地在臺灣文學史建構中將臺灣人文學邊緣化或無視化。

　　據論者王昭文的研究指出，島田提倡的「外地文學」目的乃是以提供「異國」（exotic）情調的作品藉以進軍母國。這樣看來，殖民文學強調描寫臺灣風土亦無非是另一種非物質的殖民攫取；並且，這種觀點終將回過頭來加強母國的實質作爲。王昭文說道：

> 島田嚮往以印度支那殖民地環境所孕育出來的法國文學，認為那是一種新的文學。在這種看法下，殖民地的文學乃是從屬於母國的文學，提供與母國文學不同的異國趣味，而為母國注入新的風格。《文藝臺灣》自我定位為日本南方文化的建設者，以「外地文學」進軍日本中央文壇似乎是其主要企圖。[12]

　　這種以「外地文學」以進軍日本中央文壇的作法，正是他論文中所謂文學地方性、特殊性與普遍性的問題：

---

[10]島田謹二〈臺灣文學の過現未〉，《文藝臺灣》第 2 卷第 2 期，1941 年 5 月 20 日。
[11]島田謹二〈臺灣文學的過去、現在和未來〉（上），葉笛譯，《文學臺灣》第 22 期，1997 年 4 月，頁 165。另外，龍瑛宗戰後在〈日人文學在臺灣〉一文中也提及島田的文學史說：「據他的意思來看，臺灣文學就是旅行者的日人文學，至於生於斯地，死於斯地的本省人文學似乎不值得惹起他的注意，就輕鬆地淡描一兩句就算了。」見龍瑛宗〈日人文學在臺灣〉，《臺北文物》第 3 卷第 3 期，1954 年 12 月 10 日，頁 20。
[12]王昭文《日據末期臺灣的知識社群《文藝臺灣》、《臺灣文學》、《民俗臺灣》三雜誌的歷史研究》，清華大學歷史研究所碩士論文，1991 年，頁 38。

臺灣的文學做為日本文學之一翼，其外地文學——特別做為南方外地文學來前進才有其意義。和內地風土、人和社會都不同的地方——那裡必然會產生和內地不同而有其特色的文學。表現其特異性的文學名之為外地文學。⋯⋯對我們日本人來說，臺灣和朝鮮及其他並排著正是那樣的外地。南方的一外地——這就是臺灣做為日本文學之一翼占有的特殊意義。[13]

島田認為如果真要在日本本土文學之外，另外創造一種獨特的文學，就不能一味談文學的普遍性問題，而應把在臺灣的南方外地文學建設為像法國在阿爾及利亞的殖民文學。而這，乍看是帝國學者在殖民帝國內部與中央文學的一種對抗，但在建設殖民主義版圖的工程上，島田無疑地是為殖民者加上了一項來自南方的文學桂冠，從而以此預祝著帝國軍事上、政治上的大勝利。文學與軍事、政治的殖民擴張，在島田的文學史建構裡原本是二而一的構圖：

我臺灣自迎接東亞聖戰第五年之春，在我民族發展上做為愈加其重要性的南海大據點，已獲得公認。政治上、軍事上和經濟上的大活動已擺在我們眼前，怎能獨獨文藝可以落伍呢？我們相信我民族的文藝創作力。想來居住於此的我民族，傾其傳統上可誇耀的藝術直觀和洞察力，不產生獨自的有意義的文學，其誰可產生？遠遠凌駕那里滋·巴姆、Jean Marquet 和毛姆等碧眼朱髯之徒，於此可誇耀有日本人開拓的新外地文學之作品，非臺灣青年，其誰能之？[14]

面對殖民帝國學者提出的文學理論，臺灣作家並非沒有提出「反抗論

---

[13] 島田謹二〈臺灣文學的過去、現在和未來〉（下），葉笛譯，《文學臺灣》第 23 期，1997 年 7 月，頁 174～175。
[14] 同上註，頁 186。

述」（counter-discourses）。其中龍瑛宗的反應是值得重視的，因爲這些話語與他的文學創作有著相當深層的勾連。他當時就已委婉指出外地文學論的本質是相當背離臺灣的，所毋寧只是消費式的、異國情調的書寫。在《文藝臺灣》的第 1 卷第 5 號（1940 年 10 月）上，龍瑛宗發表了〈《文藝臺灣》作家論〉一文，其中指出「鳥瞰《文藝臺灣》，大體上可以說多半是與生活乖離之作品，或是詠歎自然之物」，並對實踐島田謹二「外地文學論」的西川滿與濱田隼雄下了評語說：

> 濱田隼雄與西川滿氏，均非坐在泥地裡，滾落一身泥濘，拉開嗓門高揚人間哀歌之作家。[15]

這裡對西川滿與濱田隼雄所謂外地文學作家提出的意見，說其作品裡看不見具體生活樣貌或是將眼光置於自然景物，雖然僅是指出其不沾人間塵埃的特點，但在這具有反諷的語氣的話語當中，我們不難看到龍瑛宗對雜誌同仁的重要日人作家及其文學理論的態度。

而此一對「外地文學」帶有批評的意見，其實是一直延伸到在 1941 年 2 月於日本《大阪昭日新聞》上發表的〈臺灣文學的展望〉一文中，龍瑛宗在此將他的意見表述得更爲清楚。他把所謂「外地文學」的內涵做了完全不同的詮釋，其中句句都透露龍瑛宗企圖翻轉日本殖民作家把臺灣「他者化」（othering）的「消費式書寫」，他要求一種不是爲追求「異國情調」而是對臺灣有認同的「生產者的文學」，他認爲「我們並非由於對外部充滿好奇心而從事文學，我們根本的問題在於開創和提高我們所居住的土地之文化」：

> 是故，所謂外地文學，並非以本土的文壇爲進出之志的文學。應該是就

[15]〈「文藝臺灣」作家論〉，《文藝臺灣》，第 1 卷第 5 號，1940 年 10 月 1 日。轉引自羅成純〈龍瑛宗研究〉，《龍瑛宗集》，臺北：前衛出版社，1991 年 2 月，頁 261。

當地而作的文學，既非模仿本土的文學，也非對外地作皮相式描寫的異
國情趣文學。外地文學的氣性，不是鄉愁、頹廢，而是生長於該地，埋
骨於該地者，熱愛該地，為提高該地文學而作的文學。這種文學並不是
消費者的文學，而是生產者的文學。[16]

　　要求作家「生產」、「埋骨」、「提高臺灣文化」，由上述的言論來看，身
為《文藝臺灣》之一員，龍瑛宗顯然並未服膺其以殖民者立場所發展出來
的「外地文學論」，反而提出具有正視臺灣本土，甚至凝視現實「泥地」的
書寫路線，這在一向被認為是風格唯美、頹廢的龍瑛宗而言毋寧是少人注
意的面相。[17]不過，我卻認為，這種面相在戰爭期看來，更是一位臺灣被殖
民作家需加以正視並強調的。尤其當我們把龍瑛宗 1940 年的小說加以分析
後將發現，其中的主題具有與上述思想相當一致之處，甚至還可以把這種
思想貫串到龍瑛宗直到戰爭結束前的小說當中。

　　當然，一位作家的思想可能有著複雜的層次與階段性的轉變，本文這
樣的詮釋並不意謂龍瑛宗的思想發展始終都沿著這一條主軸不變地發展。
我其實是要強調：龍瑛宗做為一名殖民地知識分子與作家，是如何在殖民
情境（colonial situation）下被制約、型塑，從而試圖尋找一種「生存哲
學」以免於主體的精神分裂，這種思想或哲學實在是構成了龍瑛宗小說當
中極其重要的主題。而唯有掌握這重要的關鍵年代裡的思想主題，那些在
往後更加晦澀、黯淡年代中的作品裡顯得難以索解的問題，或許才有被理
解與再詮釋的可能。

　　因此，我們可以說，龍瑛宗 1940 年的小說是他繼〈植有木瓜樹的小

---

[16]〈臺灣文學的展望〉，《大阪昭日新聞》臺灣版，1941 年 2 月 2 日。轉引自林至潔譯文，《聯合文
　學》第 12 卷第 12 期，1996 年 10 月，頁 132，但據日文原文略作更動。
[17]當然，針對外地文學論直接加以挑戰，並付諸臺灣文學史建構的臺灣作家，應是黃得時一系列的
　文學史論述，包括有〈輓近臺灣文學運動史〉、〈臺灣文學史序說〉、〈臺灣文學史第一章——明鄭
　時代〉、〈臺灣文學史第二章——康熙雍正時代〉。譯文收入葉石濤編譯，《臺灣文學集 2》，高雄：
　春暉出版社，1999 年 2 月。

鎮〉（1937）之後最重要的一批作品，我以爲這裡隱藏了作者的「祕密」。在日後文學被納入戰爭協力的運動以後，龍瑛宗雖然也「盡責任地」去「文學奉公」了一番，但由 1940 年的小說世界來看，其中的許多思想模式事實上已被延續在許多所謂「奉公」與「私人化」的小說當中。

　　本文著重討論的龍瑛宗 1940 年的三篇小說分別是：〈朝霞〉（〈朝やけ〉）、〈黃昏月〉（〈宵月〉）與〈黃家〉，雖然這一年的 1 月 1 日他首先發表的是〈村姑娘逝矣〉，描述「我」對早夭的村姑娘的惋惜，這種對青春的哀悼有論者以爲是小知識分子的「顧影自憐」與「自我投射」[18]，如果結合龍瑛宗小說中小知識分子的自憐傾向來解釋也言之成理，因而這種人物與風格無疑是強化了陳有三式小知識分子的暗面。由於這篇在《文藝臺灣》創刊號發表的小說，其唯美厭悒的風格正是龍瑛宗所謂「浪漫主義」之作，而龍瑛宗又把之後所寫三作投至別處發表，這篇小說的出現恐怕也有許多待解的問題。然而無論如何，1940 年龍瑛宗以具有關聯性的三篇小說陳述了有別於前此的主題思想與人物，這是本文針對許多先行的研究試圖提出另一種看法。

　　關於本文的某些看法，由於筆者先前便曾以此視角針對龍瑛宗的〈黃家〉一作提出相當程度的論述[19]，可說筆者的思考雛形已先行演練過。本文基本上是在此一基礎上運用更多新出土或新譯的文本，提出龍瑛宗 1940 年小說的議題性，更加周延而深入地進行論述，前後兩文基本上是「雛形」與「成形」的關係，而以本文才能完整地代表筆者的意見。因此文中基於簡潔起見，許多融合先前論述之處，除非必要不再另行加以註明。

---

[18]此說見呂正惠〈龍瑛宗小說中的小知識分子形象〉，《第二屆臺灣本土文化學術研討會論文集——臺灣文學與社會》，臺北：國立臺灣師範大學人文教育研究中心，1997 年 5 月，頁 132。本文後收入呂正惠《殖民地的傷痕——臺灣文學問題》，臺北：人間出版社，2002 年 6 月。
[19]陳建忠〈殖民地小知識分子的惡夢與脫出——龍瑛宗小說〈黃家〉析論〉，《文學臺灣》第 23 期，1997 年 7 月 5 日。

二、「狂」與「死」：頹廢型知識分子的形象與意義

　　知識分子形象將是我們下文中討論龍瑛宗小說的重點，但在深入探討知識分子形象轉變的問題之前，有必要簡扼地陳述一下其處女作〈植有木瓜樹的小鎮〉中，三種不同類型的小知識分子，做爲我們討論的參照。龍瑛宗在〈植有木瓜樹的小鎮〉中描繪了三種不同類型的小知識分子。[20]分別來說，第一類是小說中的主角陳有三所代表的「挫折型」知識分子，他輕蔑自己的同族臺灣人及其生活型態，而努力地想在殖民社會裡力爭上游，但這個願望終因他「本質上」永遠將是一名「本島人」（相對於內地人），而只能領受挫敗的運命。第二類是「墮落型」的知識分子，以陳有三周圍那群鎮日沉迷於酒色，爭逐財利的人爲代表，他們全是絕望的一群，也是精神荒蕪最好的象徵。第三類則是以林杏南長子爲代表，即「破滅型」知識分子，他對具有社會主義色彩的美麗新世界的夢想，在左翼反抗傳統已成絕響的年代，除了自我慰安外，恐怕是根本不可能實現的，而他的年輕夭亡似乎也說明這一點。

　　如果說，破滅型小知識分子的夭亡斷絕了反抗體制的可能性，則陳有三在小說中由「挫敗型」而終至於「轉型」至「墮落型」的過程，無疑地是架構出了一幅黯淡的殖民地圖景，使我們窺見了作者對小知識分子歷史性運命的悲觀心緒，彷彿我們也在恍惚中聽見陳有三「閃著眼睛，詠嘆著」：「黑暗，實在黑暗」[21]。

　　〈植有木瓜樹的小鎮〉當中陳有三的形象與命運是前此的臺灣小說中未曾得見的，從這點來看，龍瑛宗實是寫出了另一批與「反抗型」對反的人物類型。由階級來看，這是小資產階級知識分子的心路歷程，其思想是

---

[20] 日本學者山田敬三曾把〈植有木瓜樹的小鎮〉中的知識分子形象分爲三類，即「挫折型」、「世俗型」與「破滅型」青年。本文藉其概念，但略加修改。見山田敬三〈悲哀的浪漫主義者──論日據時期的龍瑛宗〉，「賴和及其同時代的作家：日據時期臺灣文學國際學術會議」論文，1994 年 11 月 25～27 日。

[21] 原刊《改造》第 19 卷第 4 期，1937 年 4 月 1 日。引文見張良澤譯文，《龍瑛宗集》，臺北：前衛出版社，1991 年 2 月，頁 67。

鄙視「野蠻」、「落伍」、「傳統」的臺灣鄉土人事，向「優雅」、「進步」、「現代」的日本文化認同（穿和服、說國語），相信憑腦筋與努力，可以開拓自己的境遇。然而他的命運卻只能步上頹廢之道，或像小說中其他的人物的命運「非狂即死」，而這竟是殖民地小知識分子的宿命？

　　這些既與傳統的文化體系絕緣，卻又在殖民地的文化體系當中找不到立足點的新知識分子，他們的身分是可疑的。由於鄙視鄉土的落後，他們不得不為了尋找更高的身分認同而自其傳統中游離出去；然而要在畸形資本主義關係下的殖民地找到生存與被殖民者接納的可能，事實又證明是渺乎其微的。因為像梅米（Memmi）所說的：「說殖民者能夠接受或者應該接受同化，並因此而接受被殖民者的解放，就等於是說，要把殖民和被殖民的關係推翻」[22]，然而試圖同化者自見不及此。他們的形象就像是無「家」可歸的「薄海民」（Bohemian／波西米亞人）[23]——一群小資產階級的流浪人的知識青年；或者就像日本學者矢內原忠雄形容的那樣是所謂：「高等遊民」[24]。

　　這種形象的出現如果仍放在 1920 年代以來的反殖民文學系譜裡來看，當然免不了被視為有「認同危機」的可能，因此就像尾崎秀樹在 1961 年的〈臺灣文學備忘錄——臺灣人作家之三作品〉一文中，將龍瑛宗〈植有木瓜樹的小鎮〉，與楊逵的〈送報伕〉和呂赫若的〈牛車〉加以比較，他的結論認為：

　　　　把這三篇作品按年代順序通讀下來，可以看到臺灣人作家的意識是由抵抗而走向認命，再由屈從而傾斜下去的歷程。[25]

[22]原文見 Memmi, Albert（1965）：*The Colonizer and the Colonized*, New York: The Press, Inc.今轉引自《解殖與民族主義》，文化／社會研究譯叢編委會編譯，香港：牛津大學出版社，1998 年，頁12。

[23]語出瞿秋白〈《魯迅雜感選集》序言〉，《瞿秋白詩文選》，北京：人民文學出版社，1982 年 6 月，頁 480。原作 1933 年 4 月 8 日。

[24]矢內原忠雄《日本帝國主義下之臺灣》，周憲文譯，臺北：帕米爾書店，1985 年 7 月，頁 153。

[25]原文發表於《日本文學》，1961 年 10 月號。引文見尾崎秀樹，《舊殖民地文學の研究》，東京：勁

　　不過，正如陳芳明所論，與其說這是「心靈的傾斜」，倒不如說是知識分子的空間被逐步減縮所致，他也認為這種抽離歷史、政治脈絡的評論，認為臺灣知識分子的不同意謂著心靈的傾斜，實有可議之處[26]；基本上，這也是本文所亟欲論述的重點。我想，無論是戰後的日本人、中國人或臺灣人，試圖以中華民族主義或臺灣民族主義的立場來判定作家的認同意識及其作品價值，基本上都是幾近獨裁地後見之明，是自以戰後「純潔」之身來判定前人之罪，因而如果不能兼顧作品的美學、社會與思想性來做實證地分析，那麼我們很可能就會落入一種僵化地泛政治批評而無能深究其實。

　　因此，我試圖由另一個角度來理解像陳有三式的知識分子的意義，那就是由陳有三的整體時代出發，去了解完全在日本殖民教育底下長成的知識分子，他們所接受的是怎樣的一套世界觀與人生觀，而殖民地所能允許這種知識菁英發展的空間何在。最後我們更不能缺乏由美學角度來看待其創造的意義，像此種知識分子的形象與心理的描寫，在上述的社會歷史條件底下如何被塑造為新的人物典型，而這種人物典型及其價值是應被予以認真而深入地討論的，而應極力避免一種粗糙的民族主義式的美學批評。因此以下討論 1940 年的這三篇小說〈朝霞〉、〈黃昏月〉與〈黃家〉（依發表先後），當中龍瑛宗延續了陳有三的頹廢知識分子形象，相當程度地表明龍瑛宗對知識分子命運的關切，這些羅成純所謂的「敗北者」是本小節要先加以論述的。至於新出現的一種人物類型或人物思想轉變的問題我們將置於下一小節中再論。

　　在〈朝霞〉這篇發表於《臺灣藝術》創刊號的小說中，龍瑛宗依然塑造了一位小資產階級知識分子的形象——伊彰，在伊彰的身上我們可以看到〈植有木瓜樹的小鎮〉裡陳有三式知識分子的影子：伊彰自小的希望便是建立富裕的家庭，而到都市從商賺錢是較有可能成功的途徑，但他不久

　草書房，1971 年 6 月，頁 242。

[26]徐淑卿〈皇民文學——殘酷的印記〉，《中國時報‧開卷周報》，1999 年 1 月 14 日。

便發現自己並沒有成為商人所需的機敏與膽識，反倒是興起做文學家的夢。不過，很快地他便因被退稿及創作上的技術性問題（題材與語言）而遭受到另一次挫折，於是只能在街頭遊盪，在喫茶店枯坐等待「靈感」，如他自己所形容的：

> 他住在都市的角隅，留著蓬鬆的頭髮，像患了熱病似地不離書籍，抱著希望和絕望，在後街徬徨過的那些，現在想起來像似「哀愁的故事」啦。[27]

就在此時，故鄉傳來因父親病重要求他歸鄉的消息，伊彰雖感到自己成功之路似乎無法達成，但也只能帶著哀怨惋惜的心情回家。從伊彰在城市裡的追求與命運來看，伊彰並非自願地浪遊在街頭，而是心靈在理想無法達成後的一種失重狀態，促使他徘徊於人生的後街。

至於刊在日本《文藝首都》上的〈宵月〉（另譯〈黃昏月〉），則有彭英坤與「我」兩位公學校代用教員。基本上彭英坤也是頹廢知識分子的形象代表，但彭英坤同樣並非沒有潛力。在中學時代的辯論大會上，彭英坤也曾在那英挺的額角上，讓年輕的熱情洋溢著，以「青年與努力」為題，論到努力可以克服一切困難，達成目的，並結論謂：因此不可讓青春虛擲，應為國家與社會努力以赴。並且彭英坤還是運動選手，尤其跳遠一項還是學校紀錄的保持者。每逢運動會，一身運動服，頭上綁著布條，那美妙的跳躍，可以說就是年輕人的典範。但這樣的知識青年卻在步入社會後很快地受到現實的打擊而頹廢下去，舉債酗酒，終至病死。死因或許是比病死更複雜的某種原因，至少我們很難相信像彭自己所講的：

> 我自己吊兒郎噹的，是可怕的懶傢伙。實在說，我常常覺得慚愧，為甚

---

[27] 〈朝霞〉，《臺灣藝術》創刊號，1940 年 3 月 4 日，頁 14。本文關於〈朝霞〉小說文本的引用，參考了陳千武先生在進行中之「龍瑛宗全集」中的譯文，也對照原文酌加改動，特此說明。

麼我這麼懶呢？我自己也不懂。我覺得我的身體裡面有懶蟲。我為甚麼
這麼糟糕呢？[28]

　　然而彭英坤畢竟在貧病與壓抑之中死去了，「懶」，成了彭英坤對繼續
墮落的自我罪證。不過這裡隱約可以看到的社會因素，恐怕還是臺灣知識
分子在學校中遭受歧視而引發的殖民地憂鬱症吧，如果我們沒有忘記，這
種憂鬱其實也正是他的同命人陳有三在奮力上進而屢遭挫敗時所湧現過的
心情。

　　三篇之中〈黃家〉創作得較晚，結構與主題的呈現也最為完整、成
熟。其情節主要是敘述，在枇杷莊這個寂寞的小村子裡，受過中學校教育
的兄長（黃）若麗，夢想著有一天能東渡日本到東京去學習音樂，然而受
困於現實中的層層阻礙，若麗在無法面對理想幻滅的挫折下，變成了終日
酗酒的頹廢青年。小說中描寫枇杷莊以慈雲宮古廟為中心，在慈雲宮的後
面有幾百戶人家擁擠地聚在一堆，若麗平日所流連的處所也正在這個地
方。作者透過若麗之弟若彰的視角，形容著若麗所棲身的這一處「寒愴
的、令人想起小迷宮般的街道」上的景象：

　　若彰在這裡看到鼻子爛掉，雙腿向外彎曲的老娼婦，那猥瑣破敗的面
　　孔，看到比用舊了的抹布更可悲。也碰到披著滿是破洞的紅色大衣的木
　　乃伊般的，眼眶下陷，眸子混濁的鴉片煙鬼。還遇見了戴上黑耳頭巾，
　　喃喃地咒罵著甚麼的烏鴉似的老女人。[29]

　　作者詳細地描繪枇杷莊為一個封閉而充滿死亡氣息的灰暗之域，可以
說對若麗所身處獰惡世界的描寫，使得若麗所面臨的「阻礙」被具體地形

---

[28] 〈黃昏月〉，《文藝首都》第 8 卷第 7 號，1940 年 7 月。引自鍾肇政譯文，《植有木瓜樹的小鎮》
　　（「光復前臺灣文學全集」卷七），臺北：遠景出版社，1979 年 7 月，頁 112。
[29] 〈黃家〉，《文藝》第 8 卷第 11 期，1940 年 11 月 1 日。引自鍾肇政譯文，《植有木瓜樹的小鎮》
　　（「光復前臺灣文學全集」卷七），臺北：遠景出版社，1979 年 7 月，頁 71。

容出來。特別是作者透過其弟若彰的眼來觀察若麗在酒家的那一幕：暈黃的吊燈，一班醺然的酒鬼們，發著羊癲瘋的「豬一般的醜陋女人」，這一切既是頹廢的事實，同時也側寫出小知識分子眼中鄙陋而毫無美感的故鄉圖景。而既然他被禁錮在如此的一個世界，遂使他更加渴望「東京」，以及它所代表的一切新奇、高尚的事物。這裡要特別注意到的是，對若麗處境的描寫多半透過其弟若彰的視角折射出來，而若彰的視角又往往表現出一股同情而實則靜觀其變的篤定，說明了兩個人物在性格、觀點上是有著差異的。

如果按照羅成純針對龍瑛宗於 1940 年前後的小說所說的：「……進入戰爭期間，除了幾篇意識著時局所寫的小說之外，這時期他的小說最大特徵便是缺乏歷史因素」（黑體部分為筆者所加），她並且認為這些作品具有「逃避主義」傾向、無法判斷是日本統治下的臺灣社會。羅成純又說：〈植〉之後的人物類型多為人生的敗北者；另一類則是與現實世界妥協的人物，但「也可以算是另一類型的敗北者」。[30]從羅成純的評論來看，其中顯然還有許多相當值得商榷的地方。

首先，缺乏歷史因素是否就是龍瑛宗在「逃避」某些問題，而是否這樣就無法看出是日本統治下的臺灣社會？此外，所謂的「敗北」是界定在哪方面，是否必須要正面反抗日本或完全實現理想才不算人生的敗北者，否則為何連與現實世界妥協的人物依然被視為「敗北」？我想，這些疑問都必須由上述重視時空脈絡與作者一貫的思想脈絡的視角重新考察才能有所解答。

在小說的背景描寫方面，臺灣作家使用與戰爭時局無關的時空做為故事的背景，是戰爭期常見的作法，如張文環以臺灣鄉間為背景的〈閹雞〉、〈夜猿〉，或呂赫若以臺灣家庭內部為場景之〈柘榴〉、〈財子壽〉，這些也一樣看不出有日本殖民的影子。不過與其說這是作家的「逃避主義」，毋寧

---

[30]見羅成純〈龍瑛宗研究〉，《龍瑛宗集》，臺北：前衛出版社，1991 年 2 月，頁 271。

說是作家以此種題材保持了藝術創作的獨立性。此外，小說雖不一定是正面地反映殖民地社會的特徵，但我們別忘了，這些小說的閱讀群眾乃是與作家同一時代的人，許多有意無意的「空白」之處都有我們所無法想像的時代脈絡可以意會，是以面對這種殖民地時代的作品我們恐怕需要以不同的美學標準與價值標準來看待。

　　因而，我們或許可以由一事無成來說上述的伊彰、彭英坤與若麗都是人生的敗北者，也很可以指出由於缺乏具體描寫促使他們人生理想幻滅的外力或歷史而顯得缺乏說服力，例如伊彰無法成為文學家的社會是怎樣的社會？代用教員的彭英坤為何要酗酒？而若麗為何又會覺得留在故鄉是毫無前途？這些付諸闕如的背景交代是龍瑛宗有意或無意的缺失呢？按照施淑的說法，龍瑛宗小說寫人的醜陋、無助和宿命是由於把這些看作是外在於人的力量所決定，於是表現為「自然主義」式的冷靜客觀的描繪。[31]施淑的以美學觀點提出的看法提醒我們注意，外在的世界在龍瑛宗的小說裡已是既定而人力無可翻轉的存在，描寫其行為的最終原因與社會場景往往已非作家著眼之處。

　　除此之外，我們也可以由殖民地的創作空間來看。龍瑛宗如果要描寫這種令人頹廢挫敗的社會與歷史，就要暴露殖民地與殖民主的醜陋現實，這種暴露無疑是一種批判，而在當時看來這樣的寫法是很難有存在空間的。因此，與其說這種缺乏說服力的描寫是一種創作上的失敗，倒不如說在沒有獨立創作與自由發展空間的殖民地臺灣，這種闕如一方面是殖民地作家受到殖民壓迫的證明，是無可奈何的局限；另一方面則把其背景問題留給同時代人去心領神會，因為臺灣知識分子的問題不只存在小說裡，它同時還是活生生的時代戲劇。

　　這些頹廢型知識分子——陳有三、伊彰、彭英坤以及若麗，其實都共用了同一靈魂，在這些知識分子身上我們看到「近代啟蒙思想」與「個人

---

[31]見施淑〈龍瑛宗〉，《中國現代短篇小說選析》，臺北：長安出版社，1984 年 2 月，頁 1129。

主義」的信仰，只不過在面對充滿「傳統陋習」的故鄉與殖民地差別待遇時，他們的信仰就遭遇到近乎無情的摧殘。

在處理差別待遇一面，我們可以看到龍瑛宗自承受到島崎藤村《破戒》（1907）的影響，他說：「明治時代的作家中，我受影響的是，島崎藤村的抒情詩，小說方面是他的『破戒』，該作品是描寫被差別待遇的部落人民故事。他們的處境與臺灣人和韓國人相似。」[32]《破戒》中身為教師的瀨川丑松極力隱瞞自己是「穢多族」的身分，舉止「悉如常人」以求生存，丑松所面對的種族問題在臺灣也同樣出現，但臺灣人除了是異族外，更是地位在所有日本國民之下的殖民地人民。

不過，這些小知識分子的挫折也有來自於臺灣內部的理由，那就是「進步的」他們與「落後的」傳統事物的厭惡與疏離，其目的是完全地進入日本的文化體系獲取認同接納。因此正如同論者所言在日本近代文學中像丑松這種小資產階級知識分子是在 19 世紀中葉明治維新後，資本主義制度逐漸建立以來接受啟蒙思潮成長的一代，他們也受挫於封建勢力的龐大而充滿徬徨氣息。[33]是故就像丑松的畏懼「現身」而固守戒律是一種自願被「同化」的例子，在後進資本主義國度的臺灣，這些晚來的頹廢型小知識分子也不免在反封建的現代性視野裡，把追求統治階級的文化與階級利益視為唯一目標，從而放棄或鄙棄我族的價值。

然而龍瑛宗究竟是以何種態度來面對這種觀念底下的小知識分子？繼戰前的「陳有三」之後，我想龍瑛宗是提出了屬於他的一種人生觀，而且這也成為他度過殖民地暗暗長夜的力量，那就是他在批判「外地文學」論時一再強調的本土關懷，他將之形象化地賦予下一節中我們將談到的正視現實的（妥協型）知識分子身上。

---

[32]龍瑛宗〈日本文學的成果〉，《大華晚報》，1985 年 8 月 10 日。

[33]關於這種日本的頹廢知識分子，其歷史與社會的成因之分析，可參見武和平〈論近代日本文學中的小資產階級知識分子形象〉，《外國文學研究》（北京），1998 年第 1 期，1998 年 3 月 25 日，頁 79～81。

三、鄉土即救贖：「妥協型」知識分子的形象與意義

理想已滅，時局維艱，或者如同陳有三與若麗一樣終日酗酒頹廢，或如彭英坤一般以死作結，如果理想主義已成為挫傷人的來源，又如果不是對生命已失去希望，理想就必須被迫打折，總要尋找存活得有意義的方法，彼時孰能免之？這亦絕非人生的挫敗者可以比擬。然則，龍瑛宗在人生絕崖之前所想到的究竟是什麼？

〈朝霞〉當中回到故鄉前的伊彰原本是充滿挫敗感的，因為回到故鄉就意謂回到落後無希望的處所，這對一個之前在都市遊盪的小知識分子簡直是難以忍受的事。不過當一見到病牀上的父親時，伊彰受到良心的譴責並有所思考，這裡有點突兀的反思與轉折，或許說明的是作者本身對此一新生活的思考尚未成熟，不過至少是一種拒絕繼續墮落的宣告，小說寫道：

> 接著，在骯髒被褥裡埋藏著父親腫脹的臉。
>
> 那張臉上，有著與苦痛奮鬥而敗北的痕跡。
>
> 父親那纖細、灰暗而混濁的雙眼，濕潤了。
>
> 伊彰感到背後被人敲了一記，悲哀的情感慢慢流遍全身。
>
> 我真是不孝的人。只在都市裡想著自己的榮華。帶著希望描繪自己的未來。而且，就像個幻想家做著華麗的夢。有時完全沉浸在快樂的華想中，愉悅地吹著口哨，像個意氣風發的男子走在街上，卻完全沒有考慮到躺在黑暗床上生病的父親。[34]

因而，和陳有三及其同儕的命運不同的是，這裡的小知識分子伊彰在經過一番「反思」之後，顯然地擺脫了小知識分子自憐與頹廢的情緒，而

---

[34] 〈朝霞〉，《臺灣藝術》創刊號，1940 年 3 月 4 日，頁 16。此處譯文參考了朱家慧所引，見《兩個太陽下的臺灣作家——龍瑛宗與呂赫若研究》，成功大學歷史研究所碩士論文，1996 年 6 月，頁 49。此論文後來由臺南市立文化中心於 2000 年 11 月出版。

結尾處讓朝霞映在臉龐的描繪，似乎是找到了生存之道。這種對「個人主義」加以反省的思索，其最終的解決方式是伊彰在熟悉卻有待開發的鄉土找到立足點，似乎這樣就能救治小知識分子因渴求在都市有所成就而不得所導致的無出路狀態——無論是思想或物質層面。這裡，小說中藉伊彰的故鄉好友宏堂強化了留在故鄉的必要，或者應該說強化了故鄉能夠收留失意客的落拓憂鬱的印象，「鄉土」於今成了拯救都市小知識分子的象徵符碼：

> 都市的甚麼地方好，我這個鄉下人是不懂的。既然如此，青年們憧憬著都會，好像有一種無法抗衡的強力的吸引繩子在拉。不過，我一點也不想去都市。你，到底鄉村的甚麼地方讓你討厭？年輕女人都像豐富的果實那麼新鮮，青藍山峰的姿容，樹林的私語，都顯現自然深情的啟示。[35]

　　值得注意的是，鄉土能夠引起伊彰的決議留鄉，是因為他受到故鄉自然風土的感染所致，「自然」喚醒了他的鄉愁，這種解決現實困境的方式當然是顯得突兀，不過，如果由小說的藝術傾向來看這或許是龍瑛宗自然而然的一種「逃避」或「安頓」。當伊彰幻想著自己往後可以在勞動後休憩的時間裡，在山頂讀讀《海涅詩集》的時候，我們看到龍瑛宗受到浪漫主義文學影響的一個側面。因為，在浪漫主義的文學裡，「回到自然」（return to the nature）此一主題正是厭倦城市文化與工業文明後的一種反動。[36]

　　至於〈宵月〉裡的彭英坤以死來了結現實的災難，這種自虐式的死雖不能說完全沒有消極抗議的效果，但就像陳有三式的小知識分子已經被龍瑛宗自己所否定一樣，彭英坤的死顯然就無法避免被判為逃避現實問題的

---

[35]同前註，頁 20～21。陳千武譯文。
[36]龍瑛宗之與浪漫主義文學的關係是個值得深究的課題，他本人也常提及自己是浪漫主義者或感傷主義者。本文此處關於回到自然，或其他浪漫主義文學的基本特徵如主觀性、重視民間傳統的陳述，請參見朱光潛《西方美學史（下卷）》，臺北：漢京文化事業有限公司，1982 年 10 月，頁342～344。

個人主義者，這裡的反思當然也具有一種特殊的意義。因而當彭英坤的同事「我」出面爲其料理後事與債務時，也以帶有惋惜但並不認同其作法的口吻說道：

> 不管彭英坤有怎樣的人生觀，我都不想肯定他那種吊兒郎當的生活方
> 式。他實在是個無氣無力的本島青年。現在是需要有生活能力，不受囿
> 於個人主義想法的本島青年的時候。在彭英坤來說，固然是一了百了，
> 然而被留下來的妻子兒女又該怎麼辦呢？[37]

　　由以上述兩篇的內容來看，我們可以看到一個相當固定的敘事模式與人物塑造是：其中一位主角是具有潛力與夢想的知識分子，但因「某些」現實的問題而遭受挫敗，以至於頹廢失志——如伊彰與彭英坤；然而同時會有另一類型的知識分子以較務實態度，或者說以「妥協」的態度來面對同樣的現實困境——如宏堂與「我」。關於這樣的敘事模式與人物類型，在較晚出現的〈黃家〉一作當中得到更完整而深入的描繪，小說以若彰與若麗分別代表兩種不同的價值觀，藉由其形象的差異來凸顯龍瑛宗對當時知識分子出路的思考。

　　由於論者向來都著重在小說中的頹廢者身上，似乎都忽略了小說中其實往往還存在著另一類型的人物，像對若彰這種形象，如前所引羅成純所指：他雖不像若麗那般「自我毀滅」，但實際上他也是另一種破滅型的敗北者，因爲他也沒有改變現實的力量。[38]然而這種說法是值得商榷的。若彰雖放棄對理想的追尋，但他卻並非沒有過對未來的憧憬，並且程度上不較若

---

[37]引自鍾肇政譯文，《植有木瓜樹的小鎮》（「光復前臺灣文學全集」卷七），臺北：遠景出版社，1979 年 7 月，頁 113。
[38]見羅成純前揭文，頁 271。此外呂正惠論龍瑛宗小說中小知識分子形象的專文亦持相似看法，似乎對這些「第二主角」都未予正視，見呂正惠〈龍瑛宗小說中的小知識分子形象〉，《第二屆臺灣本土文化學術研討會論文集——臺灣文學與社會》，臺北：國立臺灣師範大學人文教育研究中心，1997 年 5 月。

麗遜色。在我看來，正好是因爲這類人物的存在，我們可以發現，戰爭期裡龍瑛宗一貫地想在黯淡的現實中尋找出路的心態。

首先，哥哥若麗所喜愛的舒伯特、貝多芬音樂，甚至是那顯得遙遠的夢土「東京」，在若麗眼中被視爲「唯一」的夢想，它們高過了現實的一切。枇杷村中的一切彷彿是做爲拖累他成爲藝術家而存在著，因而這世界永遠充斥著許多不幸的事件，醜陋保守的人們，包括他那迷信的母親竟而使若麗重病的兒子死於偏方。在此，若麗表現出來的與其說是他個人對於夢想的一種渴切盼望，毋寧說是作者以他來代表了殖民地小知識分子對現代性事物（以音樂、藝術家爲代表符碼），那絕對式地肯定態度；更確切地說，若麗正是一種完全服膺於「現代即進步」價值觀的代表。如此一來我們當可以了解，作者爲何把枇杷村描寫成爲充斥著迷信的母親與死亡氣息濃重的鄙陋世界，而令若麗置身其中，因爲這在若麗看來簡直是無法忍受的事，作者毋寧是極其冷靜地剖析這類知識分子的心靈，在這裡我們看到自然主義式地書寫解剖實驗。

但我們也可以從弟弟若彰身上見到另一類型的小知識分子形象，並且若彰的出現也使得小知識分子在對現實所採取的態度上，出現了另一種出路的可能性。從小說中角色扮演的重要性而言，若麗的行動雖然不斷因家人的注意而成爲中心人物，不過，若彰在面對若麗時的態度，卻又總是帶著距離地審視著兄長的一切言行；甚至，他更質疑著兄長若麗所抱持的理想究竟有多少可行的機會。最鮮明的一段情節是這樣的：某日，若麗與若彰在村後的林子裡閒聊，若麗談起了等不及到東京去的願望，又對若彰甘願只做一名肖像畫家的想法表示太功利，有辱藝術的純潔。但若彰的回答卻完全是以堅定的信念說出來的：

> 但是，藝術也不能忽視金錢哦。阿兄不也正在為完成藝術的心願需要金錢而受苦嗎？
>
> 假定鄰居快餓死了，在旁邊再怎麼奏了不起的音樂，反正也救不了他，

也許反倒使他更焦急更絕望。還不如給他一點吃的，才能使他好起來，幸福起來。我是這麼想的，藝術不用說是珍貴的，但是吃，活下去，是不是更珍貴呢？[39]

從若彰答覆若麗的話語中，我們看出若彰所要傳達的是與若麗有絕大歧異的價值觀。在若麗看來這是一種「鄙俗的現實主義者」的功利思想，而在若彰自己而言，這卻又是他自身面對現實環境時，自覺地展現出來的姿態。因為若彰確切地知道，自己身體孱弱，沒有勞動能力，又加上沒有學歷，即便在官衙或會社中恐怕一生都會在低層職位，「塵埃般地受著同僚的蔑視與嘲笑，以一個萬年雇員老朽」，那麼，只能利用自己繪畫上的才華，做一個猶能獨立生活的「肖像畫家」罷！作家形容著若彰對自我身分的認識說：

> 若彰深信自己在畫畫方面的才華，但對當一個藝術家的想法，他倒是抱著懷疑的。因為他不是在可成一個藝術家的境遇。他不希望因狂放的影響而斷送了一生。……他想。在不許冒險的時代裡，一步步地踏穩腳跟，豈不是更明智嗎？他自問，並確信地肯定。[40]

因此，小說中若彰之對萬物易生悲憫，相較於若麗之對萬事不滿的表現，我想這絕非無意的設計。當若彰隨母親走到慈雲宮後那可悲的迷宮街道時，見到的是斑駁傾頹的臺灣瓦屋，見到老娼婦、鴉片鬼，卻見不到一名盛年的男子。更有一天，他見到了被崩塌的土牆壓死的小孩，小說中寫道母親為死去的孩子哭嚎：「土牆崩塌的地方。露出竹林上的一項骯髒破爛的蚊帳，地板上散落著五六隻蕃薯。」這一大段帶有抒情筆觸的景物描

[39] 引自鍾肇政譯文，《植有木瓜樹的小鎮》（「光復前臺灣文學全集」卷七），臺北：遠景出版社，1979 年 7 月，頁 82～83。
[40] 同上註，頁 79～80。

寫，流露出一股淡淡的哀愁，而他絕無一絲鄙夷的神氣，上引的「土牆」一段更是在平淡中把村中貧窮的事實表露無遺。另外像以若彰之眼來形容酒家中蠕動在地上發羊癲瘋的女人一段，也是對這悲慘世界極真切的悲憫。

我想正是這種溫暖的人道主義胸懷，使他注意到了置身於此的人們的貧窮與悲慘，這當然使他難以只是一味追求繪畫的美夢，而忘卻現實的殘酷。可加證明的情節是，在卓尉（若麗之子）因延誤就醫而死後，若彰決定要到 S 市去習畫，這恐怕不是臨時起意，而不妨解釋爲若彰見到了若麗在整個事件中的無力軟弱，才決定了離家習畫之行，他又重複地向兄長勸說了一次：

> 阿兄，我覺得生活才是第一要緊的事。就是說安穩、牢靠的生活這才是我想望的。……我想，我們不能期待僥倖或者奇蹟。與其走我們沒法走過的路而失敗，倒不如走能走得過去的路，即使這不是本意，並且盡可能地使自己的生活有意義些。[41]

若彰的信念對這個窮困的家庭是有益的，他的夢想已墜回地上，但站穩現實的結果卻顯然出於他了解到，這個村落與家庭並不需要個人主義式的藝術家；相反地，卻是能真正努力生活，勤奮的俗子凡夫，於是我們才看到小說中寫母親聽到若彰將去學習工作時說的話：

> 母親在一片黑暗裡，好像發現到黃家未來的一絲燈似地，總算有了慰藉了。[42]

總之，「妥協型」小知識分子所具有的現實性意義，一方面則來自於他

---

[41]同註 39，頁 93。
[42]同註 39，頁 92。

對傳統事物的悲憫，另一方面則來自於他不以自我理想的達成爲唯一目標，我們在若彰身上見到的積極精神與人道情感都不見於早期的另三類人物，就此而言，我認爲龍瑛宗至少是指出了小知識分子的一種道路，對戰雲密布，「皇民化」運動正劇的時代中，小知識分子仍有機會認同於自我「身分」（identity），而不必自傷身世，鬱鬱以終。

四、結語：尋找戰時的人生哲學

越過 1940 年，在日本本土「大政翼贊運動」強調「高度國防國家」的理念下，文化與文學也被視爲宣傳國策的重要一環，臺灣文壇也無可避免地被捲入。1941 年 4 月，「大政翼贊會」的臺灣最高組織「皇民奉公會」成立，1943 年 4 月又設立「臺灣文學奉公會」，臺灣作家在這種戰時的高度統制之下，不寫奉公之作也要作奉公之言，龍瑛宗自不能免。

在此種時局下，龍瑛宗 1940 年後的小說如果按照題材可大分爲兩類：一類爲以杜南遠爲主角，以述寫個人心境與所見所聞的帶有「私小說」氣息的「杜南遠系列」，如〈白色的山脈〉（含〈薄暮中的家族〉、〈海濱旅邸〉、〈白色的山脈〉三章）、〈龍舌蘭與月〉、〈龍舌蘭與月外一篇——崖上的男人〉、〈濤聲〉；另一類則爲參贊國策的「時局小說」，如〈午前的懸崖〉、〈死於南方〉、〈蓮霧的庭院〉、〈年輕的海〉、〈歌〉等。不過，如果我們說這些小說大體上仍延續了 1940 年那些小說中表露的人生觀與敘事基調也不爲過，事實上這概乎是龍瑛宗一種人生哲學的展現，因而總是如同帶有迴旋曲式的樂章一般，主題旋律在作者的意念下做著不同程度的重複或變奏。

在「杜南遠系列」那裡，杜南遠孤獨的身影總是在哀悼自己的身世，例如〈白色的山脈〉當中他就感歎哥哥遺留給他三個小孩和債務而自己卻浸溺在酒裡死去，這使他在年輕的時候就不得不擔負了這三個遺兒的教育費，而不能開拓自己的命運，因此就像小說形容的：「杜南遠的現實生活是慘酷的。爲了要從慘酷裡逃逸出來，他便成爲一個幻想主義者。正好像有

閒女人的喜愛悲劇一般地，杜南遠爲了要忘卻慘酷，而變成了浪漫主義
者。杜南遠是軟弱的男子，是卑怯的男子。」[43]不過杜南遠又總是會羨慕平
凡近乎卑賤的人們，爲何能夠安於命運給予他們的並不優越的條件，這多
少有種「雖不能至心嚮往之」的意味。像他爲薄暮裡帶著白痴少年去看海
的一家人而感動，也驚奇於卑賤的旅邸女僕竟有美麗而堅貞的愛情；甚至
像〈濤聲〉中杜南遠遇到將要去臺東工作的年輕漢子時，爲漢子的健美體
格與精神所觸動而想著：

> 這年輕漢子，好像除了幹活之外，什麼也不想。他只相信幹活，而幹活
> 正是他的人生。那裡，既無懷疑，也沒有不安；有的是一股勁地活下去
> 的充滿力氣的生活之美。[44]

　　至少，浪漫幻想主義者杜南遠時時意識到自我的存在狀態這點，並積
極尋求人生意義的思索方式，欣賞著別人生命的力道，這仍然是人生觀的
表述。

　　而關於龍瑛宗的「時局小說」當中，那些強調戰爭能激起生命力之類
的話語（像〈午前的懸崖〉中所述）恐怕已成了戰時作家的必備「方程
式」，問題是此生終爲誰活？龍瑛宗的〈死於南方〉（1942）一作表面乍看
雖是呼應臺灣志願兵南進之作，但觀其敘事重點卻完全擺在小說人物的
「回憶」與「覺悟」之上，我們又再次看到龍瑛宗寄託幽微的時代心靈。

　　〈死於南方〉一作裡的三位知識分子皆是臺灣殖民地菁英，「你」的哥
哥由於留學歸來久無工作，因而在強大壓力成爲「狂人」，「我」與「你」
也一樣是失業的「高等遊民」，酗酒與玩女人就成爲排遣無聊人生的方式，
他們實行著一種「無軌道主義」。但在長期的浪蕩之後「你」因遇到戰事爆

[43]引自鍾肇政譯文，《植有木瓜樹的小鎮》（「光復前臺灣文學全集」卷七），臺北：遠景出版社，
　1979 年 7 月，頁 140〜141。
[44]〈濤聲〉（〈海の宿〉），《臺灣藝術》第 5 卷第 1 號，1944 年 1 月 1 日。引自鍾肇政譯文，《午前的
　懸崖》，臺北：蘭亭書店，1985 年 5 月 15 日，頁 159。

發而突然決定到南方去當通譯，小說的內容便是兩人通信在回憶昨日之非，這正是陳有三式知識分子的嫡系：

> 確實我們的夢和現實之間有很大的距離。我們以為人生是優美、充滿悅
> 樂的。可是實際所體驗的現實，卻是被燻成灰色、極為無聊，迎來的每
> 天都是很單調的，不無令人懷疑這就是人生？而且過著如此無聊到最後
> 被埋入墳墓裡去。那就是我們的青春，度過多麼無所為的青春啊。[45]

然而「我」卻漸漸有了「覺悟」，這種覺悟一方面是配合戰爭的積極色彩，但覺悟在此顯然不是為「聖戰」去死，為天皇「玉碎」，而是對生命的過程的重新定義，是拒絕知識分子的虛無主義、無軌道主義，而確認人生本就是需受現實磨練方有理想的實現：

> 然而，現在回想起來，把人生認為是充滿悅樂的我們本身就是錯誤的
> 吧。第一，悅樂是甚麼？沒有經過勞苦就能得到悅樂的嗎？也就是只有
> 相對性的才能思考悅樂而已。悅樂的反面是勞苦，勞苦的反面是悅樂，
> 這確實是奇妙的事實。可是人們，尤其是我們都不索求勞苦，只索求悅
> 樂，這本身就是一種奇想，不合邏輯。好嗎，我們需要這樣瞭解。悅樂
> 和勞苦是住在同一個地方，所以要索求就首先要勞苦，所以要辛勞痛苦
> 才是。[46]

龍瑛宗雖然不無配合國策地寫到南方去的重生意義，然而與呂赫若〈清秋〉當中到南方去的眾多臺灣青年一樣，這種「南方憧憬」與其說是「皇民文學」的必備元素，毋寧說龍瑛宗與呂赫若是藉筆下的這些臺灣青

---

[45]〈死於南方〉，《臺灣時報》，第 24 卷第 9 號，1942 年 9 月 5 日，頁 143。本文關於〈死於南方〉小說文本的引用，參考了陳千武先生在進行中之「龍瑛宗全集」中的譯文，特此說明。
[46]同上註，頁 143～144。

年迂迴地表達了一種突破殖民主義捆綁的欲望，一種殖民地式的生存哲學，這裡更多的是個人性地自我拯救，而不是集體性地爲國效死。因而，我們可以說，龍瑛宗的〈死於南方〉其實也正是另一種的「僞裝的皇民化謳歌」（葉石濤語）[47]。

　　龍瑛宗做爲「戰爭期」文壇的代表性作家，其小說中所呈現的小知識分子率多挫折與頹廢的形象，這源於小知識分子在「同化政策」下，對自我、國族認同上出現的扭曲，使小知識分子反而失去了直面社會真相的能力，在尋求殖民者接納不果之後，遂不免於自傷與墮落，上述 1940 年三作與後續諸作中的頹廢小知識分子其實正表現了這一層面的問題，不能不說是臺灣知識人的悲哀。但由另一個角度來看，像〈黃家〉當中若彰那樣秉持的妥協態度，如果純就抗議性來論或顯消極，但就如我們一直強調的，活在當下的人物有其時空與觀念的限制，我們絕不能一種標準來評判不同世代的選擇，何況在那樣的時局裡，龍瑛宗在小說中強調對自我、傳統有同情的認知，從而建立起認真生活的勇氣，我想龍瑛宗想必也要藉此來訴說一種新人生哲學，而期盼能超脫出殖民地小知識分子頹廢、自憐的惡夢輪迴罷！

　　總結而言，如上文所論，在這些小說中龍瑛宗一方面描繪了頹廢型知識分子的形象與精神狀態，並或顯或隱的提出這類知識分子面臨的歷史與社會因素，但對這批小資產階級知識分子的命運，龍瑛宗並非僅止於描繪其頹廢的去向；相反地，無論是自我指涉抑或是針對殖民地知識分子而發，龍瑛宗都企圖呈現持有另一種人生觀的知識分子，或者讓頹廢者去注意到人生的另一種生存之道，這一傾向使龍瑛宗小說中的知識分子雖然不免憂鬱難遣，但始終在尋找有光的出口。如果我們再參看其以女性爲主角的〈一個女人的記錄〉、〈不知道的幸福〉，這種思想特質就更加顯豁了。[48]

---

[47] 可一併參考葉石濤對呂赫若小說的評文，〈清秋──僞裝的皇民化謳歌〉，《小說筆記》，臺北：前衛出版社，1983 年 9 月 1 日。

[48] 關於龍瑛宗小說中女性角色的意義，可與本文所論互爲發明者，可參看林瑞明〈不爲人知的龍瑛宗──以女性的堅持和反抗〉，《文學臺灣》第 12 期，1994 年 10 月 5 日。

　　因而，雖然龍瑛宗在 1940 年的〈杜甫之夜〉一詩中不無自況意味地寫道：「我是悲哀的浪漫主義者」[49]，而後來許多論者也逕以之來概括龍瑛宗的文學與思想。然而閱讀他的小說時，我腦海深處始終盤旋著其隨筆〈熱帶的椅子〉中的那段話語，該文是在對在臺灣的日人與臺人的文學之異加以說明後所提出的，暗示著期待在「外地文學」之外，出現屬於臺灣人的文學作品：

> 內地人也好，臺灣人也好，希望緊早能尋到適恰的安樂椅子，然後深深就坐，作百年之眠。[50]

　　這難道是一位浪遊多時疲憊的薄海民（波西米亞人）所發出的渴望停泊的願望？或者，這竟是一種殖民地人民對生存之道的追求願景？是故，我想對於做為殖民地作家的龍瑛宗，這種敘事模式與思想特質，或許應當是在擺脫民族主義批評後需進一步予以正視的！

主要參考書目

- 尾崎秀樹，《旧植民地文學の研究》，東京：勁草書房，1971年6月。
- 施淑，〈龍瑛宗〉，《中國現代短篇小說選析》，臺北：長安出版社，1984年。
- 許達然，〈日據時期臺灣小說裡的知識分子形象〉，《臺灣香港與海外華文文學論文選》，福州：海峽文藝出版社，1988年9月。
- 葉石濤，《臺灣文學的悲情》，高雄：派色文化出版社，1990年1月。
- 羅成純，〈龍瑛宗研究〉，《龍瑛宗集》，臺北：前衛出版社，1991年2月。
- 王昭文，《日據末期臺灣的知識社群《文藝臺灣》、《臺灣文學》、《民俗臺灣》三雜誌

---

[49] 〈杜甫之夜〉，《文藝臺灣》，第 1 卷第 2 號，1940 年 3 月 1 日。全詩譯文可見朱家慧《兩個太陽下的臺灣作家──龍瑛宗與呂赫若研究》，成功大學歷史研究所碩士論文，1996 年 6 月，頁 50～51。

[50] 〈熱帶的椅子〉，《文藝首都》，第 9 卷第 3 號，1941 年 4 月。譯文見羅成純〈龍瑛宗研究〉，《龍瑛宗集》，臺北：前衛出版社，1991 年 2 月，頁 263。

的歷史研究》，清華大學歷史研究所碩士論文，1991年。

・柳書琴，《戰爭與文壇——日據末期臺灣的文學活動》，臺灣大學歷史學研究所碩士論文，1994年6月。

・林瑞明，〈不為人知的龍瑛宗——以女性的堅持和反抗〉，《文學臺灣》第12期，1994年10月5日。

・山田敬三，〈悲哀的浪漫主義者——論日據時期的龍瑛宗〉，「賴和及其同時代的作家：日據時期臺灣文學國際學術會議」論文，1994年11月25～27日。

・朱家慧，《兩個太陽下的臺灣作家——龍瑛宗與呂赫若研究》，成功大學歷史研究所碩士論文，1996年6月。

・呂正惠，〈龍瑛宗小說中的小知識分子形象〉，《第二屆臺灣本土文化學術研討會論文集——臺灣文學與社會》，臺北：國立臺灣師範大學人文教育研究中心，1997年5月。

・陳建忠，〈殖民地小知識分子的惡夢與脫出——龍瑛宗小說〈黃家〉析論〉，《文學臺灣》第23期，1997年7月5日。

・武和平，〈論近代日本文學中的小資產階級知識分子形象〉，《外國文學研究》1998年第1期，1998年3月25日。

・艾勒克・博埃默（Elleke Boehmer），《殖民與後殖民文學》，盛寧、韓敏中譯，遼寧：遼寧教育出版社，1998年11月。

・陳麗芬，〈文學史論述與日據時期的臺灣文學——兼論龍瑛宗的小說〉，《現代文學與文化想像：從臺灣到香港》，臺灣：書林出版公司，2000年5月。

——選自陳建忠《日據時期臺灣作家論：現代性、本土性、殖民性》

臺北：五南圖書出版公司，2004 年 8 月

地誌書寫港市想像
龍瑛宗的花蓮文學

◎王惠珍*

一、前言

　　龍瑛宗（1911～1999），新竹北埔人，是以留日學生爲主的日治時代的臺灣文壇中，少數未曾留過學的作家，但他的文學足跡卻遍及臺灣的北（臺北、新竹）、中（南投）、南（臺南）、東（花蓮），在文本中創造各地的地方感。同時，他也是少數戰前曾客居花蓮港市的臺灣人日語作家之一。他於 1941 年 4 月至 1942 年 1 月左右調任至臺灣銀行花蓮分行，在花蓮蟄居了十個多月之久。[1]因身處後山而讓他無法直接參與臺北文壇的活動，但花蓮的地景卻成爲龍瑛宗文學中不可或缺的元素。他以異鄉人的身

---

*發表文章時爲靜宜大學臺灣文學系助理教授，現爲清華大學臺灣文學所助理教授。

[1]關於龍瑛宗居留花蓮的起迄時間在「龍瑛宗自訂年譜」（《夜の流れ》紀念版，臺北：地球出版社，1999 年 11 月）上記載「民國二十九年台銀花蓮支店服務」。龍瑛宗自編的「龍瑛宗生平寫作年表」（《龍瑛宗集──纖細與哀愁》，臺北：前衛出版社，1994 年 10 月）上記載「1941 年 5 月被調到花蓮臺銀分行工作」。朱家慧的「龍瑛宗生平」上記載「1941 年 4 月 8 日調至花蓮臺銀分行工作」。下村作次郎編的「龍瑛宗──略歷」上記載「1940 年 5 月，花蓮支店に転勤。」（《日本統治期台湾文學──台湾人作家作品集》第 3 卷，東京都：綠蔭書房，1999 年 7 月）。龍瑛宗的自製年譜和創作年表中，記載有 1940 年和 1941 年兩個年份。下村因爲參照「龍瑛宗自訂年譜」，而在「龍瑛宗略歷」上標記 1940 年 5 月。朱家慧記載的日期未表明出處。因此諸氏所記載的年月有其矛盾之處，而無法確認他轉任臺灣銀行花蓮分行的確切時間。在《文藝臺灣》第 8 號附錄「社報」（1941 年 4 月 20 日印刷）的〈文臺消息〉欄上有「龍瑛宗君（花蓮港に赴任）」的紀錄，因此可知龍瑛宗最遲至 1941 年 4 月 20 日之前應該已經到花蓮任職。其次，筆者訪問龍瑛宗的妻李耐時（2002 年 8 月 22 日），據她說龍瑛宗在花蓮留滯的期間有 1 年 3 個月之久。但根據《文藝臺灣》第 3 卷第 5 號（1942 年 1 月 20 日印刷）的「〈文藝臺灣〉同人」欄紀錄「花蓮港　龍瑛宗」；《文藝臺灣》第 3 卷第 6 號（1942 年 2 月 18 日印刷）「〈文藝臺灣〉同人」欄紀錄「臺北本社　龍瑛宗」。還有龍瑛宗收藏的臺灣銀行「依願免職書」上的日期是「昭和 17 年 1 月 14 日」。統整以上這些資料，可推知龍瑛宗留滯花蓮的時間，應該是 1941 年 4 月到 1942 年 1 月 10 個月左右。

分冷眼靜觀感受當地的地方氛圍，另一方面，因交通不便造成隔絕了他與島都文壇直接互動的機會，但卻讓他更有餘裕耽溺於個人孤獨情緒，任其想像馳騁於其中，進而孕育出深具浪漫主義色彩的杜南遠小說系列。

同時，龍瑛宗也見證了 1940 年代初花蓮港廳的現代化、多元族群的互動關係，以客家人的身分重新審視原住民族的存在，開啓他重新思索審視臺灣族群關係的契機。他的到訪亦適逢家族群的島內第二次移民，讓他有機會深入觀察後山新移民的生活樣貌。移居花蓮雖非他所願，但新的生活環境卻提供他許多書寫創作的新題材，激發他探尋思索文學本質的問題，在文學藝術上做出新的嘗試，繼處女作〈植有木瓜樹的小鎮〉之後，讓他的文學創作的藝術性更趨成熟。

本文希望透過爬梳龍瑛宗花蓮時期的文學活動，探究戰爭時期後山的地理邊緣位置究竟激發作家怎樣的創作想像，花蓮地景對龍瑛宗文學的功用是什麼？龍瑛宗的地誌書寫為日治時期花蓮留下怎樣的文學想像和歷史記憶？如龍瑛宗這樣的客籍作家的小敘述，為我們在建構思考臺灣新文學的大敘述時提供怎樣不同的向度？

二、浪跡花蓮港廳

1941 年 4 月龍瑛宗帶著被「貶謫流放」[2]的心境抵達當時偏僻荒涼的花蓮港廳，空間的阻隔直接影響到他在臺北文壇的活動。但也因為此次的離開讓他站在臺灣地理的邊境上，慎重地重新思考自己的成為一名「文學家」的可能，讓他重新調整自己的創作步調和嘗試新的寫作題材。以下首先試圖先勾勒出龍瑛宗在離開島都臺北文壇後，他的文學活動發生怎樣的波折，他又如何積極經營自己的文學之路？同時，在太平洋戰爭的前夕，以寫實之筆如何再現 1940 年代的花蓮港廳？

---

[2]龍瑛宗〈文學襍記帖（上）〉，《臺灣日日新報》，1941 年 9 月 30 日。

（一）移居花蓮後的文壇位置

1941 年春天龍瑛宗調離臺北之際，正值張文環等人商談籌組啓文社，發行《臺灣文學》的時期。當時龍瑛宗爲何未受邀加入該社，箇中的原委已有多方的推測和解釋。其中，龍瑛宗個人的解釋是：「當時我不會說閩南話。一到只有他們的聚會時，因爲他們將閩南話和日語混雜地使用，讓我牛頭不對馬尾。其次，因爲我非常內向而且口吃，一到人前，連話都講不出來。或許因爲如此，又是因爲我是不愛講話的客人仔，看似不太靠得住，連雜誌的商談都未讓我參加。我心裡決定只要張氏對我有偏見，等到對方提出邀請，否則我不想爲他的雜誌寫稿。」[3]但和泉司卻認爲張文環等人未邀龍瑛宗加入《臺灣文學》的理由即使沒有所謂「民族差別」的問題，但龍瑛宗既然感受到「那樣的可能性」的話，在本島人內部潛在的「民族」問題就會因此浮現出來。以學歷、留學經歷、職歷甚至種族來離間本島人作家同人的話，不能單就以屈從於「體制一方」來處理這個問題。對龍瑛宗而言，以〈植有木瓜樹的小鎮〉做爲《改造》的獲獎者的機會，可視爲他擺脫既沒學歷、留學經歷也沒職歷、身體的不安和置身於島內少數派的唯一的方式。[4]若綜觀龍瑛宗的文學活動的話，的確他因得獎的資歷而較其他島內作家獲得更多在日本文壇發表作品的機會，「我心裡決定只要張氏對我有偏見，等到對方提出邀請，否則我不想爲他的雜誌寫稿」[5]的堅決語氣中，可以感受到龍瑛宗對自己文學的深具信心。之後，因未加入啓文社的關係在臺灣人作家團體中而被邊緣化，但他仍陸續爲《臺灣藝術》、《民俗臺灣》等撰稿，實際上並未影響他在臺灣文壇的發表空間。

其次就龍瑛宗與西川滿的私交及其他在《文藝臺灣》集團中的位置而言，西川滿在戰爭期在臺灣文壇資源豐厚，具有舉足輕重的地位，龍瑛宗的文壇活動與他和《文藝臺灣》有著相當密切的關係。因此，首先介紹西

---

[3]龍瑛宗〈《文芸台湾》と《台湾文學》〉，《台湾近現代史研究》3，1981 年 1 月 30 日。
[4]和泉司《〈台湾文學〉を創作／想像する日本統治期〈日本語文學〉から考察》，日本慶應大學大學院碩士論文，2000 年 3 月。
[5]同註 4。

川滿的文學活動，1937 年 4 月臺灣報紙的「漢文欄」廢止後，同年 6 月
《臺灣新文學》終刊號發刊後停刊，臺灣新文學運動陷入蕭條的境況。但
另一方面，以西川滿爲首的在臺日人的文學活動卻透過雜誌《愛書》[6]、
《媽祖》[7]、《臺灣風土記》[8]等慢慢地發展他們的勢力，進而掌握臺灣文壇
的主導權。1939 年 12 月由西川滿、北原政吉等人發起，其中包括了一部
分的臺灣人會員，籌組臺灣詩人協會，同時以《美麗島》作爲該協會的刊
物，但 1940 年 1 月又因臺灣文藝家協會的成立，爲了擴大組織而解散該協
會，《美麗島》發行一號便告終。[9]龍瑛宗在詩刊《美麗島》創刊號中發表
詩作〈花と痰壺〉，同年 1 月臺灣文藝家協會的雜誌《文藝臺灣》創刊後，
則擔任編輯委員，直至 1943 年 6 月他皆負責此項工作，與《文藝臺灣》一
直保持著密切的關係。

　　1941 年 2 月臺灣文藝家協會改組，《文藝臺灣》因帶有服膺國策的性
格，所以西川滿將《文藝臺灣》從原屬的臺灣文藝家協會抽離出來，改成
由文藝臺灣社刊行的同人雜誌。但因爲協會成員直接成爲同人，編輯發行
人也是西川滿，事務所也設置在西川滿的家中，所以雜誌運作的實際情況
並無太大的改變，改變的只有雜誌由雙月刊變成月刊。

　　由於張文環爲首的臺灣人作家們因對於西川滿一手主導的《文藝臺
灣》有所不滿，因此，另外籌組以臺灣人爲主的文學團體啓文社，於 1941
年 5 月 27 日創立季刊文藝雜誌《臺灣文學》。[10]當時仍在東京的呂赫若也爲
《臺灣文學》創刊號撰稿，文中憶及自己在臺灣文化界的友人，其中也提

[6]《愛書》半年刊，1933 年創刊 1944 年終刊，臺灣總督府圖書館內臺灣愛書會的會誌，編輯發行
　者爲西川滿。內容是主要針對臺灣的漢詩、漢文、民間故事、民俗風情等加以解釋說明，每號以
　專輯形式刊行。
[7]詩刊《媽祖》於 1934 年 10 月由臺北媽祖書房創刊，1938 年 3 月以第 16 冊爲終刊號。編輯西川
　滿，每號皆刊載有西川滿爲立石鐵臣、宮田彌太郎等人的版畫所添附的短文。
[8]《臺灣風土記》於 1939 年 2 月由臺北孝山書房創刊，1940 年 4 月以第 4 號終刊。編輯西川滿。
　在這雜誌上刊載有介紹臺灣人的生活習慣和風俗的短文，同時也記錄著臺灣過去的鄉土文化。
[9]河原功〈中國雜誌題解《文藝台湾》〉，《アジア經濟資料》月報，1975 年 2 月。
[10]河原功〈戰時下台湾の文學と文化狀況〉，《台湾の「大東亞戰爭」文學・メディア・文化》，東
　京大學出版會，200 年 12 月 20 日，頁 295～315。

及龍瑛宗，文末以「這些人應當被招待到張文環的茅屋參加《臺灣文學》吧」[11]一語作結。可見，呂赫若當時預估龍瑛宗將受邀加入啓文社，孰料他似乎錯估了島內作家們對文壇主導權的角力情況。

　　龍瑛宗原屬《文藝臺灣》同人，太平洋戰爭之前，《文藝臺灣》以刊載詩、小說、版畫等爲主，與時局和國策相關的作品並不多[12]，因此他仍有自由創作的空間，留在文藝臺灣社亦屬合理。就他的文學觀而言，他認爲「只要是文學作品就是藝術作品，不可忘記『美』。因爲藝術的基礎就是『美』。沒有『美』的作品即是政治論文和宣傳文章。」[13]他與西川滿的文學審美觀有相近之處，例如他在評論西川滿的小說〈梨花夫人〉時，讚美西川滿是「美的使徒」肯定他浪漫主義的傾向。在臺灣人作家中龍瑛宗是較講究文學的藝術性的，和西川滿的文學風格較爲接近，此外，沒有像他那樣讚賞西川滿的臺灣人作家。[14]

　　從兩人的私交來看，戰前龍瑛宗曾記載：「向西川氏借山田珠樹氏的《フランス文學覺書》讀畢，送還卻不在。」[15]戰後西川滿回憶龍瑛宗時談到：「即使是像龍瑛宗先生那樣單純地待在《文藝臺灣》的人，到了戰後都不得不說我的壞話，我想那是種表態吧。」[16]可見西川滿對龍瑛宗戰後在臺的發言，似乎有其同情的理解。戰後龍瑛宗訪日時亦曾拜會過西川滿，當時兩人重逢的情景，長子劉文甫先生如下記述著：

　　　　我也曾經陪著父親一起造訪過世不久西川滿先生的家做客。那天，父親
　　　　跟西川先生聊了一陣以後，就在他家吃午飯。飯後休息一會兒，我以爲

---

[11]呂赫若〈想ふままに〉（如我所思），《臺灣文學》創刊號，1941 年 6 月。
[12]柳書琴《戰爭與文壇：日據末期臺灣的文學活動（1937 年 7 月～1945 年 8 月）》，國立臺灣大學歷史研究所碩士論文，1994 年 6 月，頁 90。
[13]龍瑛宗〈文藝評論〉，《文藝台灣》第 1 卷第 6 號，1940 年 12 月 10 日。
[14]中島利郎〈西川滿と日本統治期台湾文學〉，《台湾文學——よみがえる日本統治時代作家と作品》，東京：東方書店，1995 年 10 月，頁 419。
[15]龍瑛宗〈わが秋風帖〉，《文藝首都》第 7 卷第 1 號，1939 年 1 月 1 日。
[16]受訪者：西川滿；採訪者：中島利郎〈西川滿をめぐる人々台湾時代〉，《咿啞》第 27 期，咿啞之會，1993 年 12 月 15 日。

該告辭回家的時候了，沒想到西川先生只顧做他自己的事，父親亦專心翻閱他家裡的書籍，約有二、三個鐘頭彼此互不干涉對方，讓時間慢慢地靜流，害得沒事幹的我坐立不安，後來我心裡想，他們在戰前都為臺灣文學共同奮鬥過，兩人之間已經有了默契，都不拘小節，只是在難得會面的時間裡重溫戰前的友情吧。[17]

　　戰前日本作家和臺灣作家因民族的差異而各自表述，但他們卻一樣有個成為「作家」的憧憬，一起在臺灣文壇耕耘承受戰爭加諸文學者的重荷，即使各有立場，但兩人因對文學的熱情卻是無庸置疑的。

　　總之，1941 年的春天，龍瑛宗調往臺灣銀行花蓮分行時，面臨適應新職場的問題，身為《文藝臺灣》編輯員的他與《文藝臺灣》編輯西川滿的交情並不惡，自己的創作自由並未遭受太多的干涉，龍瑛宗選擇留在《文藝臺灣》靜觀其變，其實應該是他在謹慎衡量評估主客環境條件後所做的決定。

　　龍瑛宗雖身處偏遠的東部花蓮，即使未能與島都文壇有直接的互動，但由於《改造》懸賞創作獎的得主和《文藝臺灣》同人的關係，讓他不時有來自日本內地雜誌的邀稿。如 1941 年 6 月為《週刊朝日》撰寫特輯「臺灣の衣食住」中的〈對陽光的隱忍〉，介紹臺灣建築和住的問題。同年 10 月於《日本の風俗》發表〈貘〉，該作品則是以故鄉北埔的客家開拓史、客家人的生活習俗為題材的小說。當時在臺灣皇民化運動正如火如荼地展開，他為配合內地雜誌編輯之需，透過「家族史」的鋪陳，介紹臺灣客家人的開拓史和風俗民情，以寫實的手法描寫臺灣社會文化、經濟的變遷，深刻地反省批判臺灣社會的陋習。作者試圖在文本中一方面誘發內地讀者對異國文化好奇的閱讀欲望和想像，另一方面又在客家文化的基礎上，企圖記錄保留我族文化敘述的可能，形構文本的重層性。

---

[17]劉文甫〈悼念我慈祥的父親——文學是他的生命力〉，《淡水牛津文藝》第 6 期，2000 年 1 月 15 日。

　　龍瑛宗因其內向的個性、學歷、客家出身等因素，在以閩南人爲主的臺灣人文學團體中顯得相當低調。葉石濤的〈龍瑛宗的客家情結〉[18]一文的論點是足以解釋客籍身分對龍瑛宗的文學活動的影響，但值得注意的是在文本中，龍瑛宗從未隱藏自己客家身分，尤其是花蓮時期的作品中。

　　總之，花蓮時期的龍瑛宗雖身處島嶼邊緣，但他的創作質量並未消減，持續接受日本內地雜誌社的邀稿，以殖民地作家的身分試圖向日本內地的讀者介紹殖民地臺灣的歷史和臺灣人的生活，而這些文本中作者在介紹我族的歷史文化同時，亦間接隱晦地將民族意識和個人情感潛藏於其中，尋求與內地讀者展開對話的可能。

（二）文學地景：再現花蓮港廳的風華和山水

　　花蓮港廳地屬偏遠，東臨太平洋斷崖絕壁的特殊地勢，由於原住民「出草」習俗所產生的治安問題；瘧疾等地方性疾病的蔓延；勞動力不足等不利的條件，因而開發較遲。直到 1940 年花了九年的時間建築新港成功後，爲它洗刷「進不了的港」（入れん港）的污名後，海運更爲便利，居民生活獲得改善，也因討伐太魯閣族治安獲得改善，環境衛生設備較爲完備，使得農業移民、製腦（樟腦）事業、製糖產業也正式展開。同時也成功引進熱門的近代產業——鋁製業、鎳工廠。[19]在殖民政策的驅使，總督當局積極地開發花蓮港廳。

　　根據吳潛誠所整理的地方詩的三個特徵：

> 1.描述對象以某個地方或區域為主，如特定的鄉村、城鎮、溪流、山嶺、名勝、古蹟，範疇大抵以敘述者放眼所及的領域為準，想像的奔馳則不在此限。
>
> 2.須包含若干具體事實的描繪，點染地方的特徵，而非書寫綜合性的一般

---

[18]葉石濤：〈龍瑛宗の客家コンプレックス〉，《夜の流れ》紀念版，臺北：地球出版社，1999 年 11 月。

[19]山口政治〈日本統治時代の東台湾の開発史——花蓮港とタロコ、その開発と苦悩〉，《臺北週報》第 2020 號，2001 年 10 月 4 日。

印象。

3.不必純粹為寫景而寫景，可加入詩人的沉思默想，包括對風土民情和人
文歷史的回顧、展望和批評。[20]

因此，不由得想進一步追問 1940 年前後的花蓮地景，對龍瑛宗文學產
生怎樣的作用？

他的地誌書寫為日治時期花蓮留下怎樣的文學想像和歷史記憶。

1. 1940 年代的花蓮港廳

1940 年花蓮港鎮升格為花蓮港市，進行各種都市建設計畫，1941 年龍
瑛宗遷居美崙區的臺灣銀行花蓮分行的員工宿舍，即是以人口 20 萬人的都
市計畫預定振興工業的地方。[21]當時花蓮港市的金融機構只有臺灣銀行花蓮
分行和臺灣商工銀行花蓮分行兩家銀行。[22]

當時在花蓮港廳行政區內有花蓮港市、花蓮郡、玉里郡、鳳林郡。位
置東面海，南與臺東廳為界，西以中央山脈與臺中廳為鄰，西南一部分與
高雄州相接，北邊與臺北州為界。面積占臺灣的八分之一強。地勢比例山
地 8.7、平地 0.7、河川 0.6。昭和 14 年末（1939 年）廳下總人口 137,185
人、內地人 17,844 人，本島人 117,352 人（內含高砂族 42,517 人）、朝鮮
人 130 人、中華民國 1,859 人。內地人與本島人的比例為約 1 比 6.6，是島
內行政區中獨特的現象。以花蓮港市為例，總人口 27,973 人，內地人
8,318 人，本島人 17,092 人，其他 2,563 人。高砂族中阿美族 28,086 人、
泰雅族 10,391 人、布農族 4,041 人。而阿美族主要住在平地，相對於泰雅
族和布農族，則是因為理蕃政策獎勵之故，除了花蓮郡內太魯閣的泰雅族

---

[20]吳潛誠〈地誌書寫，城鄉想像〉，《島嶼巡航：黑倪和臺灣作家的介入詩學》，臺北：立緒文化事
業有限公司，1999 年 11 月，頁 83～84。
[21]日本於昭和 14 年（1939 年）的築港完成時，原企圖以新市區的都市規畫配合誘導工業東移的各
項政策，以帶動花蓮的成長。在都市計畫中，擬訂米崙（今作美崙）新市區人口為 20 萬，更徹
底表現出日本帝國欲工業化花蓮的野心。張家菁：《一個城市的誕生──花蓮市街的形成與發展》
（花蓮：花蓮縣立文化中心，1996 年），頁 156。
[22]《花蓮港廳要覽──昭和 16 年版》，花蓮港廳，1941 年 3 月 31 日，頁 27。

251 人和布農族 1,568 人之外大都已移居山腳地帶。[23]

　　1941 年的花蓮港廳的人口總計有 153,785 人，其中漢族和原住民130,720 人、朝鮮人 119 人、中國人 2,032 人。再則，花蓮港廳中因有日本移民村吉野村、豐田村、林田村，日本人有 20,914 人。[24]由上述的各族群的人口比例略可窺知在花蓮港廳本島人的閩南、客家族群、原住民族群、日本人的人口分布結構的情形。

　　而龍瑛宗卻將新興的花蓮港市的街景，將它與美國西部的拓荒景象相提並論：

> 這個叫做花蓮港的小鎮是個奇特小鎮。讓我想到 1800 年代美國西部的寂寞城鎮之一，那淘金熱、那追求權力夢想成為巨富的粗魯男子、流浪的人們、販賣青春的年輕女子們、新開拓地的酒色生活，在花蓮港小鎮也瀰漫著那樣的氣氛，牛車代替馬車在鎮上輾走著，阿美族替代印地安人以異國情調點描著小鎮。花蓮港是愛慾的香氣濃鬱的小鎮。[25]

　　銀行行員的龍瑛宗對整個港市工商業未來發展有一定的認知，但他最關心還是當地的文化發展狀況。在〈吾鎮之需——持續的努力〉[26]中談到：

> 來到花蓮港感受到的是不斷與嚴酷的自然條件搏鬥，先人們建立今日這樣的花蓮港的可貴的努力。希望這樣的努力得以繼續，瘴癘蠻雨不是問題，問題在於和艱困條件奮戰的效力和氣魄。花蓮港今後將是個有發展的城鎮。（略）。如果將文化分成高文化和低文化，前者若是音樂，後者是衛生、交通的話，花蓮港是不需要如藝術的高文化，無疑是需要低文化的。只要花蓮港具有工業都市的性格那是要緊的事，即是驅逐一切的

---

[23]同上註，頁 1～4。
[24]駱香林主修、苗允豐纂修，《花蓮縣志》，臺北：成文出版社，1983 年 3 月，頁 1450。
[25]龍瑛宗〈沙上にて——波荒き町より——〉，《文藝臺灣》第 2 卷第 4 號（1941 年 7 月 20 日）。
[26]龍瑛宗〈わが町に欲しいもの（努力の持續）〉，《大阪朝日新聞》「臺灣版」，1941 年 9 月 20 日。

風土病，整備交通機關，發展花蓮港的基本工程。那是不需宣傳即能吸引人潮的最上策。（略）即使在市內也有幾間中學校，但相較於此書店的書籍並不豐富。並非書店不好而是讀書的人口並不多。希望店內至少也要陳列岩波書庫、改造文庫。

花蓮港市隨著花蓮港的建設具備工業都市的性格，當政者推動東部資源的輸出、工業振興等開發事業。所謂的現代化工程，其實只著重於「低文化」的經濟建設，對殖民地資源的奪取，認清殖民本質的龍瑛宗只能在文末，期許花蓮港市發展現代的「高文化」的餘音。總之，他雖然對新開墾地的現代化的建設經濟開發留下深刻印象，但他最關注的仍是在地文化的提升。

2. 花蓮的山海

龍瑛宗雖蟄居花蓮但筆耕未輟，花蓮地景的詩意不斷地召喚他的文學熱情，因此這時期他的創作題材相當貼近花蓮的自然山水。黃得時曾就龍瑛宗的文學下過這樣的評語：「筆致似印象主義風而且詩情飄逸，以描寫自然見長，只有如此則欠缺健壯之感。」[27]因此，筆者將探討花蓮的山海地景究竟激發善於寫景的作家龍瑛宗怎樣的文學想像？

（1）花蓮的山：天長斷崖和太魯閣絕景

龍瑛宗在臺灣銀行花蓮分行到任半年後，1941 年 11 月 2、3 日的假期參加體育協會臺灣花蓮支部建岳部所舉行的「天長斷崖探勝」，以此次的登山之旅為題材撰寫隨筆「新天長斷崖」。首先，他透過文學的想像將天長斷崖和太魯閣相較，認為：「如果將太魯閣的景觀擬作希臘神話中的海格拉斯神像的話，天長斷崖便是被雕刻得更為精巧磊落的阿波羅神像。太魯閣是以力氣和勇武自豪的笨拙的山中男人，似乎總帶著荒渴風情。但是天長斷崖顯露著貴族氣息，猶如讀古詩般的莊重，充滿著太古的幽邃。太魯閣的

---

[27]黃得時〈輓近の台湾文學運動史〉，《臺灣文學》第 2 卷第 4 號，1941 年 10 月。

美只不過是任意吹嚷著的吹奏樂，而天長斷崖卻是管絃樂。」沿途的景致
他則以詩的語言白描。最後，「走了一個小時的路程，一個轉彎，青天霹靂
似地，大斷崖在腳下奮戰而達到最高潮。令人懼怕的豪放是那五千餘尺的
大斷崖。再繞到後面豁然展開臺灣背脊，奇萊主峰的山肩凌空突出，能高
山展露著女性的姿態，可以看見半山腰的針葉樹，山頂草原的敘坡秋高氣
爽。」天長斷崖絕景給予他的震撼與感動一一流露在字裡行間。之後，他
特意將這樣望崖震懾的經驗和太魯閣的地景收錄於戰前唯一的作品集《孤
獨的蠹魚》（1942 年 12 月）和西川滿所編的《臺灣繪本》中的詩〈東部斷
章〉中。

（2）花蓮的海

　　龍瑛宗的故鄉新竹北埔、升學與就職的臺北、南投都是環山的盆地，
來到終日皆可聽聞海濤聲，是他到花蓮之後才有的新體驗。他時而「一個
人從激烈的生活中遁逃，坐在人煙稀少的海邊聽著濤聲」[28]。此後，太平洋
的詭譎多變的海景和浪濤聲便不斷地迴盪在龍瑛宗的文學中。

> 前天農曆十六夜晚的海是美好的。因為天空陰沉，十六夜的月亮是暗銀
> 色的。海水滿潮難得一見的浩渺靜靜地滿溢著，籠罩著微暗的光芒。因
> 為我並不熟悉海邊的生活，因此未見過這樣美好的海上月夜。靠在面海
> 向外凸出的窗邊，一直眺望到深夜。各種的思緒縈回於心中。我想如果
> 能乘舟於這樣泛著微光的海上，與知心的朋友靜靜地談論著人生和藝
> 術，不知那有多愉悅呢。[29]
> 從二、三日前起颱風橫掃近海這裡受到影響，海邊宛如成群的狼在騷嚷
> 般發出喧叫聲。直到昨夜才平靜，今天早晨海面如灑滿著薔薇般地美麗
> 而寧靜。
>
> ──〈白色的山脈〉之「黃昏的家族」

[28]同註 26。
[29]龍瑛宗〈花蓮港風景〉（上）、（下），《臺灣日日新報》，1941 年 6 月 29 日‧7 月 1 日。

回到房間，杜南遠打開窗戶，鴿的啼叫聲和潮汐聲隨著陰暗的潮風吹進來。不見漁火，窗外一片黢黑，只有潮汐聲無止盡地反覆著。

　　　　　　　　　　　　　　　　——〈白色的山脈〉之「海濱的旅館」

海，多美麗的藍呀！黃昏的南海！
不知不覺中海平面上白雲巒疊。
猶如山脈綿延，白色的山脈。

　　　　　　　　　　　　　　　　——〈白色的山脈〉之〈白色的山脈〉

不久光芒從海平面射出，早晨的太陽昇起。
忽然間，換個方向，在不遠處即是碼頭。洶湧的浪濤拍擊著那裡，迎著朝陽如白雪般地飛濺著。

　　　　　　　　　　　　　　　　　　　　　　　——〈海濱旅館〉

薄日即將沉落海中光線變得陰翳，黃昏將盡。野地盡頭突兀險峻的山，顯露出紫藍色的表面矗立著。

　　　　　　　　　　　　　　　　　　　　　　　——〈崖上的男人〉

　　如上所引述的關於龍瑛宗的海景描寫，可知他筆下的海濱的生活和太平洋詭譎多變的景致。但戰時緊張的氛圍似乎仍無時不牽動著他的神經，他也試著聆聽在太平洋的驚濤駭浪中的歷史跫音，扣問歷史究竟將如何引導人類的命運？[30]總之，在寂寥的臨海港市的龍瑛宗因眺望壯闊太平洋而感受人類存在的渺小與虛無感，大海成為感歎作家面對戰局的無奈與困窘的傾訴的想像對象。

　　龍瑛宗早已習慣於文化資訊獲取容易的臺北生活，而對花蓮港市的文化環境深感不便。同時，離開臺北文壇後，地理性的隔絕使得他的文化活動受到限制。但卻也因為他身處地方邊緣位置，使得他暫時不必直接承受

――――――――――――――――――

[30]同註 25。

總督府加諸於作家的壓力，而在心理上保有些許的創作餘裕，致使他在戰鼓聲中尚能耽溺於貶謫的落寞、個人幻想和感傷等情緒中，在花蓮的山水中尋求安頓，想像著如果能乘舟於泛著微光的海上，與知心的朋友靜靜地談論著人生和藝術的愉悅。

　　但是，1942 年 1 月辭掉臺灣銀行花蓮分行的職務，回到臺北任職於總督府的官方報社《臺灣日日新報》報社後，對時局的變化顯得相當敏感，從他描寫的意象的轉變便可窺知一、二。如上所引的引文，花蓮時期龍瑛宗透過文學想像觀照描寫海景，但在太平洋戰爭爆發後，大海的意象隨即被賦予具戰鬥象徵的意義，例如以花蓮為背景的小說〈海邊的旅館〉[31]中，「杜南遠坐在黑暗裡，聽著漸高的浪濤聲。若是過去將濤聲聽作海的歡息聲吧！然而如今海聽起來像是歌頌著充滿力量的生活般，杜南遠一直傾聽著。」、「人們在戰場和生活誠如與海搏鬥般為了戰勝，為了不被巨浪吞沒非得不斷戰鬥不可。」、「在這洶湧的浪濤的盡頭，進行著激烈的戰鬥。那非夢幻，而是嚴酷現實。這場戰爭將把一切陳舊的羈絆吹拂走吧！而新的現實、新的精神將會從浪濤間誕生。」而在夜色漸低時，「海面上什麼都看不見，只有橙色漁火點點象徵著戰鬥者的生活漂浮著」。到了戰爭末期大海已非小說家訴諸感性的對象，亦非撫慰小說人物杜南遠並給予勇氣的景致，而是被比擬為人們在嚴酷現實中需戰鬥克服的對象，浪漫的文學想像已不復存在。花蓮的新生活讓龍瑛宗有機會嘗試海景的書寫，但他在轉任於臺灣日日新報社進入官方媒體中任職後，戰局日益惡化，使他所描寫的海景蒙上戰爭的陰影。

三、杜南遠系列的出現和蛻變

　　戰前龍瑛宗或許非刻意有計畫地創作「杜南遠」系列的作品，但重複地以「杜南遠」為名，其創作動機應有某種內在聯繫。[32]戰後他曾在《杜甫

---

[31]龍瑛宗〈海の宿〉，《臺灣藝術》第 5 卷第 1 號，1944 年 1 月 1 日。
[32]周芬伶在〈龍瑛宗與杜南遠的自傳書寫〉（《中華文化月刊》第 231 期，1999 年 6 月）中將杜南遠

在長安》的〈自序〉中告白：「我的作品群可分二種類。其一，如〈杜甫在長安〉、〈燃燒的女人〉、〈月黑風高〉、〈青天白日旗〉、〈鄆城故事〉等，可稱屬於虛構性作品。其二，如〈夜流〉、〈斷雲〉、〈勁風與野草〉等作品，屬於自傳性作品。唯該作品的主角，屢次在作品裡登場，名字叫作杜南遠，而他就是我。」[33]雖然無法就此以自傳性小說概括杜南遠系列的作品，但是戰前以「杜南遠」為名的數篇作品皆相當貼近龍瑛宗的花蓮生活體驗，而那樣的體驗提供了他新的創作題材和實驗的可能。[34]因此要理解「杜南遠」的冒現得先理解龍瑛宗的花蓮經驗不可。

　　而「杜南遠」之名的由來究竟為何？龍瑛宗從臺北調職到花蓮時懷著遭「貶謫」的心情，自言喜愛杜甫[35]的他曾以盛唐之末顛沛流離的詩聖杜甫自況，或許借杜甫之姓，而取「遠離島都往南行」之意吧！龍瑛宗對「杜甫」的崇敬之意除了「杜南遠」的命名之外，聽說他也以「甫」字替兒子取名。[36]但可確定的是「杜南遠」此名是龍瑛宗抵達花蓮後創作〈白色的山脈〉時才開始使用的名號。因此為了理解杜南遠系列的作品，有待進一步檢視花蓮時期龍瑛宗的心境與生活體驗，釐清他透過「杜南遠」此人物形象，如何安頓轉化遭受「貶謫」的心境，陳述在花蓮港廳的見聞？而此人物形象在太平洋戰爭時又如何蛻變？

　　在花蓮的龍瑛宗究竟抱持著怎樣的心境呢？

　　蟄居花蓮詩人陳黎曾提到如果每日眺望著太平洋，看待「前山」的政

系列全部視為龍瑛宗的自傳書寫有歧見，但筆者則認為杜南遠系列以「自傳書寫」化約這系列的作品的確太過簡化，但隨著時代的變遷杜南遠形象的轉變與作家個人的生命經驗是相當貼近的，筆者將另外撰文討論。
[33]龍瑛宗《杜甫在長安》，臺北：聯經出版事業公司，1987年7月，頁80。
[34]戰前有〈白い山脈〉，《文藝臺灣》第3卷第1號，1941年10月；〈龍舌蘭と月他の一篇：崖の男〉；《文藝臺灣》第5卷第6號，1943年4月；〈海の宿〉，《臺灣藝術》第5卷第1號，1944年1月。戰後有〈夜の流れ〉，《だぁひん》第5期，1979年5月；〈斷雲〉，《民眾日報》，1980年1月26日～2月10日；〈勁風與野草〉，《聯合報》，1982年2月15日；〈曼谷街頭〉，《杜甫在長安》，臺北：聯經出版公司，1987年7月。
[35]龍瑛宗〈瞑想〉，《臺灣文藝》第53期，1976年10月。
[36]周芬伶訪談龍瑛宗次子劉知甫時的訪談紀錄。周芬伶〈龍瑛宗與杜南遠的自傳書寫〉，《中國文化月刊》第231期，1999年6月，頁79。

治紛擾，將會有帝力於我何有哉的感覺，因為對文學者而言還有比那些更為重要的課題要思考。[37] 六十多年前一樣每日眺望著太平洋的龍瑛宗也如此地述懷著：

> 喜歡到防波堤久坐看著浪濤，假裝得非常像哲人的樣子思考著宇宙的問題，思考著天體運行的問題。無聊的是即使想著那樣的事也絲毫無法改變。但是，海洋是壯闊的，非枉然地咆哮，有著深刻的啟示。再虔敬地思考一下神的事情。啊！我好想隱遁於山中研究佛教。東洋！一想到東洋的事便感到懷念。(〈私信〉，《臺灣銀行クラブ》，1941 年)

　　坐在防波堤上靜思的龍瑛宗似乎只耽溺於「個人」的想像世界，暫時逃避那些宣導帝國意志的責任，「從太平洋的驚濤駭浪中聽到歷史的跫音，啊！歷史的跫音，歷史究竟將會如何引導人類的命運呢？」[38] 透過閱讀排遣身處異鄉的不安與焦慮，「拿起普希金的詩集閱讀，猶如煩惱飢渴的旅人般想要清冽的泉水休息。」[39] 漂泊到花蓮的龍瑛宗似乎難以忍受自己的孤寂與悲哀，憂鬱的心境透過夢境的書寫方式宣洩而出，「一打開窗戶，吸進雨滴的黑色曠野中滾臥著幾千個杜斯妥耶夫斯基。杜斯妥耶夫斯基累累地翻倒著、痙攣著的杜斯妥耶夫斯基、口冒白沫的杜斯妥耶夫斯基、流淚的杜斯妥耶夫斯基、焦黑的杜斯妥耶夫斯基、像木乃伊一樣發硬的杜斯妥耶夫斯基、寂寞的杜斯妥耶夫斯基、悲哀的杜斯妥耶夫斯基、可憐的杜斯妥耶夫斯基、在命運中掙扎的杜斯妥耶夫斯基。我簌簌地流著眼淚。然而，這是我的淚」。他夢見的杜斯妥耶夫斯基曾因參加烏托邦社會主義研究會「彼得堡拉舍夫妥耶斯基」革命小組，而在 1849 年被逮捕，遭判死刑，之後被減

---

[37] 2002 年筆者第一次前往花蓮市踏訪龍瑛宗於花蓮時期的生活空間時，承蒙陳黎、邱上林先生熱情協助，謹此致上謝意。

[38] 同註 26。

[39] 同註 26。

爲死刑的下一等流放至西伯利亞約 10 年。[40]龍瑛宗將自己被迫調職到花蓮的心境與杜斯妥耶夫斯基的流放的生命情境相對應，夢境中各種形象的杜斯妥耶夫斯基未嘗不是他當時自己的內心情境的自況。

龍瑛宗眺望著廣漠的太平洋，從寬闊的世界中獲得啓示，思考著人的存在問題、人類的歷史、命運、東洋等哲學命題。在現實生活中揹負著家中的經濟重擔，漂泊至偏遠的花蓮港市，內心充滿著壓抑的苦悶。唯有面對著大海讓思緒隨之奔馳，擴展抽象性的思考，沉浸在幻想世界，方能從中解脫出來。經過一連串反覆的思索扣問生命意義後，龍瑛宗似乎尋獲個人文學創作的意義，即是找尋「幸福」二字。

1. 找尋幸福的「杜南遠」

花蓮時期的隨筆〈在沙灘上——從波濤洶湧的小鎮〉一文中他述懷著：「海轟轟地響著，我突然想著人是爲了什麼活著？但這是無法回答的。或許是爲了追求幸福吧！年少時含淚讀著卡爾·布塞的『在山遙遠的天際有著幸福……』而企盼著的幸福終究沒有來，但是如今我至少唯一的幸福就是文學。在這瘧疾的原生地深深地體驗到，離開文學之後我將等同於廢物。」閱讀普希金的詩集援引〈致大海〉的詩句與普希金的心境唱和著美好詩歌成爲「生理的欲求」。[41]

你等待著，你召喚著……

而我卻被束縛住，

我的心靈的掙扎完全歸於虛枉，

我被一種強烈的熱情所魅惑，

使我留在你的岸邊。

世界空虛了……，大海洋呀，

你現在要把我帶到什麼地方？

---

[40]小野理子〔他〕編《ロシア文學案內》，東京：岩波書店，2000 年 4 月，頁 221。
[41]同註 26。

人們的命運到處都是一樣：

凡是有著幸福的地方，那兒早就有人在守衛著：

或許是開明的賢者，或許是暴虐的君王。[42]

〈致大海〉是 1823 年 7 月普希金從基什尼奧夫調遣到濱臨黑海美麗的港都敖德薩時的作品。他相當眷戀大海，經常漫步於海濱，登臨陡峭的堤岸，或是到港口和船上去，甚至想從那裡潛逃到海外，將大海視爲他推心置腹的朋友，也是他「心靈願望之所在」，身邊逆境的詩人深刻地感受著人海對他深情的召喚。調職到花蓮港市的龍瑛宗在眺望無際的大海時，不由得與這位詩人的詩句激盪出共鳴，而節錄此段詩句自我解憂，因爲「有著幸福的地方」似乎不是他們可以自由出入，一切只能取決於那些守衛者。

小說〈白色的山脈〉是龍瑛宗寫於花蓮的作品。小說內容是以小說主角杜南遠在臺灣東部濱海小鎮上的生活點滴所集結而成的作品。小說內容分別由「黃昏中的家族」、「海濱的旅館」、「白色的山脈」爲小標的三個片段所組成。其中前二則是從移住小鎮的異鄉人杜南遠的視點進行觀照描寫，「依偎在面海的窗邊，裝著憂鬱男子的身姿，叼著煙斗漫無邊際地沉思著，眺望和緩晃動著海平面。」[43]

「黃昏中的家族」中描寫偶然瞥見患有精神疾病的少年一家，他們在日常生活中所顯露出來的真摯親情。「從旁看或許只會認爲那個家庭是不幸的，但其中也有他人無法窺見的快樂與幸福。」「海濱的旅館」則是描寫杜南遠的職場附近的旅館女服務生的境遇和她不爲人知的心情。他驚訝於「像她那樣卑微的女性，閃爍著如珍珠般的光彩，美麗的人類的愛情。」「白色的山脈」則是一篇自我告白抒情味很濃的作品。十幾年前他的兄長曾居住在此處，卻因早夭而留下三位幼子要他照顧，使他揹負著生活的重

---

[42] 引自戈寶權譯〈致大海〉，趙寧編著《普希金抒情詩精選評析》，河南：河南大學出版社，2006 年 2 月，頁 125～129。其中共 15 段，龍瑛宗節錄其中的第 7 段和第 13 段。

[43] 龍瑛宗〈白い山脈〉，《文藝臺灣》第 3 卷第 1 號，1941 年 10 月 20 日。

擔。[44]要是沒有這三位幼兒，或許他就可以到東京去開拓自己的命運，即使失敗也因曾經任性過而不後悔。杜南遠只能「從現實悲慘的生活逃脫出來，成爲幻想主義者、浪漫主義者」。自閉於幻想的世界，企圖找到生命得以安頓之處。

龍瑛宗的花蓮經驗與其文學創作究竟有何內在聯繫呢？從〈白色的山脈〉的三則小片段，可窺見在抒情性很高的作品中，隱藏著他觀察人們追求著各式各樣屬於自己的「幸福」情景，以素描的方式寫下一群爲了生活遷移至東部海岸小鎮的人們的「幸福」。在「黃昏中的家族」中溫馨深情的家族之愛即是他們的家族幸福；「海濱的旅館」中的女服務生惜，對那位黑道男子付出母愛般的情感，即是她的「幸福」。文中庶民待人的素樸善意和他們尊貴的情愛，即是作者所肯定的「幸福」價值，而這樣的庶民形象在龍瑛宗的作品中是前所未見的。雖然在評論家的眼裡當時的龍瑛宗是「『浪漫』越來越嚴重百般無聊，這位作家探求陰慘醜惡之處、不真實處如屁般的感傷，是個幼稚病的感傷家」[45]，但是對龍瑛宗而言，逃離現實的悲慘生活，沉溺於漫無邊際的幻想中，則是他最能感受「幸福」的時刻。

龍瑛宗在花蓮所撰寫的評論〈何謂文學？〉中也論及他的「幸福論」，「即使創造人類的宇宙沒有其目的性，但在人類的生存中卻需要有與人類生存相應的目的。那是什麼呢？是生活的幸福。因此如個人的生存在於追求幸福，社會也追求社會的幸福。國家也追求國家的幸福。」[46]

在〈白色的山脈〉中作者除了透過陰鬱的杜南遠的形象借景抒情，傾訴漂泊異鄉的感傷之外，他的目光同時也關注著生活在東部社會底層的人們，及其在他們身上所閃爍著的人性光輝，刻畫著他們各自追求不同「幸福」的樣態。文本中所顯露出的「幸福」主題是貫穿著〈白色的山脈〉，這

---

[44]根據筆者拜訪請教劉知甫所作的訪談（2002 年 8 月 22 日），龍瑛宗的二哥劉榮瑞臺北師範學校音樂科畢業後，隨即到花蓮明義公學校（現在花蓮市明義國小）教書。但 42 歲時因胃病往生，留下 6 位小孩。

[45]澀谷精一〈文藝時評〉，《文藝臺灣》第 2 卷第 4 號，1942 年 2 月 1 日。

[46]龍瑛宗〈文學とは何か（上）〉，《臺灣日日新報》，1941 年 7 月 9 日。

也是龍瑛宗花蓮時期的文學觀的特徵之一。

　　戰後龍瑛宗回溯自己的文學路時也談到：「至於我的文學觀，我一向認為文學是人人追求幸福之路，由於各人的環境不同，因之幸福的形象不同，訴求著各人幸福的形形色色。」[47]因此不能忽略龍瑛宗花蓮經驗對他文學觀的影響，細讀他是如何描寫追求「幸福」的人物，將有助於理解龍瑛宗充滿人道主義關懷的文學觀。

　　龍瑛宗傍晚時分回到緊鄰海岸的臺銀宿舍，總是喜愛眺望著廣漠的太平洋聆聽潮聲，從有形無形的束縛中解放出來，從現實生活加諸給他的壓力中脫逸而出，投入大海的懷抱中讓浪濤沖刷他的煩悶，自由地悠遊幻想的世界中。因此讓他的內心多了一些餘裕而不至於太過耽溺於自憐的情緒中，也得以觀照庶民的生命樣態，寫下屬於他們的幸福。在〈白色的山脈〉中以抒情的筆調寫著「人間中小小的幸福」，處理具普遍性的文學命題，巧妙地點化出作品中的人物各自找尋並珍惜著屬於自己的「小小的幸福」，捕捉他們在「新開墾地」花蓮港市堅韌地生活下去的身影姿態。同時也顯露出在戰時體制下，殖民地作家為抗拒來自統治者的壓力時，藉由描寫「生活中小小的幸福」探尋心靈的救贖之道，企圖守住作家個人的創作自由的底線的努力。

2. 庶民的觀照與「杜南遠」的蛻變

　　1941 年 1 月大政翼贊會文化部發表「地方文化新建設的根本理念及其當前方略」，提倡地方翼贊文化運動，此項政策在地方文化人士間產生很大的影響。這項地方翼贊文化運動與戰時下的其他文化運動相較，因沒有國家的經費援助，在財政方面有所困難，但卻因此反而在另一方面保有些許的自主性。雖然宣揚日本精神，但在另一方面卻與此保持距離，以追求提升地方文化生活的運動。[48]

---

[47] 龍瑛宗〈孤獨的文學路〉，《臺灣時報》，1988 年 1 月 25 日。
[48] 赤澤史朗〈太平洋戰爭下の社會〉，藤原彰、今井清一編《十五年戰爭史 3》，東京：青木書店，1989 年 1 月 15 日。

　　黃得時爲了回應此項文化政策而撰寫〈臺灣文壇建設論〉一文（《臺灣文學》，1941 年 9 月），文中他提到爲了確立大東亞共榮圈和建設高度國防國家，應提倡促進大政翼贊的地方文化運動文化機構的再編成。宣揚此項運動的根本理念「並非是遊戲的而是建設的，不是消費的而是生產的，不是個人的而是國民的，不是中央集權的而是地方分散的」，在這層意義上提倡「做爲地方文化一翼的臺灣文壇的新建設」。但是在太平洋戰爭爆發的半年後，1942 年 7 月臺灣總督府爲了限制島內文學者的文學活動，借臺灣軍報導部、總督府的情報部和皇民奉公會的力量，重新編成「臺灣文藝家協會」。這與 1940 年時創立的「臺灣文藝家協會」不同的是軍部力量的介入，從這個時期起軍部的力量開始介入臺灣的文學活動。[49]

　　龍瑛宗在太平洋戰爭爆發之際，回答「對臺灣藝術界的要求」[50]的問題時，只扼要提到「希望新人奮起」和「希望批評振興」。但 1942 年 2 月後龍瑛宗因轉任臺灣日日新報社[51]，所發表的〈東洋之門〉[52]已見戰火的煙硝味漸濃。尾崎秀樹甚至援引這首詩說明「皇民化的強制性將像龍瑛宗那樣『就此長眠』的作家也被揪出來」[53]，論述戰爭動員帶給作家創作的困窘問題。龍瑛宗因被動員參加，而在 1942 年 11 月龍瑛宗以臺灣作家代表的身分出席第一回大東亞文學者大會，1943 年 5 月擔任「日本文學報國會臺灣支部」的幹事。在這段期間他以臺灣作家代表的身分參加島內新聞雜誌社的座談會，前往臺灣各地舉行演講。以花蓮爲小說舞臺的〈龍舌蘭和月：其他一篇〉、〈海濱的旅館〉皆是他在第一次大東亞文學者大會返臺後的作品。

　　這些作品的主角與〈白色的山脈〉一樣同爲「杜南遠」，小說的舞臺亦

[49]同註 13，頁 138。
[50]龍瑛宗〈臺灣藝術への要望〉（アンケートの回答），《臺灣藝術》第 3 卷第 1 號，1942 年 1 月。
[51]龍瑛宗所收藏的「委任狀」中如下記載：「劉榮宗，國語新聞編集員ヲ命ス月俸金九十五圓ヲ給ス，昭和十七年二月六日，株式會社臺灣日日新報社」。
[52]龍瑛宗〈東洋の門〉，《文藝臺灣》第 3 卷第 5 號，1942 年 2 月 20 日。
[53]尾崎秀樹〈決戰下の台湾文學〉，《旧植民地文學の研究》，東京：勁草書房，1971 年 6 月，頁 188。

同為臺灣東部的濱海小鎮。但是此時杜南遠已與他蟄居於花蓮時所描寫的充滿著感傷思緒的那位杜南遠的形象有所轉變。他已無法自由地高談闊論「人生」與「藝術」，取而代之的是，他面對時局的不安與顧慮。以下將試圖考察太平洋戰爭期間龍瑛宗離開花蓮後如何記憶書寫花蓮，而因戰況的轉變「杜南遠」該人物形象又如何蛻變？

〈龍舌蘭和月：其他一篇〉中的「其他一篇」即是以「崖上的男人」為小標的短篇，這兩篇的篇幅相當，小說主角同為杜南遠。杜南遠在臺灣東部接近太平洋的海岸山脈的岸邊，在其某處溫泉街的旅館與廳協議員鍾秀郎偶遇，一夜飲酒暢談的故事。杜南遠在鍾秀郎的邀請下到他的房間去，在那裡有位未曾見過的陌生男子。為了安慰剛喪妻的馮北山，鍾邀杜到他的房間來。鍾與馮有 30 年之久的交情。邊喝酒馮邊傾訴著他心中的苦悶，而鍾則一再地安慰鼓勵他。杜關於這次聚會的回憶在「從今之後將為社會立功」嘎然而止。夜間突然醒過來的杜南遠看到白色的龍舌蘭綻放在月夜下。看著「籠罩在月光下凜然潔白地綻放著」的龍舌蘭，讓杜南遠感歎到「人生是美麗的」，「人生是苦悶般的美麗」。

〈崖上的男人〉則是杜南遠與人合搭汽車時所見到的光景，以素描的方式勾畫出的作品。公共汽車接近下著毛毛細雨的臨海道路時緊急煞車，車掌下去扶著身體孱弱的男子回來。這位男子想回到他病危的兒子那裡，卻沒有錢，所以以徒步方式出來，因筋疲力盡而蹲坐在崖邊的路上。他是因「在西部事業失敗」，「負債只有他來到東部」。根據那位男子的敘述，接到病危電報時他身無分文，又無熟人，好不容易才向鄰居借了五元，他想將這五元用在食物和火車的車資上，所以到火車站的臨海公路這段路只好用走的。這番話打動了車上乘客們的心，他們各自順手掏出錢來。同車的阿美族婦人好像沒有多餘的錢，一副可憐他的樣子拿出她提著的一把香蕉給那位男子，移民村的太太的小女孩卻說要給他玻璃玩具。作者藉由描寫一臺公共汽車中的乘客們，協力幫助即將餓倒路邊的男子所顯露出來的人情之美。

　　〈海濱的旅館〉是描寫要到海邊小鎮的木材公司上班的杜南遠，在船上偶遇前往臺東工作的年輕男子。在任職地見到曾在父親雜貨店工作的魏進添勤奮地在東部工作。在街上也邂逅了公學校時代的黃東善，並且因在他家看到黃父健康地勞動著的身影而倍受感動。此外，見到黃的弟弟專心準備海軍員工考試的認真樣子，在走到海邊遠望著阿美族的漁夫們出海捕魚的景況，讓他感悟到非得認清現實，面對生活不可。

　　在這些作品中已看不到在〈白色的山脈〉中耽溺於個人的幻想世界，沉浸漂泊於異鄉的感傷氣氛中的杜南遠。小說人物洋溢著樂觀進取的高亢情緒，作者刻意壓抑著具有懷疑精神的杜南遠個人的情緒和想法，轉而讓他自道：「非得對新的現實覺悟不可」、「所謂的人生絕非是在書齋、理論和觀念性的事物中。在工作中找出歡喜，其中有人生，有生活。」（〈海濱的旅館〉）「人生是美麗的」，「人生是苦悶般的美麗」（〈龍舌蘭與月〉）給予「杜南遠」積極明亮的色彩。在〈植有木瓜樹的小鎮〉、〈黃昏夜〉、〈黃家〉等中所描寫的灰暗絕望的殖民地知識青年已不復存在，作者將小說聚焦於新開拓地的勤奮的庶民身上。即使是〈龍舌蘭與月〉中的馮北山雖是東部開發成功的地主，但卻是辛勤開發東部的第一代，文本中作者甚至有意將他型塑成殖民地中具有符合新時代所需的積極性人物形象。他與西部的納妾的富家子弟不同，他即使喪偶也不願接受買賣婚姻，承襲陋習，而是揮別悲傷重新振作，為國家社會貢獻心力。

　　因此，龍瑛宗究竟透過怎樣的視角觀察記錄在開拓花東地區的庶民呢？他又如何將個人主義的懷疑精神隱藏在文本中，讓東部的開拓精神與戰時動員精神相結合，開拓戰時下臺灣文學書寫的可能？

　　〈海濱的旅館〉中杜南遠在甲板上認識的年輕男子「說是此後將到臺東工作」，在他的身上有著杜南遠所沒有的美。而那樣的美是「由勤勞所鍛鍊的生活裡而來的嗎？」而年輕男子說道：「家裡有父親，還有四位兄弟，但僅有承租的些許耕地，所以我一個人試著到東部來看看」，「如在懷疑的沼澤戰鬥的蘆葦」的杜南遠聽到那位年輕男子的話後，肯定他除了工作之

外，什麼都不想的生活態度。「只相信勞動，那裡有人生。那裡如果沒有懷疑也就沒有不安。而且其中有致力於活下去充滿力量的生活之美。」

魏進添抱著「埋骨於東部的覺悟」，東渡來到海濱的小鎮，次男也去當軍夫。公學校時代的友人黃東善，他們一家移住至東部，當他看已 68 歲的黃東善的父親如年輕人般在田裡工作的身影，「那無疑是勤勞的結果和賜與吧！」而他的弟弟則在準備海軍工員的考試。文本中作者試圖以「勤奮勞動」的價值消解個人懷疑的不安，歌頌勞動的價值呼應戰時下「建設生產」的基本理念。

1941 年 6 月 20 日臺灣實施志願兵制度。根據《興南新聞》（1941 年 11 月 5 日）所刊載依據州廳、種族別、年齡、職業別志願者的表格，在花蓮港廳的志願人數中「廣東族」159 名最多、「福建族」120 名、「高砂族」153 名。其次，種族別中高砂族占的比例最高，廣東族的客家人也是算多的。總之，族群人數愈少的志願率則愈高。[54]〈海濱的旅館〉寫於 1944 年 1 月正值於太平洋戰爭的第二期（1943 年 5 月～1944 年 10 月），隨著政局惡化，當局肆無忌憚地強化統治和擴大動員的時期。雖然作品的創作時間是在龍瑛宗離開花蓮之後的作品，但是作品中的「軍夫」（魏進添的次子）、「海軍工員」的試驗（黃東善的弟弟）等人的存在，其實不也正反映了小說舞臺花蓮港廳的軍事動員情況。

小說人物東渡到花東地區的原因千差萬別，〈崖上的男人〉因在西部經商失敗負債單身遷居至東部的人物。〈濱海的旅館〉則是自傳色彩相當濃的作品，若參照龍瑛宗的出身背景和經歷，兒時寵愛杜南遠的魏進添伯父和公學校的友人黃東善一家，可能是與他同是北埔的客家人。其中在甲板上談話的年輕人可能亦是從耕地不足的客家人區域所釋放出來的多餘勞力。龍瑛宗將在東部「新墾地」勤奮勞動的客家人、福佬人，及以原始的方式過活的阿美族的身影，在文本紀錄中「再現」（reappearance）。在這些文本

[54]近藤正己〈異民族に対する軍事動員と皇民化政策——台湾の軍夫を中心にして——〉，《台灣近現代史研究》第 6 號，東京：綠蔭書房，1988 年 10 月 30 日。

中，以往龍瑛宗作品中經常出現的「鴉片吸食者」和污穢的「老娼婦」等代表臺灣舊社會的陋習和落後的庶民形象早已不復存在。他將視線投注於建設東部新天地的勞動者身上，重新肯定「勞動」的價值，開始思考對「新的現實」的覺悟，而這個「覺悟」同時也象徵他在面對 1943 年末「文學決戰體制」的「覺悟」。總之，可將〈濱海的旅館〉視為龍瑛宗呼應「決戰體制」基於「建設性」、「生產性」的理念，以在花蓮的生活體驗為題材的作品，但他同時也將日治時期東部移民的生活現狀以寫實的手法將它記錄下來。

在〈白色的山脈〉中，作者常與觀察對象保持著某種距離，對人生充滿懷疑，冷眼觀察著周遭人們的生命樣態。當時吸引著作者的是那荒涼的臺灣東部海岸小鎮上辛苦度日的庶民身影和那屬於他們的「小小的幸福」。相對於此，離開花蓮後的〈龍舌蘭與月：其他一篇〉、〈濱海的旅館〉中，作者重新喚起他的花蓮記憶時，來自東部新天地勤勉的拓荒者的鼓舞，讓浪漫多疑的「杜南遠」有勇氣面對新生活。同時，這兩篇作品也真實地反映著臺灣人在戰時下如何面對他們所處的時代。若檢視太平洋戰爭前後的杜南遠系列的作品，將可窺見隨著戰局日益激化的杜南遠，形象由「內省」轉趨「外向」，甚至一向「陰柔內向」的知識分子的形象，竟轉而成為搖著「生產的」、「建設的」大纛的旗手。

總之，戰前杜南遠系列的作品主要圍繞著龍瑛宗的花蓮經驗，他將個人在花蓮的見聞感受作品化。但卻因時空的改變、作家身分位置的改變、戰局的惡化、殖民地戰時下的動員，讓杜南遠不得不收起浪漫的情懷，轉而積極探討勞動的價值與生活之美以求貫徹國家意志，但卻也讓他的文學更貼近庶民的生活。

四、與阿美族的邂逅

　　根據河原功的研究[55]在日本近代文學中有不少以臺灣原住民爲題材的作品，這些作品不限於臺灣日治時期，戰後亦有類似的作品。但是在戰前描寫臺灣原住民的臺灣作家卻只有賴和與龍瑛宗兩位。[56]羅成純也在《龍瑛宗研究》中談到在龍瑛宗的隨筆中表現出他對臺灣少數民族原住民很感興趣，在當時臺灣作家中算是特例。[57]綜觀龍瑛宗的作品，從戰前的隨筆〈蕃人〉[58]（《東洋大學新聞》，1938 年 6 月 23 日）到戰後的小說〈夜流〉（〈夜の流れ〉，《だぁひん》第 5 期，1979 年 5 月 20 日）爲止，共計十篇左右的作品中，言及臺灣原住民的存在，而其中的七篇是刊載於日本的雜誌上的作品，其中以描寫泰雅族和阿美族這兩大族群爲主。這是由於龍瑛宗的故鄉北埔和職場臺北附近的山區皆是北部第一大原住民族群泰雅族的居住區域。1941 年 4 月起他調任花蓮港廳後，才獲得與阿美族邂逅的機會。由於這樣的地緣關係，讓他有機會近距離地與原住民族互動。以下將探究龍瑛宗以怎樣的視角觀察描寫花蓮的阿美族族人？

　　龍瑛宗移居花蓮期間在職場和日常生活中常有機會接觸花蓮在地的原住民朋友，他在抵達花蓮不久隨即以花蓮的「拉拉巴生」爲筆名，在《臺銀俱樂部》（《臺銀クラブ》）發表〈私信〉一文。在書信體的隨筆中陳述自己初抵花蓮港市時所見的風景和感受。「在銀行的宿舍的庭院中，有巨大的麵包樹。在樹蔭下從山裡來的巴巴黑伊（妻子）們休息著。我感受到異國風情。」「我也記得二、三句蕃語，拉拉巴就是其中的一個。」龍瑛宗特地使用阿美語「拉拉巴」（筆者按：牛）作爲筆名，可見他對阿美族文化是感

[55] 河原功〈日本文學にみる台湾〉，《台湾新文學運動の展開──日本文學との接点》，東京：研文出版社，1997 年 11 月 20 日。

[56] 下村作次郎〈臺灣原住民文學史的初步構思〉，「臺灣文學史書寫國際學術會議」，成功大學臺灣文學系主辦，2002 年 11 月 23 日。

[57] 羅成純〈龍瑛宗研究〉，《龍瑛宗集》，臺北：前衛出版社，1994 年 10 月，頁 302。

[58] 筆者所見到的隨筆〈蕃人〉一文是出自於龍瑛宗的剪報資料。因爲未見原刊載誌《東洋大學新聞》，所以關於這份刊物的性質不詳。

興趣的，相較於剽悍的泰雅族人，與平地化較深的阿美族人的相處時，他似乎顯得較爲從容自在些，但初到之時難免以旅者的視線捕捉花蓮的奇風異俗，概括性地描寫街上的氣氛。

但在與拉賓建立友誼之後，讓他有機會跨進阿美族的世界中。龍瑛宗回憶起花蓮的生活時，時常會提起這位阿美族青年拉賓這位人物。但拉賓何許人也？不詳。只能從文中略知他是龍瑛宗花蓮時重要的阿美族友人，同時在他的邀約下讓龍瑛宗有機會參加阿美族族人的婚禮，了解阿美族的婚姻制度，進而理解他們的風俗習慣，隨筆〈薄薄社的饗宴〉（〈薄薄社の饗宴〉，《民俗臺灣》第 2 卷第 3 期，1942 年 3 月 5 日）即是這次婚禮的紀行之文。在告別花蓮北返不久後，爲紀念他與拉賓的友誼與在花蓮的點滴，他寫下了以下的現代詩〈花蓮港回想〉（《文藝臺灣》第 4 卷第 5 號，1942 年 8 月 20 日）。

我的朋友　拉賓喲

可否記得

我們沿著黃昏的街道而下

在巷內吃過麵

那裡的姑娘　骨瘦如柴

蓬亂的頭髮　讓風吹著

橙黃色的燈火　是寂寞的

十二月　凜冽到來

海　　咆哮成鉛刀

在海濱　我們的影子　顫抖著

言語被冰凍　被浪波捲走了

那裡　有不息的篝火

黃昏　崩潰了

我的友人　拉賓喲

可否記得

我們　談過美麗的少女

還有　談到友情

梔子色的月亮　從山嶺上升了起來

腳下的太平洋　仍是昏暗的

離別　匆忙地又到來

魔幻的山喲　藍色的海喲

不會再棲居這地方了吧

不過　拉賓喲

我　把愛情留下來了

　　由這首詩可知，因拉賓溫暖的友情讓異鄉人龍瑛宗在花蓮港市的生活留下了一些美好的回憶。對龍瑛宗來說，能夠建立這樣自然素樸的友誼關係，未嘗不是他在花蓮時難得的收穫之一。

　　花蓮港廳的多元族群關係。阿美族是臺灣原住民族中人口最多的一族，約 14 萬人左右，集中於臺灣東部的山間與平地，其居住區與漢族重疊交錯。白 1930 年代起臺灣總督府為開發花蓮港、開拓農地、建置日本的移民村，而從臺灣西部募集許多勞動者移住到花蓮。另一方面因為臺灣西部的丘陵地耕地不足，居住在北部桃竹苗的客家人紛紛接受招募移往東部。這是根據〈臺灣客家族群遷移之口述歷史與文獻探討〉[59]中針對現居花蓮市移民的第二代的口述調查紀錄的報告結果。即是他們父輩的世代是接受當時的招募，移住「新天地」花蓮的開拓移民者。上述龍瑛宗的小說中亦有多位因在西部討生活不易而移居東部者。漢族的生產方式主要以農業為主，當地的原住民（有「出草」習俗的布農族和泰雅族）則是以漁獵為主

---

[59] 王恭志〈臺灣客家族群遷移之口述歷史與文獻探討〉，《社會科教育學報》第 3 期（2000 年），頁 173〜186。

⁶⁰，因此在花蓮海岸線的平地尚可和平共處。

　　1941 年龍瑛宗剛到花蓮時，將花蓮港市喻為美國西部荒原，只是印地安人換成阿美族人，是個充滿異國情趣的小鎮。在他登山的途中從銅門遠眺山麓的吉野村、豐田村、林田村等的移民村，在那裡是由布置著「文化住宅、近代文明的表象機械式的幾何學的美所構成的，高砂族點描其中滿足我們的異國情調。」⁶¹由此俯瞰的景象，可見當時阿美族的「蕃社」應散居在移民村和漢人村莊之間，在花蓮港市，阿美族族人的身影則隨處可見。龍瑛宗便將這多元民族群雜居於一個小鎮的人文地景，在他的文本中再現。

　　龍瑛宗任職的臺灣銀行花蓮分行位於高砂通（現在的公園路）上，在回去位於美崙地區的銀行宿舍時，一定會經過筑紫橋（現在的中正橋）。從橋上可以很清楚地眺望美崙溪的出海口，因此龍瑛宗在小說〈濱海的旅館〉中非常寫實地描寫阿美族族人乘坐竹筏順流而下，懸浮在海上的情景。阿美族的漁夫為了生活勇敢地在海中搏鬥，在海的一方只見一點橙色的漁火點點，那是象徵著「奮戰者的生活」。但在龍瑛宗的作品中卻見不到如日本文學家火野葦平在戰地中所描寫的高砂義勇隊的身影⁶²，這主要仍是臺灣作家未被徵用到戰地擔任報導工作的關係。在太平洋戰爭爆發後，特別是他在辭去銀行工作，進入臺灣日日新報社之後，龍瑛宗有意識地調整自己的寫作風格。之前的作品中經常出現的陰鬱主角「悲哀的浪漫主義者」已不見蹤影，誠如杜南遠覺悟後的告白「所謂的人生絕非在書齋中或是理論、觀念之中。而是在勞動中、發現喜悅中有人生和生活。」⁶³褪去在

---

⁶⁰原住民族以狩獵和火耕為主要的生產方式，北部的泰雅族也栽培陸稻，但是一般則是利用斜坡地種植小米。近藤正己〈臺灣總督府的「理蕃」體制と霧社事件〉，《近代日本と植民地 2‧帝國統治の構造》，東京：岩波書店，1992 年 12 月 7 日。

⁶¹龍瑛宗〈新しき天長斷崖〉，《臺灣日日新報》，1941 年 12 月 3 日。

⁶²池田浩士〈海外進出と文學表現の謎〉，《台湾の「大東亞戰爭」文學‧メディア‧文化》，東京：東京學出版會，2002 年 12 月，頁 42。火野葦平於 4 月 3 日的神武天皇祭開始的總攻擊時，實際見到高砂族義勇隊青年們在密林中奮戰的情景。將當時的體驗寫了《敵將軍——バタアン戰話集》（1943 年 11 月，第一書房）其中的一篇，描寫「高砂族」的作品。

⁶³龍瑛宗〈海の宿〉，《臺灣藝術》第 5 卷第 1 號，1944 年 1 月 1 日。

紀行文中浪漫的充滿著異國浪漫色彩的原住民想像，取而代之的是展現生命力的阿美族人的身影。

　　總之，龍瑛宗看待阿美族族人的視線雖然仍帶有對異文化的好奇心，將他們視爲觀看的「他者」的存在，但在久居花蓮之後，他轉而將他們視爲與自己共同擁有花蓮生活空間的鄰人和友人。

五、民族融合願景的書寫

　　在太平洋戰爭期間「內臺融合」國策性文本，在當時不斷地被複製書寫，[64]但大部分都聚焦於「日臺融合」的問題上，鮮少將視角擴及至原住民族的身上。羅成純的〈龍瑛宗研究〉中首先提及龍瑛宗對〈融合〉憧憬的問題。[65]從龍瑛宗在「第一屆大東亞文學者大會」上的發言：「民族與民族之間的理解，靈魂與靈魂間的交歡是最基本的。因此，文學者的任務是重要的。」[66]到「臺灣決戰文學會議」中「提案以文學彰顯八紘一宇，其結果有必要在創造融合的文學，偉大的文學之前嚴格地自我鍛鍊。」[67]中所提及的「融合的文學」內涵爲何？而花蓮經驗提供了怎樣新的創作題材？阿美族人是在其中又如何被「再現」？

　　首先得先探究他的薄薄社之行，離開花蓮前受阿美族的青年拉賓之邀，前往離臺灣銀行花蓮分行約 25 公里的「薄薄社」（現在花蓮縣吉安鄉的宜昌一帶）參加婚禮，而隨筆〈薄薄社的饗宴〉即是記錄當時情景的作品。文中以報告文學的形式將當天婚禮的盛況，薄薄社的阿美族傳說，母系社會的婚姻生活和婚宴的情況皆一一如實地記錄下來。甚至轉載日文

---

[64]王惠珍〈太平洋戰爭期台湾における「內台融合」の文學〉，《現代臺灣研究》第 30～31 合併號，2006 年 11 月 30 日，頁 43～55。

[65]羅成純〈龍瑛宗研究〉，《龍瑛宗集》（臺北：前衛出版社，1994 年 10 月），頁 301～307。其他尙有朱家慧的〈勁風的野草——解讀龍瑛宗〉，《文學臺灣》第 12 期（1994 年 12 月）、許維育〈理想的建構——談龍瑛宗「蓮霧的庭院」與呂赫若「玉蘭花」〉，《水筆仔》創刊號（1996 年 12 月）皆論及龍瑛宗的「民族融合」的理想。

[66]龍瑛宗〈大東亞精神の樹立〉，《日本學藝新聞》第 143 號，1943 年 1 月 15 日。

[67]〈臺灣決戰文學會議〉，《文藝臺灣——臺灣決戰文學會議號》第 7 卷第 2 號，終刊號，1944 年 1 月。

「候文」（日文書信體）的喜帖原文、薄薄社頭目的致詞和阿美族的歌詞，
皆以片假名標記，產生所謂眾聲喧嘩，用語混雜的殖民地文學特有的文本
現象。由於阿美族的居住地是普通的行政區域，所以生活習慣較其他居住
深山的原住民更早日本化。因此他們是在「花蓮港神社」完成結婚儀式
後，再回到薄薄社舉行婚宴。龍瑛宗如下記錄著宴會高潮時主客歡唱的實
況。

> 在這期間陸續有新客人進入、內地人的巡查、附近的福建人、廣東人也
> 蜂擁而至，大家愉快地大聲歌唱，唱起故鄉的歌，阿美族的同伴也唱起
> 來。
> 喔、伊喲嘿、喔、伊喲那伊嘿、耶嘿央啊、耶嘿央、哈啊嘿喔、嗯嘿
> 央、阿耶嘿央安諾嘿、啊、喲嘿、耶央、阿、諾嘿
> 這是多麼美好的民族融合、唱和。
> 這裡的阿美族的歌好像不太有意思，因為是如果以帕斯卡斯式來說，這
> 不是「思考的蘆葦」的歌。但是在歌聲中有生活的悅樂、有忘卻知性的
> 不安之明朗自然。他們的禁忌沒有文明人那樣多，在他們的生活中有著
> 許多對文明的批評。[68]

　　描寫在婚宴中聚集各族群的和樂共處，自然而然呈現出來的「美麗諸
民族的融合」的情景，是他第一次的嘗試。民族間的歧視、支配者與被支
配者間產生的二元對立關係，在此早已不適用，這些問題全溶化進入他們
溫暖的交流中。此一場景似乎隱喻著臺灣移民史中的族群關係。原住民族
是臺灣的先住民，漢族和日人皆是外來者。誠如宴會中他們魚貫而入，平
等地與阿美族族人互動，感染生活的歡愉。在此的住民平等和睦的關係，
不正也是龍瑛宗所憧憬嚮往的民族融合的理想藍圖嗎？因此，他認為在那

---

[68] 龍瑛宗〈薄薄社的饗宴〉，《民俗臺灣》，第 2 卷第 3 號，1942 年 3 月 5 日。

裡有生活的悅樂和忘卻知性的明朗的自然。但醉翁之意不在酒，他並未沉醉於愉悅的氣氛中，仍以批判的眼光視之，因「外來者」的強力介入，進行所謂文明開化，開發了原住民的歷史原點的「神祕」密林，使其生活型態爲之改變的文明之惡。同時龍瑛宗也注意到原住民的生活中存有著「許多文明的批判」，而究竟是怎樣的文明批判？他並未作進一步的說明。但在這篇隨筆中我們已不見他初到花蓮港時的異國情緒，而是他在對阿美族有較深入的瞭解後，所提出的文化省思。

在太平洋戰爭爆發後，龍瑛宗因應時局的邀請以「民族融合」和「內臺融合」爲標題進行創作，雖有國家意志貫穿其中，但不能忽略作家潛在的創作理念的實踐。而〈薄薄社的饗宴〉中所描寫的「諸民族的融合」的場面可視爲龍瑛宗文學中「融合文學」的原型。論及龍瑛宗「內臺融合」的作品時，最常被提及的〈蓮霧的庭院〉，但龍瑛宗的「融合」並不局限於「內臺」而已，客家出身的他所追求是島內各民族的平等互動的理想關係，企圖消解殖民社會中的差別制度。

將「民族融合」此一概念小說化的作品還有〈崖上的男子〉。小說中的主角杜南遠的視角，敘述他在結束東部的工作，返回臺北途中在公共汽車中的見聞。在這輛巴士的乘客有漢族的杜南遠、阿美族的婦人、移民村的女人和小孩等人。他們不論男女、年齡、族群而一起幫助即將餓倒於路邊的男子。在小說中並未明確地交代巴士司機是內地人還是本島人，若是日本人，巴士中的權力結構或許會有所改變，只是小說中只見是被支配者的漢族男性杜南遠、日本人的婦孺、阿美族的婦人。在巴士內他們皆是乘客，受到平等的待遇，他們爲了幫助那位男子而將自己的所有物拿出救急，杜南遠給他一點錢，披頭散髮的阿美族婦人送他一串香蕉，移民村的小孩則願意將她的玩具捐贈出來。這樣充滿溫馨的情景，所表現人道關懷，正是作家龍瑛宗潛藏於文本中對臺灣族群融合的願景。

在臺北的龍瑛宗因身處殖民地的島都權力核心，如上述所描寫的族群

融合理想圖在島都的空間中是很難實現的[69]，但在東部新墾地花蓮港廳，新
移民爲了生活，即使日人的移民村村民亦包括在內，彼此非得相互協助不
可。因此，使得他們可以越過族群間的高牆，孕育出相互尊重理解的可
能。小說中所開展的明朗素樸的人情之美的庶民世界，是殖民統治者暴力
鞭長莫及，亦是戰爭的風暴所無法摧毀的作家的理想世界。而在龍瑛宗的
「民族融合」的理想國中，原住民也成爲其中不可或缺的成員之一。

　　在戰後龍瑛宗的小說集《夜の流れ》的自序中，寫到「〈崖上的男子〉
是我最喜歡的作品」。陳芳明曾論述過龍瑛宗之所以將殖民統治時期的日語
小說收入於《夜流》中的原因，及其龍瑛宗的「邊緣人的性格」。[70]的確，
客家籍的龍瑛宗在以福佬人爲主的臺灣文壇中感受過身爲少數的寂寞與弱
勢。但〈崖上的男子〉收入《夜流》中應無所謂的自我辯護之意。這篇作
品是他在戰時下，借用官方「內臺融合」的同化口號，但卻將他在政治、
地理的邊緣處花蓮的經驗爲題材，將臺灣的多族群關係描繪出來。換言
之，龍瑛宗所思考的「民族融合」並非基於殖民者對被殖民者的從屬關
係，而是基於人道主義精神向強者要求的民族平等，記憶多民族移住的花
蓮，勾勒出屬於臺灣族群和諧共生的理想圖景。

　　總之，龍瑛宗因調任到花蓮與阿美族族人間的交流經驗，修正他對原
住民族的觀感，他雖呼應當局的「民族融合」口號，但並未如一般的臺日
作家著重於「內臺」關係的處理，而是將原住民也含括在其中。臺灣社會
至今仍爲族群省籍問題紛擾不休，日治時期所描繪的「融合」此一概念的
當下的意義爲何？在後殖民論述中又如何安頓這樣的議題，則有待進一步
釐清。龍瑛宗的花蓮經驗提供了他一個「融合」的願景，這應該是他戰後

---

[69]參註 64。

[70]陳芳明「他選擇在邁入八十三歲的高齡之際，再次把皇民化時期的小說收集成書，並且還以日語
　　原文呈現最初的面貌，豈非寓有爲自己早期作品進行辯護的意味呢？」「龍瑛宗採取消極態度來
　　表達批判精神，主要是源自他的邊緣性格。這種邊緣性格，是臺灣人共有的，也是女性共有的。
　　（中略）在日本殖民之前，他是被殖民者。在福佬人作家之前，他是客屬少數者。兩者霸權的存
　　在，迫使他以邊緣人的角色出現。」陳芳明〈南國崩壞〉，《危樓夜讀》臺北：聯合文學出版社，
　　1994 年，頁 182～189。

喜愛這篇〈崖上的男人〉的原因之一吧。

六、結語

　　不善言辭的客籍作家龍瑛宗在臺灣文壇的位置既邊緣又中心，雖然他是少數的客籍作家，但是《改造》懸賞創作獎的光環及其創作的質量讓他在當時的文壇上又具有某種分量。從 1939 到 1941 年之間，他頂著《改造》懸賞創作得主的桂冠，接受許多來自內地雜誌的邀稿，被視爲這個期間在日本文壇的臺灣代表作家。即使移居到花蓮亦不斷寄稿至日本內地，利用機會向日本讀者介紹臺灣社會、歷史、文化，並在其中隱晦地表達自我的民族意識，希望日本讀者能對殖民地臺灣社會文化有進一步的理解。

　　1941 年 4 月龍瑛宗因工作的關係，情非得已調任到臺灣銀行花蓮分行，翌年 1 月因爲文學活動之需，毅然決然地辭去銀行工作離開花蓮，往「文學家」之路邁進。在這十個多月的生活中，他雖然懷著被貶謫心境前往花蓮，但新的生命體驗卻帶給他新的文學創作養分，讓他的文學關懷更深入庶民世界，創作亦更臻至成熟，其中包括地景書寫中初次嘗試海景的書寫，觀察記錄移居東部的客家族群的生活。自傳色彩濃厚的杜南遠系列亦在此時出現，同時也因與花蓮的阿美族友人來往，在地的族群關係激發他勾勒出民族融合的理想圖景。十個月的花蓮生活讓龍瑛宗有機會在太平洋的浪濤聲中進行在地書寫，爲花蓮的自然人文地景寫下戰前花蓮文學重要的一頁。

參考書目

一、中文專書

・駱香林主編；苗允豐纂修《花蓮縣志》，臺北：成文出版社，1983年3月。

・陳芳明著《危樓夜讀》，臺北：聯合文學出版社，1994年。

・張家菁《一個城市的誕生——花蓮市街的形成與發展》，花蓮：花蓮縣立文化中心，1996年。

‧吳潛誠著《島嶼巡航：黑倪和臺灣作家的介入詩學》，臺北，立緒文化事業有限公司，1999年11月。

‧趙寧編著《普希金抒情詩精選評析》，開封：河南大學出版社，2006年2月。

二、日文專書

‧《花蓮港廳要覽——昭和16年版》，花蓮：花蓮港廳，1941年3月31日。

‧尾崎秀樹著《旧植民地文學の研究》，東京：勁草書房，1971年6月。

‧藤原彰，今井清一編《十五年戦争史3》，東京：青木書店，1989年1月15日。

‧大江志乃夫編《近代日本と植民地2‧帝国統治の構造》，東京：岩波書店，1992年12月。

‧下村作次郎等編《よみがえる台湾文學‧日本統治期作家と作品》，東京：東方書店，1995年10月。

‧河原功著《台湾新文學運動の展開——日本文學との接点》，東京：研文出版，1997年11月20日

‧小野理子等編《ロシア文學案內》，東京：岩波書店，2000年4月。

‧藤井省三編《台湾の「大東亜戦争」文學‧メデイア‧文化》，東京：東京大學出版會，2002年12月。

三、學位論文

‧柳書琴《戰爭與文壇：日據末期臺灣的文學活動（1937年7月～1945年8月）》，國立臺灣大學歷史研究所碩士論文，1994年6月。

‧和泉司《〈台湾文學〉を創作／想像する日本統治期〈日本語文學〉から考察》，日本慶應大學大學院碩士論文，2000年3月。

——選自《東華漢學》第 6 期，2007 年 12 月

跨時代跨語作家的戰後初體驗
龍瑛宗的現代性焦慮（1945～1947）*

◎柳書琴**

一、前言

　　1937 年以〈植有木瓜樹的小鎮〉入選日本中央文壇《改造》徵文而登
上文壇的龍瑛宗，為日據後期臺灣重量級日語作家。其作品具有濃厚私小
說屬性，蒼白浪漫卻不乏對殖民社會批判的深度，與同為當時中堅作家、
以現實主義為基調的張文環、呂赫若、楊逵相較，擁有殊異風格。1947 年
二二八事件以後龍瑛宗與多數戰前作家一樣，迫於政治社會情勢、文壇變
化、語言改換、家庭生計等各種艱難，有過近三十年輟筆的潛沉時期。但
是在 1999 年辭世之前，他也曾先後於戰後初期（1945～1947）及合庫退休
後的數年（1976～1980 年代前期），締造了個人戰後文學生涯的兩次高
峰。[1]

　　1945 年日本戰敗，臺灣人從殖民地統治中獲得解放。然而跨越時代，

---

*本文為本人國科會計畫「從戰中到戰後：臺灣跨時代‧跨語作家研究」結案成果之一，曾於修平
技術學院主辦的「戰後臺灣文學學術研討會」（2002 年 10 月）宣讀，承蒙國科會人文處獎助，並
蒙論文講評人靜宜大學趙天儀教授諸多教示，謹此致謝。
**發表文章時為清華大學臺灣文學所助理教授，現為清華大學臺灣文學所副教授。
[1]龍瑛宗沉潛的 30 年間，文學相關文稿僅〈左拉的實驗小說論〉（《龍安文藝》，1949 年）、日文小
說〈故園秋色〉（1952 年，未發表）、〈日人文學在臺灣〉（《臺北文物》，1954 年）等寥寥幾篇。不
過此間他未停止文學之閱讀與構思，退休後旋即以日文撰寫〈媽祖宮的姑娘們〉（1977）、〈夜流〉
（1977）、〈夜黑風高〉（1977）、〈紅塵〉（1978）、〈斷雲〉（1979）等含中長篇小說在內的新作。此
外他亦積極嘗試中文創作，推出〈斷雲〉（1980）、〈杜甫在長安〉（1980）、〈勁風與野草〉（1982）
等中文小說。1980 年代中期以後龍氏創作減少，以雜文、憶往、舊作翻譯居多。參見，許維育
〈戰後龍瑛宗生平寫作年表〉，收錄於《戰後龍瑛宗及其文學研究》，清華大學中文系碩士論文，
1998 年 6 月。

對龍瑛宗等出生於殖民統治下的臺灣人卻充滿挑戰，包含戰後復員、語言更換及種種社會變遷之適應。對不同世代、階級或教育背景的臺灣人，時代課題造成的衝擊各有不同。就語言更換的影響而言，從現存的戰後初期報刊雜誌可見，語言更換對日語作家的衝擊大於漢語作家，對日語中堅作家[2]的負面衝擊又明顯大於日據末期才登上文壇或摸索創作的日語青年作家。[3]因此在戰後初期報刊上現身的戰前作家，多為漢語作家、日語青年作家，日語中堅作家僅限少數因家學、私塾教育、個人專業領域、祖國經驗（留學、工作等）而通曉中文者，譬如：黃得時、楊雲萍、王白淵、吳新榮、張冬芳……等。在戰前日語中堅作家中，呂赫若為極少數快速克服語言障礙者，但二二八事件後投身政治解放運動。王白淵 1920 年代即能以漢文寫作 1933 至 1937 年的旅華經歷更使其中文表現不成問題，然而戰後活躍於媒體的他關懷重心已非文學。同樣地，張文環從 1944 年開始接觸地方政治，1946 年當選第一屆省參議員後全心投入地方事務，1970 年以後才以日文創作復出文壇。

　　漢文基礎薄弱的龍瑛宗，跨語能力相當有限。戰後初期他曾嘗試中文書寫，但日文仍占壓倒性多數，1980 年〈杜甫在長安〉推出後才完成他個人定義的中文創作，此後他清一色以中文書寫，達成個人跨語書寫的願望。[4]在日語未受禁止的 1945 至 1947 年間，他深受臺灣光復、新時代來臨之激勵，秉持強烈的文學使命感，先後發表隨筆、評論、詩、小說多篇，並以擔任編輯之《中華》雜誌及《中華日報》日文版文藝欄為舞臺，孜孜於文藝及文化運動，堪稱戰前日語中堅作家中除了楊逵以外，極少數曾於戰後發揮豐富文學歷練，企圖有意識地「接續」並「拓展」戰前文學及文化發展的作家。1946 年 10 月《中華日報》編輯工作受日文報紙雜誌禁令

---

[2]戰前日語中堅作家，主要指 1930 年代登上文壇的《福爾摩沙》系列作家王白淵、張文環、巫永福……等；以及不屬此系統、但同樣於 1930 年代成名的楊逵、呂赫若、陳垂映、黃得時、楊雲萍、吳濁流、鹽分地帶作家、風車詩社同人……等。
[3]戰前日語青年作家，指 1940 年代出發的青年作家或學生作家，以葉石濤及銀鈴會諸人最具代表。
[4]參見許維育《戰後龍瑛宗及其文學研究》，前揭文，頁 113～114。

影響而結束，他逐漸失去發展工具與舞臺，二二八事件爆發後作品銳減，此後由於任職合庫與 1950 年代社會不安，終於輟筆到退休爲止。

龍瑛宗終其一生熱愛文學，但是在大戰前後慘澹經營，稍能發展文學的時間不過十年而已（1937～1947）。時代的撥弄也使他戰後與晚年的文學努力顯得步履蹣跚，成就受限。如龍瑛宗一代出生於殖民統治下、經歷戰火與光復等激烈社會變遷的「跨時代跨語作家」備極艱辛。然而他們的活動除了具有文學或藝術成就之外，在各類型「文學跨越行爲」中其實亦潛藏了許多值得探索的意義。臺灣文學史上「跨越語言的一代」早經詩人林亨泰的提出，不過論者多將眼光集中於「銀鈴會」或其相近世代（譬如，鍾肇政、廖清秀……等），亦即戰前日語青年作家或日語文藝青年；觀察重點也多止於語言轉換的困難、技巧或速度差異等「跨越行爲」之表層現象。對於戰前日語駕馭能力幾近純熟、文學觀與世界觀相對穩健的日語中堅作家，亦即語言轉換更形困難、價值衝擊更爲複雜的一群，由於多屬「（不／不完全）跨越語言的一代」，而未予注意。此外，「跨語」（或未能／未能充分跨語）現象實爲「跨時代」現象的一環，跨越行爲背後深層的思想與價值變化或許更值注意。

本文擬以 1945 至 1947 年龍瑛宗的各式發表稿爲中心，觀察身爲少數活躍於戰後的文學者，他如何以文學者的思維面對充滿激烈變遷的「新時代」？如何思索跨越時代的課題？有關龍氏戰後初期的文學活動及其社會關懷，最早展開研究的朱家慧、許維育等人，已提出不少重要意見[5]；本文將把重點集中於作家對新時代的認知、思考如何影響其戰後初期的文學活動此一面向。筆者認爲，綜觀龍氏戰後初年諸稿，「殖民性的清理」、「現代性的追求」、「封建性的批判」是其根本關懷，也是他此期的思想主體與行動依歸。此一關懷與他幾經辯證地觀察新時代、新政權，從而對臺灣及中

---

[5]朱家慧《兩個太陽下的臺灣作家：龍瑛宗與呂赫若研究》（臺南市立文化中心，2000 年 11 月）。本書原爲作者 1996 年於成功大學歷史所提出之碩士論文。許維育《戰後龍瑛宗及其文學研究》一書，與陳萬益教授主持的「龍瑛宗全集蒐集整理計畫」相互配合，使向來一鱗半爪的戰後龍氏文學活動有了完整面貌。

國的社會文化有所反思有關。他對現代社會的追求與呼籲，以幾近焦慮的
程度反映於文藝活動之中，在擔任《中華日報》日文「文藝欄」與「文化
欄」期間尤爲明顯。當時他企圖以文藝運動落實現代啓蒙的理想，在活動
表現上略有重評介輕創作的傾向。本文嘗試由此觀點對戰後初期龍瑛宗的
社會關懷、文藝理念、文化改造理想，提出統合性的解釋。

二、樂觀的民族主義者：初臨光復的龍瑛宗

　　臺灣光復三個月後，定居臺北的龍瑛宗開始密集發表文稿，至次年春
以前，共計發表了〈民族主義の烽火〉（1945 年 11 月）、〈青天白日旗〉
（1945 年 11 月）、〈文學〉（1945 年 12 月）、〈汕頭から來た男子〉（1945
年 12 月）、〈太平天國〉二回（1946 年 1、4 月）、〈中美關係和其展望〉
（1946 年 1 月）六篇。包括短篇小說、隨筆、短評、歷史掌故在內的這些
文稿有一個共通的特色，就是充滿著樂觀的民族主義色彩。

　　〈民族主義の烽火〉與〈太平天國〉標舉洪秀全太平天國運動對創建
民國的影響。龍瑛宗再三強調：太平天國運動爲抗拒滿清異族統治與列強
帝國主義侵略而發起，是「中華民族自救更生運動」、「（中國）民族主義的
發端」、「有意識的民族主義」、「民族主義的烽火」。他並認爲「偉大的中國
民眾像不死鳥一樣」、「太平天國的民族精神由國父孫文的革命運動繼承，
再傳至蔣委員長，才終於完成我們的民族革命。」文中自述幼年從父執輩
口中聽聞太平天國及孫文革命逸事，便以民族英雄視之。[6]戰後龍瑛宗隨即
爲文頌讚兩位客家先烈偉業，顯見「光復」此一重大歷史事件對他內心沉
潛的民族記憶產生了強烈的召喚，並促使他將「臺灣光復」投射到中國近
現代史「民族匡復（反清）」、「解除殖民（反帝國主義）」的系譜上加以評
價。

　　「太平天國運動→辛亥革命→抗日→臺灣光復」，民族屢屢由剝而復、

---

[6]參見龍瑛宗〈民族主義の烽火〉，《新青年》第 1 卷第 3 期，1945 年 11 月；〈太平天國〉，《中華》
　創刊號、第 2 號，1946 年 1 月、4 月。

從殖民復歸的歷史，形成龍瑛宗「中國民眾像不死鳥一樣」的歷史詮釋，也奠定他此時樂觀的中國民族主義信念。此期諸稿以各種形式顯現此種樂觀的中國民族主義信念，其中〈中美關係和其展望〉便有相當代表性。在這篇時勢論稿中，他將中國視爲與美國同樣充滿潛力的「未來國家」，並認爲由於兩國皆曾對民主主義做出貢獻，工業發展的階段互不矛盾，因此擁有合作的共通點。文中除了流露龍瑛宗對中國戰後發展的樂觀、中國將以大國姿態維繫亞洲和平的信心，也顯示他對祖國政府民主主義性質的信賴。[7]

　　小說〈青天白日旗〉以上街賣龍眼的農民父子爲主角，描述臺灣人由畏縮的「被殖民者」一躍成爲昂首挺胸的「中國人」之光復體驗。內容一如其標題，朝氣蓬勃的街道、百姓生龍活虎的表情與笑靨、青天白日旗聖火般的登場……，各場景交互散射光燦活躍的光復氣氛。題材、手法與戰前龍瑛宗最具代表的知識分子題材、私小說手法，蒼白黯淡的氛圍，明顯不同。「阿炳」對光復的第一體認是未來不會再有徵糧以及被日警毆打的慘事。末尾充滿光復感動的他更向兒子訓示道：「你要記住做日本人的時候，假如有什麼傑出的才華，還是得不到一官半職。現在時勢變遷了，端看你的用功如何，便可以做官了，你要專心念書才對。」[8]小說顯現龍瑛宗對光復後臺灣社會的發展、民眾生活、人民的社會參與，充滿光明信心。

　　另一篇小說〈汕頭來的男子〉，龍瑛宗則以其擅長的私小說文體、舒緩的抒情筆法，在一片歡欣中追念一位不及躬逢光復的憂國青年。臺灣青年「周福山」憤慨日本殖民統治，赴祖國投靠叔父從商，卻發現日本帝國主義者與不肖臺商狼狽爲奸，欺凌祖國人，自己無異共犯。因此體認到投考軍校才能貢獻祖國，不過後來因語文能力差、蘆溝橋事件爆發返臺，願望未能實現。返臺後他對戰爭局勢、中臺前途依然備極憂心，然而在黑暗的

---

[7]彭智遠（龍瑛宗）〈中美關係和其展望〉，《中華》創刊號，1946 年 1 月。
[8]龍瑛宗〈青天白日旗〉，《新風》創刊號，1945 年 11 月。引用龍瑛宗自譯文，發表於《路工》第 48 卷第 5 號，1983 年 5 月。

戰時下卻難有作為，最後空懷建設祖國的熱情病逝於空襲、疫病與貧窮之中。[9]龍瑛宗筆下的「周福山」，是「黎明前夭逝的理想主義者」，他的死與〈植有木瓜樹的小鎮〉（1937）中在闇夜長眠的「林杏南長子」之死一樣令人嗟歎。不過「林」等待的是社會主義明日世界，「周」則是「回歸祖國」。經歷八年戰事，在大東亞戰爭落幕後，龍瑛宗此刻的「黎明願望」似乎帶有更多的民族主義成分。此外，小說中曾強調在百無可為的黑暗局勢中，「年輕人投效以祖國是專心讀書」。臺灣青年奮發他日必為祖國所用，此看法與〈青天白日旗〉如出一轍，在在顯現龍瑛宗對祖國與新時代的樂觀信念。

　　如上所述，1945 年間龍瑛宗樂觀的中國民族主義信念，反映在他對中國政權之民主主義性質、中臺戰後社會發展、民眾生活、人民社會參與的信心上。除了對戰勝統一的祖國充滿關懷與信賴之外，他也相當關切臺灣人在「新時代」的發展問題。除了前面述及的「奮發有用論」之外，他還在〈汕頭來的男子〉及同期發表的隨筆〈文學〉中，從臺灣人及文學者兩角度提出臺灣人自我調整的課題。

　　〈汕頭來的男子〉中，龍瑛宗坦然提出殖民統治下臺灣人主動或被迫扮演日帝幫兇的問題。同時刊載於《新新》創刊號的隨筆〈文筆〉也論及同樣問題，顯見龍瑛宗對此問題的留意。

> 試回顧一下臺灣吧！臺灣無疑是殖民地。在世界史上殖民地，文學能夠繁榮的一次也沒有。殖民地是與文學無緣的。
> 儘管如此，臺灣不是有文學嗎？不錯，有過像文學的文學。然而那不是文學，明白吧。
> 有謊言的地方就沒有文學，只有戴著文學假面具的假文學。我們首先非自我否定不可。我們非再出發不可。非走正道不可。[10]

[9]龍瑛宗〈汕頭から來た男子〉，《新新》創刊號，1945 年 12 月。
[10]龍瑛宗〈文學〉，《新新》創刊號，1945 年 12 月。本稿中使用的譯文除特別標明者之外，均為作

　　龍瑛宗在〈青天白日旗〉、〈汕頭來的男子〉、〈文學〉及同期諸稿中，陸續發表光復禮讚，以及對臺灣人、臺灣文學的批判與省思。這些言論卻影響了近人對他的評價。

　　最早對龍瑛宗戰後初期文學活動進行探討的朱家慧，將〈青天白日旗〉、〈汕頭來的男子〉與呂赫若〈故鄉的戰事（一）：改姓名〉、〈故鄉的戰事（二）：一個獎〉、〈月光光〉，視爲一系列的「日本經驗的反省小說」。她認爲：

　　　臺灣知識分子在面臨歷史軌道逆轉之際，除了歡欣與憧憬之外，還多了
　　　一份高度的警覺性，一方面以文化人的使命感投身於臺灣心靈的重建工
　　　作，另一方面也小心翼翼地揣摩新歷史的價值觀，企圖在「日本化」與
　　　「中國化」的夾縫，尋求一個平衡的位置。[11]

　　因此她認爲這些小說的出現，顯示戰後帶有「高度警覺性」的臺灣作家，「在中國民族主義的一元思考下，試圖重組臺灣的歷史經驗，完全否定日本文化，以示臺灣人的忠誠度。」[12]對龍瑛宗戰前參與「大東亞文學者大會」等文學活動有相當認識的學者林瑞明，也以「有交心表態之嫌」質疑〈青天白日旗〉的創作動機，並以「驚弓之鳥的哀鳴」予〈文學〉負面評價。[13]陳建忠教授則以龍瑛宗刻畫了「臺灣人置身祖國與日本兩個敵對國家夾縫中的卑微心態」、是戰後初年最顯著「背負著原罪意識的陰影來創作小說者」的觀點，繼承並拓展朱、林說法。[14]

　者白譯。
[11]朱家慧《兩個太陽下的臺灣作家：龍瑛宗與呂赫若研究》，前揭書，頁230。
[12]同上註。
[13]林瑞明認爲龍瑛宗戰前曾出席「大東亞文學者大會」，有「感謝皇軍」一類言論。戰後「如此言
　　論，反映出害怕被新來的政權檢舉、清算的不安」。參見，林瑞明〈戰後臺灣文學的再編成〉，
　　《臺灣文學發展現象：五十年來臺灣文學研討會論文集（二）》，臺北：行政院文化建設委員會，
　　1996年6月，頁41。以及，林瑞明《臺灣文學的歷史考察》，允晨文化出版社，1996年，頁288
　　～289。
[14]陳建忠〈被詛咒的文學？：戰後初期（1945～1949）臺灣小說的歷史考察〉，收錄於陳義芝主編

　　相較於以上傾向負面的評價，系統研究龍瑛宗戰後文學的許維育則有意提出肯定說。她主張龍瑛宗這些文稿的目的在促進祖國對臺灣的認識，「他是以代替全臺灣人的立場發言，他不要臺灣人與祖國重逢之後，因爲被當作日本人、被當作漢奸這類『認同的危機』，而發生誤會衝突」。[15]拙文在大致肯定許維育論斷的前提下，企圖揭示龍氏比許氏所見更爲複雜的思想轉化過程。去年十月拙文宣讀之後，陸續又有學者呂正惠、關西大學博士生王惠珍等人，從不同脈絡針對龍瑛宗戰後文藝活動進行再考〈容後述〉。諸說紛陳，正足以說明跨時代作家心靈之複雜，及多重評價、詮釋之必要。

　　從 1945 間的文稿來看，龍瑛宗對新政權及社會未來發展充滿信賴，歡欣、感觸並不矯情，對社會的反省或思考似乎也不止於忠誠宣示。細讀文本甚至可以發現，龍瑛宗的思考與反省，於大我層面多，個人利害層次少。「周福山」對自己憤慨日本、投奔祖國，卻以「臺灣籍民」身分陷入另一種日帝幫兇的尷尬處境有所反省，而想另有作爲。主人公「我」固然說過：「我們生於不幸星辰之下，揹著幫兇的任務」，但是他們隨即苦心思考「我們冀望祖國勝利」，那麼「我們該有／能有什麼作爲」？小說中龍瑛宗無多顧忌地提出了殖民治下臺灣人主動或被迫扮演幫兇的問題。不過人物塑造顯示，有良知的臺灣人不易掙脫的殖民宿命、荒謬乖離的命運、堅持消極抵抗或靜待來日的孤忠、生不逢時的悲哀，才是他亟欲揭示的重點。戰後初期龍瑛宗的小說輕薄短小，質量不如戰前，不過對人物思想及心理變化的掌握仍不失力道。〈青天白日旗〉以今昔之比刻畫流轉於歷史洪流中無力小民於「光復」之際的心理衝擊，及其對新舊時代的愛憎和期望。〈汕頭來的男子〉則展現了日據時期臺灣人存在的幾種慘淡姿勢。與狐假虎威與殖民主共謀的臺灣人相較，龍瑛宗格外疼惜爲祖國與臺灣的未來焦慮不已，潔身自好或不幸齎志以歿者。上述作品皆顯示，臺灣甫告光復龍瑛宗

《臺灣現代小說史綜論》，聯經出版公司，1998 年 12 月，頁 38～39。
[15]許維育《戰後龍瑛宗及其文學研究》，前揭文，頁 24。

便以整體性的眼光關懷臺灣跨時代前後的若干社會像，並開始思考臺灣人跨時代的社會處境及精神心理變化問題。

藉由小說，龍瑛宗表達他對戰前後臺灣人處境與心理變化的觀察思考；在隨筆〈文學〉中他則以文學者的身分反省戰前文學的內涵問題。「有謊言的地方就沒有文學，只有戴著文學假面具的假文學。」在「漢奸總檢舉」與「奴化說」造成的不安空氣尚未沸沸揚揚的 1945 年，龍瑛宗對戰前文學的批判，或許應視為他對文學場域內的殖民污漬之自我清理。而這種行為與他在小說中流露出的對臺灣人幫兇角色的自覺與企圖超越，正是一體的。「我們首先非自我否定不可。我們非再出發不可。非走正道不可。」龍瑛宗以少有的果決口吻慷慨陳辭，是否如先前研究所指，只是為了個人安危，意圖抹消戰前罪行呢？

針對這一點，黃英哲教授曾以〈文學〉一文為據，指龍瑛宗為「戰後首先對臺灣文學提出反省」的人，提出龍氏曾思考「臺灣文學的發展在殖民統治下受到了基本的限制」的問題，可惜未針對此一觀點多做闡釋。[16]

呂正惠教授去年發表的一篇文章，詳細針對龍瑛宗後半生的文化意識進行了再檢討。文中，他對龍瑛宗從「殖民地感傷作家」到「戰後初期認同中國的熱情知識分子」之間的轉變及其內在連貫性，做了詳細的論證。他的主要觀點如下：

> 戰後龍瑛宗的第一個引人注意之處是，他在光復初期，因復歸於本民族而產生興奮之情，一直努力要擺脫以前那種小知識分子的感傷氣息，企圖向民眾文學靠攏。他迅速的認識到，臺灣必須和全中國同其命運，並殷切盼望中止內戰。他的行動能力遠比不上呂赫若和楊逵，但他對大局的了解跟他們不分上下。這一切都證明，日據時代那種感傷文學主要是時代使然。在殖民統治下，他心靈所受的創傷不下於當時任何反抗型的

---

[16] 參見黃英哲〈試論戰後臺灣文學研究之成立與現階段日據時期臺灣文學研究問題點〉，收於《臺灣文學發展現象》，臺北：行政院文建會，1996 年 6 月，頁 209～227。

作家。[17]

　　以上兩位教授的研究觀點或許不盡相同，但是他們都提示了——臺灣文學在殖民統治規限下，曾經產生某些發展限制與質相分歧的問題。這些問題往往成為戰後初期臺灣文學重新出發之際，在繼承文化遺產之前，必須先行清理與再思的重要課題。

　　依文本所見，至少在 1945 年間龍瑛宗對「新時代」有強烈意識與樂觀期望，屢次流露對新中國、新臺灣、新國際關係之思考，以及參與「新歷史」創造的熱情。以〈文學〉為例，該文開宗明義即表明應思考「文學與新中國建設」之關係，隨後並明白提出文學的用處「就是參與新中國的心理建設」。1946 年以後他也確實積極投入這項工作。由此可見，龍瑛宗當時極可能是基於參與新時代精神建設的前提，提出清理戰前文學內涵的呼籲。依此類推，他同期的小說在論者注意的「反省戰前經驗」或「戰後交心表態」等表相背後，應該還存在更主要的關懷、亦即他對臺灣人跨時代調適問題的整體性思考。

　　在激變的時代中，龍瑛宗並非沒有絲毫時代惶惑與個人焦慮。相反地，比起當時「陶醉於亢奮中」的呂赫若、大談「我們輕鬆了，多士濟濟」而打算歸農的張文環，1945 年的龍瑛宗儘管顯得樂觀，行為與言談仍顯得相對謹慎。[18]不過這種態度不全然出於他對個人戰前表現的顧慮，除了個性因素以外，內省式的思考模式及其對戰後臺灣文化改造問題的關懷也有相當關係。

　　對日據時期養成世界觀的知識分子而言，新時代的來臨直接衝擊他們的價值系統，過去的思想與行為表現一併受到挑戰。龍瑛宗正是快速意識到臺灣人及臺灣文化面臨了前所未有的價值跨越與重構，從而企圖探索適

[17]引自呂正惠〈一個堅忍的臺灣作家的後半生〉，夏潮聯合會、臺灣大學東亞文明研究中心舉辦，「臺灣殖民地史學術研討會：日本殖民統治時期」，2003 年 3 月 29〜30 日。
[18]許維育《戰後龍瑛宗及其文學研究》，前揭文，頁 26。

應之道的人。在新政權尚未由上而下進行國策性的文化重編之前，他已開始思考臺灣人如何適應新時代、新時代文學應具備何種社會功能等問題；同時也意識到文化重編與心理建設的必要性，而有一些自發性的重審與調適行為。他提出的清理與重建，顯然不同於日後部分外省人士提出的奴化批判以及國府推動的中國化政策，而且這種內向性的自我批判思考，在他對新政權的性質有了更深的認識之後，也將有所調整而漸趨全面。

三、以哭當歌：憂心忡忡的戰後社會觀察者

時序進入 1946 年春以後，龍瑛宗的光復熱與祖國熱開始褪退。

他的轉變，表現在〈兩人乘り自轉車〉（〈兩人乘坐的自行車〉，1946 年 2 月）、〈臺南にて歌へる〉（〈在臺南歌唱〉，1946 年 3 月）、〈生活と鬥ふ小孩子〉（〈和生活奮鬥的小孩們〉，1946 年 3 月）、〈ドン・キホーテ〉，（〈唐吉訶德〉1946 年 5 月）、〈「飯桶」論〉，（1946 年 5 月）、〈ハイネよ〉（〈海涅喲〉，1946 年 6 月）、〈飢饉と商人〉（〈飢荒與商人〉，1946 年 7 月）、〈中國認識の方法〉（〈認識中國的方法〉，1946 年 8 月）、〈理論と現實：よく現實を觀察せよ〉（〈理論與現實：好好觀察現實〉，1946 年 8 月）、〈ロスチャイルド家：大金持になル祕語〉（〈羅斯柴爾德家族：致富之祕〉，1946 年 9 月）、〈薔薇戰爭：臺胞は奴化されたか〉（〈薔薇戰爭：臺灣被奴化了嗎〉，1946 年 9 月）、〈心情告白〉，1946 年 11 月、〈內戰を止める〉（〈停止內戰〉，1946 年 10 月）、〈臺灣はどうなるか〉（〈臺灣會變成怎樣〉，1946 年 10 月）……等，詩、隨筆、評論之中。民族主義思維的淡化，對民眾生活、人民的社會參與、中臺現勢及其發展憂心忡忡，是這些文稿的共通特徵。

〈兩人乘坐的自行車〉是 1946 年 3 月龍瑛宗前往臺南擔任《中華日報》日文編輯工作[19]前，發表的最後一篇文稿。展示在一位徘徊街頭的失業

[19]《中華日報》「文藝欄」於 7 月 25 日改為「文化欄」。前後兩欄的編輯工作均由龍瑛宗擔任。

者面前的是獅子陣、酒女、舞女、霓虹燈充斥的酒池肉林，以及空襲後流行的男女共乘腳踏車的特殊風景。面對光復街景中充斥的各式異象，他首次以嘲諷的口吻流露出對光復社會的負面觀感。[20]

〈在臺南歌唱〉與〈和生活奮戰的小孩子們〉等南行後的最初文稿，同樣映照出作家眼下的暗澹街景：

> 來到古都臺南，我們忽然想起阿爾及利亞。（中略）高砂町昔日曾是鄭成功時代臺南唯一的繁榮街市，現在卻沉寂了。被轟炸過三次，如您所見已成廢墟。在那裡，街市為著生活的艱難而喘息著，街上的小孩也不能像昔日般天真地耽於遊戲，他們是吃著甘薯的、勇敢的小生活戰士。三月的季節風從上空徐徐吹拂著那白色的廢墟和那些孩子們。[21]

1946 年春包括龍氏友人在內的一批批日本人被遣送回國，他也為追逐生計舉家遷徙到陌生地臺南。他不只一次在文章中吐露為謀食而浪居的感傷以及時代更替造成的離情。物換星移、時代容顏快速轉換，此時的他也因各種內外因素漸失開朗[22]，而把自己比喻為「被流放到異地的悲哀詩人」：

臺南是沒落的貴族

以亨利・海涅的方式向臺南打招呼

臺南便微微一笑

---

[20]龍瑛宗〈二人乘り自轉車〉，《新新》第 2 號，1946 年 2 月 1 日。
[21]龍瑛宗〈生活と鬥ふ小孩子〉，《中華日報》。1946 年 3 月 21 日。
[22]龍瑛宗自 1945 年 6 月結束《臺灣新報》編輯工作之後，一直到 1946 年 3 月擔任《中華日報》編輯部日文編輯員之前，幾乎在失業狀況。《中華日報》工作頗適合龍氏發揮，依常理推測此時赴任新職心情應不致黯淡至此，可能有其他原因。〈臺南にて歌へる〉、〈ある女人への書翰〉均提及他與某位（日籍）已婚女士的友誼。家屬曾表示，當年他似曾有位頗能交流文學心得的「紅粉知己」，戰後返日。依文稿記述，該女離臺時龍正前往臺南赴任，兩人背道而馳，不及話別。因此筆者推測，龍氏此時心情黯淡，與此事可能也有部分關係。

　　我滿懷傷悲

　　同志臺南喲

　　我的歌也滿懷傷悲[23]

　　南國鮮明的風土，予憂鬱傷感的他一股異國情調之感。然而與此同時歷劫沉淪、滿目瘡痍的古都，以及社會經濟凋零下喘息營生的人們，更深深刺激了他敏感的神經，使他滿懷悲哀。不待多久，戰後的蕭條也使他成為為生活掙扎的市井小民之一。「我已看不見臺南的異國情趣。我也成為混雜在平凡市井小民中的一人，行走於臺南的街道上。」[24]顯然，戰後民眾生活困苦，社會發展不如龍瑛宗事前預期，個人生活的前景也不樂觀。

　　比起三月甫到臺南時「歌聲充滿傷悲」，六月的他進而瀕臨「無歌」狀態。

　　〈海涅喲〉

　　海涅喲

　　在世界盡頭的小島

　　有一位想念你的

　　可憐的詩人

　　那位詩人

　　是無名的詩人

　　吃著稀飯的人

　　不歌唱的詩人

　　海涅喲

---

[23] 龍瑛宗〈台南にて歌へる〉，《中華日報》，1946 年 3 月 15 日。另外，龍氏也曾在《女性素描》一書的〈第二封信：關於臺北與臺南〉一文中，提到初到臺南的他充滿感傷，把自己想像為如海涅一般，「被流放到異地的悲哀詩人」。參見龍瑛宗《女性を描く》，大同出版社，1947 年 2 月，頁 43～44。

[24] 《女性を描く》，前揭書，頁 44。

在臺灣的舊街裡

有一位想念你的

可憐的詩人

那位詩人

是無名的詩人

在光復的陰翳下哭泣的

不歌唱的詩人[25]

　　在飄浪、感傷、悲觀之餘，來到臺南三個月後的龍瑛宗盡量讓自己融入現實，並密切注意社會的發展。此刻他越發發現眼下的光復社會，陰影滿布、光明褪盡，與現代世界脫軌封閉落伍，經濟與精神雙重貧困，恍如被文明世界遺棄的孤島。

　　此一圖景顯然出於一雙失望的近代主義者之眼，曾幾何時龍氏樂觀的民族主義者面貌已悄然隱退。對戰後社會的認識日益增加，龍瑛宗越發體認「光復」非但未開啟更寬闊的新世界，相反地臺灣與現代世界通聯的大門正日益閉塞。這使他此時的心理狀態，除了悲觀之外更多了焦躁之色。1946 年夏秋之間，他開始嘗試婉轉提出個人社會觀察的意見。

　　5 至 8 月間他發表了〈唐吉訶德〉、〈認識中國的方法〉、〈理論與現實：好好觀察現實〉等稿，呼籲以「正確的方法」觀察新政權及戰後新社會。〈唐吉訶德〉一文中，比較哈姆雷特「懷疑性、神經質、內省性」與唐吉訶德「熱情樂天、自負、富實踐性」之差異。他肯定唐吉訶德類型者的優點，但認為社會太多這類型的人並非好事，因為空有行動力，不抱持探求真理的精神，無法妥善認識目標或對象，徒致行動覆敗。文末，他呼籲「親愛的臺灣的唐吉訶德喲！要好好認清風車，不要錯失喲！」[26]〈唐吉訶

---

[25]劉春桃（龍瑛宗）〈ハイネよ〉《中華日報》，1946 年 6 月 1 日。
[26]R（龍瑛宗）〈ドン‧キホーテ〉，《中華日報》，1946 年 5 月 13 日。

德〉旁及現實問題，〈認識中國的方法〉則明白指陳正確認識中國的必要性。龍瑛宗認爲，「因爲我們毫無疑問的是中國人，中國的命運就是我們的命運」，現在「中國處於動盪的漩渦中，危如累卵。於今救中國、探求中國復興的血路，首先應正確地觀察中國現實，究明中國應走的必然的歷史進路」。那麼如何究明中國問題呢？他認爲，須摒除先入爲主的觀念，秉持科學的歷史觀，參考中、日及西方有關中國社會經濟文化的研究，從現實中進行省察，尤應注意中國獨特的封建性、官僚主義及國際情勢等層面。[27]龍瑛宗認爲「現實是認識中國最好的教科書，〈理論與現實〉一文也呼籲臺灣同胞，雖然理論與現實同樣重要，但是在考察臺灣問題時「更應多觀察現實」。[28]

除了呼籲以正確方法觀察新政府及其領導下的社會現實之外，此時他也翻譯內地作者撰寫的〈「飯桶」論〉一文，間接對文中批判的中國大官耽於逸樂、百姓卻極其困苦一事表示應和。7 月與 9 月先後發表的〈飢荒與商人〉、〈羅斯柴爾德家族〉等短文，則以西方社會名例，藉古諷今，影射戰後臺灣奸商囤積居奇、哄抬糧價，導致百姓瀕臨餓死邊緣，以及爲富不仁者亂發戰亂財等不義現象。他將歷史案例與臺灣現況相比，提出「如果臺灣『食』的問題不能解決，那麼未來必定很暗澹」之警告，呼籲政府嚴厲取締奸商。[29]

龍瑛宗自日據時期便相當關心知識分子的出路問題，1945 年抱持「奮發有用論」的他，對光復後臺灣人民的社會參與充滿信心，然而次年他的想法便有了轉變。在〈私の大學〉（〈我的大學〉，1946 年 6 月）文中，他指出國家前途／文化／天才／人才晉用之間的重要關聯。他認爲：能夠拯救中國的是「文化」，能夠拯救中國文化的是「天才」。但是現在的中國卻

[27]彭智遠（龍瑛宗）〈中國認識の方法〉，《中華日報》，1946 年 8 月 8 日。
[28]風（龍瑛宗）〈理論と現實：よく現實を觀察せよ〉，《中華日報》，1946 年 8 月 22 日。
[29]參見：風人著、龍瑛宗譯〈「飯桶」論〉，《中華日報》，1946 年 5 月 30 日；龍瑛宗〈飢饉と商人〉，《中華日報》，1946 年 7 月 25 日；R（龍瑛宗）〈ロスチャイルド家：大金持になル祕語〉，《中華日報》，1946 年 9 月 5 日。

輕視文化、輕視天才，只注重學校教育與文憑，無異扼殺人才。[30]在〈人才の扼殺：人事問題に關して〉(〈人才的扼殺：關於人事問題〉，1946 年 8 月）中，他再次爲文批判戰後臺灣學歷至上的人事政策。他認爲：「人們多將『新臺灣建設』，當作創造『新的合理的歷史』的同義語」，但是從人事問題看來，卻非如此。能夠「創造歷史」的優秀人才不一定出自學校，他呼籲社會正值勃興之際應打破形式主義與學歷主義，勿使俊才埋沒於陋巷。[31]

把「新臺灣的建設」等同於「新的合理的歷史」，可見龍瑛宗對戰後社會的發展曾有過高度期待。然而，從上列文稿可見，1946 年以後他不再相信中國爲「未來大國」，對於早先有關光復後新歷史的發展、民眾生活、人民的社會參與等方面的樂觀看法，也做了修正。他捨棄光復初時「全盤肯定」、「想當然爾」的孺慕觀點，不斷從各種中外讀物及歷史經驗認識中國、分析臺灣現勢。他不斷摸索客觀看待新社會的方法，除了爲文表達對個人及社會全體發展的憂慮之外，也開始旁敲側擊地批判新政權及其統治下的亂象。臨近政府廢止日文報刊（1946 年 10 月 24 日）前的一、兩個月，身爲《中華日報》日文組主任的龍瑛宗對現實的警示與批評更趨積極，直截了當。

十月龍瑛宗對戰事再起充滿焦慮，〈戰爭乎和平乎〉一文對戰後和平表相下潛藏的危機提出警告。他表示，二次大戰在形式上已告終結，但戰爭餘波並未完全平息，印尼、菲律賓、西歐、中國各地仍有戰火。全世界命運都受美蘇影響，孤島上的臺灣人應對國際動向有所認識。[32]十月底他針對中國現況發表〈停止內戰吧〉一詩，痛切呼籲停戰，從事和平建設，解除民眾長期以來的痛苦。

[30]R（龍瑛宗）〈私の大學〉。《中華日報》。1946 年 6 月 13 日。
[31]風（龍瑛宗）〈人才の扼殺：人事問題に關して〉，《中華日報》，1946 年 8 月 8 日。
[32]龍瑛宗〈戰爭か和平か〉，《中華日報》，1946 年 10 月 3 日。

〈停止內戰吧〉

停止內戰吧

內戰起來老百姓將越痛苦

會瘦、瘦、瘦死喲

沒有老百姓成什麼國家

停止內戰吧

可憐的百姓

含著眼淚含著眼淚

渴望安居樂業

停止內戰吧

內戰起來將使百姓

從黑暗中出生而依舊黑暗

不得不趕赴墳場

停止內戰吧

和平、奮戰、救中國

在自由和繁榮之上

建設我們的美麗新中國[33]

　　日文欄刊行最末日，龍瑛宗並未如同版其餘稿件發表日文欄廢止對個
人創作或生計問題的影響，而持續以沉重的憂慮發表〈臺灣會變成怎樣〉
一文做為對讀者的警語。「我們臺灣會變成怎樣呢？」他認為影響臺灣命運
的因素可從內、外方面來考量。外部因素方面，一受中國整體政治發展所
制約，二受美蘇主宰的世界政治所影響；內部因素方面則是「本省創造自
己歷史的意志與力量」。他指出臺灣可能發展的路線有三：一、特殊狀態路

---

[33]彭智遠（龍瑛宗）〈內戰を止める〉，《中華日報》，1946 年 10 月 23 日。

線；二、與國內各省同等政治狀態的路線；三、愛爾蘭式獨立路線。他對
三種走向有如下分析：

> 第一種路線即現在臺灣正艱苦行進著的這種路線，第三種路線我認為現
> 在臺灣的歷史條件與環境尚未成熟。因此對全中國以及臺灣都好的路線
> 是第二種路線。達成第二種路線的可能性以國共和平談判為重要關鍵，
> 如果和平談判破裂、內戰長期化，那麼臺灣同胞、當然還有全國同胞，
> 則必須覺悟到將有更悲慘的黑暗日子，中國將面臨有史以來空前的危
> 機。
> 我們要回想最偉大的國父孫中山先生的話：「和平、奮鬥、救中國」、「革
> 命尚未成功，同志仍須努力」。[34]

　　1946 年以來龍瑛宗持續呼籲臺灣同胞認清國際情勢與臺灣現況，最後
終於以少見的大膽發言揭示臺灣發展的可能方向。他多次呼籲「自己的命
運需用自己的手去開拓不可」[35]、臺灣人應以「創造自己歷史的意志與力
量」決定臺灣前途。而此時的他也以他所贊同的第二種路線，明白揭露光
復後臺灣與內地各省政治權力不平等、內戰將持續影響臺灣社會發展、臺
人應警醒爭取自己權利的諸種事實。

　　如前所述，龍瑛宗赴臺南任職前後便時常流露低沉的情緒，之後雖因
對現實關注加深而稍顯積極，但是因戰後社會不安、失望引發的悲觀與焦
慮並未紓緩。在「名作巡禮」系列的多篇文稿中，都可以看見他試圖壓抑
悲觀，追求「暗澹中的一絲光明」的態度。此時的他表面上充滿「戰鬥精
神」[36]，實際上卻帶著困境求生、勉力為之的成分。[37]他離職後發表的〈心

---

[34] 龍瑛宗〈臺灣はどうなるか〉，《中華日報》，1946 年 10 月 24 日。
[35] R（龍瑛宗）〈海燕〉，《中華日報》，1946 年 10 月 23 日。
[36] 許維育曾在其前揭論文中，以「戰鬥到聲嘶力竭」描述龍瑛宗《中華日報》時期的思考與寫作。
[37] 譬如：〈ランデの死〉（《中華日報》，1946 年 5 月 9 日）一文中，龍瑛宗談到：意識死，方能知道
　　人生的重量，而深入禮讚。我們必須肯定人生，否定生，那麼我們的社會只有破滅一途。〈老殘

情告白〉一詩，充分流露這種心境。

　　〈心情告白〉
　　我
　　以異國的腔調
　　唱起了歌

　　我是
　　真正的中國人
　　真正的中國人

　　我的
　　心裡在哭泣
　　為了百姓
　　為了百姓[38]

　　龍瑛宗為了內戰再起、「新的合理的歷史」遙遙無期，充滿憂慮。因而為文呼求停止內戰、廣納人才，民眾警醒。他以哭當歌，為故鄉殘敗民眾困苦悲歌，為和平短暫戰後社會封閉退卻哭泣，也為自己的不合時宜傷悲。

　　1946 年以後龍瑛宗逐漸體認新政權的限制，文稿中的遣詞用字也日趨謹慎，流露警覺性。但是面對艱辛的中臺現狀質問「誰不流滂沱的淚為國家前途憂慮呢？」[39]的他，卻沒有刻意噤聲獨善其身。然而即使如此，1946 年底他也不得不認識到，只能以舊征服者的語言發出嘤嘤憂時之調的自

遊記〉（《中華日報》，1946 年 6 月 1 日）一文，則談到世上所有傑作，都是作者靈魂哭泣的產物。〈阿 Q 正傳〉（《中華日報》，1946 年 5 月 20 日），談到果戈里晚年陷入神祕主義，但是堅持現實主義者精神的魯迅則奮戰到最後，在暗澹中燃燒一絲光明。
[38]龍瑛宗〈心情告白〉，《中華日報》，1946 年 11 月 17 日。
[39]龍瑛宗〈文化を擁護せよ：臺灣文化協進會成立を祝す〉，《中華日報》，1946 年 6 月 22 日。

己,在日文禁止後失去了工具與舞臺,日趨動盪的社會更將把他愈愈拋離文藝運動的軌道。

綜上所述,戰後龍瑛宗在高度的光復熱與祖國熱驅使下,對戰後社會發展與民眾生活抱持高度關心,對社會變化敏感的他,不斷從各方面補充、調整、修正自己對新政權及新社會的認識。這些努力卻使他無法成為一個長久歡欣的民族主義者,1946 年初以後他便在日趨變調的光復社會中喪失了對祖國政權的樂觀信任。此後他以《中華日報》為舞臺,焦躁地呼籲正確觀察中國現實的重要性,並積極傳布文藝運動的藍圖與願景,而從一位樂觀的民族主義者變成一個憂心忡忡的民主主義者。

四、文藝運動與社會改造:龍瑛宗對現代社會的呼求

以龍瑛宗為碩、博士論文研究對象的王惠珍,在她最近一份研究中曾這麼寫道:

> 初自殖民地體制的枷鎖中解放出來的臺灣社會百廢待舉,客觀環境並不容許龍瑛宗太過沉溺於個人的浪漫感懷憂傷中。「中國的命運即是我們的命運」,將臺灣問題回歸到中國問題的範疇中思索,積極地思索臺灣文化如何在殖民時代所累積的文化基礎上,營造新文化進而與提升祖國文化,共同建設新中國。這是戰後初期臺灣智識分子共同面臨的難題,急待突破的困境。[40]

王惠珍指出龍瑛宗此時的主要關懷及思考模式,這部分也正是本節將逐一梳理的。

喪失對祖國政權的樂觀信任後,龍瑛宗反而逐漸能在激烈的社會變遷

---

[40]王惠珍〈浴火鳳凰——關於龍瑛宗的臺南時期‧兼論《女性素描》〉,「張文環及其同時代作家學術研究會」論文。臺南:國家臺灣文學館、國立文化資產保存中心籌備處主辦,靜宜大學中文系承辦,2003 年 10 月 18~19 日,頁 183~204。

中冷靜思考。他嘗試控制自己悲觀的情緒，以奮戰者之姿提出社會觀察的省思與建言。

也正是從那時開始，他對中國封建性的反省才與他對臺灣殖民性的清理產生對應，形成若干精神建設與文化改造觀點，使他對戰後中、臺社會的發展問題有了更全面的思考視野。

1946 年以後龍瑛宗在論述中漸漸以「中國」一詞代替充滿民族主義情感的「祖國」一詞，對社會現勢提出批評。然而這並不意味他此時對祖國或中國的認同有明顯轉變，至少在二二八事變爆發前他仍流露對國家的高度認同。「因為我們毫無疑問的是中國人，中國的命運就是我們的命運」、「如果中國滅亡了，我們也將滅亡」，此時龍瑛宗中臺命運共同體的思維與「天下興亡，匹夫有責」[41]的愛國心，比之〈汕頭來的男子〉一文所流露者，並無顯著差異。有所不同的是，他不再認為民族匡復必然能開啓新時代，對祖國政府創造「新的合理的歷史」的能力感到懷疑。對新政權產生疑慮的同時，龍瑛宗的社會思考也產生了轉變，他逐漸從信任政權的力量轉而信任民眾的力量，民族主義的熱情也次第被民主主義的知性所取代。此時他最關心的就是，如何以民眾的意志與努力，進行深層的社會文化改造的問題。龍瑛宗曾提到魯迅痛恨中國社會的劣根性因而有種種批判，然而他卻是「真正最愛中國的人」。[42]1946 年期間龍氏似乎也就是出於「清理封建性」、「啓蒙群眾」的心理，透過《中華日報》「文學巡禮」、「知性之窗」等專欄，持續提出其精神建設與文化改造的意見。

基本上，他的精神建設與文化改造觀點，建構於他對中國社會性質（包含政權、社會、人民）的認識上，而體現於追求現代社會的主張之中。〈太平天國〉（1946 年 1 月）、〈個人主義の終焉：老舍の「駱駝祥子」〉（〈個人主義的結束：老舍的駱駝祥子〉1946 年 3 月）、〈阿 Q 正傳〉（1946 年 5 月）等文章顯示，光復後龍瑛宗積極從各種日文讀物，特別是中國新

---

[41] 引號中幾處引文，皆出自〈中國認識の方法〉，前揭文。
[42] 〈阿 Q 正傳〉，前揭文。

文學名作去認識中國。他對中國的關切主要在近現代中國的歷史演進及其
社會性質兩方面，五四以來中國知識界對這些議題的思考似乎給他不少啓
示。隨著時間進展，他的中國認知日漸增長、蛻變。

　　早期龍瑛宗在〈民族主義的烽火〉與〈太平天國〉等文章中分析近代
中國的歷史困境，曾將民族革命視爲結束封建統治與列強殖民的重大成
就，對革命後的社會發展抱持相當樂觀。這些文章顯示，當時他的主要關
懷在民族革命，尚未注意到社會改革層面的問題。到了〈個人主義的結
束〉一文發表時，龍瑛宗仍流露政治新局面必能引發社會新氣象之線性思
考，不過另一方面他也開始認識到中國／中國人的悲劇背後有更爲複雜的
社會文化問題，亦即封建性的問題。綜合〈個人主義的結束〉與〈阿 Q 正
傳〉兩文，他認爲：中國的悲劇是特殊歷史背景下的產物。滿清異民族的
征服、列強帝國主義的侵凌、軍閥割據的禍害，強化了中國社會的封建性
格，同時造成中國人充滿拜金思想、極端利己主義的扭曲性格。唯有消滅
封建社會，才能解除中國與中國人的悲劇。欲消滅封建社會，則必須促進
民眾「自我意識的覺醒」，並使其自我意識昂揚到「社會意識」的層次，亦
即促進「近代意識」的萌芽。此乃戰後龍瑛宗對現代性問題的初步思考。

　　1946 年中期以後，隨著國際局勢與中臺情勢的動盪，龍瑛宗益發有意
藉由省察中國文化的落伍性格尋找方策。他認爲「現在中國正面對深刻的
社會危機，其象徵的文化也瀕臨危機」。[43]他甚至不客氣地指出，雖然中國
曾有優秀文化，但是亞細亞生產模式使中國經濟停滯，導致社會上層建築
的政治與文化也腐敗、停頓了。「我們中國人不能不坦承，現代的中國文化
在世界上是一點都不值誇耀的落伍國家。」[44]因此，他呼籲以「科學的世界
觀」反省中國獨特的封建性、官僚主義，究明「中國應走的必然的歷史進
路」。[45]那麼，什麼是「科學的世界觀」、什麼又是「中國應走的必然的歷史

---

[43]〈文化を擁護せよ：臺灣文化協進會成立を祝す〉，前揭文。
[44]彭智遠（龍瑛宗）〈中國古代の科學書：宋應星の「天工開物」〉，《中華日報》，1946 年 9 月 12 日。
[45]〈中國認識の方法〉，前揭文。

進路」呢？龍瑛宗認為：「科學的世界觀」是「近代性自我的覺醒與確
立」，亦即「知性的解放」之後的產物。「科學的世界觀」是「現代文明的
原動力」、「建構歷史的力量」，也是達成「政治民主化」的必備條件。至於
「中國應走的必然的歷史進路」，他認為那也就是「民主化的道路」。[46]

　　龍氏的主張顯示，1946 年以後他已認識到民族革命（漢族中興、抗日
勝利、臺灣光復等）不能解決中國（及臺灣）的所有悲劇，社會文化的落
伍性格才是影響國家強弱興亡的關鍵。因此他對社會國家發展的思考，也
逐漸從民族主義轉向民主主義。龍瑛宗對政治民主化的思考，與他對光復
後臺灣未與國內各省達成政治平等的特殊狀態有關。不過其關懷卻不止如
此，民主化問題只是他有關中國現代化問題思考的一環。龍瑛宗所言的
「知性的解放」，簡言之也是民眾近代意識的啟蒙與確立。他認為，知性的
解放與政治民主化息息相關。中臺同胞正因為欠缺「文藝復興」以及「近
代性自我的覺醒與確立」之過程，所以無法邁向民主主義的道路。[47]這樣的
社會使他感到悲哀，「封建社會不允許有知性的覺醒，所以民眾一直被迫陷
於無智之中。因此東洋人的知性是沉睡的，東洋人的表情是悲哀、無智
的。」[48]他十分憂慮中國社會的落後性格將限制國家社會的未來發展（連帶
影響臺灣），更擔心中國、臺灣將與當代社會疏離，落後於現代社會之外。
他文章中多次強調的文藝復興、知性解放、近代性自我的覺醒與確立、科
學與工業革命、民主主義，綜而言之也就是西方現代化運動的主潮。這些
論述正反應了他對祖國政府領導下的中國與臺灣缺乏現代性，有著強烈的
焦慮。

　　如上所述，龍瑛宗認為中國富強之道，就是必須克服封建性，也就是
要現代化，包括工業化（科學力）、民主化（政治力）、文藝復興（文化
力）、民眾知性啟蒙等。對身為文學者、副刊編輯的龍氏而言，他尤其關心

---

[46]R（龍瑛宗）〈新劇運動の前途〉，《中華日報》，1946 年 10 月 15 日。
[47]參見龍瑛宗〈知性のために：お別れの言葉〉，《中華日報》，1946 年 11 月 17 日；及〈文化を擁
　護せよ〉，前揭文。
[48]〈知性のために：お別れの言葉〉，前揭文。

文藝復興與民眾啟蒙兩方面。龍任職《中華日報》期間，積極設立專欄引
介世界文學、推廣文化議題、鼓勵青年作家、關注女性文化教養、有意識
地對讀者進行知性啟蒙。從種種努力看來，顯然他曾經有意引發風氣，促
成一次「戰後臺灣的文藝復興」。[49]在社會動盪、政治熱高漲的戰後初期提
倡文藝運動，龍瑛宗並非不解箇中困難。他也曾說過，在米價高騰的時
代，「若沒有做好餓死的心理準備，就無法談文學」。[50]但是正因為體認到中
國社會的落後性格與民族革命、政治革命的有限性，他不得不憑藉文學與
文化的力量以現代啟蒙落實深層改造。

　　龍瑛宗高唱「擁護文化」。「文學巡禮」與「知性之窗」中發表的文
章，多次闡述文學與文化、文學與新時代、文學與國家、文學與現代化之
間的重要關聯。「文學是創造、建設美好社會的必要基礎之一」，「文化團體
或文化人必須利用一切機會，使一般大眾認知文化的重要性」。他認為：不
需要文學的時代，是悲哀社會。整天想著吃不可能產生文化，那樣的社會
將盜賊橫行、發展停滯。我們應該以「高度的文化力」打開現今社會的不
安定，驅逐這樣的「非理想社會」。此外，他還呼籲政府或文化組織，正視
文化人多於社會底層沉淪的事實，使文化人獲得最低程度的安定生活，並
使被埋沒的俊才為國家社會所用。[51]

　　龍瑛宗以現代性觀點對政治力與文化力的重估，連帶使他看待臺灣歷
史與面對中日文化的態度有了轉變。如前所述，1945 年龍瑛宗曾在〈文
學〉、〈汕頭來的男子〉等文稿中，對臺灣社會在殖民統治荼毒下扭曲生成
的殖民性進行反省。然而 1946 年 9 月當他在〈薔薇戰爭：臺灣被奴化了
嗎〉[52]一文檢討當時頗敏感的「奴化說」時，卻以英法百年戰爭為例，說明

---

[49]朱家慧曾以「臺灣主導的中國文藝復興」一詞，說明龍瑛宗的這種企圖。但筆者認為龍的主要關
　懷在臺灣，故僅以「臺灣的文藝復興」稱之。
[50]《女性を描く》，前揭書，頁 43～44。
[51]〈文化を擁護せよ：臺灣文化協進會成立を祝す〉，前揭文；及《女性を描く》，前揭書，頁 45～
　48。
[52]R（龍瑛宗）〈薔薇戰爭：臺胞は奴化されたか〉，《中華日報》，1946 年 9 月 19 日。

「文化力」比「武力」更具征服力，臺灣人並未被奴化。

> 我們臺灣人是有五千年文化的漢民族，絕不是非洲或南洋的未開化民
> 族。換言之，我們臺灣人的文化能力絕非日本人可以打敗的，這一點我
> 們臺灣人必須清楚認識不可。

「那些對臺灣人是否被奴化議論紛紛的外省人，大可不必擔心了吧。」他不僅否定「奴化說」，甚至還在〈日本文化に就いて：これからの心構へ〉（〈關於日本文化：今後的心理準備〉1946 年 10 月）一文，從對外來文化的吸收能力方面，不諱言地表示：日本文化雖有種種弊害，卻比中國文化的水準高，「中國是文化落伍的國家」。他呼籲日本報紙雜誌廢止後，仍應對日本文化保持關心，從日本文化吸收的外來文化中，圖中國文化的向上與進步。[53]由此可見，龍瑛宗對文化高低的判定相當程度根據於現代化程度的高低，而他此時對「奴化說」的否定，與他對中國社會落後性格的發現，無疑是互相牽涉的。

　　1947 年 1 月龍瑛宗回到睽違十個月的臺北城。〈臺北的表情〉是二二八事變爆發前他發表的最後一稿，也很可能是他以中文撰寫的第一篇稿件。[54]在這篇隨筆中他寫到除了轟炸過的傷痕還未完全恢復以外，臺北的表情變了。臺北卸下了「日本的表情」，換上「上海、福州的表情」，也就是「祖國的表情」了。起初他看見臺北「有兩種相反的表情」，一邊是憂鬱的地獄，一邊是歡呼的天國。最後他發現，臺北根本沒有固有的表情，「因為臺北沒有鞏固的歷史與文化」。[55]〈臺北的表情〉顯示，文化的主體性問題

---

[53]龍瑛宗〈日本文化に就いて：これからの心構へ〉，《中華日報》，1946 年 10 月 23 日。

[54]〈臺北的表情〉發表以前，龍瑛宗曾在中日文對照的《中華》雜誌上發表〈太平天國〉、〈中美關係和其展望〉、〈楊貴妃之戀〉等中文稿，但極可能是雜誌社委人翻譯的。另外，1949 年龍發表〈左拉的實驗小說論〉時，曾自註是作者初次使用中文發表的文稿，不過筆者仍不排除稍早發表的中文稿〈臺北的表情〉係他本人所撰的可能性。

[55]龍瑛宗〈臺北的表情〉，《新新》第 2 卷第 1 號，1947 年 1 月。

從 1945 年〈文學〉一文發表以來到二二八事變前，一直是龍瑛宗的根本關
懷。在稍後出版的單行本《女性を描く》（《女性素描》，1947 年 2 月）一
書中，他也再次論及文化主體性及中、臺文化建設的相關問題。龍瑛宗寫
到：臺北乃臺灣文化的中心，但是日據時期的臺北文化不過是「殖民地的
文化」、「政治性的變形文化」，無法發展成「真正的文化」。至於戰後，由
於臺灣命運受限於中國政治、臺灣文化受到中國落伍文化的牽制，因此也
無法發展出真正的文化。對此，他強調「切斷中國的落伍文化的枷鎖者，
必須是中國人；切斷臺灣的落伍文化，必須是臺灣人。所有成果不可能由
等待獲致，必須經由戰鬥獲得。」[56]

　　龍瑛宗似乎認為，臺灣人擁有固有漢文化，因此經歷殖民統治並未被
奴化。不過殖民統治與多次的政權轉移影響臺灣文化的發展方向，使臺灣
文化欠缺主體性，卻不能漠視。相對地，中國的社會文化中也有沉重的封
建性問題，必須加以正視。由此可見，他對社會文化的批判與反省不局限
於臺灣，對臺灣文化殖民性遺留問題的反省，也未因為對中國社會文化封
建性問題的發現而轉移或終止。殖民性清理與封建性清理，在他有關戰後
精神文化重建的思考中或有遲速，卻是相對應的兩面。他所希望的，無疑
是中國人、臺灣人都能對此一重大時代課題有所認識，共同為新時代文化
的建設挺身戰鬥。

　　日文欄廢止、編輯工作結束，使 1947 年春佇立臺北橋凝視夜間臺北的
龍瑛宗充滿感慨：

> 臺北的夜裡，卻有豔婉的美，但是我已經疲倦了。從前我時常抱個希望
> 來在這裡徘徊著，但是，現在的我是很多的回想比希望更加多倍在我的
> 懷裡還生著，他使我感著疲倦。[57]

---

[56] 《女性を描く》，前揭書，頁 43～44。
[57] 同註 56。

「色情的特別的表情」、城市「虛無的哭笑」，在貧富對立的臺北夜空扭曲著。社會精神的頹廢，主體性匱乏的文化，讓高呼文藝復興、民眾啓蒙的龍瑛宗充滿無力感。

初抵臺南任職時，他曾以懷才不遇的心情書寫如下一段感言：

> ……少年的我不想成為大政治家或大企業家，只想當個作家，寫下我一生點點滴滴的淚與歡樂，然後走向我的墓地。
> 然而帝國主義的枷鎖縛住我的手腳，我無法歌頌，悲傷也只能偷偷揮著浪漫主義的旗子。雖然年少時的我曾野心勃勃想活躍於文壇上，但雄圖大志已殘酷地破滅了，為了生活流浪復流浪、落魄又落魄，在遙遠的臺南徬徨不已……。[58]

1947 年回到臺北的他，面臨文藝舞臺的縮減，語言轉換的危機，個人文學進路的迷茫，以及再次轉業等生計問題，何止懷才不遇，文學活動能否持續已大有問題。

王惠珍相當精要地將龍瑛宗臺南時期的創作書寫，概括爲以下三方面：一，對殖民地文學的反省；二，中國認知的重構；三，關於女性觀的論述。[59]綜觀龍瑛宗 1945 至 1947 年初的文筆活動與思想發展，戰後一年半期間龍瑛宗從一個民族主義者漸進爲一個民主主義者，與此同時他的思考焦點也從（針對臺灣人的）殖民性清理轉爲（針對中國全體社會的）封建性清理之層面。對此時的他而言，「民族主義者／民主主義者」、「清理殖民性／清理封建性」之間，有階段性遞變，卻並無矛盾。殖民性清理或封建性的清理，也不過是龍瑛宗在其現代性關懷之下，先後針對臺灣、中國不同歷史發展下形成的落伍文化進行批判的產物而已。對中、臺灣社會文化落伍性格有所體認的他，有意藉文化運動對民眾進行現代性啓蒙，貢獻於

---

[58]《女性を描く》，前揭書，頁 64～65。
[59]王惠珍〈浴火鳳凰——關於龍瑛宗的臺南時期‧兼論《女性素描》〉，前揭文，頁 203。

新時代新國家的精神及文化建設。因此將主力投注於現代文藝的引介、文化議題的推動等文藝啓蒙工作。此時他的創作不多[60]，各篇手法、風格、議題相異，顯示仍在摸索新階段的創作方向。另外，在語言轉換方面也未多做準備。1946 年 3 到 10 月，是戰後初期龍瑛宗最活躍的階段。他以《中華日報》日文文藝欄與文化欄爲舞臺，不遺餘力地營造文藝啓蒙風氣，幾乎未遑顧及個人發展。就這樣，充滿焦躁和憂慮地行到人生的轉捩點，開始了長達 30 年的文學蟄伏期。

五、結論

現有戰後初期的相關討論中，有幾種普遍被接受的解釋。一、從 1945 到 1947 年二二八事件爆發前，光復熱與祖國熱有由熱趨冷的「退燒現象」。二、臺灣文學作品從帶有「原罪意識（自我反省）」到形成「批判性寫實主義（批評新政權）」，呈現批判對象由內趨外的現象。[61]三、從 1945 到 1947 年，臺灣人民對祖國政府的認同感逐漸下降。上述三說互爲表裡，說明臺灣人在解殖復歸的時代轉換中產生的失望情緒、否定態度與認同流變。

透過以上討論，可以發現 1945 年 8 月日本投降到 1947 年二二八事變爆發的一年半左右期間，龍瑛宗的思想與精神狀態，大體上與上述一、二點說法符合，第三點則由於他二二八事件後文稿銳減，尚待更多證據方可論斷。不過，在龍氏光復熱祖國熱退燒及其批判之眼由內而外的轉變後面，不只是認同是否減弱的問題，而是其思考模式如何深化、理性化、全面化的問題。掩蓋於龍瑛宗的失望情緒與否定態度之表象下的，是更多被論者忽略的，一位有強烈社會認同感的作家面對時代跨越時的改革熱望，以及因此衍生出的對臺灣及中國之過去未來的各種樂觀或悲觀的思考。

---

[60]除了五首詩之外，只有〈青天白日旗〉、〈汕頭來的男子〉、〈燃燒的女人〉（〈燃える女〉，1946 年 4 月）、〈悲哀的鬼〉（〈悲哀の鬼〉1946 年 10 月）四篇短篇。
[61]本項主張參見，陳建忠〈被詛咒的文學？：戰後初期（1945～1949）臺灣小說的歷史考察〉，前揭文，頁 31～83。

　　龍瑛宗追求現代社會的渴望與他對新政府、新時代、新國際情勢的認知與判斷有關，更與他對臺灣社會前途的關心密不可分。比起個人安危、創作發展或語言轉換，此時他更關心文藝復興、社會改造的問題。身為一位文學之路坎坷的「跨時代跨語作家」，他的戰後初體驗顯現一位對新時代、新社會充滿熱忱的作家，在艱難中不懈地觀察、學習、摸索、修正，企圖從文化人位置對社會轉換做出貢獻的姿影。

　　在面臨歷史軌道轉換之際，龍瑛宗有歡欣、有憧憬、有過悔罪意識，不過他不汲汲營營在「日本化」與「中國化」的夾縫尋求一個有利位置，而是基於文化人的使命感投身民眾精神的重建與啓蒙工作，努力揣摩「創造合理新歷史」、「建設現代社會」的可能性。戰後龍瑛宗由樂觀的民族主義者變成憂心忡忡的民主主義者，其批判焦點從「清理殖民性」到「清理封建性」。他的種種轉變，除了記錄戰後臺灣知識人變幻不定的社會體驗與認同變化，更顯示一位崇尚現代性的時代跨越者對新社會的幾番思索。

　　至於像龍瑛宗這樣在帝國統治下教育、成長，高度認同西方近代文學、日本文學的文化知識分子，如何接受、認知、形構他自以為是的現代理想，這樣的現代性具有什麼樣的特色及意義，則可以多元現代性觀點，進一步研議。

參考書目

一、徵引文獻（依刊載順序排列）

【1945 年】

・龍瑛宗〈民族主義の烽火〉，《新青年》，第1卷第3號，1945年11月。

・龍瑛宗〈青天白日旗〉，《新風》創刊號，1945年11月。引用龍氏自譯文，發表於《路工》第48卷第5期，1983年5月。

・龍瑛宗〈汕頭から來た男子〉，《新新》創刊號，1945年12月。

【1946 年】

・龍瑛宗〈太平天國〉，《中華》創刊號、第2號，1946年1月、4月。

- 彭智遠（龍瑛宗）〈中美關係和其展望〉,《中華》創刊號，1946年1月。
- 龍瑛宗〈二人乘り自轉車〉,《新新》第2號，1946年2月1日。
- 龍瑛宗〈生活と鬥ふ小孩子〉,《中華日報》，1946年3月21日。
- 龍瑛宗〈臺南にこ歌へる〉,《中華日報》，1946年3月15日。
- 龍瑛宗〈ランデの死〉,《中華日報》，1946年5月9日。
- R（龍瑛宗）〈ドン・キホーテ〉,《中華日報》，1946年5月13日。
- 龍瑛宗〈阿 Q 正傳〉,《中華日報》，1946年5月20日。
- 風人著、龍瑛宗譯〈「飯桶」論〉,《中華日報》，1946年5月30日。
- 劉春桃（龍瑛宗）〈ハイネよ〉,《中華日報》，1946年6月1日。
- 龍瑛宗〈老殘遊記〉,《中華日報》，1946年6月1日。
- R（龍瑛宗）〈私の大學〉,《中華日報》，1946年6月13日。
- 龍瑛宗〈文化を擁護せよ：臺灣文化協進會成立を祝す〉,《中華日報》，1946年6月22日。
- 龍瑛宗〈飢饉と商人〉,《中華日報》，1946年7月25日。
- 風（龍瑛宗）〈人才の扼殺：人事問題に關して〉,《中華日報》，1946年8月8日。
- 彭智遠（龍瑛宗）〈中國認識の方法〉,《中華日報》，1946年8月8日。
- 風（龍瑛宗）〈理論と現實：よく現實を觀察せよ〉,《中華日報》，1946年8月22日。
- R（龍瑛宗）〈ロスチヤイルド家：大金持になル祕語〉,《中華日報》，1946年9月5日。
- 彭智遠（龍瑛宗）〈中國古代の科學書：宋應星の「天工開物」〉,《中華日報》，1946年9月12日。
- R（龍瑛宗）〈薔薇戰爭：臺胞は奴化されたか〉,《中華日報》，1946年9月19日。
- 龍瑛宗〈戰爭か和平か〉,《中華日報》，1946年10月3日。
- R（龍瑛宗）〈新劇運動の前途〉,《中華日報》，1946年10月15日。
- R（龍瑛宗）〈海燕〉,《中華日報》，1946年10月23日。
- 彭智遠（龍瑛宗）〈內戰止〉,《中華日報》，1946年10月23日。
- 龍瑛宗〈日本文化に就いて：てれからの心構へ〉,《中華日報》，1946年10月23日。

・龍瑛宗〈台湾はどなるか〉,《中華日報》,1946年10月24日。

・龍瑛宗〈心情告白〉,《中華日報》,1946年11月17日。

・龍瑛宗〈知性のめに：お別れの言葉〉,《中華日報》,1946年11月17日。

【1947 年】

・龍瑛宗〈臺北的表情〉,《新新》第2卷第1號,1947年1月。

・龍瑛宗《女性を描く》,大同出版社,1947年2月。

二、中文專書及論文（依著者姓名筆劃排列）

王惠珍

・2003〈浴火鳳凰——關於龍瑛宗的臺南時期・兼論《女性素描》〉。「張文環及其同時代作家學術研究會」論文。臺南：國家臺灣文學館、國立文化資產保存研究中心籌備處主辦,靜宜大學中文系承辦。

呂正惠

・〈一個堅忍的臺灣作家的後半生〉。夏潮聯合會、臺灣大學東亞文明研究中心舉辦,「臺灣殖民地史學術研討會：日本殖民統治時期」。

朱家慧

・2000《兩個太陽下的臺灣作家：龍瑛宗與呂赫若研究》。臺南：臺南市立藝術中心。

林瑞明

・1996〈戰後臺灣文學的再編成〉。收於《臺灣文學發展現象：五十年來臺灣文學研討會論文集（二）》。臺北：行政院文化建設委員會。

・1996《臺灣文學的歷史考察》。臺北：允晨文化出版社。

黃英哲

・〈試論戰後臺灣文學研究之成立與現階段日據時期臺灣文學研究問題點〉。收於《臺灣文學發展現象》。臺北：行政院文化建設委員會。

許維育

・1998《戰後龍瑛宗及其文學研究》。新竹：清華大學中文系碩士論文。

陳建忠

・1998〈被詛咒的文學？：戰後初期（1945～1949）臺灣小說的歷史考察〉。收於陳義

芝主編，《臺灣現代小說史綜論》。臺北：聯經出版公司。

——選自《臺灣文學學報》第 4 期，2003 年 8 月

龍瑛宗與《今日之中國》
記六〇年代一段軼事

◎陳萬益*

　　龍瑛宗生前數度自訂年譜和寫作年表，戰後出版的龍氏別集，除了《描繪女性》、《杜甫在長安》之外，《午前的懸崖》、《龍瑛宗集》和《夜流》都附有「自訂年譜」或「生平寫作年表」，其間若再加上刊登於《文訊》第 18 期丘秀芷專訪稿之後的〈龍瑛宗先生大事記與著作年表〉，則共計四種公開的自撰年表。這四種年表，有的比較簡單，有的比較詳細；有的以西元編年，有的署民國；部分用詞有差別，如，「光復前」與「日據下」、「臺灣光復」與「戰爭結束」等；依發表的時間先後，年表終止的時間分別是：1984、1984、1987 和 1992。總之，從這些年表的持續編訂及著作目錄的增補情形來看，龍瑛宗對個人的文學生涯及創作成績是相當自信和珍惜的。

　　1997 年，本人受龍氏兒子劉知甫的託付，在國立文化資產保存研究中心籌備處支持下展開為期三年的《龍瑛宗全集》蒐集、整理、翻譯暨出版的計畫。我們整理了龍氏所有藏書和資料，並從國內外雜誌、報紙去搜尋、增補，最遺憾的是：1942 年，龍氏在《臺灣日日新報》任職期間，主編「兒童新聞」版，不久即易名為「皇民新聞」，在該刊上，他曾經連載過〈猿飛佐助〉小說，可惜，迄今為止，仍遍尋不著。這兩年多來的蒐集、整理成績，一部分已經在本人指導、許維育撰著的碩士論文《戰後龍瑛宗及其文學研究》附錄「戰後龍瑛宗生平寫作年表」，以及日本綠蔭書房今年

*清華大學臺灣文學研究所教授兼所長。

出版的《日本統治期臺灣文學、臺灣人作家作品集》第 3 卷，龍瑛宗別集附錄的「著作年譜」中呈現出來。

　　龍瑛宗保存了從公學校到開南商工的成績單、畢業證書以及後來就業的相關證件，對龍氏生平的瞭解有相當幫助；個人的剪報，也使得〈趙夫人的戲畫〉等作品得以留傳於世，其他零碎的筆記、文件、信函等都可以幫助我們進一步掌握其文學和思想。在無意間我們發現一份未公開的自訂年譜，還有一張「今日之中國社」的聘函署 1965 年 5 月 1 日：可知他受聘爲「今日之中國」社編輯委員會主筆。一方面對於此一事實在公開的年譜中均未著錄；二來對於「今日之中國」社完全無知；三者對於龍瑛宗在戰後沉潛時期的好奇，這兩年來我向知甫和文甫做了一些訪談，最後在今年 4 月間於日本國會圖書館查閱《今日之中國》雜誌，方始對龍氏戰後向日本譯介臺灣小說的事蹟有一初步理解，以下試將所知經緯及相關資料加以陳述，以供論者參考。

　　一般人都知道：戰後初期臺灣作家有感於回到「祖國」懷抱，都相當積極從事文化活動，龍瑛宗主編《中華日報》日文版、編刊《中華》雜誌、投稿《新風》、《新新》、《龍安文藝》，出版散文集《描繪女性》等，都可以看出他對臺灣文學的熱情和理想。可是，二二八事件和緊接而來的白色恐怖，無情地打擊，使得一向內斂、審慎而木訥的龍瑛宗擱下筆墨，噤若寒蟬。此後，相較於同輩受難的文學人而言，龍瑛宗幸運地回到本行，進入合作金庫工作，一待將近三十年，雖然他個人兢兢業業，專業上也頗有表現，但是，他跟孩子們說：「我不想升官，我只想看書，降級也無所謂。」（劉知甫口述）這二、三十年間，他還是不改所好，想盡辦法閱讀文學和日文書籍，或者瞑想構思，所以，1975 年退休以後，立即回復創作：〈媽祖宮的姑娘們〉、〈夜流〉、《紅塵》等源源而出。在合庫服務期間，迫於時勢，未克創作，然而龍氏並未遠離文學。大概也因爲對於文學的執迷，才會在平靜的金融歲月中生起一段波瀾，卻又在回首時，不免悵然，而無意公開此一經歷。

　　龍氏的自訂年譜，對這一段歲月的紀錄，大概都是如下簡單數條：

　　民國三八年　　合作金庫課長
　　民國四八年　　合作金庫人事室副主任
　　民國六一年　　合作金庫稽核室主任
　　民國六五年　　合作金庫退休

　　　　　　　　　　　　　　　　　——《夜流》，頁 295

　　最多也只有補上這期間發表的作品——《臺北文物》的〈日人文學在臺灣〉。

　　可是，查考《今日之中國》，龍瑛宗這一段期間的譯作如下：

1. 1963 年 6～12 月（一卷）

創刊號　小說「海の祭り」　文心作　龍瑛宗譯＊

七月號　小說「同姓結婚」　鍾理和作　龍瑛宗譯＊

八月號　小說「阿元と土地公」　廖清秀＊

九月號　小說「みかん」　鍾肇政＊

十月號　小說「芍藥の花びら」　鄭清文作　吳瀛濤譯＊

十一月號　小說「山守」　陳火泉＊

十二月號　小說「內臺共學」　木衡道＊

2. 1964 年 1～12 月（二卷）

一月號　小說「海を見にこうよ」　林海音＊

四月號　小說「オ——トバイ乘リ」　王藍＊

五月號　小說「凝雲」　張漱菡＊

六月號　小說「マニラ夜曲」　郭嗣汾＊

七月號　小說「人生の海」　魏希文　＊

八月號　小説「影」　張彥勳＊

十月號　美しい島、台湾——その豊富な観光資源　劉榮宗

3. 1967 年 1～12 月（五卷）

十月號　澎湖紀行——夏草や兵どもか夢の跡　龍瑛宗

4. 1968 年 1 月～12 月（六卷）

一月號　臺北の昔と今　杜南遠

5. 1969 年 1 月～12 月（七卷）

十一月號　潮州鎮にて　龍瑛宗

　　從以上排比資料看來，龍瑛宗翻譯了文心和鍾理和的兩篇小說，撰寫了四篇觀光導遊性質的文章，向日本評介了 13 位臺灣的小說家及其作品（凡有＊符合者，表示該篇之前後均有署名「龍」的評介文字。）

　　《今日之中國》是一份月刊，1963 年 6 月創刊，到 1972 年 6 月，共發行十年，以「今日之中國社」名義刊行，未標舉實際負責人。從其內容看來，基本上是一份對日宣傳的刊物而標以「亞細亞研究參考資料誌」副題，在東京發行。每期報導較多的是臺灣的產經貿易及觀光民俗資訊，從創刊號起，每期都譯介一篇臺灣的小說。龍瑛宗一開始即參與其事，此有時任內政部長的徐慶鐘致合庫總經理信函為證：

□□總經理吾兄　茲以中央鑒於在日宣傳之重要決定於東京刊行「今日之中國」月刊惟文化事業之溝通必須文化中人介入聯繫因之中央有請劉榮宗先生往日一行之打算前曾託ｘｘｘ兄面報　並承
玉允劉先生在日文化界享有盛名故此藉重茲將弟意數點列左
一、在日期間以一個月為限滿期返庫
二、出國手續由弟代辦

三、劉君往返及滯日費用無需貴庫協助

四、由貴庫派往東京考察金融事業人事制度並給予公假

以上各點仍請

卓裁尚頌

　公吉

　　　　　　　　　　　　　　　　　　　　弟　徐慶鍾拜上

　　　　　　　　　　　　　　　　　　　　五二、四、一七

　　由此一信函內容及時間點看來，當時的「中央」仍有人知道龍瑛宗於戰前在日文化界所享的盛名，故由徐慶鍾出面向倉庫借將，假考察之名，赴日編輯刊物，從事宣傳工作。

　　龍瑛宗接下了這個工作，能夠重拾文學本業，是一件令人興奮的事情，他做得非常的積極，他先翻譯了文心和鍾理和的小說，請廖清秀、鍾肇政、陳火泉等人自譯其中文作品為日文，請吳瀛濤、賴傳鑑等翻譯林海音、王藍、聶華苓等人的作品，此外，還請王詩琅和鍾肇政分別介紹戰前和戰後的臺灣文學（王錦江〈日本統治時代の臺灣新文學について〉，1964年9月號；鍾肇政〈二十年來の臺灣文學〉，1966年2月號），他並且用極簡短，然而非常精要的文字評介作家生平及作品風格，不失其評論家本色。

　　不過，龍瑛宗參與《今日之中國》的經緯，還有幾件事值得討論：首先，根據徐慶鍾函件，似乎龍氏赴日籌辦《今日之中國》之手續皆已就序，事實上並未成行。龍氏家屬均不記得1960年代有赴日之事。偶然翻閱《文學臺灣》創刊號（1991年12月）龍氏有一篇題為「楊逵與《臺灣新文學》」的隨筆，其中有兩行文字如下：

　　以前有一段時間，當內政部長的徐慶鍾先生，有意帶我去東京。不過，當時黨部不贊同我的成行。揆其緣由大概我沒有卓越學歷的關係所使然吧！

　　這裡明確的點出徐氏的提拔，與黨部的作梗，龍瑛宗把不能成行的主因歸諸學歷，到底是其個人的自卑與臆想，或是當時國民黨對知識分子的不放心與監控，或者還有其他因素，目前恐怕無法明斷了。不管如何，赴日的美夢幻滅了，他一定非常難過：不能成行，也就喪失了文學充電的機會，這對於其後創作的意願造成相當不利的影響，這只要從龍氏在《今日之中國》只有譯介和少數報導的篇章，完全沒有個人詩文創作可以看出端倪。龍瑛宗在戰前，兩度赴日，都對其文學生涯產生極大的影響：1937年，《改造》徵文得獎，龍氏赴東京與日本文藝界首度交流，加入《文藝首都》，日後與日本文藝界保持聯繫；1942 年，與西川滿、張文環、濱田隼雄到東京參加大東亞文學會議，之後，曾經延遲返臺，滯留日本，劉夫人說：

　　　他一直想去日本住，那裡買書方便，寫文章也較有出路，那時也找到工作了，可是他還是擔心三個孩子，自己想想又跑回來。[1]

　　從這樣的經歷來看，在沉悶的 1960 年代，龍瑛宗如有機會赴日一月，這將對其乾涸殆盡的文學泉源帶來充沛活水，是可想而知的。機會竟失，實在令人扼腕。

　　其次，我們不清楚龍瑛宗參與《今日之中國》編務究竟多久。如果從他在該刊發表文章的最後時間（1969 年 11 月）來估算，前後大概六年多，然而從 1967 到 1969 年，龍氏都只有一篇報導文章的情形看來，他即使未退出編務，恐怕實際上也未能積極參與，如他在頭兩年的所作所為。

　　我們注意到：《今日之中國》每期譯介一篇小說的作法持續極久。然而從創刊號開始即由龍氏執筆作評介的情形，只維持到第 2 卷 8 月號，11 月號賴傳鑑譯聶華苓作品〈李環のバック〉文末雖有極簡略的生平介紹，未

---

[1]周芬伶〈作家的妻子──李耐的婚姻故事〉，收入《憤怒的白鴿》，臺北：元尊文化，1998 年，頁29。

署評介人名稱；其次，我們可以看到吳瀛濤和林衡道的角色越來越重，前者除了翻譯之外，還連載〈臺灣の歌謠〉，後者則小說外，還介紹臺灣的民俗風情，連載〈臺灣の歷史〉；再者，前兩卷雖有外省籍作家，仍以本省籍爲多，之後，外省籍作家逐漸增多；前兩卷專欄名稱都只冠以「小說」，1966 年後，逐漸有冠以「現代中國小說選」者……這些跡象我們不敢說其中有人事和意識形態的鬥爭，以龍瑛宗審慎的性格，也不會介入其間，譬如：1965 年 11 月 20 日龍氏向鍾肇政邀稿的信，透露出他希望鍾老寫作「光復後二十年來的臺灣文學」的執筆要領如下：

一、字數一萬左右。

二、兩週內賜下。

三、希望不分省籍，作全盤的探討。

四、如敘述上必要，可略述及日據時代。

（按：原信爲日文，由鍾老提供）

雖然鍾老的文章並未完全遵照指示，在題爲〈二十年來の臺灣文學〉一文中，只介紹本省籍作家，僅在文前特別提一筆說：臺灣文學今日之隆盛，大陸籍作家的貢獻非常大。證諸鍾老主編《臺灣省籍作家作品選集》與《臺灣青年文學叢書》之後，被冠以「臺獨」的經驗，龍瑛宗在《今日之中國》出諸個人人際網絡與文學判斷，多採本省籍作家作品的作法，還是可能招來猜嫉和打擊的，因此龍瑛宗在《今口之中國》由中心而被邊緣化，以至於疏離，甚至不屑在年譜上記一筆，也是可以理解的。

最後，我們要說《今日之中國》事件，雖然讓龍瑛宗失望，從而從龍氏的文學生命來看，仍然有其階段性意義。就他個人來說：暫時脫離金錢和數字的困擾，而去擁抱文學。這總是難得的慰安，在讀譯編介的忙碌中，於其創作的鼓舞，是絕對正面的。雖然時代氛圍不允許，他還無法突破內心的戒慎恐懼，然而文學的根既在，總有一天會破土而出，我們不能

不說這一段過渡期的編譯寫作，對於退休後扼抑不止的寫作衝動，是有相當蘊蓄含藏之功的。

　　再就臺灣文學對外譯介的歷史來看，《今日之中國》或許不如中國筆會的《The Chinese Pen》的規模與成功，然而從時間性和語文的差異來看，《今日之中國》對日本譯介臺灣文學的成績還是值得肯定的，即使 1960 年代日本人對臺灣文學的閱讀極爲有限，卻也無意間引導了日本戰後世代的學者進入臺灣文學研究的領域：河原功於其近年出版的《臺灣新文學運動の展開》（研文，東京，1997 年）的後記中特別提到他於 1968 年開始研究臺灣文學，所能掌握到的研究文獻只有三種：

　　王育德〈文學革命の臺灣に及ぼせる影響〉
　　尾崎秀樹《近代文學の傷痕》
　　王錦江〈日本統治時代の臺灣新文學について〉

　　在極其荒蕪的臺灣文學研究起步階段，這三種著作的啓蒙之功是極其珍貴的。如今，河原功在臺灣文學文獻及研究的成就已爲臺日學者所共見與肯定；臺灣文學做爲一個獨立範疇，也逐漸蔚成風氣，此時再回頭來省視龍瑛宗在《今日之中國》所促成的難得的因緣，實在不能不令人肯定其貢獻，而必須在其年譜上補足這一筆。

──選自《文學臺灣》第 33 期，2000 年 1 月

融冰的瞬間
試論龍瑛宗 1977 年的中篇小說創作

◎許維育[*]

一、

　　戰爭期臺灣文壇中重要的臺籍作家龍瑛宗，在 1946 年 10 月 25 日全島日文版報刊停刊，1947 年二二八事件、與後來一連串的恐怖整肅之後，逐漸淡出文壇。他蟄居於金融界 30 年，其間沒有任何計畫性的創作活動，與文壇文友的聯繫也不多；身邊大部分的同事、鄰居，都不知道這位貌不驚人的瘦小銀行員，竟是當年名譟一時的知名作家！

　　一直到 1976 年 8 月 31 日，龍瑛宗正式從合作金庫退休；退休之後，他才又重新拾起創作之筆。龍瑛宗曾自述道：

> 由於退休離開了公務，賦閒覺得輕鬆，便以一年的時間，以日文寫長篇小說《紅塵》。
>
> 〈一個望鄉族的告白〉，1982 年 12 月 16 日

此外，與龍瑛宗交情頗深的鍾肇政也曾說：

> 這樣一名作家，戰後除了早期有少數零星作品寫成之外，文筆事業幾乎陷於停頓，必須要等自工作崗位退休之後的七○年代後半，始重拾舊日

---

[*]清華大學臺灣文學研究所博士。

衣鉢，……[1]

　　由實際的創作活動來看，龍瑛宗 1970 年代的復出，確實是在他退休之後展開的；但是龍瑛宗上述的《紅塵》，卻不是他復筆後的首篇。龍瑛宗於 1977 年 6 月完成了復筆後的第一部小說〈媽祖宮的姑娘們〉，緊接著又在 1977 年 10 月完成自傳形式的〈夜流〉、11 月再完成了〈月黑風高〉，最後才在 1978 年 11 月完成他一生中唯一的長篇小說《紅塵》。[2]這四篇小說都是日文作品，且其中有中、長篇之作，與龍瑛宗退休前偶爾出現的中文隨筆或評論相比較，可以確定龍瑛宗此時再次提起創作之筆，站回作家的位置。

　　縱觀龍瑛宗 1970 至 1990 年代的整個創作歷程，他在《紅塵》之後轉而改寫中文小說，此階段的成果以《杜甫在長安》結其成，之後，他又漸漸變成寫中文隨筆為多。因此可以說，這位實際上擅長於日文的作家，在 1970 年代之後的創作當中，僅有〈媽祖宮的姑娘們〉到《紅塵》這段期間是寫日文小說的；他此時還沒有認真的去考慮語言的問題，而只是單純的想創作，甚至還雄心壯志地一下筆就是中、長篇之作。

　　〈媽祖宮的姑娘們〉是龍瑛宗復筆的首作，然而一直未曾發表也未曾被討論；〈夜流〉一篇雖已發表，但也未被深入探討過。本文擬針對龍瑛宗復筆之初 1977 年的兩篇中篇小說〈媽祖宮的姑娘們〉及〈夜流〉進行討論；融冰之際，作家所欲表現的是什麼？本文欲嘗試一窺其內在理蘊。

二、

　　龍瑛宗在蟄伏了 30 年之後再度提筆寫小說，這就如同一個 30 年間不

---

[1]鍾肇政〈戰後臺灣的一種見證——跋龍瑛宗著《紅塵》〉，收於《紅塵》，臺北：遠景出版社，1997 年 6 月，頁 307～311。

[2]此四篇脫稿日期根據龍瑛宗自訂的一份未發表生平及著作年表，此年表所用稿紙為「臺灣省行政長官公署民政廳稿紙」，共 8 頁；年表最後一條止於民國 68 年：「《紅塵》再予推敲於二月底」，故此年表之完成可能是在 1979 年《紅塵》定稿之後。

曾說話的人終於開口，他最渴望表達的、最想讓人知道的是些什麼？從這裡可以窺知他在時代的衝擊與歲月的流動中的思索與想法。〈媽祖宮的姑娘們〉是他這個時期的第一篇作品，這篇小說中以同學會為引子，勾出許多的回憶；〈媽祖宮的姑娘們〉的各章標題與主要內容如下：

第一章　同學會：林克三回憶公學校時期

第二章　食飽碼：林克三回憶中學校時期

第三章　改姓名：第一次同學會（上）

第四章　臺灣拳：第一次同學會（下）

第五章　老獪之徒：同學會後，林克三寄宿陳新權家

第六章　清明節：隔年清明節范琦訪林克三，兩人至媽祖宮後公園散步

第七章　村之終戰：林克三回憶村中終戰前後的情形

第八章　愛之河：第二次同學會，野上來臺，得知篠原與根石戰亡

第九章　貪污：林克三追憶與篠原之交往

第十章　燈籠流：林克三追憶與根石之交往

第十一章　可憐的鬼：由篠原與根石的死思索到死亡與鬼魂之事

第十二章　與老妻一同：第三次同學會，大家計畫第四次同學會要攜老妻一同參加

　　全文由三次同學會串連起來，當中有許多回憶的部分，例如全文一開頭雖以即將舉行的同學會開始，第一章也確實題為「同學會」，但是第一、二章實際上卻先敘述了兩段林克三求學時代的回憶，「同學會」遲遲仍未登場。再如，范琦於清明節來訪歸去之後，林克三獨自回憶了終戰前後村子裡的狀況，成為第七章的「村之終戰」。還有，在第二次同學會中得知日本人同學篠原君與根石君戰死的消息之後，緊接著便各以一章追憶當年與這兩位同學往來的事情。整個小說的時間走向經常是由現在的一點跳回過去的一段，小說中回憶的性質相當濃，若抽掉過去的部分，則此篇小說猶如

被削去許多重要肉理。

事實上，回憶性質濃厚的不只〈媽祖宮的姑娘們〉，〈夜流〉一篇就更確切的是一篇自傳小說，這段自我敘述是從曾祖父一代的渡臺開拓史說起，一直寫到文中的杜南遠中學考試落榜。〈夜流〉與〈媽祖宮的姑娘們〉第一章的內容有相當程度的雷同，例如林克三與杜南遠都是客家人，且他們都在公學校五、六年級時被分入進學組，接受內地人老師的補習；升學考試的結果，「這一年林克三的中學校考試落第了」，且「杜南遠唯一希望的師範學校，竟告名落孫山了」。〈媽祖宮的姑娘們〉的第一章以及〈夜流〉一篇都在這主人翁考試落第之處結束，在敘述的結構及語氣上皆極為相似。此外，除了第一章本身與〈夜流〉在內容與結構上均雷同外，〈媽祖宮的姑娘們〉當中其他章節中的內容也有多處與〈夜流〉重疊；例如，兩篇文章中都對「北埔事件」以及事件當中安部校長夫人受臺灣人收留藏匿的情節多所描述，兩篇文章中也都談到過死亡等等。龍瑛宗曾自述道：「如〈夜流〉、〈斷雲〉、〈勁風與野草〉等作品，屬於自傳性作品。惟於該作品的主角，屢次在作品裡登場，名字叫作杜南遠，而他就是我。」（《杜甫在長安》自序，1987 年 6 月）由此可知，〈夜流〉是龍瑛宗本人的家族史及成長史，而〈媽祖宮的姑娘們〉中的林克三雖不完全是龍瑛宗，但依照文中的一些敘述、以及與〈夜流〉之相向來看，顯然龍瑛宗寫〈媽祖宮的姑娘們〉時運用了相當多他個人的人生情境，而林克三則是個帶著濃重龍瑛宗／杜南遠色彩的角色。

龍瑛宗復出提筆後的首作〈媽祖宮的姑娘們〉與〈夜流〉，都是以個人經驗出發、具作者個人背景色彩的寫作；且這兩篇作品皆有濃厚的憶往性質，在這龍瑛宗復出的第一筆中，便已經透露出他復出後的一大特色。事實上，不只這兩篇作品，龍瑛宗再接下去的〈月黑風高〉以及《紅塵》，都脫離不了過去，甚至龍瑛宗的許多隨筆與散文，亦皆拋不開過去。

龍瑛宗為什麼要寫過去的時代？普遍化地說，許多老人家都喜歡回憶往事，且總是反反覆覆地不斷重複敘述著他所認為的某些重要片段；特殊

化地說，對龍瑛宗這一輩受日本教育、走過日本殖民時期與國民黨高壓統治時期、且活到 1970 年代的這一些老作家們而言，日本殖民時期的養成教育以及跨越兩個時代的人生經歷，是他們一輩子揮之不去的歷史重壓。

　　若細究〈媽祖宮的姑娘們〉這一個標題的意義，將會發現，在這一篇小說當中，「媽祖宮的姑娘『們』」只出現過一次：第十章根石君於林克三村中「迎媽祖」的慶典時來到這個村落，當時：

> 　　林克三和根石一起，走在媽祖宮後面狹窄的石板路上。低矮的房舍排列著。一群戴著臺灣笠的赤腳姑娘們擦肩而過。那是臉上沒有搽粉的看起來很健康的姑娘們。
>
> 　　「這些女孩子經常勞動。」林克三突然說。
>
> 　　「什麼樣的工作呢？」
>
> 　　「到山裡撿撿枯枝啦，賣賣菜啦。茶田裡的工作也做。」然後林克三想起來似的，「這些女孩子之中也有賣春的，那是因為貧窮的關係。」
>
> 　　「沒有化妝的賣春婦嗎？」
>
> 　　「對，不過那不是專業的。那就像茶田的工作一樣是勞動的一種。所以姑娘們並不覺得可恥，也沒有罪惡感。」

　　後來，林克三並介紹了名叫阿珠的女孩，和根石做了露水夫妻。這件事情在林克三與根石之間，成為某種微妙的聯繫；而此事也是日後林克三回憶起根石時的重要情節。〈媽祖宮的姑娘們〉這一篇小說以此為名，但具體的「媽祖宮的姑娘們」只出現在與根石相關的這一個環節；就整篇小說看來，這一個部分並不足以做為全篇之重心所在，然而全篇卻以此為名，則為何如此命名實成為一個值得再追究的問題。

　　其實，「媽祖宮的姑娘們」雖只出現在第十章，但「媽祖宮」卻有單獨出現在其他地方，第六章范琦於清明節返鄉掃墓後訪林克三時，林克三就是帶范琦到媽祖宮的後公園散步尋古。他們先走進媽祖宮，看見觀音、媽

祖、五穀神農皇帝、注生娘娘、福德正神、城隍爺諸神明，然後由各個神明各司之職談到戰爭期日本人將臺灣神明集中幽閉之事；接著他們走上通往公園的小徑，途中眺望到遠方林克三就讀過的公學校，由此談到求學時代赤腳上學的情形，以及大正四年日本殖民者在學校中針對臺灣學生舉行的生徒斷髮式。他們又說到日本剛領有臺灣時在臺灣各地設立日本語傳習所，林克三家鄉的 S 莊因為當時還沒有教室，就用媽祖宮做為場地，在臺灣的眾神明面前學起了日語。他們隨後到公園中的一個亭子中休息，那座亭子的所在是以前「北埔事件」中日本人的遭難紀念碑，光復後紀念碑才被撤除；林克三對范琦敘述北埔事件起迄經過，包括安部校長夫人在事件中因受臺灣人保護而逃過一劫、事件後曾經傳說要處死村中所有成年以上男子、暴動者臨刑時泰然自若視死如歸的態度，以及後來公學校學生每年 11 月 15 日都奉命到紀念碑處參加招魂祭等事。此外，在第十章的「迎媽祖」中，隨著慶典的氛圍，帶出了鮮明的地方風土與宗教習俗；〈夜流〉中曾有這樣一段：

> 自從離開了像母親懷抱般的大陸，渡洋越海開拓新天地，歷盡了千辛萬苦，才有了自己的新田園。為了保祐新田園和移民的安泰，他們各自拿出腰包錢，建築了媽祖娘和觀音娘的廟宇，而熱鬧地舉行了鎮座廟會。

　　由這些線索，龍瑛宗心中的「媽祖宮」形象才逐漸清晰呈現。媽祖宮，是最初渡海來臺的先民們所建立的，是先民們的精神信仰中心；而傳襲下來的迎媽祖娘廟會，更成為民俗與臺灣人生活的一部分。在龍瑛宗的童年記憶中，觀看迎媽祖的廟會必然也是重要的一部分[3]，如此才能在小說中對廟會的過程進行細節的描述。然而，在時代的變動中，媽祖宮裡的諸

---

[3]例如〈夜流〉一篇中，敘述到杜南遠的爹做算命先生兼零售鴉片煙時，有一個大客戶阿漢舍：「杜南遠祇只有一次，看見大顧客阿漢舍。那是迎媽祖的廟會。阿漢舍在朱門旁邊坐著籐椅子看官迎媽祖的行列；……」，《杜甫在長安》，頁 36。

神明們先是看著子民們在祂們面前學習統治者的語言，然後看著子民們一一剪去從家鄉帶來的辮髮；接著看見「北埔事件」發生、北埔事件遭難紀念碑在祂旁邊被建起來。然後，在戰爭期中這些悲憫臺灣人的神明們被幽閉起來，受到非神道的待遇；雖然隨著日本的戰敗，神明們也旋即恢復以往的地位，但似乎神明們歷此一劫後，神態也多帶了幾許滄桑。在這些時局變化之中，於媽祖宮旁生活的百姓們，始終忙碌於生計之中，就那些健康妙齡的女孩子們來說，她們從事撿柴、賣菜、茶田工作等勞動之外，她們也以她們的身體賺取家計；交易性質的行為之外，林克三與根石先後看見二女一男在絲瓜棚下，以及另外一組愛侶在墓地旁的土饅頭草地，進行著愛欲的原始遊戲。悲天憫人的神明們的眼，必然一件不漏地全都看見了。

　　蒼蒼百姓，浮動的年代，不公平不合理的戲碼上演著，砲火戰硝持續延燒著；此間，人們依舊必須爬行他們的人生路，忍受各種厄運與生死悲歡，同時，也必須執行他們與生俱來的本能：謀生飽腹與性愛歡愉。媽祖宮的神明們隨著臺灣人渡海來臺，在每一個世代守護著臺灣人，祂們靜靜的看著這一切，似乎一言不發，但卻是個永恆的、寧靜的存在。這個永恆的寧靜視眼媽祖宮，看著一代一代的蒼生，彷彿在喟歎著這滾滾紅塵、浮浮蒼生啊！

　　其實，龍瑛宗在重新提筆創作小說時，想寫的就是他一輩子所見到的眾生在時代中的翻滾；經歷時代變動的他，看過了太多時代改變下的悲歡離合，他記憶中的那一切影像，想必經常徘徊在他心中，久久不散去。因為他想寫眾生紅塵，所以他要寫過去。然而在〈媽祖宮的姑娘們〉這第一筆中，似乎尚無法盛載他心中想表達的；整篇小說可以看見有幾個重點，但卻錯落而分散了，30 年不曾說話的人開口了，但他想說的太多，東說一點西說一點，卻急急忙忙的說不完全。就連〈媽祖宮的姑娘們〉這一點標題也是，它讓人不解「媽祖宮的姑娘們」有何貫串全文的重要性，然而若以「媽祖宮」這一個永恆的寧靜視眼解釋，就較容易了解了，媽祖宮的諸

位神明靜眼凝視的，正是大時代中的紅塵眾生，而「媽祖宮的姑娘們」，只是眾生中的一個代表。

或許正因爲〈媽祖宮的姑娘們〉帶著媽祖的視眼，因此〈媽祖宮的姑娘們〉比後來所寫的《紅塵》多了些許的寬容與溫柔，不像《紅塵》裡對臺灣人道德觀淪陷後的種種醜態做了許多嘲弄性的批判。例如，〈媽祖宮的姑娘們〉的第五章「老獪之徒」描寫的是陳新權在戰前與戰後隨波逐流、趨時應變的人生態度，他在日據時期爲了讓生活好過一點而改姓名，戰爭剛結束時又抓穩時機、利用社會動亂賺了一筆錢，這樣的形象可以說是《紅塵》中王秀山的雛形，然而〈媽祖宮的姑娘們〉中的語言尚未對陳新權進行批判，反而安排了陳新權自己向老同學林克三告白，表露出他的心虛與懺悔之意。

想書寫他一輩子所見到的眾生於時代中的翻滾，在〈媽祖宮的姑娘們〉裡只見模糊的雛形，到了《紅塵》時才浮現於標題之上。這個寫作意圖一直到他後來轉筆寫中文，仍然一直存在；只是龍瑛宗的中文創作時期因爲語言的干擾，使得他創造時的限制增加，顧慮也較多，內容的表現反而更形細碎。

三、

上一段中述及〈媽祖宮的姑娘們〉與〈夜流〉都帶有濃重的憶往性，這樣的特點到〈月黑風高〉、《紅塵》，甚至之後的中文小說與隨筆皆然。然而，除了憶往性之外，〈媽祖宮的姑娘們〉與〈夜流〉還有一個明顯的共同點，那就是這兩篇作品都用到許多北埔的場景、帶有許多真實的歷史痕跡。文中所謂「媽祖宮」就是北埔的「慈天宮」，所說到的公園也就是秀巒公園，其他所舉的北埔事件、安部校長等事，也都可以知道是根據北埔地方的真人實事所寫。這兩篇作品的大背景是著眼於鄉土的、充滿歷史傳承感的。龍瑛宗復筆後的最初兩篇作品以這樣的基調爲底而構成，由此可嘗試窺析作家意識底層的某些書寫意圖。

　　龍瑛宗的文學教育主要是受到日本文化影響，這是毋庸置疑的；然
而，就一個人的人格養成來說，家庭教育更經常是人格養成以及價值觀奠
定最重要的來源。因此，龍瑛宗雖受了日本的學校教育，並在離開學校後
經由社會教育的方式繼續受到日本文化的影響，但是他小時候在山野荒村
當中受到家族教育的影響，依然是構成他思想的重要部分，甚至，這些部
分經常是在他一生當中最不可動搖的信念與想法。龍瑛宗文章中曾經提
到：

　　父親的事業，自從受潰滅的打擊以後，便一蹶不振。整天在店頭裡，看
　　看中國古典小說。到了晚上，鄰居的阿公阿婆們，聚集於我家。
　　父親慢慢地「往昔、往昔，在大陸的什麼地方……。」講起故事來了。
　　至今留下了深刻印象的：求道的唐僧、七十二變的孫悟空、好色的豬八
　　戒和老實的劉備、義氣的關公、粗魯的張飛、好腦筋的孔明等。

　　　　　　　　　　　　　　　　　　　　　〈時間與空間〉，1985 年 5 月

這樣的回憶不只一次：

　　我幼年的時候，家父做生意空閒時喜歡看中國的小說群書，到了夜晚，
　　寒村無聊，家父就講中國小說故事給鄰舍們聽，我也是聽眾之一。「三國
　　演義」、「水滸傳」、「今古奇觀」等，迄今記憶裡仍津津有味。

　　　　　　　　　　　　　　　　　　　〈文藝評論家的任務〉，1978 年 12 月 20 日

　　在他們的這個山村中，龍瑛宗的父親是個說故事者，他們所說、所聽
的故事是中國式的；在這個山村中，他們受到日本殖民者的干擾與滲透之
餘，還能維持他們族群之間私有的口語傳承，這種童年記憶影響龍瑛宗一
生。龍瑛宗對太平天國的特殊推崇，就是受到這類父老口傳軼事的影響，
龍瑛宗 1946 年在〈太平天國〉一文中開頭便說：

我的年少時候，聽見父老們時常說起長毛賊的叛亂和洪秀全的事。可是我們是山村的客家人們，洪秀全又說是廣東客家出身的，不覺這些事情很深刻印入我的腦裡。我的父親雖然不是漢學家，他的晚年做為一個讀書人過日。對年少的我，時時有說過三國志、或太平天國或孫文先生等事情，我就知道長毛賊的叛亂就是太平天國運動，又認定了洪秀全不是一個賊徒的巨魁，是一個民族的英雄了。

幼時所聽的洪秀全故事，一直到龍瑛宗已成白髮老翁時，仍會偶爾想起，1988 年在開放大陸探親的熱潮剛起之時，中國時報曾做了一次「作家返鄉」的專欄，請一些作家談返鄉探親之事，龍瑛宗在其中便說：

如果去大陸，我想去廣西一帶找尋「太平天國」的史料，追懷「太平天國」的遺事。(1988 年 2 月)

1980 年龍瑛宗遊東南亞行經曼谷時，遇上幾個與自己相同鄉音的、從廣西金田村移居泰國的中國人，金田是洪秀全的故鄉，而此事也在旅程中引發龍瑛宗一段懷想與感歎（見〈曼谷街頭〉）。

如上所引數例，龍瑛宗屢次在其他的中文寫作當中寫到他在北埔的成長經驗及其影響。龍瑛宗清楚地知道自己是個客家人，同時他也清楚地知道自己祖先的來臺開拓史。在〈夜流〉一篇中，他從來臺第一代的曾祖寫起，清楚交代了自己的家族史。這些早夭的祖先們，龍瑛宗自是無緣見之，如此，則這些先祖事蹟，必定是同樣在荒涼山村的寂寥夜裡，由父親一一細數所告知。同樣早年喪父的龍瑛宗的父親又何以知道先祖的事情？想必是由鄰人、或是母親的宗族中人所傳告下來的。山村的皎白月光與燦星點點之下，他們的這個客家山村，是以一種宗族血緣的力量凝聚，他們知道自己的血脈從何而來，因為早年親人屢屢殞命，所以他們更珍惜他們

的傳統與血脈。[4]

　　在這樣一個傳承力量強大的村落中建立起宗族觀的人，在他的認知中，自己的生命是代代相傳的血脈中的一支支流，血緣是天生的，他的父祖既是中國人、是漢人，他自然也是，這是與生俱來無可選擇的事實。因此，就算中國是個敗弱的民族，中國人對臺灣人有諸多欺凌，這無可改變自己是中國人這個血緣上的事實。龍瑛宗的中國認同是建立在這樣具有宗族感的血緣認同之上，而這樣的認同並不與政權認同、國族認同有絕對對應的關係。儘管從民族學上來看，臺灣的人種未必是純正的漢人，也儘管宗族歷史的傳承未必在所有的臺灣漢族、或是客家族中普遍存在，然而在龍瑛宗的個案中，宗族的影響力確實影響他對於「我是什麼人」、「我從哪裡來」的思考。

　　現今一般論及〈夜流〉時，多以其「自傳性」與「家族開拓史」來說明，而以其做為作家幼年成長紀錄、或是作家個人家族軼事的參考資料。然而，筆者卻認為，從〈夜流〉中可以看見更多刻印在作家人格底層的事物。例如，〈夜流〉中記述了從他年幼時便深植心中的中國人形象：

> 杜南遠在天天夜裡看見了幻覺。那是叫人藐視的支那人的面貌，留著辮子的枯瘦長臉的人。蒼白顏色誠然為了生活憔悴極了的面容，在一片黑暗裡坐著朱紅板圓凳椅子，蒼白臉龐一直盯著杜南遠一動也不動，一到了夜晚，總是出現了那個面貌，稍帶憂愁的臉龐，好像要訴說什麼傷心事，但好像又不是。抑或多病的杜南遠覺得可憐、在天天夜裡出現在他

---

[4]值得一提的是，龍瑛宗本人雖然對於父祖的開拓史很清楚，但是寡言的他並未親口將這些家族史告訴他的子女們；且如他在 1984 年 3 月遭《聯合報》退稿的〈瞭望海峽的祖墳〉文中所說：渡海者的靈魂，天天在小坵上，瞭望著浩浩蕩蕩的大海。……也許祖先買那塊土地，是風景宜人，並做望鄉臺了罷。可是到了錦群，望鄉臺便成了幻影，懷鄉之情已經喪失了。小說中的錦群在戰爭結束時是公學校五年級，約與劉文甫先生相同；是故小說中寫到錦群這一輩的人已經喪失懷鄉之情，這是龍瑛宗也承認的事實。面對這樣的狀況，龍瑛宗倒也不會刻意去告訴子女們什麼，以建立他們的宗族感，他只〈夜流〉一篇，以可以永遠流傳的文字來傳遞他們的家族歷史。1997 年劉知甫先生曾與筆者提及他細細品讀〈夜流〉一文之事，當時筆者便感覺到，龍瑛宗就是透過文字在傳承那些他父親曾經告訴過他的事情。

的面前，目不轉睛地看護他罷了；或是在人間世的杜南遠帶回冥府去而
引誘他罷了。

在黑暗裡的蒼白臉龐，那是在底層掙扎的人們，為了挨餓面有菜色的表
情，由於因果報應滿地打滾的臉龐罷了。雖然生活的掙扎而苦惱的日子
總算過去了；那是歇息著的臉龐，其臉龐帶著些憂色但充滿了永恆安息
的神情。

這是每天夜裡杜南遠所看見到的幻覺，但偶爾也看見另有的幻覺。……
嗣後，幻覺不再來；但那憔悴的支那人臉龐和竹叢上搖晃的白色首級，
一直烙上杜南遠的記憶裡。

　　龍瑛宗追索出這段幼時在他的心底深刻又真實的記憶，記憶中有一個
留著辮髮的憔悴支那人，夜夜來到他的面前看著他；這個支那人是在日本
殖民的當時被藐視的，他的蒼白臉龐顯現了為生活掙扎的痕跡，他面容哀
傷卻又不發一語，他夜夜出現，似乎是在守護著衰弱的龍瑛宗一般。這個
支那人自然是年幼的龍瑛宗的幻想，但在這個幻想當中卻透露他對中國人
的潛在觀感：中國人是飽受生活煎熬、憔悴而悲苦的一種人，但他也似乎
是守護者，他那蒼白而憂愁的臉龐竟也是歇息的臉龐，「帶些憂色但充滿了
永恆安息的神情」，這樣的中國人形象一直烙印在龍瑛宗的記憶中。或許，
這個支那人隱約是龍瑛宗祖先的再現，也或許，他只是龍瑛宗心底對中國
人的印象，更或許，這兩者是重疊的，祖先的形象與中國人的形象等同；
但總歸來說，在稚幼的龍瑛宗思緒的深處，中國人是衰弱而悲苦，帶著憂
傷，卻帶給自己永恆安息的安寧感受的守護者。

　　〈夜流〉以下，龍瑛宗復出之後的寫作中，也經常可以看見「中國」、
「祖國」等這一類的文字。事實上，他除了寫「中國」，也不斷重複著日本
與中國的對比，並在這樣的對比之下出現以中國為祖國的情緒。甚者且如
〈月黑風高〉當中，他還如此直言道：

究竟我是中國鬼，抑是日本鬼？如果，讓我自由選擇的話，我寧願不做大日本帝國的三等國民，而甘心做個中國鬼。那個中國人到底怎麼樣的人種呢？你們還記得嗎？有一段時期，中國人被帝國主義者們，看作狗類而不是人類。人們不會忘掉吧。咱們的神聖領土上，公園入口處立著告示牌：支那人及狗不准進來。一段時期的日本人，指漢民族是支那人，而不肯承認中國人的過去，有輝煌文化歷史。所以，我再說一次，我不願做帝國主義者的奴隸，甘願做自己歷史的主人翁。

　　龍瑛宗在這裡清楚地以日本與中國對照比較，並且在兩者之間選擇中國、認同中國。對於活在兩個臺灣下的龍瑛宗一輩作家而言，日本天年與中國天年的這兩個時代必然是他們心中天平兩端待量的稱物，兩個時代的交錯記憶在他們的一生當中永遠在爭相浮現，也就因為如此，《紅塵》中的黃廷輝才會不斷於內心進行兩個時代的比較與整理。一生被這兩個時代所分割占據，他的心中也就反反覆覆地在替自己釐清兩個時代的優缺以及自己的認同。對龍瑛宗來說，日本與中國兩者，他是斷然選擇中國的，儘管中國是個曾被當成與狗同族的民族，儘管中國對於臺灣、中國人對於臺灣人，進行了諸多不公、帶來了許多壞影響，然而在這兩者間，他依舊選擇中國。

　　或許以臺灣的歷史，以及許多臺灣知識分子的共同命運來看，龍瑛宗的選擇中國似乎像是一種表態的行為；但是若回到龍瑛宗生長的那個山村來看，筆者更相信，龍瑛宗基於家族影響，他毫無疑問地認為自己是中國人。因為血緣的傳承，龍瑛宗並沒有認同的問題；他是一個中國人，這是天生的事實。在他的想法中，臺灣人種是中國人種的一種，正如閩南語和客家語是中華民族的方言一樣[5]，因此他說他是中國人，他當然也就是臺灣

---

[5]〈文藝評論家的任務〉中有：「我一直無法接受祖國的語文，好比中了日本殖民政策的毒矢，除了日文以外，以祖國的語文來思考或其表達的手段就喪失了。好在日常生活的會話，仍以中華民族的方言即閩南語與客家語來表達。」

人，他寫〈一個望鄉族的告白〉，其中說：

> 自從祖先來臺，已經有一百五十年以上的歷史了。祖父、父親及我三
> 代，未曾踩著大陸的故土去掃墓。偶爾幻想著大陸河山，而老邁與日俱
> 增。望鄉之情，令我寫了短篇〈杜甫在長安〉。（1982 年 12 月 16 日）

　　他想像著先人踩過的大陸故土，而以中國為故鄉；同時他也寫〈還鄉
記——素描新竹北埔鄉〉，細數北埔的人事與風土，而以臺灣的北埔為家
鄉。臺灣與中國是他在文字間親自承認的雙鄉，他認為於這兩個不同性質
之鄉，毫無衝突且理所當然的。

　　這也可以由龍瑛宗對「京劇」、「京曲」的態度再次證明。〈夜流〉中曾
經有這樣一段：

> 在月光下的廟宇前面廣場，村民們常聚集著，聽瞎子唱京曲「三娘教
> 子」，村民們不厭地以安靜的心情聆聽著。那瞎子是四十出頭的男人，穿
> 茶色的臺灣褲子，而上半身是裸裎的，瞎子的身材魁梧，蒼白的光頭，
> 這個彪形大漢很明顯地從華北地方來到的男人。……
> 村民們背了故里，幾經流離顛沛，不期而合地跋涉到臺灣的一個寒村，
> 安靜地相聚集，聽著故國的京曲，還算差強人意地共同懷念大陸的故舊
> 跟月亮吧！

　　這是龍瑛宗與京曲的最初接觸，後來他在 1985 年發表的〈聲音〉中曾
這樣說：

> 我喜歡平劇，尤其愛好二簧，一聽到原板或散板，好像祖先哭訴當年的
> 淒涼。（1985 年 10 月 25 日）

　　因為京曲是龍瑛宗幼時在家鄉的回憶之一，因此臺灣人的龍瑛宗才會對京曲有著深切的親切感，而這個親切感在龍瑛宗自己的意識層面則如〈聲音〉中所說的：「好像祖先們哭訴當年的淒涼。」是與傳承性的宗族情感有關的，京曲使他聯想到的是祖先們、是遙遠而古老的一種傷懷。而京曲衍伸，龍瑛宗還對京劇抱持相當的好感，例如他在 1974 年 1 月「合作金庫作業動態簡訊」上寫的一篇〈新春閑談，復興國劇〉中這樣說：

> 筆者尤其欣賞國劇的音樂，⋯⋯總是百聽不厭倦，越聽越好，其旋律浸透了五臟六腑，猛然悟覺古代中國人的悲喜哀歌，⋯⋯是一種與古代之感情交流。
>
> ⋯⋯欣賞國劇非祇享受高尚的情操，最主要的功能莫過於從國劇裡發現古代人之人情風俗、社會制度、傳統思想及倫理等，進而再發現中國人之偉大。

　　這與許多臺籍老先生的傾向有所不同。許多臺灣人對於戰後由國民黨中國帶入臺灣、並以特權大力扶持的京劇，持有相當大的反感。在傳統歌仔戲受到輕視而逐漸式微的同時，臺灣的京劇發展卻可以擁有優渥的資源供給，這是許多臺灣人心中的不平與痛楚。也因而「京劇」等於國民黨，等於外省人，等於中國。但龍瑛宗對京曲與京劇的觀感卻與這樣一般的狀況不同，而是另一種讓人難以想像的、根源於家族記憶的感情牽扯。

　　龍瑛宗從戰後初期為臺灣人表明立場、期望與中國達到融合，在種種失望之餘不斷高呼自己是中國人、懸念著整個中國的命運；到 1950 年代後以沉默做為抵抗，並私下對社會主義中國心懷期待；到了文革之後對社會主義中國既已幻滅，但仍然堅持自己是中國人。戰役龍瑛宗的整個認同過程中從未放棄過自己的中國人身分，1982 年他發表〈一個望鄉族的告白〉，當中「望鄉」一詞明顯表達出他以中國為鄉的態度，及至 1980 年代末期，他在遊覽了歐非等洲之後，雖然身體病弱，但仍一心想赴大陸一

遊，最後在輪椅的輔助之下，三度遊覽大陸。

在統獨爭議甚囂塵上的 1990 年代後期，臺灣文學研究論及作家的認同傾向時總是格外敏感；如此，則似乎龍瑛宗是會被歸爲「認同中國」的一類？實則，龍瑛宗的自認爲是中國人，卻並不等於他對現實中臺灣未來的什麼選擇傾向。龍瑛宗 1987 年 1 月在《臺灣文藝》的「1986 年大選觀察報導」專欄中曾著筆一篇〈旁觀看選舉〉，當中提到聽康寧祥的政見發表會一段道：「他最後講出一句話，令我感動：大家如果不中意我康寧祥，那麼懇請大家支持其他的『民主進步黨』的同志。」短短幾句，透露出龍瑛宗對康寧祥的好感。1990 年龍瑛宗的另一篇〈臺灣人與馬年〉中，更藉杜甫的身分透露出他對民進黨的支持：

> 如果，杜甫走進時間隧道，投胎於臺灣，而且在貧窮家庭裡，那麼，1990 年代的他，嚮往哪一個政黨呢？由於從杜詩來看，他老杜甫一定是投票給予民主進步黨吧？殖民地臺灣人最怕的巡查大人，不會來抓我吧！哈哈一笑。（1990 年 2 月 6 日）

由此似乎可以窺見龍瑛宗在 1980 年代臺灣社會當中的政治傾向，但是我們又能以此說明龍瑛宗是民進黨的支持者嗎？龍瑛宗對民進黨的好感是單純因爲反對及厭惡國民黨，所以傾向於當時唯一的反對黨？龍瑛宗對民進黨的黨綱理念是否完全贊同？由此推衍，民進黨成立於戒嚴解除前的 1986 年 10 月 28 日，是當時唯一的反對黨；當臺灣在 1993 年 8 月 10 日出現第二的反對黨——新黨時，龍瑛宗又如何看待這個政黨及其理念？龍瑛宗在 1946 年《中華日報》上發表的最後一篇文章〈臺灣會怎樣〉中，舉出臺灣將來可能的幾種走向，其中對於獨立的路線他認爲「現在臺灣的歷史條件與環境尚未成熟」，因此並不適宜走向獨立，他當時在文中認爲對全中國及臺灣都好的路線是「與國內各省同等政治狀態」的路線，加以解釋之就是臺灣要與中國統一。如此，在經過 40 個年頭之後，他是否覺得臺灣的

歷史條件與環境已成熟到足以獨立？也就是說，1980、1990 年代的龍瑛宗對於臺灣前途的問題，究竟是贊成統還是贊成獨？他對於臺灣島內的臺獨言論抱持的是怎樣的看法？至今可以確定的只有，龍瑛宗非常關心這個話題，但是我們不能以此關心貿然判定他的贊成，相對的也沒有理由說其反對。

事實上，這樣的問題並不重要，而且文學的研究也不須追問至此；除非這位作家的政治傾向與意識形態，是他文學表現當中重要的理念精神或內容所在，例如陳映真、宋澤萊或是陳芳明等人。龍瑛宗很少在作品中明白表示他自己的認同傾向，因此這並不是他作品中的重要表現主題。龍瑛宗對中國的認同是特殊的，他不像一般臺灣人因為國民黨中國而厭棄整個中國；他心中的中國是一個巨大的種族形象，其中血緣的、文化的、與生俱來的成分居多，而不與國族認同、政黨支持等因素相等。

戰前的龍瑛宗不常論及中國、種族一類的問題，然而在復筆的 1977 年，一出筆便帶有濃濃的家族、故土、與歷史傳承的味道；這樣的味道一直延續貫串於龍瑛宗之後的寫作中，但卻都不如日文書寫的最初這兩篇焦點集中。

四、

冰融的瞬間，許多凝固時的力量驟得釋放。「媽祖宮」慈悲包容又帶有無奈的溫柔視眼，俯瞰著翻轉於臺灣苦難歷史中的臺灣人；月夜下細細流著的，是脆弱生命連結起來的血脈，也是代代傳承下來的、嚶嚶悲泣著一般的歷史。隱藏於龍瑛宗 1977 年中篇小說創作裡的，是他溫熱豐沛的、對人世間與土地記憶的感情。或許這兩篇作品於藝術上的表現未見精粹，但就其寫作意念而言，卻是老龍瑛宗的心激昂而感動著書寫下來的。

參考資料

‧彭瑞金〈龍瑛宗的第二個文學夢——《杜甫在長安》〉，《文訊》，1988年2月。後收錄

於《瞄準臺灣作家》,高雄:派色文化出版社,1992年7月。

・葉芸芸〈試論戰後初期的臺灣智識分子及其文學活動(1945～1949)〉,收入《先人之血、土地之花》,臺北:前衛出版社,1989年。

・葉榮鐘〈臺灣省光復前後的回憶〉,收入葉榮鐘著;李南衡,葉芸芸編《臺灣人物群像》,時代文化,1995年4月。

・龍瑛宗《紅塵》,臺北:遠景出版社,1997年6月。

・施懿琳〈認同矛盾掙扎下的雙鄉人——試析龍瑛宗長篇小說《紅塵》〉,《中國現代文學理論季刊》第7期,1997年9月。

・陳翠英〈失落與重建——試論龍瑛宗《紅塵》的歷史記憶〉,未發表。

——選自「龍瑛宗文學研討會」

新竹:臺灣客家公共事務協會,北埔鄉農會

2000 年 7 月 15～16 日

龍瑛宗與杜南遠的自傳書寫

◎周芬伶[*]

前言

龍瑛宗的小說很明顯地分爲兩個系列，一是虛構性的作品，一是自傳性的作品。1987 年出版的《杜甫在長安》作者在自序中說明得很清楚：

> ……我的作品群可分為兩種類。其一，如〈杜甫在長安〉、〈燃燒的女人〉、〈月黑風高〉、〈青天白日旗〉、〈鄭城故事〉等，可稱屬於虛構性作品。其二，如〈夜流〉、〈斷雲〉、〈勁風與野草〉等作品，屬於自傳性作品。惟於作品的主角，屢次在作品裡登場，名字叫作杜南遠，而他就是我。[1]

本篇論文集中討論以杜南遠爲主角的自傳性作品，藉此探討作者的生命歷程及深層心理。龍氏以杜南遠爲主角的小說，從 1941 年的〈白色的山脈〉開始，一直延續到 1982 年的〈勁風與野草〉，長達 40 年的長期書寫，雖然其間曾有中斷，篇數不到十篇，但皆以日據時代的生活經驗爲焦點。寫於戰爭期的〈白色的山脈〉（1941）、〈龍舌蘭與月〉（1943）、〈崖上的男子〉（1943）、〈濤聲〉（1944），比較傾向以描寫心境爲主的「私小說」，抒情性較強；發表於戰後的〈夜流〉（1977）、〈斷雲〉（1980）、〈勁風與野草〉（1982），比較接近自傳小說，紀實性較強。前期與後期的杜南遠在自我認

[*]東海大學中國文學系教授。
[1]龍瑛宗〈自序〉，《杜甫在長安》，臺北：聯經出版公司，1987 年，頁 8。

同與身分認同上相當歧異，而作者的自我書寫也超越了「私小說」所界定
的範疇。一個作家延續 40 年的時間，不斷從自我書寫中建構自我，畢竟不
是一件尋常的現象，這種苦心孤詣或可與普魯斯特（Marcel Proust）所寫的
《追憶逝水年華》相比，然而普氏的作品看起來較完整，卻經作者不斷增
刪，在未完成「定本」時便離開人世，也許自我書寫即是一條漫無止境的
探索歷程，普氏所呈現的「我」心理之錯綜複雜，已非傳記學所能掌握。
而龍氏作品中的「杜南遠」，皆有脈絡可尋，如果我們把這一系列作品視為
作者的隱匿書寫，一方面可做為龍氏傳記研究的根據，一方面可探討在殖
民體制下普遍廣大的心靈傷痕，在龍氏的作品中確是具有獨特意義的重要
創作。

　　據龍瑛宗的次子劉知甫先生的解釋，龍氏因崇拜杜甫，常以杜甫自
況，故將小說中的我化名為「杜南遠」，兩個兒子分別命名為「文甫」、「知
甫」，可見杜南遠投射了龍氏對杜甫的的自我認同。杜甫一生窮愁潦倒，又
生逢亂世顛沛流離，龍氏在杜南遠系列作品中，不斷再現歷史人物與自我
形象的交互重疊，並寫出〈杜甫在長安〉此一歷史小說，文中雖以史實為
根據，更多的是作者的文學想像與自我抒發。文中敘述「潦倒的窮詩人，
以敏銳的直觀在他的詩裡表現其怏悒的憂心」[2]，這也是作者在杜南遠系列
小說表現的主題與情感基調。

一、自傳小說與私小說

　　自傳小說與自傳的不同之處，在於前者強調文學性，後者強調紀實
性。依法國巴黎大學第十三大學教授羅俊（Philippe Lejeune）在《自傳契
約》（Le Paete Antobiographique, 1975）中所下的定義，「自傳」在形式上應
包括：一、語言的型態（（一）物語和（二）散文）；二、主題（一個人的
生活或一個人物的歷史）；三、作者的狀況（作者和敘述者為同一人，而且

---

[2]龍瑛宗〈杜甫在長安〉，《杜甫在長安》，1987 年，頁 6。

須與實在的某個人物有關）；四、敘述者的位置（（一）敘述者與主要人物
為同一人；（二）物語的回顧性展望）。依此定義，自傳小說不能滿足「作
者狀況」的條件，因為作者和敘述者的同一性並沒有獲得保證的契約存
在。[3]羅俊將自傳小說排除在自傳之外，然就自傳必須守住作者、敘述者和
主要人物在文本中的一致性來說，龍瑛宗的杜南遠系列小說，確是符合此
一條件，因為作者特別具文說明「他（杜南遠）就是我」這樣一個契約。

　　龍氏將杜南遠系列小說與虛構性作品分開，可見前者企圖擺脫文學的
虛構性，而走向紀實性的寫作。然而要從杜南遠系列小說拼湊出一個真實
的龍瑛宗又不可能，因為其中有許多意義的斷裂、文本的不連續性，殖民
地統治者所賦予的自我形象經常是扭曲的，使得我們只有轉向「私小說」
去尋找其範疇。

　　然而私小說在日本的興起是文學上美麗的誤解，它是在自然主義文學
移植過程有所偏差而產生。將小說作者表現真實的目的，誤為表現自我。
它的特色乃採用告白的形式，剖白自身內面的「欲望」或「醜惡之心」；或
者拋棄社會性題材切斷與社會的關聯的前提下，呈現「內面寫實」，即以呈
現自身的姿態，凝視內面赤裸而真實的自我為依歸。

　　這種偏差，乃是自然主義傳到日本後，結合浪漫主義自我擴張的性
格，因而派生出告白懷疑或絕望的作品，形成作者一方面敘述自己的生活
體驗，一方面披露自己心境的所謂「心境小說」或「私小說」。[4]

　　私小說裸露自我醜惡之心，難免會走上「自我毀容」的下場。如德田
秋聲的〈黴〉，描寫單身作家和幫傭的女兒阿銀糊糊塗塗的發生關係，作家
雖不想維持這種關係，卻無法控制自己，使阿銀產下男嬰後，才補辦結婚
戶籍手續，然而兩人因學識差距太大，家庭風波不斷，作家最後離家出
走。文中涉及作者的老師尾崎紅葉之死等真實情節，將作者的私生活毫不

---

[3]Philippe Lejeune and Katherine Leary ed., *On Autobiography*, Minneapolis: University of Minnesota Press, 1989, pp.3～30.
[4]劉崇稜《日本近代文學概說》，臺北：三民出版社，1997 年，頁 76～77。

留情地曝光，滿足讀者閱讀私小說「偷窺」的心理。

另外，私小說在情節的安排上允許適度的虛構與想像，如被視為日本私小說嚆矢的田山花袋〈蒲團〉，故事中的主角是中年作家竹中時雄，因暗戀入門女弟子橫山芳子，嫉妒她另有男友，藉口芳子和他人有不軌行為，通知芳子的父親將她帶回去。在芳子離去後，時雄進入芳子住過的房間，聞著留有芳子身體氣味的棉被而流下眼淚。

裡面牽涉到主角的微妙心理描寫，偏向主觀的心靈內面寫實，實難辨別何者為事實、何者為虛構。私小說在明治 40 年（1907）興起，代表的作家如島崎藤村、田山花袋、正宗白鳥、真山青果、近松秋江等人的作品，大部分都是私小說，或取材自作家身邊的事物。[5]

龍氏前期的杜南遠系列小說，受日本私小說的影響，偏向心境的描寫及自我告白；後期的作品則紀實性較強，較接近自傳小說。因此可以把杜南遠系列小說分為兩個時期：

1.早期以 1941 至 1944 年為準——此時的杜南遠充滿懷疑精神，常在勞動人民與女性身上找到生活的希望，這時出現的文學意象都是潔白的，如「白」色山脈、龍舌蘭和月亮，在白色的霧中出現的「崖上的男人」，我們可以稱之為「白色時期」。

2.晚期以 1977 至 1982 年為準——此時的杜南遠回溯在殖民體制下，陰暗的生長歷程和被壓抑的痛苦。出現的文學意象多帶有斷裂與黑暗的意涵，如「斷雲」、「夜流」，並以勁風象徵黑暗殘酷的戰爭，以野草代表強韌的自我，我們可以稱之為「黑色時期」。

二、白色時期

1941 年的〈白色的山脈〉為龍氏所寫的第一篇以杜南遠為主角的小說，裡面包含三個小故事，分別以「薄暮中的家族」、「海濱旅邸」、「白色

的山脈」爲標題。第一個故事描寫生下白癡少年的家族，年華已大的姊姊
因之尙未結婚。杜南遠以不幸的眼光凝視這古怪的家族，卻見到姊姊背著
白癡弟弟和母親走下草原去看海，感受到他們以深切的愛情結合起來的幸
福的團聚，杜南遠不禁把流下的熱淚吞下肚裡。「海濱旅邸」描寫在旅舍當
女僕的惜，接到上海男人的支票要她去找他。那男人好賭，把她賣到妓
寮，她逃回臺灣後仍然愛著那男人。杜南遠驚訝的是：「這樣下賤身分的女
人，卻居然像真珠般地發著光彩，有著美麗的人類的愛情。也許，她之對
於這無用的男人的愛，並不是單單對於異性的愛吧。他以爲，這或許是由
於她具備了女性的最最崇高情感的母性愛吧？」〈白色的山脈〉描寫杜南遠
在船上遇見年輕的商人，兩人上岸同去咖啡館喝酒，酒後的杜南遠陷入痛
苦的沉思，回憶起十幾年前的哥哥就在此地用酒毀滅自己的身體，留下三
個小孩和債務，使杜南遠不得不負擔三個遺兒的教育費，自己的前途因而
受困，在慘酷的現實中，他喜歡看海，美麗的海景不斷加深他的悲哀，文
章結尾有極富詩意的描寫：

> ……海是有著多美麗的青色呀！這傍晚時候的南海！而在海涯的那邊，
> 總是堆積著白色的雲朵。原野展開著，山脈接連地可以看到，也是白色
> 山脈呀！可怕的憔瘦的影子躞蹀著，他一面帶著惱恨，一面提著沉重的
> 腳步在山地上攀尋。不久，這影子突然地倒下了，倒在地上，一動也不
> 動。這是美麗的，淒絕的，雪白的世界。暮色變得更濃。依舊有海潮的
> 聲音。杜南遠倚靠相思樹，像小孩子一般掉下眼淚來了。[6]

　　這三個各自獨立的小故事，圍繞著同一主題——在不幸的命運下找尋
生命美麗的價值，這美或者來自親情，或者來自愛情，抑或來自美麗的景
物。對美的耽溺是杜南遠唯一的救贖或出路。值得注意的是作者的自我形

---

[6]龍瑛宗〈白色的山脈〉，《植有木瓜樹的小鎮》，臺北：遠景出版社，1979 年，頁 141～142。

象是那麼怯弱不堪：

> ⋯⋯杜南遠的現實生活是慘酷的。為了要從慘酷裡逃逸出來，他變成為
> 一個幻想主義者。正好像有閒女人的喜愛悲劇一般地，杜南遠為了要忘
> 卻慘酷，而變成浪漫主義者。杜南遠是軟弱的男子，是卑怯的男子。[7]

作者將自己比喻為女子，在臺灣的邊陲地帶東部，他認同的是不幸的
人們，在社會邊緣奮力活下去的人們——白癡少年、失婚的女子、地位低
賤的女僕⋯⋯傅柯（M. Foucault）將殖民的經驗視為「冷靜的暴力」，在殖
民論述中，被殖民的一方，不論男女都被女性化，杜南遠即是在殖民體制
暴力下受傷靈魂的化身。

出現在 1943 年〈崖上的男人〉中的杜南遠，目睹在東部搭公共汽車發
生的事件，落魄的流浪漢因事業失敗，獨生子病危，想趕回去看他，身上
借來的五圓連付車錢都不夠，乘客同情他紛紛送他一點錢，男子鞠躬接
受，卻婉拒杜南遠的施予，因為已夠付車資，阿美族女人沒有錢，把手上
提的香蕉送一串給他，而小女孩央求媽媽把她那有哨子的玩具送給可憐的
叔叔。作者在文章結尾寫著：

> ⋯⋯大家笑起來了。
>
> 霧依然在流動。
>
> 遠遠的海上好像晴朗著，浮著一柱明亮。[8]

這種對人性明朗的描寫，比稍前的〈植有木瓜樹的小鎮〉、〈黃昏月〉、
〈貘〉來得積極溫馨。作者擅長描寫景物，並以大自然的變化暗示情緒的
浮動。飄忽的雲或霧彷彿變化莫測的命運，使作品具有夢幻似的效果。

---

[7]同註 6，頁 140～141。
[8]龍瑛宗〈崖上的男人〉，《夜流》，臺北：地球出版社，1993 年，頁 181～182。

1944 年的〈濤聲〉中的杜南遠，充滿懷疑與寂寞的心靈中，因接觸到一個勞動者而得到醒悟：

> ……他邊走邊想，人生，絕不存在於書齋裡或理論與觀念之中。在工作裡發現出喜悅，這才是人生，也才是生活……這怒濤的盡頭，強烈的戰爭正在進行。那不是夢幻，而是儼然的現實。這一場大戰，想必會把一切古舊的羈絆轟掉的。然後新的現實，新的精神，便會從這波浪之間誕生吧。杜南遠想到：我必須覺醒於這新的現實才行啊！[9]

　　耽溺在幻想主義與浪漫主義的杜南遠，因為戰爭的慘酷，而有了覺醒的決心，這可說是杜南遠由死亡、懷疑走向實際人生的自我告白，他從勞動者和庶民中發現生命的可貴，也許是深受日本普羅文學及戰爭後期緊張情勢的影響，羅成純在〈龍瑛宗研究〉中指出：

> ……1943 年 4 月所發表的〈崖上的男人〉，以及 1944 年 1 月的〈海之旅宿〉，可說是與〈白色的山脈〉一樣，以感傷的私小說方式描寫，主人公的名字甚至是相同，作品中庶民的樸直，溫暖的心靈以及豐沛的生活力，均成為懷疑與感傷之境近於絕望的主人公生存下去的慰藉，甚至是啟發的。[10]

　　同是向庶民階層認同的系列作品，〈白色的山脈〉自憐自傷的意味較濃，耽溺於美，同時以美對抗死亡，展現出激烈與分裂的意識。與較晚的〈崖上的男人〉、〈濤聲〉的明朗溫馨有所不同，〈白色的山脈〉的心靈層次更豐富，明暗交疊，對比強烈，展現心靈流動之美。
　　另外一篇發表於 1943 年的〈龍舌蘭與月〉，描寫杜南遠在玉里鎮遇到

---

[9]《臺灣藝術》第 5 卷第 1 號，1944 年 1 月。
[10]羅成純〈龍瑛宗研究〉，收入張恆豪編，《龍瑛宗集》，臺北：前衛出版社，1991 年，頁 295。

鍾秀郎和馮北山，三人夜飲的經過。其中馮北山因為妻子去世陷入悲傷之中，三人互勉：「今晚，把舊的一刀兩斷，明天起從頭再來。」當杜南遠醉後醒來，出現一個如夢似幻的美麗景象：

> ……美麗的月夜，那麼靜靜地輝耀著。
>
> 庭院裡的龍舌蘭，在月光下開得雪白，有濃濃的星影。
>
> 杜南遠忘了口渴，但覺得腦子裡一片澄澈（人生好美）（人生美得幾乎教人難過）。
>
> 杜南遠就那樣站住了，久久地。[11]

這種對人生之美的酣醉，以龍舌蘭和月亮潔白的意象出現，令人想到〈白色的山脈〉中作者描繪的那個「美麗的，淒絕的，雪白的世界」，那是個超塵絕俗、完美無缺的仙境，面對此世界，他的心靈不再分裂，而統合為純美寧靜的心靈畫面。

可以說戰爭期間杜南遠一系列作品，呈現作者心靈重大的轉折，由分裂走向統合，由晦暗走向明朗。雖然他同時繼續發表人生黑暗面的作品如〈黃家〉、〈死於南方〉，卻把希望寄託在勞動人民與女性身上，而有〈不知道的幸福〉和〈一個女人的記錄〉之類的作品，龍氏對女性強韌生命的描寫恰與挫敗軟弱的男人形成對照，林瑞明說：

> ……龍瑛宗作品中的男性幾乎都是挫敗型的小知識分子，但亦應注意他系列的「杜南遠」命名的私小說，當逐漸深入庶民世界，而不是以小知識分子為處理對象時，則浮現希望。[12]

---

[11] 龍瑛宗〈龍舌蘭與月〉，收入張恆豪編，《龍瑛宗集》，頁 131。

[12] 林瑞明〈不為人知的龍瑛宗——以女性角色的堅持和反抗〉，《臺灣文學的歷史考察》，臺北：允晨文化，1996 年，頁 280～281。

　　林瑞明認為龍氏是以女性為作者理念的堅持和反抗，毋寧說女性與杜
南遠有著相互呼應之處，女性與杜南遠皆為龍氏女性潛傾（anima）的表
現，作為他追求完整人格的過渡歷程。在榮格（Carl Gustav Jung）的理論
中：

> ……女性潛傾常常聯繫到土地，聯繫到水，並被賦予一種巨大的能力。
> 它是雙重的，具備兩個面，一面是光明，一面是陰暗……女性潛傾擁有
> 精神價值，它的形象不僅只投射在異教的女神上面，也投射到聖處女本
> 身上面，它還接近天性，承擔著激情。它是一種「渾沌的生命衝力」（My
> Lady Soul）。它還是招手呼喚男人朝向愛情，朝向失望，朝向創造和命運
> 的美神。[13]

　　由此可以了解龍氏對杜南遠與女性的書寫有著相互疊映的效果，它時
而黑暗時而光明，而常出現土地（〈白色的山脈〉、〈龍舌蘭與月〉）及水的
意象（〈海之旅邸〉、〈濤聲〉），而且這兩者的界線模糊，常連成一片白色渾
沌的世界。其中龍舌蘭與月則是圓滿結合的象徵。

　　龍氏心靈陰鬱的男性與明朗的女性之統合，將作品提升到成熟的境
界，並具有堅韌而充沛的生命力，經由這生命力接續日本戰敗，臺灣光
復，轉向較積極的表現，在主編《中華日報》日文版文藝欄期間，他發表
了眾多作品，包括小說〈青天白日旗〉、〈從汕頭來的男子〉、〈燃燒的女
人〉等，並對戰後民生凋敝、物價飛漲、官員腐敗，發出尖銳的批評，如
在〈論「飯桶」〉、〈飢饉與商人〉、〈臺灣將如何〉等篇章，毫不留情地評論
時弊，而把希望寄託在女性身上，寫出一系列有關女性的文章，如〈女性
與讀書〉、〈女人為何要化妝〉、〈婦女與天才〉、〈給女性的書信〉、〈女性短
評〉……等，而後在 1947 年出版《女性描寫》一書，他意識到未來的世紀

---

[13]佛德芬（Frieda Fordham）著，陳大中譯，《榮格心理學》（*An Introduction to Jung's Psychology*），
　　臺北：結構群，1990 年，頁 50～52。

將寄託在女性身上,女性的覺醒與崛起,也許是轉變跛行性的現代文化與好戰的男性社會的契機,並認為女性文化具有帶來世界和平的可能。[14]然而這樣的光明希望在二二八事件後被摧毀殆盡,此後他進入創作的潛藏期,暗中繼續日文寫作,並學習中文寫作,這些作品一直到 1970 年代才陸續發表,如《紅塵》、〈斷雲〉、〈夜流〉以及尚未發表的如《故園秋色》等作品。

他的杜南遠系列作品由較明朗的心境描寫轉入深層意識的暗流書寫,表達深刻的「身分」與「認同」的焦慮,自傳色彩十分濃厚,社會性也較強,跟切斷社會關聯的「私小說」顯然不同。

三、黑色時期

〈夜流〉、〈斷雲〉和〈勁風與野草〉看來是相互連貫的自傳性小說。〈夜流〉從祖先的悲慘拓殖歷史開始寫起,而終於杜南遠投考師範學校失敗(清道光年間至 1927)。〈斷雲〉從杜南遠商工學校畢業後分發至草屯銀行寫起,而終於因戀愛事件而被調職(1930~1934)。〈勁風與野草〉從杜南遠與鶴丸五郎的初識寫起,而終於美軍轟炸臺北城(1934~1945)。在時間順序和事件上相當連貫,且紀實性較強,頗有時代留下見證的企圖。故事的主角仍是杜南遠,文章筆法與前期表達心境為主的私小說不同,他的自傳書寫在日據時代集中於青壯年期的心理描寫,戰後卻以寫實手法從童年寫到戰爭結束。年輕時的龍氏是浪漫主義的幻想主義者,在殖民體制下因應時勢的要求,常以明朗的結局收尾,對殖民政府並不做出直接的批評,然而在戰後初期他對時局曾有直接而尖銳的批判,因白色恐怖的壓制,使得他再度保持沉默。再出發的龍氏,對於在殖民體制下沒有具體反抗的事實,做了一些辯解與告白,他一方面自責於自己卑弱的性格,一方面說明處於殖民體制下有苦難言的困境。可說越寫「身世的感傷」與「時

---

[14]見周芬伶〈龍瑛宗與其《女性描寫》〉,《東海學報》第 40 卷第 1 期,1999 年 7 月,頁 17~37,亦見《芳香的祕教:性別、愛欲、自傳書寫論述》,頁 21~54。

代的悲傷感」越濃，整個小說的基調是陰鬱的，值得注意的是他以「斷雲」、「夜流」、「野草」比喻自己的身世：〈夜流〉描述自己生命的源流，在這裡黑暗的力量占著主宰的地位，由死亡與鬼魂結合而成的黑暗之力，使得他常在生死之際掙扎。這篇文章對龍氏的家族背景與成長歷程有極深入的描寫，對研究他的生平是珍貴的資料。不過此時期的「自我毀容」比前期更甚，「自我分析及批判」也更深入。

從劉知甫先生保存父親的成績單中，看到三年級的龍氏，身高三尺八九，體重五貫二二，按當時的發育標準，九到十歲為身高四尺，體重五貫八九三，略低於當時的標準，而健康狀況為氣喘、支氣管炎、扁桃腺肥大。到高等科二年級（相當於國二），他的身高一米五〇，體重三五・八公斤，體格相當瘦弱矮小。[15]在〈夜流〉中，龍氏描述自己常在生死關頭病喘著：

> ……杜南遠是蒲柳的體質。這孩子會不會夭折？杜南遠的爹焚憂著，他是老爹四十多歲所生的老么，這使老爹的憂慮彌增。剛出世就軟弱，像醜野草躺著稻草鋪的褥子……患了嚴重氣喘的杜南遠，粗暴的季節風好像把他的生命帶到遠方。[16]

身體屢弱的杜南遠，時時感受到死亡的威脅。這種憂慮使他自覺是弱者。而另一個使他感到卑弱的原因，是被家族中過多的死亡悲劇所纏繞，他的曾祖父因過度勞累而早死，祖父才 34 歲就因原住民出草而被砍斷首級，他所經營的樟腦寮，腦丁姦淫番婦，在夜裡遭到原住民襲擊，許多人被砍掉首級，大叔也因此喪命。這種集體慘酷的悲劇，使得杜南遠幼年時籠罩在死亡的陰影與鬼魂的幻覺中：

---

[15]劉知甫先生提供的龍瑛宗公學校成績單影印本。
[16]龍瑛宗〈夜流〉，頁 41～42。

　　……五、六歲時，杜南遠是個夢遊病者……杜南遠在天天夜裡看見了幻
覺。那是教人藐視的支那人的面貌，留著辮子的枯瘦長臉的人。茶白顏
色誠然為了生活憔悴極了的面容，在一片黑暗裡坐著朱紅圓凳椅子，蒼
白臉龐一直盯著杜南遠一動也不動，一到了夜晚，總是出現了那個面貌
稍帶憂愁的臉龐，好像要訴說什麼傷心事，但好像又不是。抑或多病的
杜南遠覺得很可憐，在天天夜裡出現他的面前，目不轉睛地看護他罷
了；或是在人間世的杜南遠帶回冥府去引誘他罷了。[17]

　　年幼時的杜南遠為夢遊症所苦，較長則出現口吃的現象。在變態心理
學上，夢遊症與口吃皆屬於「行為異常」（conduct disorders），它的特徵是
將衝突和挫折表現出來，就是將那些象徵個人的早期衝突、退化的、被社
會認為不適當的行為表現出來。[18]口吃是行為異常病況中的語言障礙，受情
緒困擾的兒童拒絕學習講話，感染了心理上的啞症，此症可持續數日或數
年，這種完全拒絕最重要的社會溝通方式，顯示了兒童深度的情緒困擾；
而夢遊是精神神經病中協識脫離症常有的昏睡的一種形式。這些人有典型
的協識脫離人格，其特徵為不成熟，對暗示性有高的感受性，和一般的自
我中心的景象。夢遊病人從睡夢中起來，眼睛半睜的走來走去。他所耽溺
的動作常是象徵他的衝突。[19]
　　存在幼年的杜南遠心中的情緒困擾與內心衝突，也許是生與死，現實
與夢魘的糾纏不清，在幻想中他一次次死去又活過來，這樣的心靈折磨，
使他面對人群時十分退縮，而有口吃的情況出現，畏懼上臺講話，在路旁
遇見不認識的人總覺得他們的眼光含著輕蔑。過度敏感使他對其他人的感
覺和想法築起一道厚牆，對外來的衝擊常採取逃避的方式。尤其在殖民體
制下生長的龍氏，不能在行動上有所作為，自然一再感到自己的卑弱，而

---

[17]同註 4，頁 50。
[18]斯莊吉（Jack Roy Strange）著，韓幼賢譯，《變態心理學》（*Abnormal Psychology: Understanding Behavior Disorders*），臺北：教育部訓育委員會，1973 年，頁 69。
[19]同上註，頁 70～73。

遁入幻想世界中。少年時期的杜南遠時常幻想的就是自己的死亡，在〈夜流〉中他寫著：

> ……杜南遠在幼年時的幻覺再也沒有出現過，但獨自喜歡耽溺於空想。他還記得幼年時的喘氣難堪，胸膛裡秋風隆隆地作響，上氣接不了下氣時，也許踏上了黃泉路，森林的女精靈們，把瘦削的屍體輕輕地挑起來，放在月夜的森林中，女精靈們排了圓形陣，對於這個薄倖少年屍體灑了一掬之淚，然而森林的女精靈們各人摘了天竺牡丹和大波斯菊的花朵扔下去削，不久屍體埋在花叢裡，這樣子杜南遠得到了女精靈們的垂憐和慈愛，在臺灣的一寒村悄悄地完結了浮世的旅程。[20]

　　杜南遠的童年與少年和死亡的想像是分不開的，這構成他生命黑暗的死亡叢結，「淒美的死亡」是龍氏早期作品一再出現的主題，除了〈鬼〉、〈村姑娘逝矣〉、〈夕影〉、〈一個女人的記錄〉、〈燃燒的女人〉……等作品，皆對死亡及死後的世界有極細緻的描寫。在他的空想中，存在著兩個我，一個是如暴君似的男人，一個則是充滿哀憫卑憐的男人：

> ……杜南遠也偶爾沉迷於殘酷空想，在現實裡他只是個卑小的存在，但在空想的世界裡好比一個古代的暴君；在月夜的丘陵上把豔麗的美女排成赤裸的一大群，盡情地欣賞裸體群像，而群像在月光下律動地跳舞，暴君的心一橫，把這群裸體焚燒吧！熊熊的火焰，像紅蓮般的火舌追趕著群像，美女被迫死亡邊緣，拚命地到處亂竄，紅蓮般的火焰摟住了美女，發出凶猛的臨終叫聲，終於死神降臨了。丘陵回復了一片靜寂，奇形怪狀的燒焦屍體，遍野累累。灰白色的月亮照耀著丘陵枯樹與黑色累累的屍體。耽於殘酷想像的杜南遠，望見這眾多的燒焦物體，潸潸落淚

---

[20]同註 16，頁 65。

了。杜南遠的境遇覺得越發悽慘，他的空想越發華麗了。[21]

　　這裡的暴君可視爲作者人格的陰影面（shadow），而燒焦的屍體是他死亡叢結的再現，陰影面經過死亡的銷解，出現了流淚的男人／女人（anima），作者心靈世界的分裂在這裡赤裸裸地呈現。

　　發表〈夜流〉的龍瑛宗已進入晚年，挖掘童年內心潛意識之陰暗，可視爲受傷心靈的倒退表現，表面上是歷史的追溯，內裡則爲追尋人類靈魂的原始層面，也是作家心靈的自剖。榮格視文學藝術家爲「集體的人」，龍氏負載著時代的集體心靈與創傷，在殖民體制下，個性堅強者以反抗爲抵制力量，個性軟弱者以沉默自傷爲抵制力量，反抗與自傷爲一體之兩面。

　　另一篇〈斷雲〉則寫出身分認同的悲哀：

　　……杜南遠在夜晚徘徊於小鎮的公園，他是日本國民，流著的卻是中國人的血。在日本人面前高喊著「日本萬歲」，其實肚子裡流著暗淚。噢！猛然想起了，小丑在舞臺上做出滑稽動作，但在背後卻暗吞著酸淚。
　　我就是小丑，杜南遠這麼想著，眼巴巴看見祖國的錦繡河山一塊一塊被人家奪去，還要搞什麼「滿洲國」，他情不自禁地熱淚奪眶而出，渾身發抖了。[22]

　　杜南遠將自己比喻爲小丑，在人前做出滑稽的動作，肚子裡卻流著酸淚。這種心靈與現實的不一致，產生具有分裂人格似的眾多小丑。杜南遠的自我剖白寫出眾多經歷殖民統治者的共同悲哀，個人歷史被現實切斷了過去與未來，而成爲孤獨的飄泊者、異鄉人，他以「斷雲」來象徵這集體心象：

---

[21]同註 16，頁 65。
[22]龍瑛宗〈斷雲〉，《杜甫在長安》，頁 68～69。

　　……伸個懶腰望著車窗外，天陰起來了，青藍色的綿亙山崖上有一大堆烏雲，徐緩地在移動，距離很遠的地方一朵斷雲在孤單地飄流。他驟然想到，我好比亦是那朵斷雲啊！[23]

　　斷雲反映了作者對人生的斷裂感與虛幻感，它也是作者支離破碎的自我的再現。作爲自傳的主角，杜南遠的自我追尋是在一連串的破裂——整合中回環進行，在當代文化論述中，凸顯「我」的聲音可視爲抗爭主流論述與爭取邊緣族群認同的策略，傳記學者吉摩爾（Leigh Gilmore）認爲，新身分的建立必須靠著反抗性的論述構成。在殖民體制下作爲「我」的化妝——杜南遠，以強調「我」（主體）的位置進行著反抗主流的邊緣論述，在戰後他以「小丑」稱呼這身分上的化妝，而以「斷雲」顯示了集體的傷痕，徐秀慧〈陰鬱的靈視者〉一文中指出：

　　……杜南遠就像是個與歷史斷裂，精神分裂的「異鄉人」，他身上背負著的正是當時被殖民的臺灣人的集體潛意識……因此小說中一再出現主角人物內外世界不能統一的主題。[24]

　　再出發的杜南遠的自傳書寫，將他一生解釋爲黑暗破碎的「夜流」、「斷雲」，顯現主體的陰暗與破碎，1982 年寫的〈勁風與野草〉則顯現主體的強韌，作者一面描寫杜南遠與日本人鶴九五郎的友誼；一面寫戰時臺灣人的景況。1945 年在美軍飛機轟炸下的臺灣如同鬼城，作者寫著：

　　……帝國主義著火了。半世紀臺灣人的淚和汗，即將變成餘燼。一定不久的將來，臺灣人會出頭天了。千頭萬緒的感慨，摟住了他的腦袋。[25]

---

[23]同註 22，頁 81。
[24]《臺灣新文學》第 7 期，1997 年 4 月，頁 302～303。
[25]同註 22，頁 109。

作者的筆調半是回憶半是紀實，看著日本人一路戰敗下來，杜南遠心中燃起了希望。龍氏藉勁風／野草這兩個強／弱（可以互換的符碼）的對照，說明自己對帝國主義沉默的抗議。在行動上顯得沉默退縮的杜南遠，心中存在與統治者相反的意念。如他的好友鶴丸五郎應召入伍前的餞別宴上，作者寫著：

> ……杜南遠心中指望鶴丸能生還，卻也不敢講出嘴來。[26]
> ……杜南遠禁不住暗想：鶴丸五郎竟以聖戰的美名赴大陸去了。日本人有爹娘，中國人也有可敬的爹娘。日本人有妻子，中國人也有可愛的妻子。為什麼跑到人家的領土上廝殺呢？憑什麼理呢？聖戰？我不相信，為了東西的和平？更不相信。[27]

這裡凸顯了謊言與真相，中國人與日本人的矛盾。自傳書寫討論的以「真相」（truth）及「身分」（identity）兩者最為核心，而身分又與認同、主體等息息相關。龍氏晚期的杜南遠自傳書寫，較多集中在「真相」與「身分」的討論上，拆穿殖民者的謊言，客觀地顯現真相。

四、自我書寫與現代意義

日據時代的文學以寫實主義為主流，龍瑛宗也採用寫實主義的手法創作若干重要的作品，如〈植有木瓜樹的小鎮〉、〈黃家〉、〈黃昏日〉、〈貘〉……等。杜南遠系列小說則另出蹊徑，經由自我書寫而與現代主義小說相連。根據歐文・豪（I. Howe）的分析，現代主義的第一階段，重點在「宣稱自己是自我的一種膨脹，是事物乃至個人活力的一種超凡、狂放的擴張」。其中惠特曼（W. Whitman）是代表性人物；第二階段，自我開始從外部退回內部，並且把自己幾乎像是當作世界本身那樣，投到對自身的

---

[26]同註 22，頁 89。
[27]同註 22，頁 91。

動力——自由、強迫、突變——所做的一種精細考查。其中維吉尼亞·吳爾芙（V. Woolf）是代表性人物；第三階段，出現了一種自我的虛空，從對個性和心理益增的厭倦中擺脫出來。代表人物是貝克特（S. Beckett）[28]。

龍瑛宗的杜南遠系列小說接近現代主義的第二期，即從外部退回內部，並精細地考查自我心靈的變異與陰暗、孤獨。早期的寫法著重自我心境之微妙變化，杜南遠似乎是與外部切斷關係的心靈飄泊者，表現出現代人的孤寂與疏離、荒涼；晚期的作品，挖掘自我心靈深層意識的糾結——死亡與毀滅，並寫出在殖民體制下集體的認同焦慮與傷痕。

杜南遠的心靈歷史是一段傷痕累累的殖民歷史。龍氏的自傳書寫集中在被殖民的經驗，在後殖民論述中，被殖民的男性是被去勢化的，他的位格相當於女性。因此他的自我形象常是女性化的，如卑小、軟弱、多愁善感、浪漫、逃避現實。文中經常出現的意象以自然和女性為重心，如「山脈」、「大海」、「龍舌蘭」、「月亮」、「夜流」、「斷雲」……等。在他的空想中被焚燒成焦骨的女人，無疑是自身女性化命運的寫照——空白與支離破碎。這種自我毀滅的傾向，寫出了被殖民者深層意識的悲劇性。

因此杜南遠系列的自傳書寫，可視為凸顯被壓抑的自我作為向主流（殖民者）抗爭的邊緣敘述。男性的我常以自我膨脹、獨斷的聲音出現，女性化的我則更能挪出空間，讓「你」的聲音浮現，邀請讀者參與。

從這長達 40 年的自傳書寫，我們可以歸納出幾個特質：

1.杜南遠是祖國文化的象徵，亦是中國詩人感時憂國典型人物杜甫的投射。在殖民體制下是一個隱匿的身分，亦是以文學上的優越性超越現實的人物。

2.前期作品作者採用同一主角不同主題情節貫串自己的生活經驗，在形式上較難獲致完整的印象；後期作品在時間事件上較延續與連貫，能夠較完整地呈現生命脈絡。

---

[28]李歐梵〈漫談中國現代文學中的「頹廢」〉，《現代性的追求：李歐梵文化評論精選集》，臺北：麥田出版公司，1996 年，頁 288～289。

3.龍氏擅長景物風俗之描寫，並以之暗示內心情緒之流動，這種從外部朝向內部心靈探索之小說，塑造了日據時代文學的現代風格。

4.龍氏的杜南遠系列小說除了〈勁風與野草〉，其他多由日文寫成，作者的日文作品在表達上顯然流暢許多，顯現那個時代的作家在語言使用上的困擾與悲哀。

結語

張恆豪評論龍瑛宗：

> 龍瑛宗的文學世界，乃是以日式教育智識分子的觀點，反映了日據末期在殖民統治及封建習俗深刻化的摧殘下，臺灣人的衝突、挫敗和哀傷，檢視市民階級頹喪、陰鬱、灰暗的心靈層面和生活圖象，特別是對於臺灣女性悲劇性的命運的悲憫觀照，其文學風格，突破了外象寫實的窠臼，注重心靈葛藤的寫實，融會了現代主義個人式的內省與質疑，及感覺派纖細唯美的色彩，充分顯露出世紀末殖民地智識分子「美麗與哀愁」的思考角度。[29]

從以上的持平之論可知龍瑛宗小說之複雜性、現代性。現代主義小說在臺灣要到 1960、1970 年代才崛起，如果要追溯更早的源流，那麼在 1930、1940 年代的龍瑛宗、王詩琅、巫永福的作品中就已萌芽，龍氏的作品無論質與量應為龍首。而他的自傳性書寫更早於吳濁流，如果吳氏是第一個塑造臺灣文學中的孤兒意識原型的作家，那麼龍氏是塑造異鄉人原型作家，他的個人主義浪漫主義式的自我書寫，寫出現代人心靈的疏離與陰暗，也反映了臺灣由農業經濟社會邁向工商業社會，殖民地政治走向民主化社會，個人種種的不適應狀態。

[29]張恆豪〈纖美與哀愁——龍瑛宗集序〉，收入張恆豪編《龍瑛宗集》，臺北：前衛出版社，1991年，頁10。

　　龍氏一生致力於文學創作，縱使在沉潛時期亦未中斷寫作，目前他的作品正在翻譯整理中，其文類之多樣化，作品數量之龐大，將提升他在文學史上的地位。杜南遠系列小說僅是其中一端，他的創作之複雜性尚待深入研究，讓我們期待來茲。

——原刊《中國文化月刊》第 231 期，1999 年 6 月，頁 78～99

——選自周芬伶《芳香的祕教：性別、愛欲、自傳書寫論述》
臺北：城邦文化出版公司，2006 年 12 月

失落與重建

試論龍瑛宗《紅塵》的歷史記憶

◎陳翠英*

一、前言

在臺灣當代文學史上，日據時代作家龍瑛宗堪稱占有重要的一席之地。處女作〈植有木瓜樹的小鎮〉所展現的感傷、徬徨風格，異於其他多位作家對殖民政權的質直批判，不僅深刻流露殖民地人民受傷心靈的另一面向[1]，這篇作品也奠定了龍瑛宗個人創作在題材、表現手法方面的特殊取向。[2]這位在時間的浪濤中一再翻滾的歷史見證者，雖然曾經因爲時代的因素而沉寂多時，然而以其長期堅持「賽跑文學路」的創作毅力[3]，戰後寫作並未完全中輟，許多隨筆、評論、小說等作品，提供我們對作家、對歷史更多省思的機會。[4]尤其長篇小說《紅塵》[5]，延續了對殖民地人民的多面向

---

*發表文章時爲臺灣大學中國文學系助理教授，現爲臺灣大學中國文學系副教授。

[1]龍瑛宗本名劉榮宗，1991 年生於新竹。1937 年以處女作獲日本《改造》雜誌第 9 屆懸賞小說佳作獎，其後創作頗豐，奠定了他在日據時代臺灣文壇的地位。光復前作品多關懷殖民地人民備受壓抑挫敗的生存處境，風格以纖細陰鬱見長。其「客家情結」則益加強化作品中的感傷基調，參見葉石濤〈論龍瑛宗的客家情結〉，收入龍瑛宗《杜甫在長安》，頁 1～6。有關龍瑛宗〈植有木瓜樹的小鎮〉一文風格及其在臺灣文學史上的定位，多位學者如尾崎秀樹、葉石濤、塚本照和、Jan Purish Yan（白珍）等，均認爲其有別於其他日據時代作家作品之富於抵抗精神，而開展了新的小說風貌。參見羅成純〈龍瑛宗研究〉，收入《龍瑛宗集》，頁 233～234；許俊雅《日據時期臺灣小說研究》，頁 701～713。

[2]徐秀慧有精要的論斷：「我以爲〈植〉一直是他日後小說的原型，都是在〈植〉架構中的切片」，參見徐秀慧〈陰鬱的靈視者：龍瑛宗　從龍瑛宗小說的藝術表現看其在臺灣文學史上的歷史意義〉，收入《臺灣新文學》，1997 年春季號，頁 296。

[3]龍瑛宗自述「耿耿於文學，這樣子賽跑文學路，達半世紀之久。」見龍瑛宗〈我爲什麼要寫作〉，《聯合報》，1986 年 3 月 31 日。

[4]參見朱家慧《兩個太陽下的臺灣作家——龍瑛宗與呂赫若研究》（國立成功大學歷史所碩士論文，1996 年 6 月）〈附錄〉部分所列之龍瑛宗著作年表；《紅塵》所附之〈龍瑛宗自訂年譜〉。施懿琳

觀照，我們發現，龍瑛宗戰前作品所一再呈現的主題，如身分的定位、族群的認同，在這部戰後寫就、多達二十萬字的長篇著作中，仍是其魂牽夢繫的終極關懷。「回想我們的時代，實在太不健康了。肉體上、精神上均太不幸了，大體上是由於我們沒有生活的目標之故。」[6]龍瑛宗日據時代多篇作品均傳達了此類感時傷懷的憂生之嗟；而時移勢遷，這一份爲著大環境的因緣際會所造成的歷史承擔，仍是遭際不同時代逆轉的龍瑛宗，心中無法釋除的糾結。戰前有關臺灣／中國／日本的糾葛，承受了社會、經濟、族群、階級的多重失衡，一直到戰後，數十年的「日本」經驗，顯然爲其生命銘刻了更深的烙痕，時時在其心中迴盪盤旋。而走入下一步的生活呢？戰前龍瑛宗曾經一度在創作中抽離了歷史脈絡[7]，在戰後所著《紅塵》，則又走入了歷史情境，對時代、社會、個人，拋出一連串的疑問與省思。

這部長篇小說的題材是植基於龍瑛宗個人服務金融界的經歷，全書情節梗概，即是以商人劉三奇爲融資而向銀行貸款爲主軸，從而牽動同在銀行服務的黃廷輝、林駿、王秀山等三位要角，藉由他們的互動與利害糾葛，揭示了當時商場惡習、世情冷暖，呈現作者對時局演變的省思。這幾位從日據時代走過來的人物，在新的生活經驗、現實利益衝擊之下，對過往的生活各自展開了或回憶、或批判、或遺忘的心靈面向。20 世紀以來，社會學家與心理學家研究人類記憶，是將個人的記憶放在社會環境中來探

〈認同矛盾掙扎下的雙鄉人——試析龍瑛宗長篇小說《紅塵》〉一文就「終戰前後龍瑛宗作品特色之比較」亦有扼要分析，收入《中國現代文學理論季刊》第 7 期，1997 年 3 月，頁 411～412。唯關於《紅塵》中人物的生命型態及價值取向，筆者認爲在中／日對立之外，另有更複雜的面向，這點或可對施文有所補充，相關論點將在下文述及。

[5]《紅塵》由鍾肇政先生譯爲中文，原載民眾日報 1979 年 6 月 21 日～10 月 23 日，單行本 1997 年 6 月由遠景出版。鍾譯本與龍著日文原稿略有出入，最後第十一章〈媽祖訪日〉刪節尤多。該章重點在敘述劉三奇貸款成功後，偕貝蒂及其養母加北港媽祖廟進香還願；最後結束於林駿病後身殘，劉三奇邀請黃廷輝、王秀山球敘、宴飲等情節，仍然延續了前文各章所關切的身分定位問題。本文引文以遠景本爲據者，逕稱《紅塵》；以日文爲據者，則以《原稿》稱之。

[6]〈死於南方〉（原名〈南に死す〉），收入《臺灣時報》第 24 卷第 9 號；引自羅成純，前揭文，頁292。

[7]羅成純，前揭文，第 2 章第 2 節〈捨棄歷史因素的世界〉，認爲龍瑛宗多篇小說如〈夕影〉、〈黃昏月〉、〈黃家〉……等，對現實批判的意義趨於模糊。頁 264～267。

討，這便是「集體記憶（collective memory）」。[8]從集體記憶的觀念考量，
這些臺灣的人民度過「回歸祖國」的一段歲月後，在政權更替的「後殖
民」處境中，回首前塵，如何拆解時代歷練所凝聚的重重心結，安頓歷經
時間淘洗、甚或備受創傷的心靈？殖民地時期曾經因爲特殊的歷史情境而
陷入文化、族群、國家認同的多重糾葛[9]，他們的生命如何過渡與重建？因
著政治背景的改易，在時代的滔滔洪流中一度集體迷失、流竄的心靈，是
否找到了生命的安頓之處？《紅塵》開展的時空脈絡從過往迤邐而來，正
如作家自述，本書之作是「象徵著時代的縮影」[10]，呈現臺灣人民的戰後生
活，沉澱對國家、民族乃至文化的深層反思，也流露了族群集體記憶重整
的訊息。

　　龍瑛宗戰前偏重描寫小知識分子[11]，《紅塵》中從事金融業的主要角
色，如林駿、黃廷輝，也都是日據時代受過高等教育的菁英分子，此書可
說仍然大部分延續其作品一貫的內省、批判風格，整部小說以人物爲中
心，在夾敘夾議的沉思、自我論辯中進行。龍瑛宗的小說本來就不以繁複
的情節見長，學者早有定論。[12]然而其一向具有敏銳的洞察力、細緻深入的
筆觸，每每透過生動精準的譬喻展示人生萬象，在《紅塵》中，同樣展現

---

[8]參見王明珂〈集體歷史記憶與族群認同〉，收入《當代》第 91 期，頁 6。本文有關「集體記憶」
學說之運用，主要參考 Maurice Halbawachs、Barry Schwartz、Michael Schudson 以及 Lewis A
Coser 等學者的理論，相關討論參見文末所附書目。

[9]參見朱家慧，前揭書，頁 75。

[10]龍瑛宗〈身邊襍記片片〉，《民眾日報》，1979 年 3 月 23 日。

[11]多位學者均曾言及，且以此爲龍瑛宗個人典型風格。如施淑，〈書齋、城市與鄉村——日據時代
的左翼文學運動及小說中的左翼知識分子〉，收入施淑《兩岸文學論集》，頁 80～81；呂正惠〈龍
瑛宗小說中的小知識分子形象〉，收入《臺灣文學與社會》，頁 129～137；陳建忠〈殖民地小知識
分子的惡夢與脫出——龍瑛宗小說《黃家》析論〉，收入《文學臺灣》（高雄）第 23 期，頁 87～
102。

[12]例如葉石濤認爲其小說「出現了現代人心理的挫折、哲學的瞑想」；Jan Purish Yan（白珍）評其
作品有「傑出的心理描述」；羅成純則認爲龍瑛宗「在太過於理念之探求下，使他的小說人物與
結構呈現類型化。……並無故事情節發展的樂趣……一連串理念的探求，……可以清楚的看到當
時臺灣人內心苦惱與葛藤的掙扎。」以上資料參見羅成純，前揭文，頁 234、307。朱家慧亦認爲
其作品具有「詩情與哀愁」、「猶疑、沉思、左顧右盼、以及自我對話的風格。」前揭文，頁 28、
104；以及施懿琳，前揭文，頁 410。

屬於其特有的文字風格及魅力。[13]雖然內容植基在戰後的臺灣現況上，但是
整部小說並未以情節鋪敘取勝，而是以凝斂的筆觸交織著疑懼、沉思與不
安。如此的敘述風格，其實與後殖民論述「斷斷續續」、「細碎」的書寫特
質正相符合。[14]另一方面，由於小說開展了不同於日據時期的時空情境，作
品因此不再局限於以往偏重挫折、感傷、乃至頹廢的風格[15]，而是交錯著昨
日的輝煌與不堪，當今的順遂與掙扎，以及夢想與現實的糾葛，回憶、評
述、遺忘，小說即在多重基調下如徐流般緩緩進行，映現無數紅塵往事。

二、覺醒子民：「被殖民者」[16]的認同變遷

　　《紅塵》中，情節推展的時空背景約是在光復後二、三十年，臺灣早
已結束日據時代，進入歷史的新頁。在走過數十年的被殖民生活之後，歷
經政權更迭、國家認同改易的臺灣人民，顯然被帶到一個新舊移替、流轉
多變的生活情境之中。從滿清——日本——中國，歷史場景、時空座標的
幾度置換，新生命與舊經驗逡巡交錯，記憶與遺忘，遂成為這些人共同的
生命基調。這一段臺灣人民從失落到回歸的歷程，到處留有時間腳步走過
後的痕跡，文中即透過人物的眼睛，凝視一段又一段的歷史，處處流露對
時空變遷的省察。例如首章〈有荔枝的鎮市〉，敘述黃廷輝到中部小鎮拜訪
劉三奇，隨著他的巡禮，圖繪光復後小鎮風貌的改易。臺灣料理店之外，
增加了外省人經營的小吃店，招牌上大字寫著廣東、山東、湖南，建物景
觀更是點染不同的色彩：

---

[13]賀淑瑋即曾從美學角度盛讚〈植有木瓜樹的小鎮〉文字「十分現代主義，深入人類心靈的甬
道」，參見賀淑瑋〈空間與身分——論《植有木瓜樹的小鎮》的身分危機〉，收入《當代》第 113
期，頁 109、122。
[14]李佩然〈後殖民地主體意識的泯滅與重現——《魔鬼詩篇》的啟示〉：「斷斷續續的語句展示了記
憶的本質。它是由細碎的、屬於不同時段的主觀感受組成的複合體，隨著主體在某特定時空，對
事物的反應而順應地做出規則（順時性）或不規則性（非順時性）的調度，作為了主體的自我表
白的形式。」收入張京媛主編《後殖民理論與文化認同》，頁 115。
[15]龍瑛宗文風偏重陰柔，此為學者共識，參見文中所引用之相關論文。
[16]指日據時期被日人統治的臺灣人民，《紅塵》中的主要人物皆屬此類。

看看這所教堂，黃廷輝發現到戰後自從這塊土地染了中國色彩之後，到處都蓋了教堂。（頁 15）

建物的改易、器物的遷移中，無不召喚人們的記憶：

說到三板橋，以前是日本人的公共墓地，林森北路即從那裡經過。真個是滄海桑田，戰後從閒靜的住宅區變成繁華的商業區，這裡是長眠在地下的日本人所無法料想到的。（頁 95）

目睹圓山大飯店的興建，想到被拆除的日本神社，門松、注連繩……等種種遺跡；西門町的一番巡禮，書店、菊元百貨、臺灣銀行、電影院……，文中盡是察變後的喟歎：[17]

時代變了，……他們來到西門町廣場。這裡也是變得最激烈的歡樂地，而且充滿美國味。他們雖然刻意地想找出日據時代的影子，但再也沒有了。（頁 156）

又如臺北市林森北路三板橋，以前是日本人墓地，光復後成為繁華的商業區，也被許多來自大陸的新移民搭蓋違章建築；甚至日據時代最後一任武官總督明石元二郎，和其他一些日本人一樣，「留在異地寂寞地長眠」：

就在明石總督的墓地上，來自大陸的貧窮木匠一家人蓋了個房子住下來。（頁 95）

---

[17]第 11 章劉三奇從財星飯店俯瞰臺北時，亦有類似的回顧。《原稿》，頁 514～515。

　　祭祀明石總督的香爐,成了那個木匠家的垃圾桶。其他如飲食業的異質風貌、語言腔調的多樣化[18],改變的固然不止是建物景觀、風俗人情而已。世局猶如對弈棋,這些步伐只能隨著外在掌權者起落的人民,生命的落點就像一顆顆小棋子,歷經不同的認同座標,走過被殖民經驗,社會資源重整,連帶牽動了人對歷史、認同的改易。對於許多在日據時代中存活過來的人來說,他們的生命既帶有時代巨輪輾過之後的斑斑痕跡,往昔的經驗每每滲入當下的情境,那已然因著政治環境改變、而益顯複雜的社會。異族的統治,揮之不去的記憶,使他們不斷地回到過去,重掀生命舊頁,釋放以往或曾被嚴厲壓抑箝制而潛伏的思維、理念,或只是一些卑微的心願。到處都是歷史的片段,一一成為這些「後殖民主體」對現存文化環境的認知材料[19],在與時俱遷的情境中,回顧日本人在臺的歷史,深刻地反芻殖民者的本質:「日本統治這個島五十年間,他們都是以統治者的身分來到島上的。」(頁 136)一方面則環視臺灣本土人民結構的悄然改變:「來自大陸的人們已經深入到每一個角落。」(頁 136)臺灣人再一次修訂他們族群的邊界,進入了另一個民族體。[20]而土地上的傷痕累累,史實滿布斑斑血淚的記憶又豈容輕易拭除?

　　　　一個時代告終,另一個時代出現在臺灣人面前——這是好些年以後的事。(頁 129)

　　　　從滿洲人的時代到日本人的時代,然後是現今的時代,在不到一百年之間,臺灣被染成了三種顏色。(頁 138)

---

[18]如《原稿》頁 7:「老覺得眼中到處都是本省與外省混雜的餐廳」;《原稿》頁 34:「北京話……各有山東腔、福建腔、浙江腔等」,以及《紅塵》頁 211、《原稿》頁 360 提及老人口中的方言,引起劉三奇猜測:「那裡的方言呢?遙遠的貴州省嗎?或者黑龍江一帶?反正聽不懂啊。」

[19]李佩然,前揭文,頁 116。

[20]王明珂,同註 8,「任何個人或人群團體,都可以藉由假借一個歷史記憶,或遺忘一個集體記憶,來進入或退出一個民族體。」頁 16。

　　卑微的百姓無以抗拒作為殖民地人民的宿命，對日本的相關記憶，因此盡是覺醒之後的苦澀。歡送井崎時聆聽的軍歌，「如今細想，便覺得含著很明顯的侵略思想。」（頁 29）憶及臺灣讀書人的出路，是充滿荊棘的窄路，教育方面只限於家境富裕的子弟，而為了防範臺灣人窺破殖民地統治的騙局，臺灣人往往只能是農民或低層的勞力者，或像是牛馬一般工作。而那些在異域裡命喪黃泉的軍夫們，卻遭到殖民者、及歷史的遺棄：

　　戰後，日本人組織了遺骨收集團，尋遍了南洋的戰場遺跡，但臺灣則從未有過此舉。臺灣人的命是那麼不值錢的。（頁 101）

回顧歷史：

　　被日本統治的五十年間，島上的人們被警察罵做『清國奴』，在拳打足踢下捱過來。……因此，島上的人們對日本警察，真是恨之入骨，……（頁 139）

這些走過日據時代的人，對時局的變遷因此充滿歡欣之情：

　　時光過得好快，日本時代手腳都給縛住，永遠是個低層的，真該感謝光復哩。（頁 77）
　　現在跟日本時代不同了，想念多少書便可以念多少書。（頁 98）

　　透過黃廷輝此一批判性角色，使其時時以旁觀者的角度省視，昔日備受欺凌壓迫的臺灣人，終於可以卸除以往的歷史重擔：

　　想起從前他也曾穿著「浴衣」悠閒地走過街路上，那是拚命地推行皇民化運動，強迫人們改姓名的時代；那也是個被熱霧包圍住的年代，如今

想來彷彿已是好遙遠的往事了。（頁 157）

走過被殖民時期，每人都有一段血淚斑斑的創傷史，至此終於能夠高聲說出被殖民者的不平。黃廷輝的堂兄，從日本念完大學回來，卻找不到工作，每天喝酒打麻將，也曾經遭到警察莫名的毒打，甚至拘留。「受過日本教育的青年都相信，日本的鐵腕統治永遠不會發生動搖的，……這種想法，使青年們陷進無限的苦惱裡。」（頁 160）堂兄最後更因此而在光復前病故了。對此黃廷輝有所省思：

堂兄是負著殖民地的軛死掉的。
黃廷輝唯一的遺憾是希望能讓被日本刑警毆打的堂兄看到帝國的崩潰。
（頁 161）

日本作家尾崎秀樹曾指出龍瑛宗對殖民者的抵抗態度呈現「屈從及傾斜」之象[21]，然而多位學者已從各種角度予以辯駁，認為戰前龍瑛宗的心態實難以如此簡單的概念涵括[22]；而戰後的龍瑛宗，擺脫了被殖民時期的陰影，掌握了部分書寫歷史、詮釋記憶的權利，從而釋放以往曾經以隱晦的言語所斂抑的焦慮與掙扎，雖然在語文的運用方面曾遭受窒礙[23]，卻仍得以其深刻的自覺意識，超越的眼光，對殖民者壓制甚至掠奪殖民地的心態，予以尖銳的批判。正如作家自述《紅塵》的寫作動機，是「為了殖民地時

---

[21]羅成純，前揭文，頁 233。
[22]例如林瑞明認為龍瑛宗「以女性角色，傳達了仍然有所堅持與反抗」，見〈不為人知的龍瑛宗——以女性角色的堅持和反抗〉，收入林瑞明《臺灣文學的歷史考察》（臺北：允晨文化出版社，1996 年 7 月），頁 265～293。陳建忠則析論〈黃家〉中，除了「挫折型」知識分子，有另一種「妥協型」人物典型，然而後者仍有機會認同於自我的「身分」，而不必自傷身世，鬱鬱以終。前揭文，頁 94～100。
[23]龍瑛宗曾自述本來欲以「國文」寫《紅塵》，然而「奈何我的國文還不如日文寫得流利」，同註 10；又「我一輩因言語問題，兩度困擾著而用了人生的大部分時間。」見龍瑛宗〈孤獨的文學路〉，《臺灣時報》1988 年 1 月 25 日。

代的死靈魂，勢須寫一篇鎮魂歌」[24]，視之日據時期陰鬱徘徊的基調，《紅塵》流露的毋寧是後殖民時期犀利的剖視及省思。而這些後殖民時期的生命主體，既然一次又一次被塗抹新的族群色彩，他們是以那一種心靈去面對過往的記憶？擦拭、洗滌，抑或一再地回顧？

> 由於族群是以共同歷史記憶來凝聚，因此族群認同變遷也是以凝聚新集體歷史記憶與遺忘舊記憶來達成。[25]

　　記憶與遺忘之間，如何在當下的新情境中，安頓餘生？過往的生命扉頁再也翻不回來，卻仍然常自回憶的暗隅中浮現，令人沉思顧盼。就像黃廷輝在小鎮發覺「日本人明明已經離開了，日本製的商品卻依然在這樣的小鎮上泛濫」（頁 2），他看到夜空中閃著「新力」、「將軍」等字樣的日本商品；對著日本製的機車、汽車狂風也似絕塵而去時，「想到日本人陰魂未散，不禁苦笑起來」。是肯定日本人的經濟優勢？抑或是昔日異族統治的陰影籠罩？現實與記憶的糾纏，終究不能像黑板上的字跡，在擦拭之後了無遺痕[26]；而毋寧像是紬繹層層包裹的生命之蛹，千絲萬縷牽扯不清，甚至愛恨糾結，呈現了後殖民主體心靈的多重面向。

三、集體記憶的雙重面向

　　悠悠年歲過去了，這群曾經在身分認同中徬徨的人，是否又已找到身家社會族群的定位？掙脫外來統治者在思想、文化、生活上的重重支配，又如何度過時代的轉型期，以在時代的新局中，找到生命的出口？《紅塵》中的四位要角，都走過日據時期，這些小人物，集體被投入臺灣人共

---

[24] 同註 10。
[25] 王明珂，同註 8，頁 15。
[26] 王汎森〈歷史記憶與歷史——中國近世史事為例〉，文中論及歷史記憶的政治社會性格，「的確，在許多時候，人們的歷史記憶像一塊黑板，可以不斷添寫、修改、擦拭。」《當代》第 91 期，頁 40。

同的「團體脈絡」（group context）中，然而他們過往的生命經驗，卻因背景、社會階級、成長歷程的殊異，各自形成與殖民國家（日本）不同的互動關係；而後在新政權的統馭之下，那已全然異質的權力結構、文化機制，更是使生命版圖全然改觀。社會資源重新分配的戰後社會，走過被殖民時期的臺灣人民，要將自己放在什麼位置來省思過去？

後殖民主體必須不斷地重新定位，尋找自己的位置。[27]

如何在政權移替的新時代，面對人生的下一步？對不同的人來說，生命的姿態及走向其實是因人而異、參差多元的，如此一個生存的基本問題，走過相同歷史情境的族類，在利益的考量之下，往往有著立場迥異的回應。

被殖民者並非是一個單一的整體，不同的階級和性別使被殖民者持有各具不同的立場。[28]

在日據時期備享政治、權力優勢的「既得利益者」，如林駿，戰後顯然生命的位階往下滑落，也就只能留在時代腳步之後，時時啃噬時不我予的生命苦果，對過往生命的光輝噓歎，在已然居於劣勢的現實中無奈地過活，在階級、族群皆已異動的情境中時或舔舐著生命的傷口，與現勢做微弱的搏鬥。反之，昔日在下層社會中苟延殘喘的小民，有些人是跟跟蹌蹌苟存下來的，例如劉三奇，兄長被徵召充軍，種種不堪回首的悲辛，卻在戰後搭上了時代的新列車，揮別過去，秉持努力向環境討機運，果真時來運轉，搖身成為社會資源的擁有者，享有高升的滿足與適然。小說透過不

---

[27]張京媛，前揭書，頁 15。
[28]同上註，頁 18。

同身分的觀點人物凝視歷史，他們是世局變遷的「觀察者」[29]，幾位重整生命版圖的人物群像，各自有著不同層次的族群認同體系[30]，對戰後的臺灣，展開了多重的觀察視角及焦點。在新的生活情境中，他們不斷地召喚過往的生命經驗，心靈在消逝的生命扉頁之間流轉，或延續、或斷裂，因著人物的家庭、社會階級背景而異，呈現了記憶的雙重屬性[31]，以及不斷遊移的價值取向。[32]在「後殖民」時期，被殖民者的心靈面向，顯然也應該從他們不同的生命經驗出發，作各種角度的考量。

（一）「親日情結」的迷思

對於曾經在日人統治下生活過數十年的人而言，成長的歷程、人生重要關口的抉擇，可說皆與日本經驗緊密相連，正如黃廷輝所體會到的，日本人的記憶不容輕易抹除，內心仍然深深銘刻「親日」情結：

> 黃廷輝的記憶的鐘擺，擺過來擺過去總會碰上日本。這是沒辦法的，戶籍上黃廷輝的前半生是「日本人」。（頁 7）

一曲日本歌曲，可以將黃廷輝帶回記憶深處，恍然驚悟歲月已然流轉了 30 個年頭，雖然身在自己從小生長的土地，黃廷輝竟然對歌曲中所流露的鄉愁起了共鳴：「在南方的這令人目眩的荔枝小鎮聽到這樣的流行歌，彷彿覺得有點不對勁，也有點矛盾似的。」（頁 6）這份無以名之的複雜感受時時迴蕩其心中，召喚了一分潛抑生命深處的記憶，豈是關乎國籍身分？

---

[29] 王明珂〈過去的結構——關於族群本質與認同變遷的探討〉：「在探索集體記憶與人類社會結群現象間的關係時，我們每一個人都同時可作為一個田野報告人與觀察者。」收入《新史學》（臺北）第 5 卷第 3 期，頁 123。

[30] 王明珂〈過去、集體記憶與族群認同：臺灣的族群經驗〉，收入《「認同與國家：近代中西歷史的比較」論文集》，頁 267。

[31] 這是當代美國學者舒瓦茲（Barry Schwartz）的觀點，他認為集體記憶既有累積而成的面向，也有現在主義的面向。其中表現出若干的連續性，以及透過現在處所所認知的對過去歷史的新看法。參見柯塞（Lewis A Coser）文，邱澎生譯，〈阿伯瓦克與集體記憶〉，收入《當代》第九十一期，頁 31～32。

[32] 李佩倫，前揭文，認為後殖民論述的其中一個特色，就是不斷遊走的價值取向，令置身其中的陷於迷亂。頁 105。

「活在殖民地上的黃廷輝的青春，也曾經有了這種共鳴，與日本人一起唱過那一類歌。」（頁 7）日本經驗曾是生命軸線上的定點，回憶的腳步難道不是往它曾經熟悉的方向尋去？伴隨著歌聲浮現的或許是喚起年輕時曾有的綺麗夢境，或只是懷想母親溫馨的微笑。然而時移勢遷，當下的時空即時又喚醒了黃廷輝：「在經過了這許多星霜之後，臺灣的人們至今仍然在欣賞著那種音樂之花吧，這使黃廷輝深深吃了一驚。」（頁 7）不只黃廷輝，公園裡的歐巴桑們，打完太極拳也唱起這些過去的歌，「這些臺灣的歐巴桑們，是不是仍然和日本的歐巴桑們通信著呢？」黃廷輝一次又一次地讓記憶的鐘擺盪回日本，長崎姑娘因為日本的戰敗而成為中國姑娘，唱起思鄉的歌曲，對於這些一度與自己身處不同階級的子民，黃廷輝毋寧有著深切的同情，混雜著熟悉的生命回憶，那份日本情愫逐益發糾結牽纏。甚至進一步上溯到少年時代，一次手術的經驗使他體察日本人的友善，不僅是在病房中照顧他的日本太太，連一向以壓迫者姿態出現的日本警察，也有一副親切的面孔：

> 他在心裡想：「執行任務時的面孔與私人身分時的面孔，竟會相差這麼遠嗎？或者，日本仔警官也有這麼和善的人嗎？」
> 想起一滴滴淌下來的血，以及提著冰袋的日本年輕太太，這歌聲竟使黃廷輝覺得令人懷念。（頁 14）

這份連黃廷輝自己也莫名的原鄉情懷，魂縈夢繫長駐心房，牽來扯去雖脈絡纖細卻歷歷可尋，總不時牽動這位歷經日據殖民時代者的心靈，提起便當，即想到「日本丸便當」；飲食也處處有日據時代遺留的習慣，日本製表飛鳴、日本的福神漬、日本的紅味噌、梅干……，或是思念日本友人，「井崎啊，好想念你。黃廷輝在心中喊了一聲。」（頁 29）Schudson 說，人本身無可逃避地是歷史的動物：

對人之所以為人的概念中，有一種時間的面向；一種必然的趨向，既導向過去，也導向未來。[33]

　　殖民地人們難以抹拭的集體記憶，正如「日本房子的痕跡，終究遲早會從臺灣的土地上消失；話的痕跡，則似乎難免在日常交談中保留若干。」（頁 200）日據時代臺灣人民的親日情結，亦應還原到如此的歷史情境中來理解，而非逕以「被奴化」、「被毒化」等去脈絡化並且含有仇視心態的威權論述來予以範限[34]，更不應該是為著有威脅到政治當權者之虞，而成為「被驅逐或壓抑的合法性的記憶」。[35]

（二）身分轉換：歷史記憶的延續、斷裂與重建

　　在面臨認同變遷的情境中，不同的後殖民主體在各自殊異的生命位置，對過往、對未來，或眷戀或批判，記憶與割捨之間，生命毋寧是遊移遷徙的。黃廷輝對殖民者夾雜著批判與眷戀的複雜糾結，其實正是大部分臺灣人的心靈縮影。而更多的人面臨從日本人到臺灣人的身分轉換，過去的生活經驗，當下的處境，更是成為主導生命情調的深層糾葛。他們是否都能自在地進出新舊的生命場域？〈植有木瓜樹的小鎮〉中，陳有三不斷以「失去舊空間，進入新空間」來確認自我，然而他處處烙有臺灣印記的身分——包括身體／思想空間，卻使他遊移在臺灣日本的認同／身分屬性之間[36]，這些漂泊的靈魂，流動的身分，正如學者霍爾（Stuart Hall）討論「離散文化」時指出，

　　　　知識分子的（文化）身分……它是一種既有（being），也是一種正在成形

---

[33] 蕭阿勤〈集體記憶理論的檢討：解剖者、拯救者、與一種民主觀點〉，收入《思與言》第 35 卷第 1 期，頁 272。
[34] 例如國民政府禁唱日本歌，王明珂，同註 30，頁 258。朱家慧亦有相關討論，前揭書，頁 88。
[35] 蕭阿勤，同註 33，頁 276。
[36] 賀淑瑋，同註 13，頁 120。

的（becoming）的身分。[37]

生命的軸線錯綜交織，既從過去（日據時代）相延至今（光復後），如水流相續，也就無以揮劍驟然斷裂。如林駿，在日據時代是位居高官的既得利益者，在過往的光輝與今日的懸殊落差下，過去的記憶遂摻雜著懷念，以及對照於當下情境的懊恨，呈現了二者互相糾結的複雜面向。林駿在日據時代曾經擔任過郡守，是高學歷、高職位的菁英分子。皇民化運動中，改名為「牧野駿介」，此一面具使其仕途順遂，一路高升：

> 林駿是殖民地上的人。……他為了與日本人同學一爭雄長而燃燒了他的青春熱情。在高等學校時想考高等文官，……林駿終究攀上那高山峻嶺，以一個臺灣人身分摘取了那朵光耀奪目，世所罕見的花。……不過也為了這，他不得不出賣祖先，戴上牧野駿介的面具。（頁51）

歷史資料顯示，竊取攀附他人的祖先，甚至創造一個祖先，確有先例。[38]日據時期，皇民化運動推行之下，許多臺灣人紛紛「易名」，甚至易的是「貴族之名」，對於大部分在異統治之下的小民，也是生存必須採取的手段之一。雖然林駿因此曾經招來同胞的叱罵[39]，但是和大部分在日人統治下苟延殘喘的臺灣人相比，終究為他帶來了令人欽羨的掌聲。日據末期，林駿已因戰爭情形的發展意識到陰影的到來：

> 牧野駿介這位高等官是被縛在日本這個軛上，兩者休戚相關的。（頁33）
> 林駿發現到時代與價值觀都在轉變。蟄居期間還明白了自己雖是個臺灣

---

[37]同註 36，頁 121。
[38]王明珂，同註 29，頁 128。文中舉道光《建陽縣志》為例：「吾邑諸姓家譜多不可憑，大多好名貪多，務為牽強。……即世之相去數百年，地之相去數千百里，皆可強為父子兄弟。」
[39]林駿一次出巡時，地方以為他是日本人，因此在背後以臺灣話大聲說：「怎麼，這個臭狗子神氣活現哪！」林駿勃然變色，以日語回罵。《紅塵》，頁 33。

人，卻戴上「牧野駿介」的面具，被捲進日本的漩渦之中，而中國則是個迂迴曲折而且遙遠的大陸。（頁 34）

在被殖民時期，林駿被迫割捨與漢民族的聯繫，造成歷史記憶的斷層；一旦臺灣回歸中國，他再次面臨拋棄過去。董事長稱他是「郡守先生」，儘管日文姓名曾經給他帶來榮耀，然而一旦戰爭終結，昔日的光輝成了今日被人揶揄、甚至帶著幾分嘲弄的根源，每一次呼叫，林駿「便彷彿給觸到舊疤」，無論對方是藉以烘托自己的地位，抑或揶揄、憐憫，林駿感受到的只是時不我予：

> 日據時代曾是那麼輝煌的詞，如今受到不同時代的濕氣，已經長出了滿身的鏽，差不多是腐朽了。（頁 39）

他也只能和總經理相歎：

> 我們的時代已經過去了。
> 我是一棵不開花的菅草呢？（頁 39）

這份失落感一再縈繞於心，即使升了副理，卻「無由拂拭依然屈居人下之慨」（頁 40）。語言是一大問題，聽到去過大陸的董事長操著流利的京片子，回顧自己，也只能感歎：「我好像會成為一個時代的落伍者啦。」（頁 42）即令是日常生活最細微的語言表達，都是觸痛心靈的媒介。林駿升任經理後，在修改部屬文稿時，因為不諳中文而成為棘手之事，甚至因此感到氣餒。此外，開會時必須用北京話，在與只會北京話、連臺語也不會說的大陸人之間，自然產生隔閡。最後看開了，「用臺灣國語吧」（頁 43～44），對北京話的陌生，迫使他甚至必須向么女學習，未能掌握發言權，怎能不感歎自己是時代的遺忘者？過往的生命記憶，即是如此「愛惜與悔

恨交織」,（頁 39）由郡守遽降爲遊民,人情的冷漠、疏離隨即臨身,「每逢這樣的時候,一股淒冷的風便颼的一聲吹過他的體腔內。」（頁 36）

另一方面,土地改革導致財富重新分配[40],使其「地主」的身分剝落,昔日的光彩同樣換來今日的苦澀,原來在權勢、地位、財富等方面的多重優勢陡然消失。過年時必須向昔日下屬、今日卻搖身一變爲上司的董事長拜年,只有滿腔苦楚。在夾敘夾議的論述中,殖民地人民生命的弔詭、無奈表露無遺。過去的光輝,也因時時在與現實的扞格中一再無奈地被召喚出來,以致日常生活的一言一行,林駿都免不了要回到過往風光的時代,而後在一再的比較中,咀嚼那蝕骨的失落感。到區公所辦事,辦事員冷峻毫不通融的態度,林駿覺得「早日的高等官,被一個小吏拒絕得那麼乾脆。」（頁 56）與王秀山相比,林駿既不願意扭曲自己,只能成爲被時代潮流遺落在後的失勢者。「因爲時代變了」（頁 68）,類似的詠歎,成了林駿生命的主調。乃至對外在環境特別敏感,許多時候,彷彿還保有以往位居眾人之上的身段,當交通車發生故障王秀山要他打電話時,不經意的一句話使他冒無名火;他不吃拜拜,黃廷輝的解讀是因爲他「不喜歡跟街路上的阿狗阿貓同吃才藉口有事拒絕」（頁 94）;他是投機的王秀山所嘲諷的對象;喜宴中因爲與他人格格不入而提前離席;家裡的法學書不太有用……:

> 個人與社會都常重新調整那些是「過去的重要人物與事件」,或賦予歷史人物與事件新的價值,來應對外在利益環境的變遷。[41]

種種生命情境的改易,不僅是林駿個人的,也是時代的走向,待驚覺時,林駿面對的是一份有待批判的過往:

---

[40]參見林鐘雄《臺灣經濟發展 40 年》,臺北:自立晚報出版社,1987 年 10 月,頁 45。
[41]王明珂,同註 29,頁 130。

　　歷史的狂風一下子就把林駿的南柯夢吹醒，他將那隻假面具牧野駿介棄
　　如敝屣。為了活下去，那是不得已的，滔滔激流，誰又能逆水而上呢？
　　（頁 52）

　　集體記憶是流動多變的，受社會權力分配、流行意識形態等影響，信
仰、利益、期望，都型塑人們對過去的意見和理解[42]，易言之，社會的主流
價值帶動之下，人們的價值觀自然有所轉向——即使帶著幾分被迫與勉
強。殖民地人民的困境，失卻主體性的悲哀，徒然有一分清醒的自覺者如
林駿，又如何能夠操控時代的巨輪，順著自己的意願前進？

　　林駿其人確實是飛黃騰達過，可是日本一走，他的榮光馬上煙消雲散。
　　（頁 117）

　　在別人眼中，誰也沒想到日據時代炙手可熱的俊才，居然也會與他們
同事，林駿被迫接受時不我予的現實：

　　從前，光是聽到臺灣人郡守從路上走過，行人便連連鞠躬。如今不用說
　　沒有人認得他，遑論敬禮的人。（頁 270）

　　太多換不回的「從前」，然而「『過去』從來沒有被『現在』所完全駕
馭和壓倒。」[43]他是一個心靈備受重創的人，被時代的浪濤沖刷得幾無容身
之處，只能在回憶、重溫過往光彩中聊度餘生。他發牢騷，太太則認為
「那是一個被時代遺留下來的人的怨懟憤懣」，連太太也發出嘲笑的話，自
然覺得有氣。一旦那個他賴以呈顯榮耀的「牧野駿介」為歷史揚棄，「往日
的光輝全部失落了」，自己、岳家，生命都在走下坡，和妻子之間也因此時

---

[42]Halbwachs，《On Collective Memory》，pp.199～200；蕭阿勤，同註 33，頁 253。
[43]蕭阿勤，同註 33，頁 266。

有齟齬，……最後甚至中風致疾，生命蒙塵。林駿就是無法走出過往的生命而停滯在往昔的光輝中，儘管那光環早已黯淡沉寂。Schudso 認為：

> 想要改造過去來符合自己的利益，受制於下列的因素，……深植於語言、意識形態、器物遺跡的過往舊事。[44]

　　或許林駿一直在潛意識中抗拒著新的身分定位？因此最後被命運宣告出局，似乎是難以避免。就算殘存人間，也沒有光熱可言了。[45]

　　機運牽動了不同的人生行路。王秀山是典型的「唯利是圖」的人物，類如林駿、黃廷輝日據時代改名字的行徑，王秀山自是不落人後，並且刻意取了日本鹿兒島藩主姓氏，易名為「島津忠光」：

> 當他決定改為「島津忠光」時，也僅僅是為了那一丁點的餌。……如果說，為了日本人的侵略，無數的年輕臺灣人被驅策到戰場而死，那不是島津忠光的事。（頁 49）

　　王秀山的易名，後來偶爾會成為老朋友侮蔑挪揄的話題，但他並不介意，也不曾動怒：

> 在王秀山來說，改姓名絕不是他喜歡這麼才改的，只不過是日本人不住的鼓勵才改的。戰事各種物質缺乏，改了姓名以後配給量可以增加，而且生殺予奪的大權握在日本人手裡，侈言民族節操，好像大可不必。（頁 267）

　　每一個被隔絕在權力場域之外的人，都是在時代巨浪下載沉載浮的孤

---

[44] 同註 43，頁 274。
[45] 在第 11 章提及林駿中風後行動不便，每天早上由太太陪著散步，《原稿》頁 534、548、549。

舟，他們的生存方向是被權力操控者決定的，抓住什麼，就是生存的憑據
了。時代轉換之際，類似王秀山之流的人，無疑是最能適應的。一度恪盡
本分地做日本人的走狗，光復後，二度易名：

> 助役這個地位，加上島津忠光這個姓名，他都在這變局之際，一股腦全
> 拋棄了。（頁 63）

　　在面臨利益重整之際，「以忘記或虛構祖先以重新整合族群範圍，在人
類社會中是相當普遍的現象。」[46]誠如匈牙利作家康拉德論及當代東歐知識
分子面臨的困境時所言，除了異議者，「其他的人，不得不設法消滅自己的
記憶，……對大多數人而言，還是自動喪失記憶對他們比較好。」[47]為了得
到來自大陸人們的青睞，為了適應新的時代，王秀山開始上北京講習班、
讀《三國誌》（頁 64），努力地迎合來自時代所帶給他們生命的翻轉與衝
擊。

> 王秀山對這些事，從來沒有想得太深刻，他寧願隨波逐流，在這樣的時
> 流之中撈取些少的利益。他也認為這才是活在殖民地上的人的明智的生
> 活方式。（頁 268）

　　因此，許多像王秀山一樣的平凡小民，在政權更迭、面臨新的族群認
同時擦拭他們昔時種種不堪的記憶，為生命再出發，讓過往像水洗一般滌
淨無痕。

　　歷史作為一種集體記憶，與我們個人的記憶皆是選擇性的記憶；選擇一

---

[46]王明珂，同註 29，頁 121。
[47]柯塞，同註 31，頁 26。

些記憶，忽略另一些，以解釋某種當前或過去的事實。[48]

　　於是王秀山學北京話、展開更積極的馬屁攻勢，甚至功利取向的結果，爲了貪圖親家的遺產差一點逼死自己的媳婦。

　　至於劉三奇，日據時代自己只能念到小學，哥哥被日本人徵去當軍夫，「像是被送進屠宰場的小羊」（頁 130）般地到南洋從軍，從此音訊全無，仍不知死活，日本政府沒有通知，遑論補償；原來是童養媳的嫂嫂成了守寡的女人，數不盡的痛苦回憶：

　　日本的戰敗，在劉三奇來說也如晴天霹靂。我是生就的日本人的奴僕，此生將無可更易，多年以來的戰時生活也令人生厭。（頁 131）

然而接受日本戰敗事實後，劉三奇對生命有了另一角度的省視：

　　感到從漫天的暗雲裡，太陽忽然露出了臉。（頁 131）

　　他到朋友的洋菇工廠工作，拋棄了光復前的工友身分；後來更進一步到臺北準備成立塑膠公司，「我覺得，現在與日本時代不同了，老是被人家呼來喝去，實在也不是辦法。」（頁 93）他拚命工作而有了一個小小的公司，更因環境資源重整，造就他新的優勢身分。社會學家 Barry Schwartz 和 Michael Schudson 提醒人們注意，「歷史經驗是型塑目前認知與行動的重大力量。」[49]他們強調集體記憶在歷史上的連續性。對劉三奇來說，被殖民時期的生命經驗固然充滿了不堪的回憶，然而戰時物資缺乏，以致民間有囤積居奇的現象，劉三奇曾經和日本人合夥賣日本軍的藥品，嘗到金錢的滋味，也奠定了他投機取巧的價值取向，「在物資欠缺的時代，囤積就是一

---

[48]王明珂，同註 8，頁 14。
[49]蕭阿勤，同註 33，頁 266。

件最有趣的事。」（頁 135）戰後因著時機的湊合，行賄借貸，也是順勢發
展罷了。此所以劉三奇，這位在日據時期歷經不平等際遇的弱勢者，先有
囤積居奇的行為；繼之以買土地，熱衷牟利，「可憐的阿爸，日本時代大家
都受苦啦。如今時代變了。不肖的兒子，一定要拚命幹，往上爬。」（頁
139）這份補償心理蘊涵著濃厚的孝思，然而其中的功利取向，又何嘗不是
日據時代即已種下遠因，是殖民地人民難以擺脫的集體宿命？甚至連戰後
日本人撤離時出售家產，劉三奇也轉手賺錢，至於買土地，更是不在話
下。如此嫻於金錢遊戲，且自許為「游擊生意」。從「沒有學歷的人，看樣
子一生都不可能在桌上寫東西」（頁 141），到洋菇工廠的職員，且晉升有
望，「世間真是變了呢」，劉三奇又怎能不急起直追，趕上時代追逐金錢的
風潮？於是逃稅、做假帳，奉承銀行界，都成了生存必備的手段。這段回
憶深銘劉三奇心版，乃至後來他人生的行事準則，都是這一份價值觀的延
續。正如 Schwartz 所說，「回憶是將部分的過去擇回，用來為現實的需要
服務。」[50]眼見颱風天有人趁機打劫，劉三奇想起過往的類似經驗，自己也
是趁一場混亂之中成了一名「空前絕後」的商人。於是仗著投機獲利的老
把戲，買了塊地，成了夢寐以求的地主，同時也成了一名新興工業家——
塑膠製品業者。

> 人生變化，真是無窮無盡啊。……如果不是日本的戰敗，便不可能有今
> 日的劉三奇。（頁 178）
> 年輕人一定要好好用功才好，因為現在跟從前的日本時代不同了。……
> 祇要努力，便可以成為大官、大事業家。（頁 197）

劉三奇計畫整修祖墳，爆竹要大燃大放，「為的是要壯壯我們劉家新首
途的聲色」；要分銅板給孩童，因為自己孩提時的清明節曾到墓地要糕

---

[50]Barry Schwartz,"The Social Context of Commemoration: A Study in Collective Memory"Social Forces 61:2, p. 374.參見王明珂，同註 29，頁 122。

餅……；而整修祖墳，正是強化族群集體記憶，確立身分位置的表徵。[51]

　　憑弔之外，揮別過去，在記憶與遺憾之間，或許也可以有一番新生的期待與慶幸。末章劉三奇到孤兒院演講，對著孩童自述幼時困苦情狀，以「臺灣光復重回祖國懷抱」後能自組公司為傲，

> 現在的年輕人，再也不知道日本時代的種種慘劇了。臺北市就是挨炸後迎來了新的時代，然後復興的。（頁 299）

　　這就是時代的腳步與輪迴吧，作家一番苦心孤詣，努力為臺灣的新頁見證，留下「歷史性的意義」[52]。

四、結語

　　《紅塵》是終戰三十餘年之後完成的作品，在延長的時空脈絡中，作家對時局顯然有更廣遠的觀照，也超越了光復初期以中／日對立二分的思想基調。[53]

　　《紅塵》人物所呈現後殖民主體面臨身分轉換的複雜情結，又何嘗不會發生在作為殖民者的身上？日本人來臺灣老戰場憑弔祖先；日本商社的人來臺灣，在北海岸的馬路上，有在日本的湘南海岸的錯覺；甚至認為陽明山和日本箱根一模一樣。似乎他們也藉一些活動來延續以往在臺灣的集體記憶。就像媽祖分身也被請到日本供奉護佑蒼生[54]，人類社會是否某些界限可以互動相通而非涇渭判然、敵我分明？又如田中一角，更是一個對照的角色。他曾經是在蒙古的草原上策馬馳騁的騎兵，日本戰敗後，俘虜的身分使他成了歸鄉不得的異鄉人，面對黃廷輝對他「日本話說得很純」的

---

[51] 同前註，頁 123。文中提及作者返老家與姊弟共同祭掃祖墳，喚起共同記憶，強化群體內聚力。《原稿》頁 547 又提及劉三奇打算替祖先蓋一個豪華的墓園。

[52] 同註 10。

[53] 朱家慧，前揭書，頁 90。

[54] 《原稿》頁 532。

讚美，只能笑而不答。

> 他活下來，而且還放棄做一個日本人，他唯一的路是當一名中國人。他
> 不願意觸到過去的事，想來是因為希望抹消過去的一切。然而，他來到
> 臺灣，看到日本話涓涓細流。於是他的日本話就如魚得水地或東或西泅
> 泳起來。但是，每次說日本話時，他都不得不觸到過去的日本。是叫他
> 懷念的過去呢？抑苦澀而微酸的呢？他也是人子，有時也免不了想起老
> 母吧。還有，故鄉的山河也會想起來吧。這些，加上他的負疚的心情，
> 必是終生無可推卸。（頁 28）

正如日籍老師的兒子自述「我是臺灣出生的，所以是臺灣人。」（頁
84）動盪的世代中，生命在多重的脈絡中流轉，人往往必須趨就對自己有
利的選擇方能獲得存活。即使同一人物，對自己的生命經驗也會因時移勢
遷而有新的解讀；何況相異的主體在不同的發言位置與歷史做跨時空的對
話，更讓我們驚覺到歷史的深沉糾葛，與人性的多重可能。而悲喜起落、
懷舊與遺忘之間，生命仍得走過去，國籍的歸屬、族群的認同，一切只能
隨天安排，逐流於時代巨浪中，小我輕如草芥，由不得自己啊！土地終究
是人心最終的依歸，家恨國仇之外，人類生命顯然另有值得思考的不同面
向。正如黃廷輝面對昔時中、日人合葬的墓地，思及「那裡不會再有壓迫
者與被壓迫者之別吧。他們和好相處，一塊長眠。」（頁 96）這份超越國
籍、族群、階級的人道主義精神，深植龍瑛宗心中[55]，是在歷史的觀照之
外，龍瑛宗更普通的終極關懷，也是他對生命的深層省思。學者們咸認為
「研究集體記憶的重要任務，就是權力結構的探討」[56]，追溯罪惡的源頭，
龍瑛宗批判的對象，顯然也指向操弄權力的當政者，對權力追逐所帶來的

---

[55] 多位學者均肯定龍瑛宗的人道主義精神，例如葉石濤《葉石濤作家論》，引自羅成純，前揭文，頁 234；朱家慧，前揭書，頁 110。
[56] 蕭阿勤，同註 33，頁 259。

禍端有深刻的體悟。戰爭時，在防空壕被活埋的人，「不曉得是臺灣人還是日本人」（頁 299）：

> 日本的權力者們給亞洲的人們帶來不可數計的災禍，同時也讓無數的日本年輕英才夭折——有時黃廷輝不禁這麼想。（頁 158）

在權力的操弄之下，人民都只是被宰制的芻狗：

> 中國有句話叫「逆來順受」……中國曾經面臨多次的亡國危機。對於任何不合理的事，中國的庶民們都忍受過去，然後雜草般地活下來。……這些人直到骨髓都受到蛀蝕，仍支撐了逆來順受的歷史傳統……他不知究竟應該喜還是悲……（頁 56）

以雜草譬喻庶民，永遠不能昂然屹立天地之間，而只能隨風俯仰，甚至時遭厄運撥弄，就像後來中風倒地的林駿。然而它顯然又有強韌的生命力，得以維持一分卑微的存在。這份洞視人生無奈的悲憫情懷，在〈植有木瓜樹的小鎮〉一文，已是龍瑛宗心中難以抹拭的生命映射。[57]或許「多災多難」曾是臺灣人民無奈的宿命[58]，然而張愛玲不也說過，軟弱的凡人比英雄更能代表時代的總量[59]，龍瑛宗念茲在茲的，正是臺灣人民這堅毅的精神，超越時空，縱然政權改易，時移勢轉，永遠是強韌地與土地共存。

---

[57]〈植有木瓜樹的小鎮〉：「這些人……像不知長進而蔓延於陰暗生活面的卑屈的醜草」，頁 27；「如同石縫中的雜草那般生命力的人們」，頁 39。雖然上述文字是陳有三在優越感的驅使下觀照所得，然而放在殖民地時期的歷史處境來理解，亦足以解釋作家的人道關懷，龍瑛宗另一篇小說中的「雜草」意象可資佐證：「我覺得徐青松沒有激烈的夢，但也似乎沒有激烈的絕望。並且不管發生怎樣的事，想必也都會像被壓在石頭下的雜草，堅強地活下去。我看到了強勁的生活力。」參見〈貘〉，收入龍瑛宗等著《植有木瓜樹的小鎮》，臺北：遠景出版社，1979 年 7 月，頁 164。
[58]劉三奇偕貝蒂南下途中，在火車上的對話，《原稿》頁 530。
[59]張愛玲〈自己的文章〉，收入張愛玲《流言》，臺北：皇冠出版社，1979 年，頁 21。

附記：

感謝兩位匿名評審的意見。又本論文之寫作，承蒙清華大學陳萬益教授提示《紅塵》中譯本與原稿有所出入，並惠予龍瑛宗先生《紅塵》日文原稿；家父及友人簡裕峰先生協助解決日文中譯之問題，在此謹深致謝忱。

參考文獻

一、龍瑛宗作品

・《紅塵》日文手稿。

・〈身邊襍記片片〉，《民眾日報》，1979年3月23日。

・龍瑛宗等著《植有木瓜樹的小鎮》，臺北：遠景出版社，1979年。

・〈我爲什麼要寫作〉，《聯合報》，1986年3月31日。

・〈孤獨的文學路〉，《臺灣時報》，1988年1月25日。

・張恆豪主編《龍瑛宗集》，臺北：前衛出版社，1991年2月。

・《紅塵》，鍾肇政譯，臺北：遠景出版社，1997年6月，附錄〈龍瑛宗自訂年譜〉。

二、

・張愛玲《流言》，臺北：皇冠出版社，1979年。

・林鐘雄《臺灣經濟發展40年》，臺北：自立晚報，1987年10月。

・許俊雅《日據時期臺灣小說研究》，臺北：文史哲出版社，1995年2月。

・朱家慧《兩個太陽下的臺灣作家——龍瑛宗與呂赫若研究》，國立成功大學歷史所碩士論文，1996年6月。

・林瑞明〈不爲人知的龍瑛宗——以女性角色的堅持和反抗〉，林瑞明《臺灣文學的歷史考察》，臺北：允晨文化出版公司。1996年7月。

三、

・葉石濤〈論龍瑛宗的客家情結〉，收入龍瑛宗著《杜甫在長安》，臺北：聯經出版公司，1987年，頁1～6。

・羅成純〈龍瑛宗研究〉，收入《龍瑛宗集》，臺北：前衛出版社，1991年，頁233～

326。

• 王汎森〈歷史記憶與歷史——中國近世史事為例〉,《當代》(臺北)第91期,1993年11月,頁40～49。

• 王明珂〈集體歷史記憶與族群認同〉,《當代》第91期,1993年11月,頁6～19。

• 王明珂〈過去、集體記憶與族群認同:臺灣的族群經驗〉,《「認同與國家:近代中西歷史的比較」論文集》,臺北:中研院近史所,1994年6月,頁249～274。

• 王明珂〈過去的結構——關於族群本質與認同變遷的探討〉,《新史學》(臺北)第5卷第3期,1994年9月,頁119～140。

• 柯塞(Lewis A Coser)文,邱澎生譯〈阿伯瓦克與集體記憶〉,《當代》第91期,1993年11月,頁20～39。

• 李佩然〈後殖民地主體意識的泯滅與重現——《魔鬼詩篇》的啓示〉,收入張京媛主編《後殖民理論與文化認同》,臺北:麥田出版公司,1995年7月,頁103～119。

• 施淑〈書齋、城市與鄉村——日據時代的左翼文學運動及小說中的左翼知識分子〉,《文學臺灣》第15期,1995年7月。

• 施淑《兩岸文學論集》,臺北:新地出版社,1997年6月,頁49～83。

• 賀淑瑋〈空間與身分——論《植有木瓜樹的小鎮》的身分危機〉,《當代》第113期,1995年9月,頁109～122。

• 呂正惠〈龍瑛宗小說中的小知識分子形象〉《臺灣文學與社會》,臺北:學生書局,1996年,頁129～137。

• 徐秀慧〈陰鬱的靈視者:龍瑛宗——從龍瑛宗小說的藝術表現看其在臺灣文學史上的歷史意義〉,《臺灣新文學》,1997年春季號,頁296～307。

• 蕭阿勤〈集體記憶理論的檢討:解剖者、拯救者、與一種民主觀點〉,《思與言》第35卷第1期,1997年3月,頁274～296。

• 陳建忠〈殖民地小知識分子的惡夢與脫出——龍瑛宗小說《黃家》析論〉,《文學臺灣》(高雄)第23期,1997年7月,頁87～102。

• 施懿琳〈認同矛盾掙扎下的雙鄉人——試析龍瑛宗長篇小說《紅塵》〉《中國現代文學理論季刊》第7期,1997年9月,頁409～421。

四、

· Barry Schwartz, *"The Social Context of Commemoration: A Study in Collective Memory"* Social Forces 61:2, December 1982 pp. 374-402

· Maurice Halbwachs, *On Collective Memory,* Edited, Translated and with an Introduction by Lewis A. Coser, The University of Chicago Press 1992

——選自《臺大文史哲學報》第 49 期，1998 年 12 月

輯五◎
研究評論資料目錄

作家生平、作品評論專書與學位論文

專書

1. 朱家慧　　兩個太陽下的臺灣作家——龍瑛宗與呂赫若研究　臺南　臺南市立
文化中心　2000 年 11 月　371 頁

本書為碩士論文出版，以日語作家龍瑛宗與呂赫若為分析對象，呈現臺灣創作者在
日本、中國、臺灣三元思考下的衝擊與迷思。全文共 5 章：1.緒論；2.年輕的臺灣文
學；3.分裂與轉向；4.太陽下的幽谷；5.結論。正文後附錄〈龍瑛宗與呂赫若年表
（1911—1951）〉、〈龍瑛宗著作年表〉、〈呂赫若著作年表〉。

學位論文

2. 張郁琦　　龍瑛宗文學之研究　中國文化大學日本研究所　碩士論文　蔡華山
教授指導　1991 年 6 月　257 頁

本論文論龍瑛宗之文學背景，再以作品論方法分析其文學之特質，及其作品在臺灣
文學史上之重要性及特殊性；最後以〈植有木瓜樹的小鎮〉為中心，分析其內容及
表現方式，進而究明其作品之價值。全文共 5 章：1.序論；2.龍瑛宗の文学背景；3.
龍瑛宗の文学世界；4.「パパイヤのある街」；5.結論。正文後附錄〈龍瑛宗年
譜〉、〈龍瑛宗の作品を収録した単行本〉。

3. 朱家慧　　兩個太陽下的臺灣作家——龍瑛宗與呂赫若研究　成功大學歷史學
系　碩士論文　林瑞明教授指導　1996 年 6 月　153 頁

本論文以日語作家龍瑛宗與呂赫若為分析對象，呈現臺灣創作者在日本、中國、臺
灣三元思考下的衝擊與迷思。全文共 5 章：1.緒論；2.年輕的臺灣文學；3.分裂與轉
向；4.太陽下的幽谷；5.結論。正文後附錄〈龍瑛宗與呂赫若年表（1911—
1951）〉、〈龍瑛宗著作年表〉、〈呂赫若著作年表〉。

4. 朱家慧　　兩個太陽下的臺灣作家——龍瑛宗與呂赫若研究　臺南　臺南市立
文化中心　2000 年 11 月　371 頁

本書為碩士論文出版，以日語作家龍瑛宗與呂赫若為分析對象，呈現臺灣創作者在
日本、中國、臺灣三元思考下的衝擊與迷思。全文共 5 章：1.緒論；2.年輕的臺灣文
學；3.分裂與轉向；4.太陽下的幽谷；5.結論。正文後附錄〈龍瑛宗與呂赫若年表
（1911—1951）〉、〈龍瑛宗著作年表〉、〈呂赫若著作年表〉。

5. 大藪久枝　　戰前日本文壇重視的三篇臺灣小說研究　　東吳大學中國文學系
碩士論文　林明德教授指導　1997 年 6 月　102 頁

本論文研究日據時代臺灣作家曾經使用日本語創作小說，如楊逵、呂赫若、龍瑛宗
得獎作品〈送報伕〉、〈牛車〉、〈植有木瓜樹的小鎮〉爲研究重點，以了解日據
時代臺灣文學的全貌。全文共 5 章：1.日治時期日本語文學的發達；2.楊逵和他的
〈送報伕〉；3.呂赫若和他的〈牛車〉；4.龍瑛宗和他的〈植有木瓜樹的小鎮〉；6.
結論。

6. 許維育　　戰後龍瑛宗及其文學研究　　清華大學中國文學系　碩士論文　陳萬
益教授指導　1998 年 6 月　238 頁

本論文從二次戰後初期龍瑛宗主編的《中華》雜誌，以及《中華日報》日文版文藝
欄，到 1970 年代其復出文壇，探討龍氏其間的文學創作的心境與轉變，及其從日文
創作改以中文創作的心路歷程。全文共 5 章：1.緒論；2.當臺灣遇上中國；3.從沉潛
到復出；4.第二個文學夢；5.結論。正文後附錄〈龍瑛宗寫作年表〉、〈文學研究年
表〉。

7. 洪振智　　紅日當頭下「臺灣」形塑：以日治時期龍瑛宗小說爲中心　　真理大
學臺灣文學系　學士論文　廖瑾瑗教授指導　2001 年 5 月　50 頁

本論文以龍瑛宗爲探討對象，探討臺灣作家在日據時期如何自處，以及作家們如何
在殖民教育下描述及表達情感。全文共 5 章：1.導論；2.日治時期的龍瑛宗；3.龍瑛
宗與新文學運動；4.龍瑛宗的臺灣形塑；5.結論。

8. 吳衿鳳　　龍瑛宗小說中的知識分子與社會　　屏東師範學院國民教育研究所
碩士論文　余崇生教授指導　2003 年 5 月　184 頁

本論文探討日治時期，龍瑛宗小說中的知識分子與臺灣社會。全文共 5 章：1.緒論；
2.龍瑛宗及其日治時期小說作品；3.龍瑛宗小說中的知識份子主題內涵分析；4.龍瑛
宗小說中反映殖民地時期的社會生活層面；5.結論與建議。正文後附錄〈龍瑛宗日治
時期的記事與當時文化記事、社會記事〉。

9. 王惠珍　　龍瑛宗研究：台湾人日本語作家の軌跡　　関西大学大学院文学研究
科中国文学　博士論文　北岡正子教授指導　2004 年 9 月　372 頁

本論文以日本統治時期臺灣人作家龍瑛宗，所處的時代背景（1937—1946）爲線
索，分析當時的政治狀況對其文學活動的影響。全文共 6 章：1.龍瑛宗の読書経歴と

南投時期の龍瑛宗；2.「パパイヤのある街」、及びその評価；3.第九回「改造」懸賞創作佳作の受賞の旅；4.花蓮時期の龍瑛宗；5.第一回大東亜文学者大会出席、及び、その後の文学活動；6.台南時期の龍瑛。正文後附錄〈龍瑛宗略年譜〉。

10. 鄧延桓　龍瑛宗研究：「パパイヤのある街」、「黃家」、「蓮霧の庭」を論ずる　輔仁大學日本語文學研究所　碩士論文　坂元さおり教授指導　2005 年 6 月　77 頁

本論文分析〈植有木瓜樹的小鎮〉、〈黃家〉以及〈蓮霧的庭院〉，從中得知他者視線與白我認同的構築，這些影響認同內容等問題，在相互交錯時所引起的衝突及力場的消長作用，如何在龍瑛宗的作品裡呈現。全文共 5 章：1.序論；2.「パパイヤのる街」が放った鏡像；3.「黃家」──対立の物語；4.「蓮霧の庭」──「包攝」と「排除」との挾間た；5.終章。

11. 蔡鈺淩　文學的救贖：龍瑛宗與爵青小說比較研究（1932─1945）　清華大學臺灣文學研究所　碩士論文　柳書琴教授指導　2006 年 7 月　175 頁

本論文以東亞作爲思考的起點，考察臺灣與滿洲國 2 位代表性的作家──龍瑛宗與爵青的小說創作，藉由兩人文學觀和文學作品的討論，分別釐清兩人小說創作的軌跡與形成之因，並進一步比較兩人的異同，以引申出不同地域「殖民地現代主義」差異模式的討論。全文共 5 章：1.緒論；2.龍瑛宗的文學觀與小說創作；3.爵青的文學觀與小說創作；4.龍瑛宗與爵青小說比較研究；5.結論。正文後附錄〈龍瑛宗創作年表（1931─1949）〉、〈爵青創作年表（1933─1945）〉。

12. 莊蕙甄　龍瑛宗小說研究　高雄師範大學國文教學碩士班　碩士論文　陳貞吟教授指導　2006 年　234 頁

本文以龍瑛宗小說爲研究範圍，縱貫其一生的小說創作，深入瞭解其內心世界，建構其文學脈絡，掌握其強而有力的文學魂。全文共 6 章：1.緒論；2.龍瑛宗生平及其文學之路；3.龍瑛宗小說主題分析；4.龍瑛宗小說的自傳性書寫；5.龍瑛宗小說的藝術世界；6.結論。

13. 李秋慧　龍瑛宗及其小說研究　臺南大學國語文學系　碩士論文　李漢偉教授指導　2007 年 6 月　161 頁

本論文以《龍瑛宗全集》中所蒐羅的小說爲主，兼及隨筆、詩、評論、書信及日記、以及參與的座談會記錄、相關報導與評論，探討其小說所表現出的美感經驗。

全文共 5 章：1.緒論；2.龍瑛宗及其文學積澱；3.龍瑛宗小說的議題析論；4.龍瑛宗
小說的書寫特色；5.結論。

14. 林惠萍　　小說與人生：龍瑛宗〈趙夫人的戲畫〉之析論　交通大學客家文化
　　　　　　學院客家社會與文化教師碩士在職專班　碩士論文　蔣淑貞教授指
　　　　　　導　2008 年 7 月　82 頁

本論文藉 30 年代文學背景的耙梳，進一步釐出當時通俗小說生成發展的環境及其
生產機制，了解通俗小說作家乃經由通俗小說來傳達個人的價值伸張及慾望表達。
全文共 5 章：1.序論；2.龍瑛宗與通俗文學發展；3.〈趙夫人的戲畫〉主題思想探
析；4.〈趙夫人的戲畫〉之文學表現及特色；5.結論。

15. 郭昭妤　　龍瑛宗《紅塵》及其美學研究　東海大學中國文學系　碩士論文
　　　　　　周芬伶教授指導　2008 年 12 月　259 頁

本論文以《紅塵》爲主要研究範圍，將《紅塵》中無意識流洩出來的兩個時代的對
比，以及戰後知識分子身份認同與矛盾的議題，進行逐項分析，以重建龍瑛宗所書
寫的時代歷史記憶。全文共 8 章：1.緒論；2.龍瑛宗小傳；3.《紅塵》的生產；4.
《紅塵》主題意識：歷史與見證──論《紅塵》殖民與後殖民再現；5.典型人物與
人物典型；6.對話與獨白藝術；7.隱喻與象徵；8.結論。正文後附錄〈鍾肇政翻譯
之《紅塵》與林至潔翻譯之《紅塵》簡省處之對照〉、〈龍瑛宗生平、著作年表暨
國內外文壇、時事紀要〉、〈盧福地訪談稿〉。

16. 沈　妍　　龍瑛宗小說的男性形象研究　中正大學臺灣文學所　碩士論文　徐
　　　　　　志平教授指導　2009 年 9 月　117 頁

本論文從心理分析入手，挖掘龍瑛宗小說男性形象背後的底層思想。全文共 5 章：
1.緒論；2.龍瑛宗小說的寫作背景；3.龍瑛宗小說男性形象類型；4.龍瑛宗小說男性
形象的塑造手法；5.結論。

17. 戶田一康　　日本領臺時代的臺灣人作家所描寫的公學校教師形象　東吳大學
　　　　　　日本語文學系　碩士論文　蔡茂豐教授指導　2004 年 6 月　118 頁

本論文以日本語教育史的觀點探討楊逵〈公學校〉、龍瑛宗〈宵月〉、呂赫若〈青
い服の少女〉及陳火泉〈張先生〉四篇作品，以得知的日據時期教師形象並且討論
作品裡所呈現的問題。全文共 6 章：1.緒論；2.公學校教師像Ⅰ；3.公學校教師像
Ⅱ；4.公學校教師像Ⅲ；5.公學校教師像Ⅳ；7.結論。

18. 吳昱慧　　日治時期臺灣文學中的「南方想像」──以龍瑛宗爲例　清華大學

臺灣文學研究所　碩士論文　柳書琴教授指導　**2010** 年 **1** 月　**152** 頁

本論文研究臺灣在日治時期戰爭期（1937—1945），受到日本帝國「南進論」的影響，在臺灣文壇活動的文學家龍瑛宗，如何運用個人的論述與思維，建構個人思索的「南方想像」。全文共 6 章：1.緒論；2.「南方」的視野與作爲憧憬的「南方」；3.龍瑛宗「南方憧憬」的文化思考；4.龍瑛宗「南方想像」的文學實踐；5.結語；6.參考書目。

作家生平資料篇目

自述

19. 龍瑛宗　　文藝時評——作家と讀者[1]　臺灣藝術　第 4 卷第 10 期　1943 年 10 月　頁 14—15

20. 龍瑛宗　　文藝時評——作家と讀者　日本統治期台湾文学文芸評論集・第 5 卷　東京　緑蔭書房　2001 年 4 月　頁 141—142

21. 龍瑛宗著；吳豪人譯；涂翠花校譯　　文藝時評——作家與讀者　日治時期臺灣文藝評論集・雜誌篇 4　臺南　國家臺灣文學館籌備處　2006 年 10 月　頁 300—303

22. 龍瑛宗著；林至潔譯　　作家與讀者　龍瑛宗全集・中文卷・評論集　臺南　國家文學館籌備處　2006 年 11 月　頁 124—128

23. 龍瑛宗　　文藝時評——作家と讀者　龍瑛宗全集・日本語版・評論集　臺南　國立臺灣文學館　2008 年 4 月　頁 116—118

24. 龍瑛宗　　思ひ出の處女作——孤獨の蠹魚[2]　興南新聞　1943 年 10 月 11 日 4 版

25. 龍瑛宗著；林至潔譯　　孤獨的蠹魚　龍瑛宗全集・中文卷・評論集　臺南　國家臺灣文學館籌備處　2006 年 11 月　頁 132—134

26. 龍瑛宗　　思ひ出の處女作——孤獨の蠹魚　龍瑛宗全集・日本語版・評論集

---

[1] 本文後由吳豪人譯爲〈文藝時評——作家與讀者〉，林至潔譯爲〈作家與讀者〉。
[2] 本文後由林至潔譯爲〈孤獨的蠹魚〉。

臺南　國立臺灣文學館　2008 年 4 月　頁 121—122

27. 龍瑛宗　回顧と內省[3]　臺灣藝術　第 4 卷第 12 期　1943 年 12 月　頁 14—15

28. 龍瑛宗　回顧と內省　日本統治期台湾文学文芸評論集・第 5 卷　東京　緑蔭書房　2001 年 4 月　頁 160—161

29. 龍瑛宗著；吳豪人譯；涂翠花校譯　回顧與內省　日治時期臺灣文藝評論集・雜誌篇 4　臺南　國家臺灣文學館籌備處　2006 年 10 月　頁 332—336

30. 龍瑛宗　派遣作家の感想——戰時下の文學[4]　臺灣文藝　第 1 卷第 4 期　1944 年 8 月　頁 80

31. 龍瑛宗　派遣作家の感想——戰時下の文學　日本統治期台湾文学文芸評論集・第 5 卷　東京　緑蔭書房　2001 年 4 月　頁 288—289

32. 龍瑛宗著；邱香凝譯　派遣作家的感想——戰時下文學　日治時期臺灣文藝評論集・雜誌篇 4　臺南　國家臺灣文學館籌備處　2006 年 10 月　頁 501—502

33. 龍瑛宗著；葉　笛譯　戰時下之文學　龍瑛宗全集・中文卷・詩・劇本・隨筆卷（1）　臺南　國家臺灣文學館籌備處　2006 年 11 月　頁 239—240

34. 龍瑛宗　戰時下の文學　龍瑛宗全集・日本語版・詩・劇本・隨筆卷　臺南　國立臺灣文學館　2008 年 4 月　頁 163

35. 龍瑛宗　一個望鄉族的告白——我的寫作生活　聯合報　1982 年 12 月 16 日　8 版

36. 龍瑛宗　一個望鄉族的告白——我的寫作生活　龍瑛宗全集・中文卷・隨筆集（2）　臺南　國家臺灣文學館籌備處　2006 年 11 月　頁 28—35

---

[3]本文後由吳豪人譯爲〈回顧與內省〉。
[4]本文後由邱香凝譯爲〈派遣作家的感想——戰時下文學〉，葉笛譯爲〈戰時下之文學〉。

37. 龍瑛宗　　給文友的七封信——第六封　臺灣文藝　第 87 期　1984 年 3 月
　　　　　　頁 177—180

38. 龍瑛宗　　給文友的七封信——第六封　龍瑛宗全集‧中文卷‧文獻集　2006
　　　　　　年 11 月　頁 32—34

39. 龍瑛宗　　時間與空間　少男心事　高雄　敦理出版社　1985 年 5 月　頁 142
　　　　　　—145

40. 龍瑛宗　　《午前的懸崖》自序　午前的懸崖　臺北　蘭亭書店　1985 年 5 月
　　　　　　頁 7　8

41. 龍瑛宗　　《午前的懸崖》自序　龍瑛宗全集‧中文卷‧隨筆集（2）　臺南
　　　　　　國家臺灣文學館籌備處　2006 年 11 月　頁 115—116

42. 龍瑛宗　　偶想　人生船　臺北　爾雅出版社　1985 年 7 月　頁 122—123

43. 龍瑛宗著；葉石濤譯　　《文藝臺灣》與《臺灣文學》[5]　自立晚報　1986 年
　　　　　　12 月 18 日　10 版

44. 龍瑛宗著；林至潔譯　　《文藝臺灣》與《臺灣文藝》　龍瑛宗全集‧中文
　　　　　　卷‧隨筆集（2）　臺南　國家臺灣文學館籌備處　2006 年 11 月
　　　　　　頁 8—12

45. 龍瑛宗　　《文芸台湾》と《台湾文芸》　龍瑛宗全集‧日本語版‧詩‧劇
　　　　　　本‧隨筆集　臺南　國立臺灣文學館　2008 年 4 月　頁 201—204

46. 龍瑛宗著；葉石濤譯　　《文藝臺灣》與《臺灣文學》　葉石濤全集‧翻譯卷
　　　　　　一　臺南，高雄　國立臺灣文學館，高雄市文化局　2009 年 11 月
　　　　　　頁 361—366

47. 龍瑛宗　　憶起蒼茫往事——《午前的懸崖》二三事　文訊雜誌　第 30 期
　　　　　　1987 年 6 月　頁 58—59

48. 龍瑛宗　　憶起蒼茫往事——《午前的懸崖》二三事　龍瑛宗全集‧中文卷‧
　　　　　　隨筆集（2）　臺南　國家臺灣文學館籌備處　2006 年 11 月　頁

---

[5] 本文原名〈《文芸臺湾》と《臺湾文芸》〉，另有林至潔翻譯之版本，題名為〈《文藝臺灣》與
《臺灣文藝》〉。

161—163

49. 龍瑛宗　抗戰時期臺灣文壇的回顧　抗戰時期文學回憶錄　臺北　文訊雜誌
社　1987 年 7 月　頁 152—161

50. 龍瑛宗　自序　杜甫在長安　臺北　聯經出版公司　1987 年 7 月　頁 7—8

51. 龍瑛宗　《杜甫在長安》自序　龍瑛宗全集・隨筆集（2）　臺南　國家臺
灣文學館籌備處　2006 年 11 月　頁 166—167

52. 龍瑛宗　我的第一篇小說　書香廣場　第 14 期　1988 年 1 月　頁 14

53. 龍瑛宗　我的第一篇小說　龍瑛宗全集・中文卷・隨筆集（2）　臺南　國
家臺灣文學館籌備處　2006 年 11 月　頁 173—174

54. 龍瑛宗　歲月的遙遠腳步聲[6]　文訊雜誌　第 37 期　1988 年 8 月　頁 14—
15

55. 龍瑛宗　歲月遙遠的腳步　結婚照　臺北　文訊雜誌社　1991 年 5 月　頁 3
—6

56. 龍瑛宗　自序　夜流　臺北　地球出版社　1993 年 5 月　頁 1—2

57. 龍瑛宗　《夜流》自序　龍瑛宗全集・中文卷・隨筆集（2）　臺南　國家
臺灣文學館籌備處　2006 年 11 月　頁 239

58. 龍瑛宗著；林至潔譯　《女性素描》自述　龍瑛宗全集・中文卷・詩・劇
本・隨筆集（1）　臺南　國家臺灣文學館籌備處　2006 年 11 月
頁 270

59. 龍瑛宗　《女性を描く》——序　龍瑛宗全集・日本語版・詩・劇本・隨筆
集　臺南　國立臺灣文學館　2008 年 4 月　頁 180—181

60. 龍瑛宗　半世紀前的往事　龍瑛宗全集・中文卷・詩・劇本・隨筆集（1）
臺南　國家臺灣文學館籌備處　2006 年 11 月　頁 324—327

他述

61. 呂赫若　想ふままに[7]〔龍瑛宗部分〕　臺灣文學　第 1 卷第 1 期　1941 年

---

[6]本文後改篇名為〈歲月遙遠的腳步〉。
[7]本文後由張文薰翻譯為〈我見我思〉。

　　　　　　　5 月　　頁 109

62. 呂赫若　　　想ふままに〔龍瑛宗部分〕　日本統治期台湾文学文芸評論集・第
　　　　　　　3 卷　東京　緑蔭書房　2001 年 4 月　頁 413—416

63. 呂赫若著；張文薰譯　　我見我思〔龍瑛宗部分〕　日治時期臺灣文藝評論
　　　　　　　集・雜誌篇 3　臺南　國家臺灣文學館籌備處　2006 年 10 月　頁
　　　　　　　137—138

64. 真杉靜枝　　新銳臺灣作家紹介[8]　週刊朝日　第 39 卷第 27 期　1941 年 6 月
　　　　　　　頁 39

65. 真杉靜枝　　新銳台灣作家紹介　日本統治期台湾文学文芸評論集・第 4 卷
　　　　　　　東京　緑蔭書房　2001 年 4 月　頁 12

66. 真杉靜枝著；葉蓁蓁譯　　新銳臺灣作家介紹　日治時期臺灣文藝評論集・雜
　　　　　　　誌篇 3　臺南　國家臺灣文學館籌備處　2006 年 10 月　頁 142—
　　　　　　　143

67. 真杉靜枝著；陳千武譯　　新銳臺灣作家介紹　龍瑛宗全集・中文卷・文獻集
　　　　　　　臺南　國家臺灣文學館籌備處　2006 年 11 月　頁 214

68. 真杉靜枝　　新銳台灣作家介紹　龍瑛宗全集・日本語版・文獻集　臺南　國
　　　　　　　立臺灣文學館　2008 年 4 月　頁 144

69. 黃得時　　　努力家龍瑛宗氏[9]　臺灣藝術　第 4 卷第 12 期　1943 年 12 月　頁
　　　　　　　7

70. 黃得時　　　努力家龍瑛宗氏　日本統治期台湾文学文芸評論集・第 5 卷　東京
　　　　　　　緑蔭書房　2001 年 4 月　頁 159

71. 黃得時著；吳豪人譯；涂翠花校譯　　努力不懈的龍瑛宗　日治時期臺灣文藝
　　　　　　　評論集・雜誌篇 4　臺南　國家臺灣文學館籌備處　2006 年 10 月
　　　　　　　頁 329—331

72. 黃得時著；葉　笛譯　　努力家龍瑛宗氏　龍瑛宗全集・中文卷・文獻集　臺

---

[8]本文後有二篇中譯，題名皆爲〈新銳臺灣作家介紹〉分別由葉蓁蓁、陳千武翻譯。
[9]本文後由吳豪人譯爲〈努力不懈的龍瑛宗〉、葉笛譯爲〈努力家龍瑛宗氏〉。

南　國家臺灣文學館籌備處　2006 年 11 月　頁 219—221

73. 黃得時著；葉　笛譯　努力家龍瑛宗氏　葉笛全集‧翻譯卷五　臺南　臺灣
　　國家文學館籌備處　2007 年 5 月　頁 319—322

74. 黃得時　努力家龍瑛宗氏　龍瑛宗全集‧日本語版‧文獻集　臺南　國立臺
　　灣文學館　2008 年 4 月　頁 147—148

75. 黃武忠　龍瑛宗——歷史的見證人　聯合報　1979 年 4 月 8 日　10 版

76. 黃武忠　歷史的見證人：龍瑛宗　日據時代臺灣新文學作家小傳　臺北　時
　　報文化出版公司　1980 年 8 月　頁 113—115

77. 張恆豪，林　梵，羊子喬　龍瑛宗　植有木瓜樹的小鎮（光復前臺灣文學全
　　集）　臺北　遠景出版公司　1979 年 7 月　頁 1—4

78. 葉石濤　府城之星‧舊城之月——光復前後（下）——龍瑛宗與日文欄　民
　　眾日報　1979 年 10 月 24 日　12 版

79. 葉石濤　光復前後——龍瑛宗與日文欄　葉石濤全集‧隨筆卷一　臺南，高
　　雄　國立臺灣文學館，高雄市文化局　2008 年 3 月　頁 177—180

80. 池田敏雄　《文芸台湾》のほろ苦さ——龍瑛宗氏のことなど[10]　台湾近現
　　代史研究　第 3 號　1981 年 1 月　頁 90—102

81. 池田敏雄著；葉石濤譯　《文藝臺灣》中的臺灣作家（上、中、下）〔龍瑛
　　宗部分〕　自立晚報　1986 年 11 月 1—3 日　10 版

82. 池田敏雄著；葉石濤譯　《文藝臺灣》中的臺灣作家〔龍瑛宗部分〕　臺灣
　　文學的悲情　高雄　派色文化出版社　1990 年 1 月　頁 209—230

83. 池田敏雄著；葉石濤譯　《文藝臺灣》中的臺灣作家〔龍瑛宗部分〕　葉石
　　濤全集‧翻譯卷一　臺南，高雄　國立臺灣文學館，高雄市文化局
　　2009 年 11 月　頁 341—369

84. 雷　田　夕陽下的孤獨——讀《寶刀集》憶故友　聯合報　1981 年 2 月 26
　　日　8 版

85. 〔聯合報編輯部〕　龍瑛宗　寶刀集——光復前臺灣作家作品集　臺北　聯

---

[10]本文後由葉石濤翻譯為〈《文藝臺灣》中的臺灣作家〉。

　　　　　　經出版公司　1981 年 10 月　頁 37

86. 陳　　白　　山河之愛　寶刀集——光復前臺灣作家作品集　臺北　聯合報社　1981 年 10 月　頁 57—63

87. 黃武忠　　含蓄木訥的龍瑛宗　臺灣日報　1981 年 12 月 9 日　8 版

88. 黃武忠　　含蓄木訥的龍瑛宗　臺灣作家印象記　臺北　眾文圖書公司　1984 年 5 月　頁 71—75

89. 中村哲著；張良澤譯　　憶臺灣人作家〔龍瑛宗部分〕　臺灣文藝　第 83 期　1983 年 7 月　頁 149

90. 王晉民，鄺白曼　　龍瑛宗　臺灣與海外華人作家小傳　福州　福建人民出版社　1983 年 9 月　頁 25—27

91. 施　　淑　　龍瑛宗　中國現代短篇小說選析 2　臺北　長安出版社　1984 年 2 月　頁 1113—1114

92. 張典婉　　龍瑛宗舊事　臺灣日報　1988 年 5 月 23 日　27 版

93. 古繼堂　　龍瑛宗　臺灣小說發展史　臺北　文史哲出版社　1989 年 7 月　頁 111—114

94. 葉石濤　　苦悶的靈魂——龍瑛宗　走向臺灣文學　臺北　自立晚報社文化出版部　1990 年 3 月　頁 108—114

95. 葉石濤　　苦悶的靈魂——龍瑛宗　復活的群像　臺北　前衛出版社　1994 年 6 月　頁 41—46

96. 葉石濤　　苦悶的靈魂——龍瑛宗　葉石濤全集·評論卷三　臺南，高雄　國立臺灣文學館，高雄市文化局　2008 年 3 月　頁 413—418

97. 葉石濤　　《文藝臺灣》與《臺灣文學》〔龍瑛宗部分〕　走向臺灣文學　臺北　自立晚報社文化出版部　1990 年 3 月　頁 120—124

98. 葉石濤　　我的先輩作家們（1—4）〔龍瑛宗部分〕　臺灣新生報　1990 年 4 月 5—8 日　18 版

99. 葉石濤　　我的先輩作家們〔龍瑛宗部分〕　府城瑣憶　高雄　派色文化出版社　1996 年 2 月　頁 38—45

100. 葉石濤　　我的先輩作家們〔龍瑛宗部分〕　葉石濤全集・隨筆卷三　臺南，高雄　國立臺灣文學館，高雄市文化局　2008 年 3 月　頁 366 —372

101. 林曙光　　相逢何必曾相識——回憶投稿上海《文藝春秋》[11]　文學臺灣　第 2 期　1992 年 3 月　頁 17—19

102. 葉石濤　　龍瑛宗先生與我　自由時報　1993 年 11 月 28 日　25 版

103. 葉石濤　　龍瑛宗先生與我　展望臺灣文學　臺北　九歌出版社　1994 年 8 月　頁 183—188

104. 葉石濤　　龍瑛宗先生與我　葉石濤全集・隨筆卷四　臺南，高雄　國立臺灣文學館，高雄市文化局　2008 年 3 月　頁 245—249

105.〔鍾肇政主編〕　　龍瑛宗　客家臺灣文學選　臺北　新地文學出版社　1994 年 4 月　頁 35

106. 林曙光　　感念奇緣弔歌雷——攀交前輩龍瑛宗　文學臺灣　第 11 期　1994 年 7 月　頁 24—25

107. 許俊雅　　龍瑛宗　日據時期臺灣小說研究　臺北　文史哲出版社　1995 年 2 月　頁 483—488

108. 羊子喬　　大家都急著想和他見面的龍瑛宗　文訊雜誌　第 117 期　1995 年 7 月　頁 18—19

109. 葉石濤　　二二八事變前後的臺灣文學〔龍瑛宗部分〕　臺灣新聞報　1996 年 2 月 2 日　18 版

110. 葉石濤　　二二八事變前後的臺灣文學〔龍瑛宗部分〕　臺灣文學入門：臺灣文學五十七問　高雄　春暉出版社　1997 年 6 月　頁 93

111. 葉石濤　　二二八事變前後的臺灣文學〔龍瑛宗部分〕　葉石濤全集・評論卷五　臺南，高雄　國立臺灣文學館，高雄市政府文化局　2008 年 3 月　頁 266

112. 葉石濤　　四十年代的臺灣文學〔龍瑛宗部分〕　中央日報　1996 年 7 月 28

---

[11]本文追憶與龍瑛宗先生相識及一段文緣的過往。

日　19 版

113. 郭啓賢著；張良澤譯　　追憶宮田彌太郎——兼談龍瑛宗（上、下）　臺灣
日報　1997 年 5 月 29—30 日　27 版

114. 葉昊瑾　　劉知甫願作父親龍瑛宗的知己[12]　國文天地　第 150 期　1997 年
11 月　頁 90—94

115. 葉昊瑾　　願作父親知己——龍瑛宗之子劉知甫　現代文學名家的第二代
臺北　業強出版社　1998 年 8 月　頁 50—56

116. 莊宜文　　聆聽歲暮的聲音——資深前輩作家現況報導——龍瑛宗　聯合報
1997 年 12 月 16 日　41 版

117. 陳宛蓉　　龍瑛宗：捐贈一生的智慧和佳作　1997 臺灣文學年鑑　臺北　行
政院文建會　1998 年 6 月　頁 236—237

118. 彭瑞金　　龍瑛宗——活躍於戰爭時期的小說家　臺灣新聞報　1998 年 6 月
29 日　13 版

119. 彭瑞金　　龍瑛宗——活躍於戰爭時期的小說家　臺灣文學步道　高雄　高
雄縣立文化中心　1998 年 7 月　頁 128—131

120. 彭瑞金　　龍瑛宗——活躍於戰爭時期的小說家　臺灣文學 50 家　臺北　玉
山社出版公司　2005 年 7 月　頁 210—214

121. 劉知甫　　白龍堆裡的輪椅　聯合報　1998 年 8 月 9 日　37 版

122. 劉知甫　　白龍堆裡的輪椅　1998 臺灣文學選　臺北　前衛出版社　1999 年
5 月　頁 199—213

123. 傅光明　　龍瑛宗　中國文學通典‧小說通典　北京　解放軍文藝出版社
1999 年 1 月　頁 865

124. 陳文芬　　臺灣文壇耆宿作家龍瑛宗昨病逝　中國時報　1999 年 9 月 27 日
24 版

125. 徐淑卿　　龍瑛宗靜靜地走了　中國時報　1999 年 9 月 30 日　43 版

126. 葉石濤　　敬悼龍瑛宗先生　臺灣新聞報　1999 年 10 月 1 日　13 版

---

[12]本文後改篇名為〈願作父親知己——龍瑛宗之子劉知甫〉。

127. 葉石濤　　敬悼龍瑛宗先生　文學臺灣　第 33 期　2000 年 1 月　頁 42—44

128. 葉石濤　　敬悼龍瑛宗先生　舊城瑣記　高雄　春暉出版社　2000 年 9 月　頁 53—55

129. 葉石濤　　敬悼龍瑛宗先生　葉石濤全集・隨筆卷五　臺南，高雄　國立臺灣文學館，高雄市文化局　2008 年 3 月　頁 217—219

130. 李敏勇　　殞落的星——紀念小說家龍瑛宗　文學臺灣　第 32 期　1999 年 10 月　頁 202—203

131. 徐秀慧　　文壇耆老龍瑛宗與世長辭　中央日報　1999 年 11 月 13 日　22 版

132. 黃盈雯　　臺灣文學作家龍瑛宗病逝　文訊雜誌　第 169 期　1999 年 11 月　頁 76

133. 許維育　　龍瑛宗生平事略　文訊雜誌　第 169 期　1999 年 11 月　頁 94

134. 王昶雄　　浩劫當中悼斯人　文訊雜誌　第 169 期　1999 年 11 月　頁 95—96

135. 王昶雄　　浩劫當中悼斯人　王昶雄全集・散文卷二　臺北　臺北縣文化局　2002 年 10 月　頁 457—461

136. 鍾肇政　　一個時代的結束——悼念龍瑛宗先生　文學臺灣　第 33 期　2000 年 1 月　頁 37—41

137. 鍾肇政　　一個時代的結束——悼念龍瑛宗先生　鍾肇政全集・隨筆集 2　桃園　桃園縣文化局　2000 年 12 月　頁 663—667

138. 陳千武　　懷念前輩作家龍瑛宗先生　文學臺灣　第 33 期　2000 年 1 月　頁 45—48

139. 陳萬益　　龍瑛宗與《今日之中國》——記六○年代一段軼事　文學臺灣　第 33 期　2000 年 1 月　頁 49—58

140. 巫永福　　龍瑛宗最得意的 1930 年代　淡水牛津文藝　第 6 期　2000 年 1 月　頁 46—47

141. 巫永福　　龍瑛宗最得意的 1930 年代　巫永福全集・文集卷 2　臺北　傳神福音文化　2003 年 8 月　頁 68—73

142. 陳千武　　思念龍瑛宗先生　淡水牛津文藝　第 6 期　2000 年 1 月　頁 48—
　　　　49

143. 下村作次郎著；戴嘉玲譯　　聆聽龍瑛宗先生的教益　淡水牛津文藝　第 6
　　　　期　2000 年 1 月　頁 50—52

144. 王麗華　　訥愕的鐘——憶訪龍瑛宗（詩）　淡水牛津文藝　第 6 期　2000
　　　　年 1 月　頁 68

145. 莫　渝　　交淺仰慕深——龍瑛宗的微笑與寂莫　淡水牛津文藝　第 6 期
　　　　2000 年 1 月　頁 78—79

146. 莫　渝　　交淺仰慕深——龍瑛宗的微笑與寂寞　新詩隨筆　臺北　臺北縣
　　　　文化局　2001 年 12 月　頁 48—50

147. 莫　渝　　交淺仰慕深——龍瑛宗的微笑與寂寞　漫漫隨筆集　苗栗　苗栗
　　　　縣文化局　2005 年 4 月　頁 268—270

148. 林金悔　　一代文人風範——紀念龍瑛宗先生　淡水牛津文藝　第 6 期
　　　　2000 年 1 月　頁 106—107

149. 陳雅惠　　特別的書房經驗——杜南遠與彭家詞　日據時代臺灣文學的童年
　　　　經驗　清華大學中國文學系　碩士論文　陳萬益教授指導　2000
　　　　年 6 月　頁 46—47

150. 向　陽　　作家原鄉　中央日報　2000 年 9 月 11 日　22 版

151. 向　陽　　作家原鄉　我們其實不需要住所　臺北　聯合文學出版社　2004
　　　　年 12 月　頁 99—102

152. 楊鏡汀　　龍瑛宗與客家——龍瑛宗先生逝世週年紀念文　客家雜誌　第 148
　　　　期　2000 年 11 月　頁 44—45

153. 張恆豪　　戰鼓聲中的歌者——龍瑛宗　臺北畫刊　第 394 期　2000 年 11 月
　　　　頁 48

154. 張恆豪　　戰鼓聲中的歌者——龍瑛宗　臺北人物誌（二）　臺北　臺北市
　　　　新聞處　2000 年 11 月　頁 150—155

155.〔胡建國主編〕　　劉榮宗先生事略　國史館現藏民國人物傳記史料彙編

（第二十三輯）　臺北　國史館　2000 年 12 月　頁 589—590

156. 李懷，桂華　　臺灣文壇的長跑者——龍瑛宗　文學臺灣人　臺北　遠流出
　　　版公司　2001 年 10 月　頁 107—108

157. 林政華　　臺灣本土小說名家與名作——龍瑛宗　臺灣文學汲探　臺北　文
　　　史哲出版社　2002 年 3 月　頁 128—155

158. 林政華　　一座無法頒出去的獎——懺對龍瑛宗先生　臺灣文學教育耕獲集
　　　臺北　文史哲出版社　2002 年 3 月　頁 149—151

159. 李魁賢　　難忘羞澀的笑容　李魁賢文集 2　臺北　行政院文建會　2002 年
　　　10 月　頁 325—329

160. 邱上林　　王惠珍尋覓龍瑛宗落腳足跡　文訊雜誌　第 208 期　2003 年 2 月
　　　頁 61

161. 張惟智　　戰後初期其他臺灣文學作家及其相關活動——龍瑛宗與《中華日
　　　報》日文版「文藝（文化）」　戰後初期（1945—1949）臺灣文學
　　　活動研究——以楊逵為論述主軸　靜宜大學中國文學研究所　碩
　　　士論文　趙天儀教授指導　2003 年 7 月　頁 47—50

162. 陳千武　　前輩作家龍瑛宗　陳千武全集・陳千武詩隨筆集　臺中　臺中市
　　　文化局　2003 年 8 月　頁 25—31

163. 鍾肇政　　客家作家在臺灣文學史上的地位〔龍瑛宗部分〕　鍾肇政全集・
　　　訪談集、臺灣客家族群史總論　桃園　桃園縣文化局　2004 年 3
　　　月　頁 429—430

164. 劉慧真　　孤獨的文學赤子——龍瑛宗（1911—1999）　客家文學精選集：
　　　小說卷　臺北　天下遠見出版公司　2004 年 4 月　頁 53—55

165. 〔彭瑞金選編〕　作者簡介　國民文選・小說卷 1　臺北　玉山社出版公司
　　　2004 年 7 月　頁 274—275

166. 〔陳萬益選編〕　龍瑛宗　國民文選・散文卷 1　臺北　玉山社出版公司
　　　2004 年 8 月　頁 270

167. 楊佳嫻　　僕たちの失敗　印刻文學生活誌　第 19 期　2005 年 3 月　頁 167

　　　　　　　　　　　　　—169

168. 陳萬益　　蠹魚與玩具——《龍瑛宗全集》代序[13]　龍瑛宗全集・中文卷・小
　　　　　　　說集（1）　臺南　國家臺灣文學館籌備處　2006 年 11 月　頁 7
　　　　　　　—11

169. 陳萬益　　蠹魚と玩具——《龍瑛宗全集》の序に代えて　龍瑛宗全集・日
　　　　　　　本語版・小說集（1）　臺南　國立臺灣文學館　2008 年 4 月　〔
　　　　　　　7〕頁

170. 葉　笛譯　　臺灣文壇的新人，氣慨軒昂地登上大顯身手的舞臺　劉君的
　　　　　　　〈植有木瓜樹的小鎮〉入選《改造》有獎徵文[14]　龍瑛宗全集・中
　　　　　　　文卷・文獻集　臺南　國家臺灣文學館籌備處　2006 年 11 月　頁
　　　　　　　198—199

171. 葉　笛譯　　臺灣文壇的新人——氣宇軒昂地登上大顯身手的舞臺（龍君的
　　　　　　　〈植有木瓜樹的小鎮〉入選《改造》有獎徵文）　葉笛全集・翻
　　　　　　　譯卷五　臺南　臺灣國家文學館籌備處　2007 年 5 月　頁 303—
　　　　　　　304

172.〔編輯部〕　　臺灣文壇の新人颯爽舞臺に登場——劉君の〈パパイヤのあ
　　　　　　　る街〉「改造」懸賞創作に入選　龍瑛宗全集・日本語版・文獻集
　　　　　　　臺南　國立臺灣文學館　2008 年 4 月　頁 133

173. 劉文甫　　我回憶中的父親[15]　龍瑛宗全集・中文卷・文獻集　臺南　國家臺
　　　　　　　灣文學館籌備處　2006 年 11 月　頁 279—288

174. 劉文甫　　寡黙な父の思い出　龍瑛宗全集・日本語版・文獻集　臺南　國
　　　　　　　立臺灣文學館　2008 年 4 月　頁 197—202

175. 劉知甫　　幻想與讀書：悼念父親龍瑛宗——生命中的兩大支柱[16]　龍瑛宗全

---

[13]本文日文篇名爲〈蠹魚と玩具　《龍瑛宗全集》の序に代えて〉。
[14]本文日文篇名爲〈臺灣文壇の新人颯爽舞臺に登場——劉君の〈パパイヤのある街〉「改造」懸
　賞創作に入選〉，另有一翻譯版本篇名爲〈臺灣文壇的新人——氣宇軒昂地登上大顯身手的舞臺
　（龍君的〈植有木瓜樹的小鎮〉入選《改造》有獎徵文）〉。
[15]本文日文篇名爲〈寡黙な父の思い出〉。
[16]本文日文篇名爲〈父の生涯を支えた幻想と読書〉。

集‧中文卷‧文獻集　臺南　國家臺灣文學館籌備處　2006 年 11 月　頁 289—316

176. 劉知甫　父の生涯を支えた幻想と読書　龍瑛宗全集‧日本語版‧文獻集 臺南　國立臺灣文學館　2008 年 4 月　頁 203—206

177. 賴香吟　最近的距離　中國時報　2007 年 1 月 6 日　E7 版

178. 賴香吟　張我軍和龍瑛宗　中國時報　2007 年 3 月 10 日　E7 版

179. 廖雪茹　臺灣文學家，《龍瑛宗全集》問世　自由時報　2007 年 3 月 18 日 A16 版

180. 〔編輯部〕　龍瑛宗　文學家　臺北　東和鋼鐵公司，大觀視覺顧問公司 2007 年 12 月　頁 25—32

181. 葉石濤　我所認識的客家作家〔龍瑛宗部分〕　葉石濤全集‧隨筆卷四 臺南，高雄　國立臺灣文學館，高雄市文化局　2008 年 3 月　頁 91—92

182. 〔封德屏主編〕　龍瑛宗　2007 臺灣作家作品目錄　臺南　國立臺灣文學 館　2008 年 7 月　頁 1330—1331

183. 劉知甫　孤獨的蠹魚——我的父親龍瑛宗[17]　龍瑛宗先生九十八歲誕辰學術 研討會論文集　新竹　國立臺灣文學館，新竹縣文化局主辦 2008 年 8 月 24 日　頁 52—63

184. 劉知甫　訪道探幽杜甫蹤跡——父親龍瑛宗先生　文訊雜誌　第 277 期 2008 年 11 月　頁 90—92

185. 〔范銘如編著〕　作者介紹／龍瑛宗　青少年臺灣文庫 2——小說讀本 1： 穿過荒野的女人　臺北　國立編譯館　2008 年 12 月　頁 33

訪談、對談

186. 龍瑛宗，楊逵對談　臺灣文學を語る——〈パパイヤのある街〉その他[18] 日本學藝新聞　1937 年 7 月 10 日　6 版

---

[17]正文後附錄 1.〈抗戰時期臺灣文壇的回顧〉全文複印；2.龍瑛宗致劉文甫家書影本。
[18]本文後分別爲陳培豐、葉笛翻譯，題名皆爲〈談臺灣文學——〈植有木瓜樹的小鎮〉及其他〉。

187. 龍瑛宗，楊逵對談；陳培豐譯　　談臺灣文學——〈植有木瓜樹的小鎮〉及
　　　其他　楊逵全集・資料卷　臺南　國立文化資產保存研究中心籌
　　　備處　2001 年 12 月　頁 140—143

188. 龍瑛宗，楊逵對談；葉笛譯　　談臺灣文學——〈植有木瓜樹的小鎮〉及其
　　　他　日治時期臺灣文藝評論集・雜誌篇 2　臺南　國家臺灣文學館
　　　籌備處　2006 年 10 月　頁 291—293

189. 龍瑛宗，楊逵對談；葉笛譯　　談臺灣文學——〈植有木瓜樹的小鎮〉及其
　　　他　龍瑛宗全集・中文卷・文獻集　臺南　國家臺灣文學館籌備
　　　處　2006 年 11 月　頁 115—117

190. 龍瑛宗，楊逵對談　　臺灣文學を語る——〈パパイヤのある街〉その他　龍
　　　瑛宗全集・日本語版・文獻集　臺南　國立臺灣文學館　2008 年
　　　4 月　頁 81—82

191. 新城行弘　　臺北に話題を殘人々——新進小說家劉榮宗氏の卷[19]　臺灣藝術
　　　新報　第 5 卷第 1 期　1939 年 1 月　頁 26—29

192. 新城行弘著；葉笛譯　　留話題在臺北的人們——新人小說家劉榮宗之卷
　　　龍瑛宗全集・中文卷・文獻集　臺南　國家臺灣文學館籌備處
　　　2006 年 11 月　頁 222—228

193. 新成行弘著；葉笛譯　　留話題在臺北的人們——新人小說家劉榮宗之卷
　　　葉笛全集・翻譯卷五　臺南　臺灣國家文學館籌備處　2007 年 5
　　　月　頁 308—316

194. 新城行弘　　臺北に話題を殘す人々——新進小說家劉榮宗氏の卷　龍瑛宗
　　　全集・日本語版・文獻集　臺南　國立臺灣文學館　2008 年 4 月
　　　第 149—151

195. 龍瑛宗等[20]　　日據時期詩人談詩　臺灣日報　1981 年 3 月 17 日　8 版

---

[19] 本文後由葉笛譯為〈留話題在臺北的人們——新人小說家劉榮宗之卷〉。
[20] 主持人：林亨泰；與會者：楊雲萍、邱淳洸、楊啓東、林精鏐、楊逵、周伯陽、江燦琳、巫永
　福、郭啓賢、龍瑛宗、王昶雄、郭水潭、李魁賢、陳金連、趙天儀、杜國清、康原、廖莫白、李
　敏男、黃勁連；策劃紀錄：陳千武。

196. 龍瑛宗等　　日治時期詩人談詩　陳千武全集‧陳千武詩走廊散步　臺中　臺中市文化局　2003 年 8 月　頁 71—87

197. 謝霜天　猶有凌雲健筆在──訪劉榮宗老先生　文運與文心──訪文藝先進作家　臺北　中央月刊社　1982 年 2 月　頁 47—49

198. 謝霜天　猶有凌雲健筆在──訪劉榮宗老先生　中央月刊　第 14 卷第 7 期　1982 年 5 月　頁 96—98

199. 丘秀芷　黃昏的荒原──訪龍瑛宗先生[21]　文訊雜誌　第 18 期　1985 年 8 月　頁 210—227

200. 丘秀芷　黃昏的荒原──七十歲以後再出發的龍瑛宗　筆墨長青──十六位文壇耆宿　臺北　文訊雜誌社　1989 年 4 月　頁 166—179

201. 龍瑛宗等[22]　美人心事──「文人與藝旦」座談會　美人心事　臺北　號角出版社　1987 年 8 月　頁 91—104

202. 趙衛民　燃燒與孤獨──訪龍瑛宗先生　聯合報　1991 年 6 月 29 日　25 版

203. 黃武忠　那抹淡淡的微笑──再度拜訪龍瑛宗　聯合報　1997 年 11 月 13 日　41 版

204. 葉　笛譯　中央文壇之彗星──訪問〈植有木瓜樹的小鎮〉之作者龍瑛宗君23　龍瑛宗全集‧中文卷‧文獻集　臺南　國家臺灣文學館籌備處　2006 年 11 月　頁 197

205. 葉　笛譯　中央文壇之彗星──訪問〈植有木瓜樹的小鎮〉之作者龍瑛宗君　葉笛全集‧翻譯卷五　臺南　臺灣國家文學館籌備處　2007 年 5 月　頁 301—302

206. 〔編輯部〕　中央文壇の彗星〈パパイヤのある街〉の作者──龍瑛宗君

---

[21]本文為龍瑛宗專訪，全文共 9 小節：1.幸運的小學童；2.步入文學殿堂；3.一鳴驚人；4.顛峰；5.貘；6.〈白色山脈〉的意境；7.進入新聞界；8.休止符；9.再出發。正文後附錄龍瑛宗先生大事記與著作年表。本文後改篇名為〈黃昏的荒原──七十歲以後再出發的龍瑛宗〉。

[22]與會者：王昶雄、巫永福、林芳年、郭水潭、黃得時、楊逵、劉捷、龍瑛宗、瘂弦；整理：黃武忠。

[23]本文日文篇名為〈中央文壇の彗星〈パパイヤのある街〉の作者──龍瑛宗君を訪ふ〉。

を訪ふ　龍瑛宗全集・日本語版・文獻集　臺南　國立臺灣文學
館　2008 年 4 月　頁 132

207. 郭昭妤等[24]　　盧福地訪談稿　龍瑛宗《紅塵》及其美學研究　東海大學中國
文學系　碩士論文　周芬伶教授指導　2008 年 12 月　頁 229—
259

年表

208. 龍瑛宗　　龍瑛宗自訂年譜　午前的懸崖　臺北　蘭亭書店　1985 年 5 月
頁 233—237

209. 龍瑛宗　　龍瑛宗自訂年譜　夜流　臺北　地球出版社　1993 年 5 月　頁
293—297

210. 龍瑛宗　　龍瑛宗自訂年譜　紅塵　臺北　遠景出版公司　1997 年 6 月　頁
307—311

211. 丘秀芷　　龍瑛宗先生大事記與著作年表　文訊雜誌　第 18 期　1985 年 8 月
頁 223—227

212. 龍瑛宗編　　龍瑛宗生平寫作年表　龍瑛宗集（臺灣作家全集）　臺北　前
衛出版社　1991 年 2 月　頁 331—337

213. 朱家慧　　龍瑛宗與呂赫若年表（1911—1951）　兩個太陽下的臺灣作家—
—龍瑛宗與呂赫若研究　成功大學歷史學系　碩士論文　林瑞明
教授指導　1996 年 6 月　頁 125—139

214. 朱家慧　　龍瑛宗與呂赫若年表（1911—1950）　兩個太陽下的臺灣作家—
—龍瑛宗與呂赫若研究　臺南　臺南市立藝術中心　2000 年 11 月
頁 321—368

215. 〔編輯部〕　　龍瑛宗年表　濤聲　臺北　桂冠圖書公司　2001 年 2 月　頁
171—173

216. 莊永明　　龍瑛宗年表（1911—1999）　文學臺灣人　臺北　遠流出版社
2001 年 10 月　頁 111

---

[24] 郭昭妤採訪、紀錄；劉知甫協訪；盧福地受訪。

217. 蔡佩均　　龍瑛宗年表　臺灣文學館通訊　第 3 期　2004 年 3 月　頁 25—27

218. 王惠珍　　龍瑛宗略年譜　龍瑛宗研究：台湾人日本語作家の軌跡　関西大学大学院文学研究科中国文学　博士論文　北岡正子教授指導　2004 年 9 月　頁 352—365

219. 黃世欽　　楊逵、龍瑛宗、呂赫若の略歷　日據時期臺灣人作家作品中所見漢民族意識之考察　中國文化大學日本研究所　碩士論文　蔡華山教授指導　2004 年　頁 114—141

220. 蔡鈺淩　　龍瑛宗創作年表（1931—1949）　文學的救贖：龍瑛宗與爵青小說比較研究（1932—1945）　清華大學臺灣文學研究所　碩士論文　柳書琴教授指導　2005 年　頁 136—158

221. 陳萬益，許維育編　　龍瑛宗生平年表　龍瑛宗全集・中文卷・文獻集　臺南　國家臺灣文學館籌備處　2006 年 11 月　頁 231—247

222. 陳萬益，許維育編　　龍瑛宗略歷年表　龍瑛宗全集・日本語版・文獻集　臺南　國立臺灣文學館　2008 年 4 月　頁 155—196

223. 陳萬益，許維育編　　龍瑛宗寫作年表　龍瑛宗全集・中文卷・文獻集　臺南　國家臺灣文學館籌備處　2006 年 11 月　頁 248—277

224. 陳萬益，許維育編　　龍瑛宗著作年表　龍瑛宗全集・日本語版・文獻集　臺南　國立臺灣文學館　2008 年 4 月　頁 170—196

225. 郭昭妤　　龍瑛宗生平、著作年表暨國內外文壇、時事紀要　龍瑛宗《紅塵》及其美學研究　東海大學中國文學系　碩士論文　周芬伶教授指導　2008 年 12 月　頁 189—228

其他

226. 〔聯合報〕　　總統明令褒揚龍瑛宗　聯合報　1999 年 11 月 9 日　14 版

227. 〔中央日報〕　　李總統明令褒揚龍瑛宗　中央日報　1999 年 11 月 9 日　20 版

228. 楊鏡汀　　《龍瑛宗全集》文獻補遺[25]　龍瑛宗先生九十八歲誕辰學術研討會

---

[25]本文內容為作者追念龍瑛宗之紀念文，以及公佈新出土的文學史料。新文學史料共 6 件：1.內豐

論文集　新竹　國立臺灣文學館，新竹縣文化局主辦　2008 年 8
月 24 日　頁 64—79

作品評論篇目

綜論

229. 中村哲　　昨今の臺灣文學について[26]〔龍瑛宗部分〕　臺灣文學　第 2 卷第
　　　　　1 期　1942 年 2 月　頁 5

230. 中村哲　　昨今の臺灣文學について〔龍瑛宗部分〕　日本統治期台湾文学
　　　　　文芸評論集・第 4 卷　東京　緑蔭書房　2001 年 4 月　頁 80

231. 中村哲著；吳豪人譯　　論近日的臺灣文學〔龍瑛宗部分〕　日治時期臺灣
　　　　　文藝評論集・雜誌篇 3　臺南　國家臺灣文學館籌備處　2006 年
　　　　　10 月　頁 227

232. 葉石濤　　臺灣的鄉土文學〔龍瑛宗部分〕　文星　第 97 期　1965 年 11 月
　　　　　頁 70—71

233. 葉石濤　　臺灣的鄉土文學〔龍瑛宗部分〕　葉石濤評論集　臺北　蘭開書
　　　　　局　1968 年 9 月　頁 4—8

234. 葉石濤　　臺灣的鄉土文學〔龍瑛宗部分〕　葉石濤全集・評論卷一　臺
　　　　　南，高雄　國立臺灣文學館，高雄市文化局　2008 年 3 月　頁 76

235. 羊子喬　　談龍瑛宗及其作品特色　臺灣日報　1979 年 3 月 26 日　12 版

236. 張良澤等[27]　　從鄉土文學到三民主義文學——訪葉石濤先生談臺灣文學的歷
　　　　　史〔龍瑛宗部分〕　臺灣文藝　第 62 期　1979 年 3 月　頁 11—
　　　　　12

237. 張良澤等　　從鄉土文學到三民主義文學——訪葉石濤先生談臺灣文學的歷
　　　　　史〔龍瑛宗部分〕　葉石濤全集・評論卷六　臺南，高雄　國立

浩劫讀後函；2.客家臺灣學會入會申請書；3.龍瑛宗親筆寫作年表；4.日文信函；5.龍瑛宗親筆生
平年表；6.《午前的懸崖》贈函。
[26]本文後由吳豪人譯爲〈論近日的臺灣文學〉。
[27]與會者：張良澤、彭瑞金、洪毅；紀錄：彭瑞金。

臺灣文學館，高雄市政府文化局　2008 年 3 月　頁 279—280

238. 鍾肇政　龍瑛宗——其人其作品　民眾日報　1979 年 6 月 20 日　12 版

239. 鍾肇政　龍瑛宗——其人其作品　鍾肇政全集・隨筆集 3　桃園　桃園縣文
化局　2001 年 4 月　頁 580—583

240. 舒　蘭　中國新詩史話——龍瑛宗　新文藝　第 284 期　1979 年 11 月　頁
70—73

241. 舒　蘭　龍瑛宗[28]　中國新詩史話（三）　臺北　渤海堂文化公司　1998
年 10 月　頁 57—60

242. 塚本照和著；張良澤譯　日本統治期臺灣文學管見（下）〔龍瑛宗部分〕
臺灣文藝　第 70 期　1980 年 12 月　頁 236—237

243. 葉石濤　我看臺灣小說界〔龍瑛宗部分〕　自立晚報　1983 年 8 月 22 日
10 版

244. 葉石濤　我看臺灣小說界〔龍瑛宗部分〕　葉石濤全集・隨筆卷一　臺
南，高雄　國立臺灣文學館，高雄市文化局　2008 年 3 月　頁
377

245. 松浦恆雄　日本統治期の老作家たち——龍瑛宗　中国研究月報　第 436
期　1984 年 6 月　頁 9—10

246. 羅成純　龍瑛宗研究——戰時的臺灣文學（上、下）[29]　文學界　第 12—
13 期　1984 年 11 月，1985 年 2 月　頁 206—246，131—161

247. 羅成純　龍瑛宗研究——戰時的臺灣文學　龍瑛宗集（臺灣作家全集）
臺北　前衛出版社　1991 年 2 月　頁 233—326

248. 鍾肇政　戰鼓聲中的歌者——簡介龍瑛宗其人其作品　午前的懸崖　臺北
蘭亭書店　1985 年 5 月　頁 238—246

249. 鍾肇政　戰鼓聲中的歌者：簡介龍瑛宗其人其作品　聯合報　1985 年 7 月

---

[28] 本文以《新文藝》時的文章為底本，而作修改。《新文藝》版本錄有龍瑛宗詩作〈歡鬧的河邊的查某們〉、〈在南方的夜晚〉、〈花與痰盂〉、〈圖南的翅膀〉、〈蟬〉、〈印度之歌〉共 6 首。《中國新詩史話》（三）僅錄〈歡鬧的河邊的查某們〉一首。

[29] 本文以龍瑛宗為對象，以 1937 年至 1945 年為斷限，分三期考察其於戰爭期間的文學活動及作品意義。全文共 3 章：1.黑暗時期前夜的縮圖；2.逃避與敗北；3.時局的漩渦中。

2 日　8 版

250. 鍾肇政　解說戰鼓聲中的歌者——簡介龍瑛宗其人其作品　鍾肇政全集・
隨筆集 1　桃園　桃園縣文化局　2004 年 11 月　頁 472—478

251. 葉石濤　戰爭期的臺灣新文學〔龍瑛宗部分〕　抗戰文學概說　臺北　文
訊雜誌社　1987 年 7 月　頁 168

252. 葉石濤　論龍瑛宗的客家情結[30]　杜甫在長安　臺北　聯經出版公司　1987
年 7 月　頁 1—8

253. 葉石濤　論龍瑛宗的客家情結　民眾日報　1991 年 6 月 29 日　11 版

254. 葉石濤　論龍瑛宗的客家情結　臺灣文學的困境　高雄　派色文化出版社
1992 年 7 月　頁 109—115

255. 葉石濤　龍瑛宗の客家コンプレックス　夜流　臺北　地球出版社　1993
年 5 月　頁 1—10

256. 葉石濤　論龍瑛宗的客家情結　葉石濤全集・隨筆卷三　臺南，高雄　國
立臺灣文學館，高雄市文化局　2008 年 3 月　頁 401—406

257. 羊子喬　作家立蒼茫——淺論龍瑛宗[31]　自立晚報　1987 年 8 月 27 日　10
版

258. 羊子喬　鶴群獨立臉蒼茫——龍瑛宗　神秘的觸鬚　臺北　臺笠出版社
1996 年 6 月　頁 193—198

259. 于　寒　龍瑛宗的創作　現代臺灣文學史　瀋陽　遼寧大學出版社　1987
年 12 月　頁 249—255

260. 包恆新　龍瑛宗及其文學創作　臺灣現代文學簡述　上海　上海社會科學
院出版社　1988 年 3 月　頁 135—136

261. 王雅萍　一個被時代捉弄的文學生命：我看龍瑛宗其人及其作品32　史學
第 14 期　1989 年 12 月　頁 25—39

---

[30]本文日文篇名為〈龍瑛宗の客家コンプレックス〉。
[31]本文後改篇名為〈鶴群獨立臉蒼茫——龍瑛宗〉。
[32]本文以龍瑛宗的經歷為中心，探討其人及其作品。全文共 7 小節：1.前言；2.出生地緣其家世；3.
文學啟蒙；4.性格弱點及其客家情結；5.寫作風格及其文學觀；6.對戰爭的協力程度；7.結論。

262. 葉石濤　四○年代的臺灣日文文學〔龍瑛宗部分〕　臺灣文學的悲情　高雄　派色文化出版社　1990 年 1 月　頁 55

263. 葉石濤　接續祖國的臍帶之後──從四○年代臺灣文學來看「中國意識」和「臺灣意識」的消長〔龍瑛宗部分〕　走向臺灣文學　臺北自立晚報文化出版部　1990 年 3 月　頁 7─8

264. 葉石濤　接續祖國臍帶之後──從四○年代臺灣文學來看「中國意識」和「臺灣意識」的消長〔龍瑛宗部分〕　葉石濤全集・評論卷四臺南，高雄　國立臺灣文學館，高雄市文化局　2008 年 3 月　頁 56

265. 陳昭如　殖民地的苦悶象徵──龍瑛宗　客家雜誌　第 36 期　1991 年 1 月頁 12─17

266. 張恆豪　纖美與哀愁──《龍瑛宗集》序　龍瑛宗集（臺灣作家全集）臺北　前衛出版社　1991 年 2 月　頁 9─11

267. 張恆豪　纖美與哀愁──《龍瑛宗集》序　短篇小說卷別冊（臺灣作家全集）　臺北　前衛出版社　1994 年 3 月　頁 55─57

268. 粟多桂　「隱忍」的抵抗文學勇士──龍瑛宗、張文環　臺灣抗日作家作品論　重慶　西南師範大學出版社　1991 年 6 月　頁 208─220

269. 王耀輝　臺灣新文學運動的重挫──張文環和龍瑛宗的小說創作　臺灣文學史（上）　福州　海峽文藝出版社　1991 年 6 月　頁 571─577

270. 朱雙一　臺灣新文學運動的重挫──時代困圍下的不滅詩魂〔龍瑛宗部分〕　臺灣文學史（上）　福州　海峽文藝出版社　1991 年 6 月頁 596

271. 黃重添，莊明萱，闕豐齡　日據時代的小說──鄉土小說的興起、發展與重挫〔龍瑛宗部分〕　臺灣新文學概觀（上）　福建　鷺江出版社　1991 年 6 月　頁 27─28

272. 朱雙一　日據時期的臺灣新詩〔龍瑛宗部分〕　臺灣新文學概觀（下）廈門　鷺江出版社　1991 年 6 月　頁 99─100

273. 葉石濤　　臺灣新文學運動的展開〔龍瑛宗部分〕　臺灣文學史綱　高雄　文學界雜誌社　1991 年 9 月　頁 64—65

274. 葉石濤　　臺灣文學史綱——臺灣新文學運動的展開〔龍瑛宗部分〕　葉石濤全集・評論卷五　臺南，高雄　國立臺灣文學館，高雄市文化局　2008 年 3 月　頁 70—71

275. 尾崎秀樹　　決戰下的臺灣文學（1—30）〔龍瑛宗部分〕　臺灣新聞報　1992 年 2 月 19—20 日　13 版

276. 尾崎秀樹著；葉石濤譯　　決戰下的臺灣文學〔龍瑛宗部分〕　葉石濤全集・資料卷　臺南，高雄　國立臺灣文學館，高雄市文化局　2008 年 3 月　頁 505—507

277. 黎湘萍　　陳映真與三代臺灣作家——兼論臺灣小說敘事模式之演變（上）〔龍瑛宗部分〕　臺灣研究集刊　1992 年第 4 期　1992 年 11 月　頁 92—93

278. 〔施　淑編〕　　龍瑛宗　日據時代臺灣小說選　臺北　前衛出版社　1992 年 12 月　頁 259—260

279. 游　喚　　龍瑛宗的臺灣文化典故　明道文藝　第 201 期　1992 年 12 月　頁 36—41

280. 彭瑞金　　從族群特性看客家文學的發展〔龍瑛宗部分〕　客家臺灣文學論　苗栗　苗栗縣立文化中心　1993 年 6 月　頁 33—34

281. 鍾肇政　　時代脈動裡的臺灣客籍作家——龍瑛宗的崛起　客家臺灣文學論　苗栗　苗栗縣立文化中心　1993 年 6 月　頁 124—126

282. 鍾肇政　　時代脈動裡的臺灣客籍作家——龍瑛宗的崛起　鍾肇政全集・隨筆集 2　桃園　桃園縣文化局　2000 年 12 月　頁 26—27

283. 楊　義　　臺灣鄉土小說（下）——與吳濁流並起的作家〔龍瑛宗部分〕　中國現代小說史（第三卷）　北京　人民文學出版社　1993 年 7 月　頁 679—682

284. 鍾肇政　　殖民地文學巨擘——龍瑛宗[33]　文學臺灣　第 9 期　1994 年 1 月
　　　　　　　頁 39—50

285. 鍾肇政　　殖民地文學巨擘——龍瑛宗　鍾肇政回憶錄（二）　臺北　前衛
　　　　　　　出版社　1998 年 4 月　頁 135—148

286. 陳芳明　　南國崩壞　臺灣時報　1994 年 3 月 15 日　22 版

287. 陳芳明　　南國崩壞　危樓夜讀　臺北　聯合文學出版社　1996 年 9 月　頁
　　　　　　　182—189

288. 陳芳明　　南國崩壞　危樓夜讀　臺北　聯合文學出版社　2008 年 4 月　頁
　　　　　　　182—189

289. 林瑞明　　不爲人知的龍瑛宗——以女性角色的堅持和反抗[34]　文學臺灣　第
　　　　　　　12 期　1994 年 10 月　頁 284—309

290. 林瑞明　　不爲人知的龍瑛宗——以女性角色的堅持和反抗　中國現代文學
　　　　　　　國際研討會論文集——民族國家論述：從晚清、五四到日據時代
　　　　　　　臺灣新文學　臺北　中研院文哲所籌備處　1995 年 6 月　頁 337
　　　　　　　—358

291. 林瑞明　　不爲人知的龍瑛宗——以女性角色的堅持和反抗　臺灣文學的歷
　　　　　　　史考察　臺北　允晨文化公司　1996 年 7 月　頁 265—293

292. 朱家慧　　勁風中的野草——解讀龍瑛宗[35]　文學臺灣　第 12 期　1994 年 10
　　　　　　　月　頁 310—331

293. 山田敬三　悲哀的浪漫主義者——論日據時期的龍瑛宗[36]　賴和及其同時代

---

[33] 本文前半部敘述龍瑛宗與作者往來的種種，後半部從語言轉換的角度回顧龍瑛宗的作品出版史，以及龍瑛宗相關研究的概況。全文共 7 小節：1.朦昧中的印象；2.用日語致辭的人；3.文學以前的；4.日文乎，中文乎；5.臺灣作家的坎坷命運；6.七十五歲老者的處女集；7.佳構連連上梓問世。

[34] 本文透過解讀龍瑛宗作品的內涵，探究葉石濤何以對龍瑛宗語出「心懷民族解救美夢的臺灣人作家」之評論。全文共 4 小節：1.前言；2.黑暗，實在黑暗——植有木瓜樹的小鎮；3.永恆的女性：苦悶臺灣的象徵；4.結論。

[35] 本文就龍瑛宗客家情結表現出的美感經驗，探討作品中呈現的分裂、疏離與追尋，並闡釋作品中潛藏的族群融合與婦女解放的想像。全文共 4 小節：1.前言；2.龍瑛宗小說中死亡情節之深層分析；3.陰柔的抵抗——族群融合與婦女解放的理想；4.結語。

[36] 本文探討龍瑛宗日據時期文學創作歷程。全文共 9 小節：1.緒論；2.龍瑛宗的文學遠景；3.龍瑛宗的文學背景；4.龍瑛宗的作品；5.龍瑛宗文學的原型；6.龍瑛宗文學的轉折；7.悲哀的浪漫主義

的作家：日據時期臺灣文學國際學術會議論文　新竹　清華大學
1994 年 11 月 25—27 日

294. 山田敬三　　哀しき浪漫主義者——日本統治時代の龍瑛宗　よおがえゐ台
湾文学——日本統治期の作家と作品　東京　東方書店　1995 年
10 月　頁 345—369

295. 許俊雅　　日據時期臺灣小說之作者及其背景分析——小說作者之相關資料
及生平略傳——龍瑛宗　日據時期臺灣小說研究　臺北　文史哲
出版社　1995 年 2 月　頁 265—270

296. 許俊雅　　日據時期臺灣小說蘊含的思想內容——有關皇民文學的撰寫——
龍瑛宗　日據時期臺灣小說研究　臺北　文史哲出版社　1995 年
2 月　頁 483—488

297. 莫　渝　　薄暮與螢光——本土作家龍瑛宗記事[37]　文化通訊　第 5 期　1995
年 3 月　頁 28

298. 莫　渝　　薄暮與螢光——記龍瑛宗　愛與和平的禮讚　臺北　草根出版公
司　1997 年 4 月　頁 123—130

299. 莫　渝　　薄暮與螢光——記龍瑛宗　濤聲　臺北　桂冠圖書公司　2001 年
2 月　頁 3—10

300. 趙　園　　五四新文學與兩岸文學之緣〔龍瑛宗部分〕　揚子江與阿里山的
對話——海峽兩岸文學比較　上海　上海文藝出版社　1995 年 12
月　頁 43—44

301. 梁明雄　　皇民文學概述〔龍瑛宗部分〕　日據時期臺灣新文學運動研究
臺北　文史哲出版社　1996 年 2 月　頁 279

302. 呂正惠　　龍瑛宗小說中的小知識分子形象[38]　第二屆臺灣本土文化國際學術
研討會論文集——臺灣文學與社會　臺北　臺灣師範大學文學院

者；8.向「皇民文學」的傾斜；9.深藏的民族意識。日文篇名為〈哀しき浪漫主義者——日本統
治時代の龍瑛宗〉。
[37]本文後改篇名為〈薄暮與螢光——記龍瑛宗〉。
[38]本文探討龍瑛宗小說中知識分子形象，及其作品與同時代作家之比較。

　　　　　　　國文學系，人文教育研究中心主辦　1996 年 4 月 20—21 日

303. 呂正惠　　龍瑛宗小說中的小知識分子形象　殖民地的傷痕：臺灣文學問題
　　　　　　　臺北　人間出版社　2002 年 6 月　頁 17—29

304. 張堂錡　　臺灣客家文學中所反映的社會關係〔龍瑛宗部分〕　臺灣文學中
　　　　　　　的社會：五十年來臺灣文學研討會論文集（一）　臺北　行政院
　　　　　　　文建會　1996 年 5 月　頁 173

305. 林至潔　　悲哀的浪漫主義者——龍瑛宗的另一個面貌　聯合文學　第 144
　　　　　　　期　1996 年 10 月　頁 118—121

306. 徐秀慧　　陰鬱的靈視者：龍瑛宗——從龍瑛宗小說的藝術表現看其在臺灣
　　　　　　　文學史上的歷史意義[39]　臺灣新文學　第 7 期　1997 年 4 月　頁
　　　　　　　296—307

307. 李登詳　　太陽底下的木瓜樹——試從龍瑛宗小說看日據時代臺灣女性的命
　　　　　　　運[40]　第二十五屆鳳凰樹文學獎得獎作品集　臺南　成功大學中國
　　　　　　　文學系　1997 年 6 月　頁 622—638

308. 葉石濤　　龍瑛宗——纖細・知性的作家（上、下）　臺灣新聞報　1997 年
　　　　　　　7 月 11—12 日　13 版

309. 葉石濤　　纖細、知性的作家——龍瑛宗　從府城到舊城：葉石濤回憶錄
　　　　　　　臺北　瀚音文化公司　1999 年 9 月　頁 103—112

310. 葉石濤　　纖細、知性的作家——龍瑛宗　淡水牛津文藝　第 6 期　2000 年
　　　　　　　1 月　頁 73—77

311. 葉石濤　　纖細、知性的作家——龍瑛宗　葉石濤全集・評論卷六　臺南，
　　　　　　　高雄　國立臺灣文學館，高雄市文化局　2008 年 3 月　頁 11—19

312. 許俊雅　　光復後臺灣小說的階段性變化〔龍瑛宗部分〕　臺灣文學論：從
　　　　　　　現代到當代　臺北　南天書局　1997 年 10 月　頁 209—220

---

[39]本文從文學形式的角度切入，探析龍瑛宗小說與臺灣社會歷史的關係。全文共 4 小節：1.形式、
　內容與社會歷史；2.龍瑛宗的階級意識與其藝術感性；3.異鄉人眼底的亮光；4.結語。
[40]本文探討龍瑛宗小說對養女、童養媳命運的描寫，及其對女性命運的詮釋，最後回歸龍瑛宗本身
　對女性解放的努力。全文共 5 小節：1.前言；2.養女、童養媳的悲劇命運；3.女性是服從命運？
　還是反抗命運？4.龍瑛宗對女性解放的努力；5.結語。

313. 江仁傑　　龍瑛宗、呂赫若小說中的臺灣知識份子與階級　臺灣歷史學會通
　　　　　　　訊　第 6 期　1998 年 3 月　頁 23—30

314. 彭瑞金　　從族群特性看客家文學的發展〔龍瑛宗部分〕　臺灣文學二十年
　　　　　　　集 1978—1998：評論二十家　臺北　九歌出版社　1998 年 3 月
　　　　　　　頁 86—87

315. 彭瑞金　　從族群特性看客家文學的發展〔龍瑛宗部分〕　臺灣文學探索
　　　　　　　臺北　前衛出版社　2003 年 4 月　頁 136—137

316. 林瑞明　　戰後臺灣文學的再編成〔龍瑛宗部分〕　臺灣文學二十年集 1978
　　　　　　　—1998：評論二十家　臺北　九歌出版社　1998 年 3 月　頁 179
　　　　　　　—180

317. 陳銘芳　　龍瑛宗小說創作的三種心理　臺灣新生報　1998 年 4 月 20 日　13
　　　　　　　版

318. 陳銘芳　　龍瑛宗小說創作的三種心理　文訊雜誌　第 152 期　1998 年 6 月
　　　　　　　頁 67

319. 彭明偉　　五色木瓜的魅影與龍瑛宗的救贖美學——試論〈植有木瓜樹的小
　　　　　　　鎮〉與其他小說　清華大學中國文學系 86 學年度研究生論文研討
　　　　　　　會　新竹　清華大學中國文學系主辦　1998 年 5 月 20 日

320. 黃恆秋　　龍瑛宗　臺灣客家文學史概論　臺北　客家臺灣文史工作室
　　　　　　　1998 年 6 月　頁 108—110

321. 〔許俊雅編〕　　龍瑛宗　日據時期臺灣小說選讀　臺北　萬卷樓圖書公司
　　　　　　　1998 年 11 月　頁 243—244

322. 陳建忠　　被詛咒的文學？——戰後初期（1945—1949）臺灣小說的歷史考
　　　　　　　察〔龍瑛宗部分〕　臺灣現代小說史綜論　臺北　行政院文建
　　　　　　　會，聯經出版公司　1998 年 12 月　頁 38—40

323. 陳建忠　　被詛咒的文學？：戰後初期臺灣小說的歷史考察——「二二八事
　　　　　　　件」前臺灣小說的歷史考察〔龍瑛宗部分〕　被詛咒的文學：戰
　　　　　　　後初期〔1945—1949〕臺灣文學論集　臺北　五南圖書出版公司

2007 年 1 月　頁 19—20

324. 余姒民　　龍瑛宗日據時代小說知識份子的困境　第二屆文學社會學研討會
　　　　　　桃園　中央大學中國文學研究所　1999 年 4 月 30 日

325. 周芬伶　　龍瑛宗與杜南遠的自傳書寫[41]　中國文化月刊　第 231 期　1999
　　　　　　年 6 月　頁 78—99

326. 周芬伶　　龍瑛宗與杜南遠的自傳書寫　芳香的祕教：性別、愛欲、自傳書
　　　　　　寫論述　臺北　城邦文化公司　2006 年 12 月　頁 55—82

327. 陳萬益　　戰鼓聲中的歌者——龍瑛宗紀念專輯　聯合報　1999 年 11 月 13
　　　　　　日　37 版

328. 彭瑞金　　文學抵抗的強度——兼談龍瑛宗的文學　臺灣文學　1999 年 11 月
　　　　　　28 日　31 版

329. 彭瑞金　　邁向 21 世紀的文學臺灣〔龍瑛宗部分〕　民眾日報　2000 年 1 月
　　　　　　11 日　19 版

330. 朱家慧　　龍瑛宗與一九四一[42]　淡水牛津文藝　第 6 期　2000 年 1 月　頁
　　　　　　53—63

331. 許維育　　在光復之影下——戰後初期龍瑛宗的文學活動（1945 年 8 月 15 日
　　　　　　日本投降——1946 年 2 月 28 日「二二八」）（上、下）[43]　文學臺
　　　　　　灣　第 33—34 期　2000 年 1，4 月　頁 116—150，231—257

332. 陳麗芬　　文學史論述與日據時期的臺灣文學——兼論龍瑛宗的小說　現代
　　　　　　文學與文化想像：從臺灣到香港　臺北　書林出版公司　2000 年
　　　　　　5 月　頁 39—54

---

[41]本文集中討論龍瑛宗以杜南遠為主角的自傳性作品，藉此探討作者的生命歷程以及深層心理。全
　　文共 6 小節：1.前言；2.自傳小說與私小說；3.白色時期；4.黑色時期；5.自我書寫與現代意義；
　　6.結語。
[42]本文探討 1941 年前後的龍瑛宗，如何對應文壇的壓力，從而展開陰性書寫的策略之始末。全文
　　共 3 小節：1.前言；2.陰柔的抵抗、3.小結。
[43]本文以文字及編輯活動為中心，考察龍瑛宗在中日戰爭結束以降至二二八事件發生以前的心境與
　　思考。全文共 3 小節：1.初臨青天白日旗；2.前進的文學信徒——《中華》與《中華日報》日文版
　　文藝／文化欄的編輯事業；3.戰鬥到聲嘶力竭——《中華日報》時期的思考與寫作。

333. 陳建忠　　尋找熱帶的椅子——論龍瑛宗 1940 年的小說[44]　龍瑛宗文學研討
　　　　　　　會　新竹　臺灣客家公共事務協會，北埔鄉農會　2000 年 7 月 15
　　　　　　　—16 日

334. 陳建忠　　尋找熱帶的椅子——論龍瑛宗一九四○年的小說　臺灣文藝　第
　　　　　　　171 期　2000 年 8 月　頁 40—59

335. 陳建忠　　尋找熱帶的椅子——論龍瑛宗一九四○年的小說　日據時期臺灣
　　　　　　　作家論：現代性、本土性、殖民性　臺北　五南圖書出版公司
　　　　　　　2004 年 8 月　頁 173—208

336. 許維育　　融冰的瞬間——試論龍瑛宗 1977 年的中篇小說創作[45]　龍瑛宗文
　　　　　　　學研討會　新竹　臺灣客家公共事務協會，北埔鄉農會　2000 年
　　　　　　　7 月 15—16 日

337. 胡紅波　　龍瑛宗筆下的寒村和枇杷莊風情畫[46]　龍瑛宗文學研討會　新竹
　　　　　　　臺灣客家公共事務協會，北埔鄉農會　2000 年 7 月 15—16 日

338. 楊國鑫　　談龍瑛宗作品中的客家文化成分與北埔印象[47]　龍瑛宗文學研討會
　　　　　　　新竹　臺灣客家公共事務協會，北埔鄉農會　2000 年 7 月 15　16
　　　　　　　日

339. 朱家慧　　烈日下的幻想——青年龍瑛宗的苦惱與願望[48]　龍瑛宗文學研討會

---

[44]本文主要以龍瑛宗 1940 年發表的三篇小說〈朝霞〉、〈黃昏月〉與〈黃家〉為中心，探討龍瑛宗小說風格於此時轉變之過程、內容，以及作者可能的意圖與思想傾向。全文共 4 小節：1.龍瑛宗與一九四○年的臺灣文壇；2.「狂」與「死」：頹廢型知識分子的形象與意義；3.鄉土即救贖：「妥協型」知識分子的形象與意義；4.結語：尋找戰時的人生哲學。

[45]本文以龍瑛宗 1977 年發表的二篇中篇小說〈媽祖宮的姑娘們〉、〈夜流〉為中心，探討作家與作品的文學內涵，全文共 4 小節。

[46]本文由小說〈夜流〉、〈黃家〉、〈貘〉三篇作品出發，研析作家在作品當中的自傳書寫及故鄉風情。全文共 7 小節：1.前言；2.文與畫的統一——光影與色彩的執著者；3.「寒村」和「枇杷莊」風情畫；4.親族肖像與鄉親臉譜；5.從山裡來的人——大隘社原住民群像；6.寒村和枇杷莊風俗瑣記；7.結語。

[47]本文析論龍瑛宗作品中的客家文化成分、北埔印象及其文化意涵。全文共 6 小節：1.前言；2.龍瑛宗生平、作品及前人的相關研究；3.龍瑛宗作品中的客家文化成分；4.龍瑛宗作品中的北埔印象；5.結語；6.參考書目。

[48]本文析論龍瑛宗及其同時代作家的創作觀點，揭露殖民地文學的不同內涵。全文共 4 小節：1.雙重的苦惱——臺灣日語文學的本土觀與世界觀；2.懷疑的自由主義者；3.悲哀的浪漫主義者；4.結語。

新竹　臺灣客家公共事務協會，北埔鄉農會主辦　2000 年 7 月 15 —16 日

340. 王慧珍　初啼——戰爭初期龍瑛宗和日本傳媒的關係[49]　龍瑛宗文學研討會 新竹　臺灣客家公共事務協會，北埔鄉農會主辦　2000 年 7 月 15 —16 日

341. 張堂錡　雙重失落——論龍瑛宗原鄉意識[50]　龍瑛宗文學研討會　新竹　臺 灣客家公共事務協會，北埔鄉農會主辦　2000 年 7 月 15—16 日

342. 張堂錡　雙重失落——論龍瑛宗的原鄉意識　中國現代文學理論季刊　第 19 期　2000 年 9 月　頁 331—349

343. 張堂錡　雙重失落——論龍瑛宗原鄉意識　跨越邊界：現代中文文學研究 論叢　臺北　文史哲出版社　2002 年 5 月　頁 125—143

344. 彭瑞金　龍瑛宗‧客家意識‧杜甫　臺灣日報　2000 年 7 月 30 日　31 版

345. 張明雄　矛盾內心的沉思——龍瑛宗的小說　臺灣現代小說的誕生　臺北 前衛出版社　2000 年 9 月　頁 132—140

346. 張明雄　翁鬧與龍瑛宗小說意境的比較　臺灣現代小說的誕生　臺北　前 衛出版社　2000 年 9 月　頁 221—236

347. 彭瑞金　從小說〈奔流〉看戰爭時期臺灣作家的邊緣戰鬥（1—16）〔龍瑛 宗部分〕　民眾日報　2000 年 10 月 30—31 日，11 月 1—14 日 17，15 版

348. 莫　渝　龍瑛宗與法國文學　法國文學筆記　臺北　桂冠圖書公司　2000 年 11 月　頁 342—344

349. 莫　渝　龍瑛宗與法國文學　濤聲　臺北　桂冠圖書公司　2001 年 2 月 頁 115—118

---

[49] 本文由龍瑛宗日本體驗出發，探討其獲獎帶來的發表空間、人脈關係及文學活動體驗，並研究日 本雜誌媒體在殖民地時代扮演的角色。全文共 5 部分：1.前言；2.關於「植有木瓜樹的小鎮」的 評價；3.龍瑛宗與日本雜誌的互動關係；4.其他；5.結論。

[50] 本文旨在討論龍瑛宗作品所反映的兩種原鄉意識——「文化中國」與「族群客家」。全文共 4 小 節：1.在沉默中叩問：原鄉在哪裡？2.文化原鄉：陌生而遙遠的中國想像；3.族群原鄉：挫敗與 壓抑的客家情結；4.削瘦的靈魂：龍瑛宗的沉默與苦悶。

350. 李秋慧　龍瑛宗光復前小說人物探索[51]　臺南師院學生學刊　第 22 期　2000 年 12 月　頁 113—127

351. 〔中島利郎，河原功，下村作次郎〕　解說　日本統治期台湾文学文芸評論集・第 5 卷　東京　綠蔭書房　2001 年 4 月　頁 315—337

352. 鍾肇政　日據時期臺灣文學的盲點——對「皇民文學」的一個考察〔龍瑛宗部分〕　鍾肇政全集・隨筆集 3　桃園　桃園縣文化局　2001 年 4 月　頁 644—646

353. 鍾肇政　日據時期臺灣文學的盲點——對「皇民文學」的一個考察〔龍瑛宗部分〕　桃源集粹：桃園文藝選集　桃園　桃園縣文藝作家協會　2003 年 5 月　頁 236—237

354. 陳建忠　發現臺灣：日據到戰後初期臺灣文學史建構的歷史語境〔龍瑛宗部分〕　臺灣文學評論　第 1 期　2001 年 7 月　頁 124—125

355. 莊永明　臺灣文壇的長跑者——龍瑛宗　文學臺灣人　臺北　遠流出版社　2001 年 10 月　頁 106—111

356. 計璧瑞　憂鬱的靈魂——以龍瑛宗、呂赫若為例論日據時期臺灣小說的知識份子性格　臺灣文學論稿　北京　華文出版社　2001 年 11 月　頁 17—27

357. 施　淑　龍瑛宗文學思想初論[52]　臺靜農先生百歲冥誕學術研討會論文集　臺北　臺灣大學中國文學系　2001 年 12 月　頁 263—273

358. 王淑蕙　試論龍瑛宗小說中「多餘的人」與「無能者」[53]　臺灣文學評論

---

[51] 本文以龍瑛宗光復前的短篇、中篇小說為主要研究範圍，透過其陰柔蟄伏的抵抗精神，探討其塑造之人物形象背後的人物性格。全文共 6 小節：1.研究動機、目的與範圍；2.龍瑛宗的小說世界；3.龍瑛宗小說的人物形象；4.各階層人物性格比較；5.自傳性小說之虛構人物——作者的分身；6.結語。

[52] 本文以〈植有木瓜樹的小鎮〉為中心，以龍瑛宗其他作品與生平史料為輔，探討龍瑛宗文學所反映的社會主義特性。全文共 2 小節。

[53] 本文探討「多餘的人」此一文學現象對於龍瑛宗小說的影響。全文共 6 小節：1.前言；2.日據時期臺灣文學中「多餘的人」產生的客觀環境；3.龍瑛宗小說中「多餘的人」：〈植有木瓜樹的小鎮〉中的陳有三、〈黃月〉中的彭英坤、〈黃家〉中的黃若麗；4.龍瑛宗小說中的地主階級的「無能者」：〈趙夫人的戲畫〉中的趙俊馬、〈獏〉中的徐青松；5.龍瑛宗小說中庶民階級的「無能者」：〈白色山脈〉中惜的男友、〈不知道的幸福〉中的我的公公、〈一個女人的紀錄〉中我的丈夫；6.結論。

第 2 卷第 3 期　2002 年 7 月　頁 51—81

359. 林政華　重視心理刻畫，掌握時代脈動的小說家——龍瑛宗　臺灣新聞報
　　　　　　2002 年 10 月 23 日　9 版

360. 林政華　重視心理刻畫，掌握時代脈動的小說家——龍瑛宗　臺灣古今文
　　　　　　學名家　桃園　開南管理學院通識教育中心　2003 年 3 月　頁 40

361. 劉慧真　戰鼓聲中的歌者——龍瑛宗（1911—1999）　臺北客家人文腳蹤
　　　　　　臺北　臺北市政府客家事務委員會　2002 年 10 月　頁 46—48

362. 鍾肇政　臺灣文學開花期——龍瑛宗　鍾肇政全集・演講集　桃園　桃園
　　　　　　縣文化局　2002 年 11 月　頁 131—133

363. 柳書琴　跨時代跨語作家的戰後初體驗——龍瑛宗的現代性焦慮（1945—
　　　　　　1947）[54]　臺灣文學學報　第 4 期　2003 年 8 月　頁 73—105

364. 王惠珍　浴火鳳凰——關於龍瑛宗的臺南時期兼論《女性素描》[55]　張文環
　　　　　　及其同時代作家學術研討會　臺南　國家臺灣文學館，國立文化
　　　　　　資產保存研究中心籌備處主辦　2003 年 10 月 18—19 日　頁 183
　　　　　　—207

365. 吳月蕙　波瀾壯闊的臺灣客家新文學〔龍瑛宗部分〕　中央日報　2003 年
　　　　　　11 月 6 日　17 版

366. 林姵吟　National Longing and Individual in the Works of Lü Heruo and Long
　　　　　　Yingzong（呂若赫與龍瑛宗作品中的國族想像與自我追尋）　第
　　　　　　一屆國際青年學者漢學會議：現代文學的歷史迷魅國際研討會
　　　　　　埔里　美國哥倫比亞大學東亞系，暨南國際大學中國語文學系，
　　　　　　暨南國際大學歷史學系主辦　2003 年 11 月 13—15 日

---

[54]本文以 1945 至 1947 年龍瑛宗各式發表稿為中心，對戰後龍瑛宗的社會關懷、文藝理念、文化改
造理想提出統合性解釋。全文共 5 小節：1.前言；2.樂觀的民族主義者：初臨光復的龍瑛宗；3.
以哭當歌：憂心忡忡的戰後社會觀察者；4.文藝運動與社會改造：龍瑛宗對現代社會的呼求；5.
結論。
[55]本文透過傳記研究脈絡，將龍瑛宗戰前戰後的文學創作經歷接軌，並探討戰後以臺南《中華日
報》文藝欄為活動中心的龍瑛宗之處境與文學發展狀況。全文共 7 小節：1.前言；2.漂泊的詩
人；3.以文會友；4.殖民地文學的反思與中國認知；5.龍瑛宗的女性論述——描寫女性；6.浴火重
生——〈燃燒的女人〉；7.結語。

367. 郭慧華　鍾肇政的原住民相關寫作背景——臺灣客籍小說家的原住民相關作品——日治時期到戰後初期：龍瑛宗、鍾理和　鍾肇政小說中的原住民圖像書寫　臺灣師範大學國文學系在職進修碩士班　碩士論文　許俊雅教授指導　2004 年 2 月　頁 24—32

368. 陳建忠　孤獨的蠹魚——龍瑛宗的文學心思　臺灣文學館通訊　第 3 期　2004 年 3 月　頁 18—24

369. 陳建忠　戰後臺灣文學（1945—迄今）——戰後初期臺灣文學〔龍瑛宗部分〕　臺灣的文學　臺北　群策會李登輝學校　2004 年 5 月　頁 68

370. 鄧慧恩　世界的表情：龍瑛宗眼中的世界文學　第 4 屆臺灣客家文學研討會　苗栗　苗栗縣政府主辦　2004 年 12 月 14 日

371. 黃萬華　戰時臺灣文學的抵抗意識〔龍瑛宗部分〕　中國文學研究　2004 年第 4 期　2004 年 12 月　頁 84—90

372. 蔣朗朗　臺灣日據時期小說文本精神內涵的解讀——以受難感為例〔龍瑛宗部分〕　海南師範學院學報　2005 年第 1 期　2005 年 3 月　頁 72—81

373. 黃世欽　龍瑛宗・楊逵・呂赫若の作品について　龍瑛宗〈パパイヤのある街〉について[56]　日據時期臺灣人作家作品中所見漢民族意識之考察　中國文化大學日本研究所　碩士論文　蔡華山教授指導　2005 年 6 月　頁 56—77

374. 黃萬華　血脈溝通中的臺灣本土特色——戰時臺灣文學的歷史面影〔龍瑛宗部分〕　史述和史論：戰時中國文學研究　濟南　山東大學出版社　2005 年 6 月　頁 634—639

375. 黃萬華　血脈的溝通：從社會心理到習俗、語言——戰時臺灣文學的抵抗意識〔龍瑛宗部分〕　中國與海外：20 世紀漢語文學史論　天津

---

[56]本文以〈植有木瓜樹的小鎮〉探討龍瑛宗的漢民族意識。全文共 4 小節：1.龍瑛宗の生い立ち；2.龍瑛宗の処女作〈パパイヤのある街〉のあらすじ；3.評価；4.〈パパイヤのある街〉に見られる漢民族意識。

百花文藝出版社　2006 年 1 月　頁 167—170

376. 王德威　　邂逅現代〔龍瑛宗部分〕　臺灣：從文學看歷史　臺北　麥田出版公司　2005 年 9 月　頁 131

377. 黃萬華　　日佔區文學——楊逵、吳濁流和日據時期臺灣文學〔龍瑛宗部分〕　中國現當代文學・第 1 卷（五四—1960 年代）　濟南　山東文藝出版社　2006 年 3 月　頁 365—366

378. 王惠珍　　揚帆啓航——殖民地作家龍瑛宗的帝都之旅[57]　臺灣文學研究學報　第 2 期　2006 年 4 月　頁 29—58

379. 王惠珍　　殖民地作家的文化素養問題——以龍瑛宗爲例　後殖民的東亞在地化思考：臺灣文學場域　臺南　國家臺灣文學館籌備處　2006 年 4 月　頁 47—71

380. 吳麗珠　　跨越語言的文學大師　龍瑛宗全集・中文卷・小說集（1）　臺南　國家臺灣文學館籌備處　2006 年 11 月　頁 5—6

381. 蔣淑貞　　反抗與忍從：鍾理和與龍瑛宗的「客家情結」之比較[58]　客家研究　第 1 卷第 2 期　2006 年 12 月　頁 1—41

382. 賴香吟　　杜南遠　中國時報　2007 年 1 月 20 日　E7 版

383. 辛在台　　對世界磨難的文學抗議　自由時報　2007 年 1 月 26 日　A19 版

384. 張恆豪　　斐憫臺灣女性命運，龍瑛宗寫盡美麗與哀愁　書香遠傳　第 45 期　2007 年 2 月　頁 48—49

385. 劉乃慈　　形式美學與敘事政治——日據時期臺灣自然主義小說研究〔龍瑛宗部分〕　臺灣文學研究　第 1 卷第 1 期　2007 年 4 月　頁 125—130

---

[57]本文根據龍瑛宗所藏書信以及回憶文，探討龍瑛宗的東京經驗，及其如何透過此行與改造社、文藝首都社建立互動關係，形成日臺文化交流平臺，進而說明此行在龍瑛宗文學中的積極意義，釐清殖民地作家與帝國文壇的依存關係。全文共 7 小節：1.前言；2.與改造社的交流；3.與文藝首都社的交流；4.與日本文化界的交流；5.帝都之旅；6.烽火中的返航；7.結語。

[58]本文透過地理經濟與文本分析之方法，論析鍾理和與龍瑛宗作品中所隱含的「客家情結」之差異，提出「客家主體複義性」之結論，並由此帶出鍾、龍文學位階論述的新切入點。全文共 6 小節：1.前言；2.作家的生平與作者簡介；3.南北客家聚落的發展；4.鍾理和的客家意識；5.龍瑛宗的客家情結；6.結論：「客家情結」的另類解讀。

386. 陳芳明　　　戰時寄回的遺書　聯合文學　第 271 期　2007 年 5 月　頁 14—19

387. 陳芳明　　　戰時寄回的遺書　昨夜雪深幾許　臺北　印刻文學生活雜誌出版
　　　　　　　　公司　2008 年 9 月　頁 148—161

388. 〔施　　淑編〕　　龍瑛宗　日據時代臺灣小說選　臺北　麥田出版公司
　　　　　　　　2007 年 9 月　頁 250—251

389. 王惠珍　　　地誌書寫港市想像——龍瑛宗的花蓮文學[59]　東華漢學　第 6 期
　　　　　　　　2007 年 12 月　頁 275—314

390. 王惠珍　　　地誌書寫港市想像——龍瑛宗的花蓮文學　第四屆花蓮文學研討
　　　　　　　　會論文集　花蓮　花蓮縣文化局　2008 年 3 月　頁 185—208

391. 鄭邦鎮　　　時代を越えた文壇の大家　龍瑛宗全集・日本語版・小說集（1）
　　　　　　　　臺南　國立臺灣文學館　2008 年 4 月　頁 7—11

392. 彭瑞金　　　戰後高雄市文學的融合、衝突與蛻變——臺灣文學的過渡時期—
　　　　　　　　—從皇民文學到戰鬥文學〔龍瑛宗部分〕　高雄市文學史——現
　　　　　　　　代篇　高雄　高雄市立圖書館　2008 年 5 月　頁 116—117

393. 簡玉綢　　　陳達儒響應楊雲萍、楊逵、呂赫若、張文環、龍瑛宗對弱者的關
　　　　　　　　懷　陳達儒臺語歌詞研究　彰化師範大學國文學系　碩士論文
　　　　　　　　林明德教授指導　2008 年 6 月　頁 101—103

394. 林柏燕　　　蠹魚之瞳與海蜇之夢——談龍瑛宗與吳濁流　龍瑛宗先生九十八
　　　　　　　　歲誕辰學術研討會論文集　新竹　國立臺灣文學館，新竹縣文化
　　　　　　　　局主辦　2008 年 8 月 24 日　頁 1—5

395. 楊國鑫　　　吳濁流與龍瑛宗小說中的山歌[60]　龍瑛宗先生九十八歲誕辰學術研
　　　　　　　　討會論文集　新竹　國立臺灣文學館，新竹縣文化局主辦　2008
　　　　　　　　年 8 月 24 日　頁 6—21

---

[59]本文探討龍瑛宗花蓮時期的文學活動。全文共 5 小節：1.前言；2.浪跡花蓮港廳；3.杜南遠系列的
　出現和蛻變；4.與阿美族邂逅；5.民族融合願景的書寫。
[60]本文旨在探討吳濁流與龍瑛宗小說中的山歌圖象，以及山歌在他們小說中的運用情形。全文共 7
　章：1.前言；2.吳濁流與龍瑛宗時代的山歌；3.吳濁流小說中的山歌；4 龍瑛宗小說中的山歌；5.
　吳濁流與龍瑛宗小說中的山歌比較；6.吳濁流與龍瑛宗小說中的山歌圖像；7.結語。

396. 李淑媛　不歌唱的詩人——淺論龍瑛宗的詩觀與詩作[61]　龍瑛宗先生九十八歲誕辰學術研討會論文集　新竹　國立臺灣文學館，新竹縣文化局主辦　2008 年 8 月 24 日　頁 22—37

397. 溫若含　從夢幻之花到紅塵之子——試析龍瑛宗小說作品裡女性形象的轉變歷程　龍瑛宗先生九十八歲誕辰學術研討會論文集[62]　新竹　國立臺灣文學館，新竹縣文化局主辦　2008 年 8 月 24 日　頁 100—113

398. 曾馨霈　「南方」意識與表象——以龍瑛宗的小說爲中心[63]　龍瑛宗先生九十八歲誕辰學術研討會論文集　新竹　國立臺灣文學館，新竹縣文化局主辦　2008 年 8 月 24 日　頁 114—125

399. 王俐茹　傳統與現代的並存——論龍瑛宗戰前小說中的鄉村意義[64]　龍瑛宗先生九十八歲誕辰學術研討會論文集　新竹　國立臺灣文學館，新竹縣文化局主辦　2008 年 8 月 24 日　頁 140—149

400. 楊志強　龍瑛宗的祖國文化結構——以魯迅的影響爲中心　華文文學 2009 年第 2 期　2009 年 4 月　頁 94—100

401. 吳昱慧　日治時期文學中的「南方」書寫與想像〔龍瑛宗部分〕　第六屆臺灣文學研究生學術論文研討會論文集　臺南　國家臺灣文學館 2009 年 11 月　頁 117—126

402. 倪思然　龍瑛宗小說中的「多餘人」形象探析——兼與 19 世紀俄國文學中

---

[61] 本文探討龍瑛宗關於詩歌的評述，並對其詩作進行分析解讀。全文共 5 小節：1.前言；2.龍瑛宗有關詩歌的閱讀經驗與看法；3.龍瑛宗的詩歌創作時間考察；4.龍瑛宗的詩歌作品內容；5.結論。

[62] 本文從對「日治時期臺灣人筆下的女性形象」之論述成果的爬梳開始，思考龍瑛宗「書寫女性」的意義與前行研究立論之間的異同，而後橫跨日治以迄戰後的時間幅面，分析龍瑛宗不同小說創作階段裡的女性形象，以及形象轉變的歷程。全文共 4 小節：1.前言；2.臺灣文學中的女性形象；3.龍瑛宗小說作品裡的女性形象；4.結語。

[63] 本文以龍瑛宗在戰爭期的言說與文本爲中心，考察龍瑛宗小說中的「南方」概念之變化，並以其與龍瑛宗在各場合中的言說互作參照，探討不同表述形式之間，「南方」的內涵差異。全文共 4 小節：1.前言；2.「南方」現身：浪漫的異國情調；3.從「南方」到「大東亞」：戰爭期的發言與創作；4.小結。

[64] 本文從權力與空間的互動關係切入，討論殖民地權力是否能夠均質落實在臺灣的每一角落，進而推敲龍瑛宗小說中呈現出的權力與空間之互動現象。全文共 4 小節：1.前言；2.殖民統治：權力、都市與鄉村；3.閉鎖的鄉村與知識分子；4.結論。

的「多餘人」比較[65]　世界華文文學論壇　2009 年第 4 期　2009
年 12 月　頁 50—55

403. 陳建忠　熱帶的憂鬱——談龍瑛宗文學中的幾種植物　新地文學　2009 年
第 10 期　2009 年 12 月　頁 65—69

404. 林巾力　南方‧異國情調——以西川滿與龍瑛宗的詩作爲討論中心[66]　「戰
鼓聲中的歌者——龍瑛宗及其同時代東亞作家」百年冥誕紀念國
際學術研討會　新竹　清華大學　2010 年 9 月 24—25 日

405. 蔣淑貞　龍瑛宗的「南方」觀研究[67]　「戰鼓聲中的歌者——龍瑛宗及其同
時代東亞作家」百年冥誕紀念國際學術研討會　新竹　清華大學
2010 年 9 月 24—25 日

406. 陳萬益　文學宿命與作家之眼——讀龍瑛宗的評論[68]　「戰鼓聲中的歌者—
—龍瑛宗及其同時代東亞作家」百年冥誕紀念國際學術研討會
新竹　清華大學　2010 年 9 月 24—25 日

407. 金尙浩　論白石與龍瑛宗詩所呈現的內心意識比較研究[69]　「戰鼓聲中的歌
者——龍瑛宗及其同時代東亞作家」百年冥誕紀念國際學術研討
會　新竹　清華大學　2010 年 9 月 24—25 日

408. 莫素微　戰爭、階級與想像的共同體——龍瑛宗與周金波的戰爭書寫[70]
「戰鼓聲中的歌者——龍瑛宗及其同時代東亞作家」百年冥誕紀
念國際學術研討會　新竹　清華大學　2010 年 9 月 24—25 日

[65]本文比較龍瑛宗小說中的「多餘人」與 19 世紀俄國作家筆下的「多餘人」之異同。全文共 4 小
節：1.引言；2.同中見異：龍瑛宗小說與俄國文學中的「多餘人」形象；3.浪漫的詩意筆調：龍
瑛宗塑造「多餘人」形象的抒情策略；4.結語。
[66]本文以西川滿與龍瑛宗爲對象，從詩歌觀察他們如何抒發關於「南方」的各種想像，探討他們如
何認知、建構並延展「南方」的概念。全文共 3 節：1.西川滿的「南方」建構；2.龍瑛宗的「南
方」意象；3.小結。
[67]本文探討龍瑛宗對於「南方」作爲一個概念類型的詮釋。
[68]本文探討龍瑛宗評論的時代意義與價值，並以窺探其評論觀點與小說創作的辯證關係，全文共 3
部分。
[69]本文析論韓國詩人白石與龍瑛宗詩的文學內涵異同。全文共 4 章：1.前言；2.鄉土精神的合一意
識；3.以母語維護民族主體與以日語沉默靜觀世相變化；4.結語。
[70]本文析論龍瑛宗與周金波兩人書寫性格與寫作策略的差異，以及兩者共通且存在於當代的文學議
題，提供解讀戰爭期臺灣文學的新視角。全文共 4 章：1.前言；2.鄉土精神的合一意識；3.以母
語維護民族主體與以日語沉默靜觀世相變化；4.結語。

分論
◆單部作品
散文
《女性を描く》

409. 陳雅純　龍瑛宗《女性的素描》一書評析　輔大中研所學刊第九輯研究生論文發表會　臺北　輔仁大學中國文學系　1999 年 5 月 14—15 日

410. 周芬伶　龍瑛宗與其《女性描寫》[71]　東海學報　第 40 卷第 1 期　1999 年 7 月　頁 17—37

411. 周芬伶　龍瑛宗與其《女性描寫》　芳香的祕教：性別、愛欲、自傳書寫論述　臺北　城邦文化公司　2006 年 12 月　頁 21—54

小說
《杜甫在長安》

412. 彭瑞金　龍瑛宗的第二個文學夢：《杜甫在長安》　文訊雜誌　第 34 期　1988 年 2 月　頁 241—244

413. 彭瑞金　龍瑛宗的第二個文學夢：《杜甫在長安》　瞄準臺灣作家　高雄　派色文化出版社　1992 年 7 月　頁 57—62

《龍瑛宗集》

414. 王惠珍　評介《龍瑛宗集》　臺灣時報　2007 年 3 月 1 日　15 版

《紅塵》

415. 鍾肇政　戰後臺灣的一種見證——評龍瑛宗著《紅塵》（上、下）　自由時報　1997 年 4 月 28—29 日　33 版

416. 鍾肇政　戰後臺灣的一種見證——跋龍瑛宗著《紅塵》　紅塵　臺北　遠景出版公司　1997 年 6 月　頁 307—311

417. 鍾肇政　戰後臺灣的一種見證——評龍瑛宗著《紅塵》　鍾肇政全集・隨筆集 1　桃園　桃園縣文化局　2004 年 11 月　頁 608—610

---

[71]本文就《女性描寫》一書討論龍瑛宗對女性問題的廣大關懷，以顯揚他較隱晦與特異的一面。全文共 6 小節：1.創作背景及立場；2.所謂前進女性；3.女性與政治、經濟；4.男女之間；5.燃燒的女人與女性的空白；6.女性主義的支持者。

418. 施懿琳　　心靈拉鋸的雙鄉者龍瑛宗——評《紅塵》　中國時報　1997 年 7 月 3 日　41 版

419. 施懿琳　　認同矛盾掙扎下的雙鄉人——試析龍瑛宗長篇小說《紅塵》[72]　中國現代文學理論季刊　第 7 期　1997 年 9 月　頁 409—421

420. 施懿琳　　認同矛盾掙扎下的雙鄉人——試析龍瑛宗長篇小說《紅塵》　中華現代文學大系（貳）臺灣一九八九—二〇〇三評論卷（二）臺北　九歌出版社　2003 年 10 月　頁 1051—1065

421. 施懿琳　　認同矛盾掙扎下的雙鄉人——試析龍瑛宗長篇小說《紅塵》　跨語、漂泊、釘根：臺灣新文學論集　高雄　春暉出版社　2003 年 10 月　頁 31—45

422. 陳翠英　　失落與重建——試論龍瑛宗《紅塵》的歷史記憶[73]　文史哲學報　第 49 期　1998 年 12 月　頁 1—28

423. 呂興昌　　作家心血的結晶——龍瑛宗長篇小說《紅塵》手稿　聯合報　2001 年 8 月 11 日　37 版

424. 工藤貴正　龍瑛宗《紅塵》作爲描繪記憶的文學——半身不遂的知識分子[74]　「戰鼓聲中的歌者——龍瑛宗及其同時代東亞作家」百年冥誕紀念國際學術研討會　新竹　清華大學　2010 年 9 月 24—25 日

425. 王惠珍　　殖民地的文學傷痕——論龍瑛宗《蓮霧的庭院》的禁刊問題[75]

---

[72] 本文首先比較終戰前後龍瑛宗作品特色之異同，而後探討《紅塵》中的人物性格，以此掌握龍瑛宗的思想取向，並藉此說明龍瑛宗在認同上的矛盾和衝突，以凸顯出跨越不同政權的知識分子之心境。全文共 5 小節：1.前言；2.終戰前後龍瑛宗作品特色之比較；3.紅塵中的人物類型及其性格特質；4.雙重認同的矛盾和掙扎；5.結語。

[73] 本論文以《紅塵》爲據，就「集體記憶」的觀點切入，探討政權改易之後時空脈絡置換的「後殖民」情境中，臺灣人民如何面臨認同變遷？如何轉化生命經驗，形塑新的自我？對被殖民時期何以兼具懷想、眷戀／覺醒、批判的複雜情結？全文共 4 小節：1.前言；2.覺醒的子民：「被殖民者」的認同變遷；3.集體記憶的雙重面向；4.結語。

[74] 本文析論龍瑛宗長篇日文小說《紅塵》對於時間分期的書寫及意涵，據此說明龍瑛宗對「後殖民」、「再殖民」的觀點。全文共 6 部分：1.前言；2.〈植有木瓜樹的小鎮〉、〈邂逅〉所見的三重結構的代碼；3.《紅塵》的構成與登場人物；4.作爲支撐／摧毀「殖民」之精神裝置的「馬屁」與教養；5.作爲歧視裝置的日語——英語／北京話（中文）、臺灣話（閩南語）／日語；5.結語；6.參考文獻。

[75] 本文探討龍瑛宗《蓮霧的庭院》一書被禁的原因及其影響，並釐清龍瑛宗文學的流變及其文學觀。全文共 4 節：1.前言；2.禁刊的《蓮霧的庭院》；3.戰後龍瑛宗文學的譯本問題；4.結語。

「戰鼓聲中的歌者——龍瑛宗及其同時代東亞作家」百年冥誕紀念國際學術研討會　新竹　清華大學　2010 年 9 月 24—25 日

文集

《龍瑛宗全集・中文卷》

426.〔人間福報〕　文學作家《龍瑛宗全集》21 日發表　人間福報　2006 年 12 月 19 日　11 版

《龍瑛宗全集・日本語版》

427. 丁文玲　《龍瑛宗全集・日文卷》復刻出版　中國時報　2008 年 7 月 3 日　A14 版

多部作品

《龍瑛宗全集》、《杜甫在長安》

428. 藍士博　杜甫在長安，杜南遠在臺灣——漫談《龍瑛宗全集》的出版與戰後作品集《杜甫在長安》[76]　龍瑛宗先生九十八歲誕辰學術研討會論文集　新竹　國立臺灣文學館，新竹縣文化局主辦　2008 年 8 月 24 日　頁 126—139

◆單篇作品

429. 土曜人　〈普賢〉、〈地中海〉及び〈パパイヤのある街〉[77]　台湾新文學第 2 卷第 4 期　1937 年 5 月　頁 33

430. 土曜人著；吳豪人譯　〈普賢〉、〈地中海〉以及〈植有木瓜樹的小鎮〉　日治時期臺灣文藝評論集・雜誌篇 2　臺南　國家臺灣文學館籌備處　2006 年 10 月　頁 277—278

431. 土曜人著；葉　笛譯　〈普賢〉、〈地中海〉及〈植有木瓜樹的小鎮〉　龍瑛宗全集・中文卷・文獻集　臺南　國家臺灣文學館籌備處

---

[76] 本文就戰後出版的《龍瑛宗全集》與作品集之間的關係，以及《杜甫在長安》中收錄的作品，尋找文本與社會時空對話的可能與寓意。全文共 4 小節：1.前言；2.拼圖的最後一片？還是才剛開始建築的基礎？；3.邊陲與界線，作家再出發的「他者之顏」——《杜甫在長安》；4.結論：活在兩個時代的作家。

[77] 本文後有吳豪人譯文〈〈普賢〉、〈地中海〉以及〈植有木瓜樹的小鎮〉〉；葉笛譯文〈〈普賢〉、〈地中海〉及〈植有木瓜樹的小鎮〉〉。

2006 年 11 月　頁 195—196

432. 土曜人　　〈普賢〉、〈地中海〉及び〈パパイヤのある街〉　龍瑛宗全集‧
　　　　　　　日本語版‧文獻集　臺南　國立臺灣文學館　2008 年 4 月　頁
　　　　　　　131

433. 田畑修一郎　　文藝時評〔〈植有木瓜樹的小鎮〉〕　早稻田文學　第 4 卷
　　　　　　　第 5 期　1937 年 5 月　頁 93

434. 田畑修一郎著；王惠珍譯；涂翠花校譯　　文藝時評〔〈植有木瓜樹的小
　　　　　　　鎮〉〕　日治時期臺灣文藝評論集‧雜誌篇 2　臺南　國家臺灣文
　　　　　　　學館籌備處　2006 年 10 月　頁 296

435. 黃得時　　輓近臺灣文學運動史[78]〔〈植有木瓜樹的小鎮〉部分〕　臺灣文學
　　　　　　　第 2 卷第 4 號　1942 年 10 月　頁 10

436. 黃得時著；葉石濤譯　　輓近臺灣文學運動史（下）〔〈植有木瓜樹的小
　　　　　　　鎮〉部分〕　臺灣新聞報　1996 年 2 月 7 日　19 版

437. 黃得時著；葉石濤譯　　輓近臺灣文學運動史〔〈植有木瓜樹的小鎮〉部
　　　　　　　分〕　葉石濤全集‧翻譯卷二　臺南，高雄　國立臺灣文學館，
　　　　　　　高雄市文化局　2009 年 11 月　頁 247—248

438. 葉石濤　　從〈送報伕〉、〈牛車〉到〈植有木瓜的街鎮〉　大學雜誌　第 90
　　　　　　　期　1975 年 10 月　頁 62—65

439. 葉石濤　　從〈送報伕〉、〈牛車〉到〈植有木瓜樹的小鎮〉　中華現代文學
　　　　　　　大系（臺灣 1970—1989）評論卷（壹）　臺北　九歌出版社
　　　　　　　1989 年 5 月　頁 311—319

440. 葉石濤　　從〈送報伕〉、〈牛車〉到〈植有木瓜樹的小鎮〉　葉石濤全集‧
　　　　　　　評論卷一　臺南，高雄　國立臺灣文學館，高雄市文化局　2008
　　　　　　　年 3 月　頁 391—394

441. 塚本照和　　《台湾文学》に関するノート（一）：龍瑛宗の〈パパイヤのあ
　　　　　　　る街〉　天理大学学報　第 119 期　1978 年 3 月　頁 34—49

---

[78]本爲後由葉石濤翻譯，譯名爲〈輓近臺灣文學運動史〉。

442. 張良澤　　〈植有木瓜樹的小鎮〉譯後記　福爾摩沙的明天　臺北　鴻蒙文學出版公司　1978 年 10 月　頁 197—199

443. 山田敬三著；葉石濤譯　　臺灣文學之旅〔〈植有木瓜樹的小鎮〉部分〕臺灣時報　1984 年 6 月 23 日　8 版

444. 山田敬三著；葉石濤譯　　臺灣文學之旅〔〈植有木瓜樹的小鎮〉部分〕葉石濤全集・翻譯卷一　臺南，高雄　國立臺灣文學館，高雄市文化局　2009 年 11 月　頁 192

445. 尾崎秀樹著；葉石濤譯　　臺灣人作家的三篇作品[79]　自立晚報　1985 年 2 月 2 日　10 版

446. 尾崎秀樹著；葉石濤譯　　臺灣人作家的三篇作品　葉石濤全集・翻譯卷一臺南，高雄　國立臺灣文學館，高雄市文化局　2009 年 11 月　頁 267—278

447. 葉石濤　　日據時代的抗議文學〔〈植有木瓜的小鎮〉部分〕　聯合文學第 56 期　1989 年 6 月　頁 168—169

448. 葉石濤　　日據時代的抗議文學〔〈植有木瓜的小鎮〉部分〕　走向臺灣文學　臺北　自立晚報社文化出版部　1990 年 3 月　頁 60—63

449. 葉石濤　　日據時代的抗議文學——細說四篇抗議文學的代表作〔〈植有木瓜樹的小鎮〉部分〕　葉石濤全集・評論卷四　臺南，高雄　國立臺灣文學館，高雄市文化局　2008 年 3 月　頁 190—192

450. 葉石濤　　日據時代的抗議文學——細說四篇抗議文學的代表作〔〈植有木瓜的小鎮〉部分〕　臺灣新聞報　1989 年 12 月 26 日　10 版

451. 葉石濤　　日據時代的新文學運動——細說四篇抗議文學的代表作〔〈植有木瓜樹的小鎮〉部分〕　臺灣文學的困境　高雄　派色文化出版社　1992 年 7 月　頁 74

452. 葉石濤　　日據時代的抗議文學〔〈植有木瓜樹的小鎮〉部分〕　葉石濤全

---

[79]本文論述楊逵〈送報伕〉、呂赫若〈牛車〉、龍瑛宗〈植有木瓜樹的小鎮〉等作品中所使用語言的問題。

　　　　　集‧隨筆卷三　臺南，高雄　國立臺灣文學館，高雄市文化局
　　　　　2008 年 3 月　頁 223

453. 葉石濤　　客屬作家〔〈植有木瓜樹的小鎮〉部分〕　中國時報　1992 年 2
　　　　　月 23 日　20 版

454. 葉石濤　　客屬作家〔〈植有木瓜樹的小鎮〉部分〕　葉石濤全集‧隨筆卷
　　　　　四　臺南，高雄　國立臺灣文學館，高雄市文化局　2008 年 3 月
　　　　　頁 63—64

455. 林明德　　日據時代的臺灣小說現象：以〈送報伕〉、〈牛車〉、〈植有木瓜樹
　　　　　的小鎮〉三篇為例[80]　賴和及其同時代的作家：日據時期臺灣文學
　　　　　國際學術會議　新竹　清華大學中文系　1994 年 11 月 25—27 日

456. 林明德　　日據時代臺灣人在日本文壇——以楊逵〈送報伕〉、呂赫若〈牛
　　　　　車〉、龍瑛宗〈植有木瓜樹的小鎮〉為例　聯合文學　第 127 期
　　　　　1995 年 5 月　頁 142—151

457. 林明德　　日據時代臺灣人在日本文壇——以楊逵〈送報伕〉、呂赫若〈牛
　　　　　車〉、龍瑛宗〈植有木瓜樹的小鎮〉為例　文學典範的反思　臺北
　　　　　大安出版社　1996 年 9 月　頁 303—320

458. 施　淑　　書齋、城市與鄉村——日據時代的左翼文學運動及小說中的左翼
　　　　　知識份子〔〈植有木瓜樹的小鎮〉部分〕　文學臺灣　第 15 期
　　　　　1995 年 4 月　頁 94—95

459. 施　淑　　書齋、城市與鄉村——日據時代的左翼文學運動及小說中的左翼
　　　　　知識份子〔〈植有木瓜樹的小鎮〉部分〕　兩岸文學論集　臺北
　　　　　新地文學出版社　1997 年 6 月　頁 80—81

460. 施　淑　　書齋、城市與鄉村　——日據時代的左翼文學運動及小說中的左翼
　　　　　知識份子〔〈植有木瓜樹的小鎮〉部分〕　中華現代文學大系

---

[80]本文從現代小說所具備的七點特質切入，具體分析〈送報伕〉、〈牛車〉以及〈植有木瓜樹的小
　鎮〉三篇小說。全文共 3 小節：1.前言；2.細讀三篇小說；3.結論。本文後改篇名「日據時代臺
　灣人在日本文壇——以楊逵〈送報伕〉、呂赫若〈牛車〉、龍瑛宗〈植有木瓜樹的小鎮〉為
　例」。

（貳）・臺灣一九八九—二〇〇三評論卷（一）　臺北　九歌出版
社　2003 年 10 月　頁 128

461. 賀淑瑋　　空間與身分：論〈植有木瓜樹的小鎮〉的身分危機[81]　當代　第
113 期　1995 年 9 月　頁 108—127

462. 下村作次郎著；曾麗蓉譯　　戰前臺灣的文學風景之變遷：試論龍瑛宗的
〈植有木瓜樹的小鎮〉[82]　孫文與華僑：紀念孫中山誕辰 130 周年
國際學術討論會論文集　神戶　財團法人孫中山紀念會　1996 年
11 月 29—30 日　頁 399—412

463. 許俊雅　　〈植有木瓜樹的小鎮〉集評　日據時期臺灣小說選讀　臺北　萬
卷樓圖書公司　1998 年 11 月　頁 299—304

464. 新妻佳珠子著；陳靜慧譯　　關於龍瑛宗的〈植有木瓜樹的小鎮〉　國際漢
學論叢・第一輯　臺北　樂學書局　1999 年 7 月　頁 243—259

465. 林柏燕　　龍瑛宗先生和他的代表作——〈植有木瓜樹的小鎮〉導讀　新竹
文獻　第 1 期　1999 年 12 月　頁 82—87

466. 葉　笛　　中外小說上「多餘的人」系譜之探索——龍瑛宗的〈植有木瓜樹
的小鎮〉和〈羅亭〉、〈貴族之家〉、〈奧勃洛莫夫〉、〈浮雲〉的比
較[83]　文學臺灣　第 33 期　2000 年 1 月　頁 102—115

467. 劉慧真　　絕望與虛無：龍瑛宗〈植有木瓜樹的小鎮〉　聯合報　2000 年 10
月 1 日　37 版

468. 應鳳凰　　龍瑛宗筆下的小知識分子〔〈植有木瓜樹的小鎮〉〕　國語日報
2001 年 12 月 22 日　5 版

---

[81]本文由空間觀點進入，仔細檢視〈植有木瓜樹的小鎮〉的空間與身分認同的關係，並透過豪爾的
「離散文化」理論，探討臺灣知識分子的身分危機。全文共 4 小節：1.〈植有木瓜樹的小鎮〉的
空間建構；2.空間與身分；3.空間屬性與文化屬性；4.結論。

[82]本文以臺灣文學的文學風景之變遷爲視點，以〈植有木瓜樹的小鎮〉爲例，重審以尾崎秀樹「傾
斜到屈從」爲中心的文學評論觀點。本全文共 4 小節：1.前言；2.文學風景之變遷——從甘蔗到
木瓜；3.描寫臺灣近代產業、糖業的文學——濱田隼雄的《草創》；4.臺灣人的精神風景——試
論〈植有木瓜樹的小鎮〉。

[83]本文以 5 篇小說中共有的人物典型「多餘的人」爲核心，從比較文學的觀點探討世界文學對臺灣
文學所造成的影響。全文共 6 小節：1.前言；2.〈羅亭〉和〈貴族之家〉；3.〈奧勃莫洛夫〉；4.
〈浮雲〉；5.〈植有木瓜樹的小鎮〉；6.結論。

469. 王淑蕙　關於〈植有木瓜樹的小鎮〉中「屈從而傾斜」論點的再省思[84]　第七屆府城文學獎　臺南　臺南縣立文化中心　2001 年 12 月　頁 386—418

470. 游玉楓　沉淪與覺醒：試論龍瑛宗〈植有木瓜樹的小鎮〉[85]　興大中文所第一屆碩職專班研究生論文集　臺中　中興大學中國文學系　2002 年 6 月　頁 85—104

471. 李郁蕙　戰前的日本語文學與「重層性」　日本語文學與臺灣　臺北　前衛出版社　2002 年 7 月　頁 35—60

472. 〔梅家玲，郝譽翔〕　〈植有木瓜樹的小鎮〉作者簡介與評析　臺灣現代文學教程　臺北　二魚文化公司　2002 年 8 月　頁 127

473. 應鳳凰　龍瑛宗的〈植有木瓜樹的小鎮〉　臺灣文學花園　臺北　玉山社出版公司　2003 年 1 月　頁 30—35

474. 程昇輝　美麗的哀愁——論龍瑛宗〈植有木瓜樹的小鎮〉　臺灣文學評論　第 3 卷第 2 期　2003 年 4 月　頁 26—38

475. 林積萍　我纖細的悲哀，期待著靜靜相對——從〈植有木瓜樹的小鎮〉談龍瑛宗的文學世界　黎明學報　第 15 卷第 2 期　2003 年 5 月　頁 17—24

476. 張典婉　女性發聲的年代〔〈植有木瓜樹的小鎮〉部分〕　臺灣客家女性　臺北　玉山社出版公司　2004 年 4 月　頁 161—162

477. 陳去非　殖民地裡的黑暗縮圖——論龍瑛宗的〈植有木瓜樹的小鎮〉（上、中、下）　臺灣新聞報　2004 年 6 月 5—7 日　11 版

478. 許麗芳　侵蝕意志與幸福的南方小鎮：龍瑛宗〈植有木瓜樹的小鎮〉　戰

[84]本文透過對〈植有木瓜樹的小鎮〉小說的解讀，重審尾崎秀樹「屈從而傾斜」之評論。全文共 6 小節：1.前言；2.在殖民統治覆罩的天空下——黑暗，實在黑暗！；3.新知識分子的「提升」與「挫敗」浮沉錄；4.木瓜（樹）的隱喻——知識分子的最終超越；5.深陷泥沼的集團——低俗、骯髒庶民階級的永恆咀咒；6.結論。

[85]本文對〈植有木瓜樹的小鎮〉進行文本分析，探討小說形式與內容之意義，尤側重於反諷與象徵手法之討論。全文共 4 小節：1.日據時期的龍瑛宗；2.腐爛的小鎮與沉淪的生活；3.期待與覺醒；4.結論。

鬥與追尋、衝擊與消沉：皇民文學中的知識份子心靈　中山大學政治學研究所　碩士論文　曾國祥教授指導　2004 年 6 月　頁 37—39

479. 梅家玲　身體政治與青春想像：日據時期的臺灣小說〔〈植有木瓜樹的小鎮〉部分〕　正典的生成：臺灣文學國際研討會　臺北　中央研究院中國文哲研究所，哥倫比亞蔣經國基金會中國文化及制度史研究中心主辦　2004 年 7 月 15—17 日　頁 53—54

480. 伊格言　植有芭樂樹的小鎮——龍瑛宗〈植有木瓜樹的小鎮〉與楊順清《臺北二一》　印刻文學生活誌　第 19 期　2005 年 3 月　頁 164—166

481. 陳龍廷　日治時代臺灣知識份子的內在殖民論述——以〈植有木瓜樹的小鎮〉為例[86]　文學臺灣　第 54 期　2005 年 4 月　頁 216—237

482. 劉勇，楊志　論日據時期臺灣小說的民族認同主題〔〈植有木瓜樹的小鎮〉部分〕　中國現代文學研究叢刊　2005 年第 4 期　2005 年 7 月　頁 5—7

483. 王慧珍　〈植有木瓜樹的小鎮〉導讀　二十世紀臺灣文學金典：小說卷（日治時期）　臺北　聯合文學出版社　2006 年 1 月　頁 255—256

484. 方孝謙　日據臺灣同化政策與當代小說：反同化論述的形成〔〈植有木瓜樹的小鎮〉部分〕　跨領域的臺灣文學研究學術研討會論文集　臺南　國家臺灣文學館　2006 年 3 月　頁 411—413

485. 黃錦樹　遊魂——亡兄、孤兒、廢人〔〈植有木瓜樹的小鎮〉部分〕　文與魂與體：論現代中國性　臺北　麥田出版公司　2006 年 5 月　頁 340—342

---

[86] 本文以小說標題指涉的「木瓜樹」、「小鎮」意象為中心，透過高德曼的「意涵結構」理論來重新解讀〈植有木瓜樹的小鎮〉。其次分析小說人物組成的權力場域，並釐清日治時代臺灣知識分子，以追求知識與愛情等信念來走出身分困境的可能性。全文共 4 小節：1.小說標題的指涉；2.二元對立的意涵結構；3.權力場域分析；4.結語。

486. 邱雅萍　　時代的陰影──析論〈植有木瓜樹的小鎮〉中的現代性、傳統性
　　　與殖民性[87]　第三屆全國臺灣文學研究生學術論文研討會論文集
　　　臺南　國家臺灣文學館籌備處　2006 年 7 月　頁 227─247

487. 河上徹太郎著；王惠珍譯；涂翠花校譯　　文化月報欄的文學──小說
　　　〔〈植有木瓜樹的小鎮〉〕　日治時期臺灣文藝評論集・雜誌篇 2
　　　臺南　國家臺灣文學館籌備處　2006 年 10 月　頁 294

488. 名取勘助著；王惠珍譯；涂翠花校譯　　小說月評〔〈植有木瓜樹的小
　　　鎮〉〕　日治時期臺灣文藝評論集・雜誌篇 2　臺南　國家臺灣文
　　　學館籌備處　2006 年 10 月　頁 295

489. 麻四門著；王惠珍譯；涂翠花校譯　　小說採點簿〔〈植有木瓜樹的小
　　　鎮〉〕　日治時期臺灣文藝評論集・雜誌篇 2　臺南　國家臺灣文
　　　學館籌備處　2006 年 10 月　頁 297

490. 森山啓著；王惠珍譯；涂翠花校譯　　文藝雜記帖〔〈植有木瓜樹的小
　　　鎮〉〕　日治時期臺灣文藝評論集・雜誌篇 2　臺南　國家臺灣文
　　　學館籌備處　2006 年 10 月　頁 298─299

491. 佚　名著；王惠珍譯；涂翠花校譯　　首都言〔〈植有木瓜樹的小鎮〉〕
　　　日治時期臺灣文藝評論集・雜誌篇 2　臺南　國家臺灣文學館籌備
　　　處　2006 年 10 月　頁 300

492. 佚　名著；王惠珍譯　　誌界展望──《改造》〔〈植有木瓜樹的小鎮〉〕
　　　日治時期臺灣文藝評論集・雜誌篇 2　臺南　國家臺灣文學館籌備
　　　處　2006 年 10 月　頁 301

493. 三輪健太郎著；王惠珍譯；涂翠花校譯　　《改造》第九屆有獎徵文發表及
　　　其得獎作品（一）〔〈植有木瓜樹的小鎮〉〕　日治時期臺灣文
　　　藝評論集・雜誌篇 2　臺南　國家臺灣文學館籌備處　2006 年 10
　　　月　頁 302─304

---

[87]本文以現代性、殖民性與傳統性三項維度，分析〈植有木瓜樹的小鎮〉。全文共 5 小節：1.前
言；2.遠離傳統・擁抱現代；3.二〇年代的殖民現場；4.知識分子的兩條路；5.結論。

494. 三輪健太郎著；陳千武譯　《改造》第九屆有獎徵文創作發表和期推荐作品（一）〔〈植有木瓜樹的小鎮〉〕　龍瑛宗全集・中文卷・文獻集　臺南　國家臺灣文學館籌備處　2006 年 11 月　頁 210—213

495. 三輪健太郎　《改造》第九回懸賞創作發表とその推薦作品（一）〔〈植有木瓜樹的小鎮〉〕　龍瑛宗全集・日本語版・文獻集　臺南　國立臺灣文學館　2008 年 4 月　頁 141—143

496. 本多顯彰著；葉　笛譯　看來像謊言的真實[88]〔〈植有木瓜的小鎮〉〕　龍瑛宗全集・中文卷・文獻集　臺南　國家臺灣文學館籌備處　2006 年 11 月　頁 200—201

497. 本多顯彰　嘘に見える真實〔〈植有木瓜樹的小鎮〉〕　龍瑛宗全集・日本語版・文獻集　臺南　國立臺灣文學館　2008 年 4 月　頁 134—135

498. 葉山嘉樹著；陳千武譯　顯明的精神——〈植有木瓜樹的小鎮〉於《改造》四月號[89]　龍瑛宗全集・中文卷・文獻集　臺南　國家臺灣文學館籌備處　2006 年 11 月　頁 202—203

499. 葉山嘉樹　顯かな精神——〈パパイヤのある街〉　龍瑛宗全集・日本語版・文獻集　臺南　國立臺灣文學館　2008 年 4 月　頁 136

500. 〔編輯部〕；陳千武譯　〈植有木瓜樹的小鎮〉[90]　龍瑛宗全集・中文卷・文獻集　臺南　國家臺灣文學館籌備處　2006 年 11 月　頁 204

501. 〔編輯部〕　〈パパイヤのある街〉　龍瑛宗全集・日本語版・文獻集　臺南　國立臺灣文學館　2008 年 4 月　頁 137

502. 海平長窓著；陳千武譯　在〈植有木瓜樹的小鎮〉引起注目的兩點[91]　龍瑛宗全集・中文卷・文獻集　臺南　國家臺灣文學館籌備處　2006

---

[88] 本文日文篇名為〈嘘に見える真實〉。
[89] 本文日文篇名為〈〈顯かな精神——〈パパイヤのある街〉〉。
[90] 本文日文篇名為〈パパイヤのある街〉。
[91] 本文日文篇名為〈パパイヤのある街〉で注意を惹く二つの點〉。

年 11 月　頁 205—206

503. 海平長窓　　〈パパイヤのある街〉で注意を惹く二つの點　龍瑛宗全集・
　　　日本語版・文獻集　臺南　國立臺灣文學館　2008 年 4 月　頁
　　　138

504. 中山侑著；陳千武譯　　現實的問題——讀〈植有木瓜樹的小鎮〉[92]　龍瑛宗
　　　全集・中文卷・文獻集　臺南　國家臺灣文學館籌備處　2006 年
　　　11 月　頁 207—209

505. 中山侑　　現實の問題——〈パパイヤのある街〉を讀む　龍瑛宗全集・日
　　　本語版・文獻集　臺南　國立臺灣文學館　2008 年 4 月　頁 139
　　　—140

506. 陳大道　　藝術性、現代性與生活寫實——試析龍瑛宗〈植有木瓜樹的小
　　　鎮〉創作背景　2007 文學「南臺灣」學術研討會　嘉義　中正大
　　　學臺灣人文研究中心主辦　2007 年 11 月 24 日

507. 德田幸惠　　臺灣人作家的容納與抵抗——龍瑛宗的〈植有木瓜樹的小鎮〉
　　　日本統治下臺灣的「內臺共婚」——日本與臺灣的「家」制度的
　　　衝突和交流　淡江大學歷史研究所　碩士論文　林呈蓉教授指導
　　　2007 年 7 月　頁 67—69

508. 陳千武　　南投文學的光芒——龍瑛宗的小說〈植有木瓜樹的小鎮〉　2008
　　　南投文學學術研討會論文集　南投　南投縣文化局　2008 年 4 月
　　　頁 12

509. 劉建基，蔣淑貞　　經典選讀二——龍瑛宗〈植有木瓜樹的小鎮〉評介　巴
　　　赫汀派・多元文化主義　臺北　行政院文建會　2010 年 1 月　頁
　　　173—174

510. 澁谷精一　　文藝時評〔〈白色山脈〉部分〕　臺灣文學　第 2 卷第 1 期
　　　1942 年 2 月　頁 193—199

511. 澁谷精一　　文藝時評〔〈白色山脈〉部分〕　日本統治期台湾文学文芸評

---

[92] 本文日文篇名爲〈現實の問題——〈パパイヤのある街〉を讀む〉。

　　　　　　論集・第 4 卷　　東京　綠蔭書房　2001 年 4 月　頁 90—96

512. 澁谷精一著；吳豪人譯　　文藝時評〔〈白色山脈〉部分〕　　日治時期臺灣
　　　　　文藝評論集・雜誌篇 3　臺南　國家臺灣文學館籌備處　2006 年
　　　　　10 月　頁 240—247

513. 施　淑　　〈白色山脈〉簡析　中國現代短篇小說選析 2　臺北　長安出版社
　　　　　1984 年 2 月 15 日　頁 1129

514. 鹿子木龍（中山侑）　　作品と文章——正しい散文への高揚について[93]
　　　　　〔〈死於南方〉部分〕　臺灣文學　第 2 卷第 4 期　1942 年 10 月
　　　　　頁 106—107

515. 鹿子木龍　　作品と文章——正しい散文への高揚について〔〈死於南方〉
　　　　　部分〕　日本統治期台湾文学文芸評論集・第 4 卷　東京　綠蔭
　　　　　書房　2001 年 4 月　頁 227—232

516. 鹿子木龍（中山侑）著；吳豪人譯　　作品與文章——論如何提升散文品質
　　　　　〔〈死於南方〉部分〕　日治時期臺灣文藝評論集・雜誌篇 3　臺
　　　　　南　國家臺灣文學館籌備處　2006 年 10 月　頁 413

517. 李郁蕙　　戰時日本語文學與「邊緣性」——「南方憧憬」的形成〔〈死於
　　　　　南方〉部分〕　日本語文學與臺灣　臺北　前衛出版社　2002 年
　　　　　7 月　頁 82—91

518. 窪川鶴次郎　　臺灣文學之半ケ年（一）——昭和十八年下半期小說總評[94]
　　　　　〔〈蓮霧之庭〉部分〕　臺灣公論　第 9 卷第 2 期　1944 年 2 月
　　　　　頁 111

519. 窪川鶴次郎　　臺灣文學半ケ年（一）——昭和十八年下半期小說總評
　　　　　〔〈蓮霧の庭〉部分〕　日本統治期台湾文學文芸評論集・第 5
　　　　　卷　東京　綠蔭書房　2001 年 4 月　頁 256

520. 窪川鶴次郎著；邱香凝譯；涂翠花校譯　　臺灣文學之半年（一）——昭和

---

[93] 本文後由吳豪人譯為〈作品與文章——論如何提升散文品質〉。
[94] 本文後由邱香凝譯為〈臺灣文學之半年（一）——昭和十八年下半期小說總評〉。

十八年下半期小說總評〔〈蓮霧之庭〉部分〕 日治時期臺灣文藝評論集‧雜誌篇 4 臺南 國家臺灣文學館籌備處 2006 年 10 月 頁 458—459

521. 許維育 理想的建構——談龍瑛宗〈蓮霧的庭院〉與呂赫若〈玉蘭花〉[95] 水筆仔 第 1 期 1996 年 12 月 頁 2—13

522. 朱玉芳 超越時代的民族情感：龍瑛宗〈蓮霧的庭院〉 聯合文學 第 182 期 1999 年 12 月 頁 109—115

523. 鳳氣至純平 臺灣人不在的臺灣——以中山侑為主「灣生」作家為考察對象〔〈蓮霧之庭院〉部分〕 第二屆全國臺灣文學研究生學術論文研討會論文集 臺南 國家臺灣文學館 2005 年 7 月 頁 458—461

524. 朱惠足 「大東亞共榮圈」下的殖民地友情再現——以濱田隼雄〈扁食〉、龍瑛宗〈蓮霧的庭院〉、呂赫若〈玉蘭花〉為中心[96] 「戰鼓聲中的歌者——龍瑛宗及其同時代東亞作家」百年冥誕紀念國際學術研討會 新竹 清華大學 2010 年 9 月 24—25 日

525. 葉石濤 光復初期的臺灣文學（上、下）〔〈從汕頭來的人〉部分〕 民眾日報 1984 年 10 月 25—26 日 12 版

526. 葉石濤 光復初期的臺灣文學〔〈從汕頭來的人〉部分〕 葉石濤全集‧評論卷三 臺南，高雄 國立臺灣文學館，高雄市文化局 2008 年 3 月 頁 221

527. 許俊雅 日據時期臺灣小說創作形式之探討——小說敘事觀點之應用〔〈獏〉部分〕 日據時期臺灣小說研究 臺北 文史哲出版社 1995 年 2 月 頁 583

---

[95]本文透過〈蓮霧的庭院〉與〈玉蘭花〉二文，討論皇民文學時期的作家寫作意念與構思問題。全文共 4 小節：1.前言；2.〈蓮霧的庭院〉的民族融合；3.〈玉蘭花〉的人性真情；4.結語。
[96]本文探討作家對跨民族的友誼的描寫，討論小說當中異民族、異文化接觸的過程。全文共 6 小節：1.前言；2.殖民者的責任與同情：濱田隼雄〈扁食〉中的夜市少年；3.南國的「荒城之月」樂聲：龍瑛宗〈蓮霧的庭院〉中的「灣生」少年；4.「黑色東西」背後的「日本人」：呂赫若〈玉蘭花〉中的異民族第一次接觸；5.戰時下「殖民地抵抗」之可能性與侷限性；6.參考文獻。

528. 劉慧真　　龍瑛宗作品導讀：〈貘〉　客家文學精選集：小說卷　臺北　天下
　　　　遠見出版公司　2004 年 4 月　頁 80—82

529. 下村作次郎　　龍瑛宗の〈宵月〉について——《文芸首都》同人、金史良
　　　　の手紙から[97]　第二屆臺灣本土文化國際學術研討會論文集——臺
　　　　灣文學與社會　臺北　臺灣師範大學國文學系，人文教育研究中
　　　　心　1996 年 4 月　頁 139—153

530. 下村作次郎著；劉惠禎譯　　關於龍瑛宗的〈宵月〉——從《文藝首都》同
　　　　人、金史良的信談起[98]　第二屆臺灣本土文化國際學術研討會論文
　　　　集——臺灣文學與社會　臺北　臺灣師範大學國文學系，人文教
　　　　育研究中心　1996 年 4 月　頁 155—165

531. 陳建忠　　殖民地小知識分子的惡夢與脫出——龍瑛宗小說〈黃家〉析論[99]
　　　　第三屆府城文學獎得獎作品專集　臺南　臺南市立文化中心
　　　　1997 年 5 月　頁 175—193

532. 陳建忠　　殖民地小知識分子的惡夢與脫出——龍瑛宗小說〈黃家〉析論
　　　　文學臺灣　第 23 期　1997 年 7 月　頁 87—102

533. 段懷清　　悲哀的浪漫與無望的追向——解讀臺灣作家龍瑛宗的〈時間的嬉
　　　　戲〉　名作欣賞　1997 年第 6 期　1997 年 6 月　頁 86—88

534. 范宜如　　編織與重繪臺灣圖像——現代臺灣報導文學與散文——日治時期
　　　　臺灣散文〔〈時間的嬉戲〉部分〕　文學　臺灣：11 位新銳臺灣
　　　　文學研究者帶你認識臺灣文學　臺南　國立臺灣文學館　2008 年
　　　　9 月　頁 93

535. 李漢偉　　臺灣小說的「政治之悲」模式探索——「重建／歷史」的政治之

---

[97] 本文後由劉慧禎譯為〈關於龍瑛宗的〈宵月〉——從《文藝首都》同人、金史良的信談起〉。
[98] 本文藉由龍瑛宗與金史良往來之書信，闡明龍瑛宗創作〈宵月〉的動機，並解析其內容與精神。全文共 3 小節：1.金史良的信；2.龍瑛宗與主流文壇——《改造》、《文藝》以及《文藝首都》；3.龍瑛宗的〈宵月〉和金史良的〈光之中〉。
[99] 本文以〈黃家〉中並置的兩種小知識分子形象為中心，討論龍瑛宗創作背後的意圖，並以此重新理解龍瑛宗的思考型態。全文共 4 小節：1.日據小說中的知識分子群像；2.兩種價值觀的相遇；3.脫出小知識分子惡夢的輪迴；4.小結。

悲模式〔〈勁風與野草〉部分〕　臺灣小說的三種悲情　臺北　駱
駝出版社　1997 年 10 月　頁 153—155

536. 莫　渝　作品賞讀——〈蟬〉　閱讀臺灣散文詩　苗栗　苗栗縣立文化中
心　1997 年 12 月　頁 137—138

537. 莫　渝　臺灣散文詩選讀七家——龍瑛宗〈蟬〉　笠　第 203 期　1998 年
2 月　頁 197—201

538. 許俊雅　日據時期臺灣小說中知識分子形象〔〈黃昏月〉部分〕　臺灣文
學二十年集 1978—1998：評論二十家　臺北　九歌出版社　1998
年 3 月　頁 452—454

539. 彭瑞金　女人的記錄〔〈一個女人的記錄〉部分〕　臺灣日報　1998 年 4
月 5 日　27 版

540. 彭瑞金　女人的紀錄〔〈一個女人的紀錄〉〕　霧散的時候　臺北　聯合
文學出版社　2004 年 3 月　頁 93—97

541. 范銘如　作品導讀／〈一個女人的記錄〉　青少年臺灣文庫 2——小說讀本
1：穿過荒野的女人　臺北　國立編譯館　2008 年 12 月　頁 54—
55

542. 莫　渝　〈花與痰盂〉　臺灣新詩筆記　臺北　桂冠圖書公司　2000 年 11
月　頁 316—318

543. 邱雅芳　以母親之名——皇民化時期臺灣男性作家作品的女性呈現（1937
—1945）〔〈不知道的幸福〉部分〕　臺灣文學學報　第 3 期
2002 年 12 月　頁 256—259

544. 彭瑞金　〈不知道的幸福〉賞析　國民文選・小說卷 1　臺北　玉山社出版
公司　2004 年 7 月　頁 289—290

545. 邱春美　龍瑛宗小說〈不為人知的幸福〉[100]　客家社會與文化學術研討會
論文集・2007 年　臺北　文津出版社　2008 年 9 月　頁 1—27

---

[100]本文討論小說〈不為人知的幸福〉中的女性形象。全文共 4 小節：1.寫作背景梗概；2.相關女性
書寫議題；3.小說中客家女性之身影；4.結語。

546. 黎湘萍　戰後臺灣文學的文化想像〔〈臺北的表情〉部分〕　文學臺灣——臺灣知識者的文化敘事與理論想像　北京　人民文學出版社　2003 年 3 月　頁 150

547. 陳大道　寫實潮流裡的浪漫作品——閱讀龍瑛宗〈杜甫在長安〉[101]　杜甫與唐宋詩學：杜甫誕生一千二百九十年國際學術研討會論文集　臺北　里仁書局　2003 年 6 月　頁 205—235

548. 蔡佩均　龍瑛宗——雅俗邂逅，貴雅賤俗〔〈趙夫人的戲畫〉〕　想像大眾讀者：《風月報》、《南方》中的白話小說與大眾文化建構　靜宜大學中國文學研究所　碩士論文　柳書琴教授指導　2005 年 7 月　頁 125—128

549. 陳淑容　《臺灣新民報》的「新銳中篇創作集」——虛構與真實——龍瑛宗與〈趙夫人的戲畫〉　戰爭前期臺灣文學場域的形成與發展——以報紙文藝欄為中心（1937—1940 年）　成功大學臺灣文學研究所　博士論文　林瑞明教授指導　2009 年 7 月　頁 143—147

550. 曾建民　來到臺灣戰後出發的地方——編者導言〔〈青天白日旗〉部分〕　一九四五·光復新聲：臺灣光復詩文集　臺北　印刻出版公司　2005 年 11 月　頁 8

551. 朱雙一　光復文學：臺灣民眾心態演變軌跡〔〈青天白日旗〉部分〕　百年臺灣文學散點透視　臺北　海峽學術出版社　2009 年 3 月　頁 149—151

552. 許俊雅　記憶與認同——臺灣小說的二戰經驗書寫——文學作品中的二戰（太平洋戰事）記憶——太平洋戰爭——空襲經驗及其他〔〈燃燒的女人〉部分〕　臺灣文學研究學報　第 2 期　2006 年 4 月　頁 64

553. 許俊雅　記憶與認同——臺灣小說的二戰經驗書寫：文學作品中的二戰

---

[101] 本文透過文學史料之間的比對參照，分析〈杜甫在長安〉的創作依據，及其創作手法的特性。全文共 7 小節：1.前言；2.故事的原型——〈同諸公登慈恩寺塔〉；3.交錯運用的三種寫法；4.超越時空的幻想；5.艱難苦恨的事實；6.杜甫、岑參、龍瑛宗；7.結論。

（太平洋戰事）記憶——太平洋戰爭——空襲經驗及其他〔〈燃燒的女人〉部分〕　評論 30 家：臺灣文學三十年菁英選 1978—2008（下）　臺北　九歌出版社　2008 年 6 月　頁 487

554. 鄭順聰　〈夜流〉作品賞析　閱讀文學地景·小說卷（上）　臺北　行政院文建會　2008 年 4 月　頁 306—307

555. 胡紅波　龍瑛宗〈夜流〉的文化解讀[102]　龍瑛宗先生九十八歲誕辰學術研討會論文集　新竹　國立臺灣文學館，新竹縣文化局主辦　2008 年 8 月 24 日　頁 80—99

556. 陳建忠　戰後初期現實主義思潮與臺灣文學場域的再建築——文學史的一個側面（1945—1949）〔〈可憐的鬼〉部分〕　臺灣文學史書寫國際學術研討會論文集·第二集　高雄　春暉出版社　2008 年 6 月　頁 332

◆多篇作品

557. 莊淑芝　宿命的女性——論龍瑛宗的〈一個女人的記錄〉和〈不知道的幸福〉　國文天地　第 77 期　1991 年 10 月　頁 29—34

558. 沈乃慧　日據時代臺灣小說的女性議題探析（下）——女性角色的反思與社會批判〔〈一個女人的記錄〉、〈不知道的幸福〉部分〕　文學臺灣　第 16 期　1995 年 10 月　頁 185—190

559. 許俊雅　日據時期臺灣小說中的人物形象〔〈一個女人的記錄〉、〈白色山脈〉、〈黃昏月〉、〈午前的懸崖〉、〈擦鞋匠〉部分〕　日據時期臺灣小說研究　臺北　文史哲出版社　1995 年 2 月　頁 606—645

560. 許俊雅　日據時期臺灣小說蘊含的思想內容〔〈不知道的幸福〉、〈黃家〉、〈植有木瓜樹的小鎮〉部分〕　日據時期臺灣小說研究　臺北　文史哲出版社　1995 年 2 月　頁 352—416

---

[102] 本文透過龍瑛宗的自傳性小說〈夜流〉，檢視其文學創作意識、文風，與人格特質，並探討〈夜流〉對龍瑛宗文學生命所起的濫觴作用及意義。全文共 6 小節：1.前言；2.杜南遠家族的文化背景；3.番（泰雅）漢（客家）族群文化和利益的衝突；4.日本化的衝擊、消長與影響；5.泰西文化為「寒村」帶來的衝擊；6.結語。

561. 許俊雅　　　日據時期臺灣小說總評──寫作技巧與文學成就〔〈貘〉、〈黃昏月〉部分〕　日據時期臺灣小說研究　臺北　文史哲出版社　1995 年 2 月　頁 709─710

562. 鍾肇政　　　龍瑛宗──心靈的探索　臺灣文學十講　臺北　前衛出版社　2000 年 11 月　頁 154─157

563. 賴松輝　　　自然主義小說的寫實形式〔〈一個女人的紀錄〉、〈植有木瓜樹的小鎮〉部分〕　日據時期臺灣小說思想與書寫模式之研究　成功大學中國文學系碩博士班　博士論文　呂興昌教授指導　2002 年 7 月　頁 117

564. 張典婉　　　臺灣客家文學中對女性角色描述原型〔〈蓮霧的庭院〉、〈不知道的幸福〉部分〕　臺灣文學中客家女性角色與社會發展　世新大學社會發展研究所　碩士論文　李松根教授指導　2002 年 7 月　頁 40─41

565. 張典婉　　　客家族群中的強勢特徵〔〈蓮霧的庭院〉、〈不知道的幸福〉部分〕　臺灣客家女性　臺北　玉山社出版公司　2004 年 4 月　頁 104─106

566. 侯如綺　　　論龍瑛宗一九四五年的兩篇小說〈青天白日旗〉與〈從汕頭來的男子〉[103]　華梵人文學報　第 2 期　2004 年 1 月　頁 153─177

567.〔陳萬益選編〕　　〈時間的嬉戲〉、〈薄薄社的饗宴〉賞析　國民文選・散文卷 1　臺北　玉山社出版公司　2004 年 8 月　頁 279─280

568.〔林瑞明選編〕　　〈在南方的夜晚〉、〈印度之歌〉賞析　國民文選・現代詩卷 1　臺北　玉山社出版公司　2005 年 2 月　頁 139

569. 許俊雅　　　日治時期臺灣小說中的民俗風情〔〈黃家〉、〈貘〉部分〕　見樹又見林──文學看臺灣　臺北　渤海堂文化公司　2005 年 2 月　頁 142─143

---

[103] 本文探討〈青天白日旗〉與〈從汕頭來的男子〉，以了解由日治時期跨往新時代知識分子的心理狀態。全文共 5 小節：1.光復初期的臺灣；2.小說中的光復風景；3.光復前後的心理轉折；4.複雜的認同問題；5.結語。

570. 許達然　　「介入文學」：日治時期臺灣短篇小說量化探討〔〈植有木瓜樹的
　　　　　　　小鎮〉、〈黃家〉部分〕　臺灣文學史書寫國際學術研討會論文
　　　　　　　集・第二集　高雄　春暉出版社　2008 年 6 月　頁 211—212
571. 范明煥　　從〈植有木瓜樹的小鎮〉到〈夜流〉——談龍瑛宗筆下的人物刻
　　　　　　　劃[104]　龍瑛宗先生九十八歲誕辰學術研討會論文集　新竹　國立
　　　　　　　臺灣文學館，新竹縣文化局主辦　2008 年 8 月 24 日　頁 38—51
572. 張文薰　　「鄉土」的安魂曲：1940 年代日語小說的空間分析〔龍瑛宗部
　　　　　　　分〕　「戰鼓聲中的歌者——龍瑛宗及其同時代東亞作家」百年
　　　　　　　冥誕紀念國際學術研討會　新竹　清華大學　2010 年 9 月 24—25
　　　　　　　日

作品評論目錄、索引

573. 施　淑　　重要評論　中國現代短篇小說選析 2　臺北　長安出版社　1984
　　　　　　　年 2 月　頁 1130
574. 張恆豪編　龍瑛宗小說評論引得　龍瑛宗集（臺灣作家全集）　臺北　前
　　　　　　　衛出版社　1991 年 2 月　頁 327—330

---

[104] 本文以〈植有木瓜樹的小鎮〉與〈夜流〉兩篇作品為例，分析龍瑛宗小說的人物刻劃手法。全
　　文共 4 小節：1.前言；2.〈植有木瓜樹的小鎮〉之人物刻劃；3.〈夜流〉之特色與人物刻劃；4.
　　結論。

國家圖書館出版品預行編目資料

臺灣現當代作家研究資料彙編. 7, 龍瑛宗／陳萬益
編選. -- 初版. -- 臺南市：臺灣文學館，2011.03
　　面；　公分.

ISBN 978-986-02-7257-4（平裝）

1.龍瑛宗　2.傳記　3.文學評論

863.4　　　　　　　　　　　　　　　100003456

【臺灣現當代作家研究資料彙編】07

龍瑛宗

發 行 人／　李瑞騰
指導單位／　行政院文化建設委員會
出版單位／　國立台灣文學館
　　　　　　地址／70041 台南市中西區中正路 1 號
　　　　　　電話／06-2217201　　　　傳真／06-2218952
　　　　　　網址／www.nmtl.gov.tw　　　電子信箱／pba@nmtl.gov.tw

總 策 畫／　封德屏
顧　　　問／　林淇瀁　張恆豪　許俊雅　陳信元　陳建忠　陳義芝　須文蔚　應鳳凰
工作小組／　王雅嫻　杜秀卿　林端貝　周宣吟　張桓瑋
　　　　　　黃子倫　黃寁婷　詹宇霈　羅巧琳
編　　選／　陳萬益
責任編輯／　林端貝
校　　對／　林肇豐　周宣吟　詹宇霈　趙慶華　蘇峰楠
計畫團隊／　財團法人台灣文學發展基金會
美術設計／　翁國鈞・不倒翁視覺創意
印　　刷／　松霖彩色印刷事業有限公司

著作財產權人／國立台灣文學館

經銷展售／　國家書店松江門市（02-25180207）
　　　　　　國立台灣文學館－雪芙瑞文學咖啡坊（06-2214632）
　　　　　　五南文化廣場（04-22260330）
　　　　　　文建會員工消費合作社（02-23434168）
　　　　　　南天書局（02-23620190）　　　唐山出版社（02-23633072）
　　　　　　府城舊冊店（06-2763093）　　台灣的店（02-23625799）
　　　　　　啟發文化（02-29586713）　　　三民書局（02-23617511）

初版一刷／2011 年 3 月
定　　　價／新臺幣 360 元整　全套新臺幣 5500 元整
GPN／ 1010000398（單本）
　　　　1010000407（套）
ISBN／978-986-02-7257-4（單本）
　　　　978-986-02-7266-6（套）

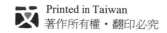